ullstein

Das Buch

Dr. med. Anna Plüm könnte mit ihrem Leben zufrieden sein – sie ist Ärztin in einer Kinderklinik und liebt ihren Job. Es gibt nur ein Problem: Anna ist Single. Daran würde sie gern etwas ändern, doch wo soll eine gutaussehende Frau Doktor einen passenden Mann finden? In der Klinik herrscht eindeutig Mangel an potentiellen Traummännern: Entweder sind die Kollegen echte Langweiler oder Sprüche klopfende Machos. So wie Oberarzt Dr. Klemme, dessen Verschleiß an gutaussehenden OP-Schwestern berüchtigt ist. Kein Wunder also, dass Anna nicht gerade erfreut ist, als sie einen neuen Kollegen vor die Nase gesetzt bekommt. Die Tatsache, dass Nils Denner auch noch Psychologe ist und Pullunder trägt, macht die Sache nicht besser. Die Zusammenarbeit gestaltet sich schwierig – Nils bringt Anna mit seiner chaotischen Arbeitsweise zur Weißglut, während ihr Ordnungsfimmel auf wenig Verständnis stößt. Doch schon bald müssen die beiden zugeben, dass sie eigentlich ein ganz gutes Team sind ...

Die Autorin

Caroline Lenz, geboren 1981, hat Medizin studiert und arbeitet seit einigen Jahren als Kinderärztin. Wann immer ihr der Schichtdienst Zeit dazu lässt, widmet sie sich ihrer Leidenschaft, dem Schreiben. *Dann klappt's auch mit dem Doktor* ist ihr erster Roman.

Caroline Lenz

DANN KLAPPT'S AUCH MIT DEM DOKTOR

Roman

Ullstein

MIX
Papier aus verantwortungsvollen Quellen
FSC® C006701
FSC
www.fsc.org

Originalausgabe im Ullstein Taschenbuch
1. Auflage August 2012

Umschlaggestaltung: Zero Werbeagentur, München
Titelabbildung: © Masterfile
Digitaler Farbschnitt: Kösel GmbH & Co. KG,
www.koeselbuch.de
Satz: Pinkuin Satz und Datentechnik, Berlin
Gesetzt aus der Quadraat
Papier: Pamo Super von Arctic Paper Mochenwangen GmbH
Druck und Bindearbeiten: CPI – Ebner & Spiegel, Ulm
Printed in Germany
ISBN 978-3-548-28363-0

Kapitel 1

Sanft liebkosen seine Lippen meinen Nacken. »Du bist unglaublich«, keucht er. Schweiß rinnt über meinen Körper. Ein wohliges Kribbeln breitet sich von meinem Unterleib über den gesamten Körper aus. Mein Mund öffnet sich zu einem lustvollen, hemmungslosen Schrei, der gnadenlos vom Kreischen meines Weckers übertönt wird. »O Phil ...« Verwirrt blinzele ich in den Sonnenstrahl, der sich durch die Bambusrollos an meinem Schlafzimmerfenster hindurchgemogelt hat. Was ist los? Eben noch hatte ich den besten Sex meines Lebens mit Philipp Lahm und jetzt das: der Wecker. Schweißgebadet liege ich in meinem Bett und fühle mich einfach nur erschlagen. Es ist siebzehn Uhr, die Julisonne hat mein Schlafzimmer auf Höchsttemperaturen geheizt, und der Wecker kreischt immer noch unbarmherzig. Dummerweise steht er mal wieder am anderen Ende des Nachttisches. Meine unkoordinierten Schläge nach dem Ding führen dazu, dass es runterfällt und unter mein Bett kullert. Nach einem kurzen Kampf habe ich den Quälgeist endlich zum Schweigen gebracht, falle zurück in die Kissen und versuche Herr oder, besser gesagt, Frau der Lage zu werden.

Warum liege ich an einem heißen Sommertag im Bett, bin völlig erledigt und werde um siebzehn Uhr geweckt? Ich bin verwirrt, doch mit einem Schlag trifft mich die Erkenntnis: Nachtdienst. Ich bin keine Spielerfrau, sondern Kinderärztin in einer der besten Kinderkliniken unseres Landes und ... nein, nicht stolz darauf, sondern einfach nur müde. Es ist welcher Tag auch immer in einer langen, nicht enden wollenden Nachtdienstwoche, und ich muss um zweiundzwanzig Uhr zur Arbeit. Das macht es nicht besser.

Wieso eigentlich Philipp Lahm? Fußballer waren bislang nicht mein Typ. Nach einigen Minuten intensiven Nachdenkens findet sich auch dieses Rätsels Lösung. Verursacher dieses wilden Post-WM-Sommermärchen-Traumes ist eindeutig Familie Güngür. Am frühen Morgen hatte sie ihr jüngstes von sechs Kindern, Philipp, bei mir in der Notfallambulanz vorgestellt. Nach Ahmed, Zeki, Özlem, Funda und Tuncay hatte kurz nach der Fußball-Weltmeisterschaft 2006 Philipp Güngür das Licht der Welt erblickt. Ein Schelm, wer sich bei dieser Namensgebung wundert. Es stellte sich heraus, dass das Ehepaar Güngür keinen Namen für ihr sechstes Kind gefunden und sich darauf geeinigt hatte, dass der damals noch ungeborene Sohn so heißen sollte wie der Fußballer, der bei der WM das erste Tor schießen würde. Das war nun mal Philipp Lahm. Es hätte auch ein Miroslav Güngür werden können. Oder ein Alvaro Güngür ...

Als ich das nächste Mal die Augen öffne und einen Blick auf den Wecker werfe, zeigt er zwanzig Uhr fünf an. Schon so spät? Mist! Ich muss wieder eingenickt sein. Lustlos steige ich aus dem Bett, öffne die Fensterrollos, um die immer noch warme Abendsonne hereinzulassen und genieße den Blick auf meine wunderschön bepflanzte Terrasse. Dieser idyllische Moment dauert genau drei Sekunden, vielleicht auch nur zwei. Alle, aber auch wirklich alle meiner liebevoll und genau aufeinander abgestimmt gepflanzten Blumen, Kräuter und Stauden lassen die Köpfe hängen. Sch... Sonne! Sch... Hitze! Eine Kinderärztin spricht das böse S...-Wort natürlich niemals aus! Andere nicht jugendfreie Worte nimmt sie dagegen ganz gerne mal in den Mund. O Mann, das wird knapp, ausgerechnet heute! Gestern war ich auch schon spät dran und mein Kollege stinksauer. Aber jammern nützt da jetzt nichts. Mit der Gießkanne bewaffnet, flitze ich auf die Terrasse und versuche meine Blumen zu retten. Sechs Kannen später ist es fast geschafft.

»He, Sie da! Frau Plüm! Passen Sie gefälligst auf!«, bellt meine Nachbarin Frau Beier mich von ihrem Balkon ein Stockwerk tiefer aus an.

»Was ist denn?«

»Was ist?! Schauen Sie doch! Sie setzen den Balkon Ihrer Nachbarn unter Wasser!« Mit drohend gerunzelter Stirn steht sie auf ihrem Balkon und beobachtet mich argwöhnisch. Ich folge ihrem Blick. Tatsächlich, da ich den Wasserverlust meiner armen Blumen großzügig ausgeglichen habe, tropft das überschüssige Wasser stetig aus den Töpfen auf den Balkon unter mir. Frau Beiers Balkon liegt blöderweise direkt daneben.

»Ach, die paar Tropfen, das trocknet wieder«, versuche ich abzuwiegeln.

»Also, das ist ja wohl die Höhe!«, ereifert sich Frau Beier, »Sie verstoßen gegen die Hausordnung! Das werde ich der Hausverwaltung melden!«

»Kümmern Sie sich doch zur Abwechslung einfach mal um Ihren eigenen Kram!«, pampe ich zurück, während ich die letzte Blume gieße. Wieder schwappt etwas Wasser über den Rand.

»Wie können Sie es wagen!« Frau Beier schnappt nach Luft.

Ich stelle die Gießkanne ab und eile ins Bad. Diese blöde Diskussion hat schon wieder viel zu viel Zeit gekostet.

Das Bild, das sich mir beim Zähneputzen im Spiegel bietet, passt perfekt zu diesem Tag. Da stehe ich nun, Anna Plüm, 29 Jahre alt, promoviert, Dr. med., Assistenzärztin in der Kinderheilkunde, Single, in voller Pracht. Die schulterlangen, ursprünglich mausgrauen, jetzt blond gesträhnten Haare stehen verschwitzt in alle Richtungen und sehen leider gar nicht nach dem Out-of-bed-Look aus, den man in diversen Modezeitschriften bewundern kann. Der Teint ist fleckig-blass. Meine eckige hellrosa Hornbrille betont meine sonst blauen, jetzt albinokaninchenroten Augen. Die Augenringe gleichen dunklen Furchen, und der Rest ist auch nicht besser. Jedes kleinste Zentimeterchen meiner Haut scheint sich sämtlichen Falten, die ein Bettlaken schlagen kann, angepasst zu haben. Einziger Lichtblick: Unter dem rechten Träger meines rosa Shirts lugt vorwitzig eine kleine, aber durchaus knackige A-Brust heraus.

Nach der Dusche sieht es noch nicht viel besser aus. Die Knitterfalten auf meiner rechten Wange halten sich prima, und die Haare sind immer noch unzähmbar. Auch Föhnen hilft da nicht. Das Gestrüpp auf meinem Kopf sieht aus wie ein geplatztes Sofakissen. Ich binde diesen Mob zu einem praktischen Pferdeschwanz zusammen. So wie fast jeden Tag. Ich habe nun mal keine bad-hair-days, ich habe ein bad-hair-life.

Die Brille setze ich für die Arbeit wieder auf. In der Klinik trage ich sie immer, in meiner Freizeit so oft wie möglich Kontaktlinsen. Am liebsten würde ich mir die Augen lasern lassen. Aber da ich von meinem karitativ mickrigen Kinderärztinnen-Gehalt nichts zur Seite legen kann, werde ich das nötige Geld dafür wohl nie zusammensparen.

Ein prüfender Blick in den heute echt unbarmherzigen Spiegel führt zu einem eindeutigen Urteil: Ohne Schminke kann ich auf keinen Fall aus dem Haus gehen. Die Zeit drängt: zwanzig nach neun. Ich muss mich beeilen. Mit reichlich Make-up versuche ich, leider erfolglos, die Knitter in meinem Gesicht zu glätten. Dann flitze ich in die Küche, schlinge zwei Bananen hinunter und trinke ein großes Glas Leitungswasser.

Viertel vor zehn: Während ich in meine Jacke schlüpfe, greife ich nach meiner Tasche und öffne die Tür, um fast pünktlich das Haus zu verlassen. Da klingelt das Telefon. Ohne weiter darüber nachzudenken, gehe ich dran, was sich an diesem ohnehin schon verkorksten Tag als schwerwiegender Fehler erweist: Am anderen Ende ist meine Mutter. Dafür habe ich jetzt absolut gar keine Zeit. Ich muss dringend zur Arbeit. Das interessiert sie aber leider überhaupt nicht. Sie ist mal wieder beleidigt. »Ich weiß schon, dass du keine Zeit für deine Mutter hast. Wenn ich mir deinetwegen nicht ständig solche Sorgen machen müsste, würde ich dich nicht belästigen. Aber ich kann gar nicht glauben, was mir da zu Ohren gekommen ist.«

Seufzend lehne ich mich an die Wand und stelle meine Tasche auf den Boden. Klingt nicht so, als ob ich sie schnell wieder loswerden würde. »Und, was ist dir so zu Ohren gekommen?«

»Das fragst du noch? Wie kommst du dazu, so mit deiner Nachbarin umzuspringen?«

»Mit wem?

»Jetzt tu nicht so. Frau Beier natürlich. Sie hat mir alles erzählt.«

Hmmm, das klingt nicht gut. »Was hat dir die Beier wann erzählt? Woher kennst du sie überhaupt?«

»Na, von meiner Frauen-Kegelgruppe.«

»Was macht die in eurem Kegelverein?«

»Nicht in unserem Verein, sie spielt in der überregionalen Frauen-Kegelgruppe mit. Das habe ich dir doch erzählt. Hörst du mir denn nie zu?«

Auf die Frage möchte sie bestimmt keine ehrliche Antwort haben.

»Ich habe Frau Beier während des Turniers am letzten Wochenende kennengelernt. Eine sehr nette und anständige Dame.«

»Das ist Geschmacksache. Sie kann auch anders.«

»Jetzt hör aber auf. Wie kannst du nur so unhöflich zu ihr sein? Und wie kommst du dazu, anderer Leute Balkone zu verwüsten?«

»Ich habe nichts verwüstet, ich habe meine Blumen gegossen. Vielleicht solltest du nicht alles glauben, was du hörst.«

»Im Gegensatz zu dir ist Frau Beier absolut zuverlässig.«

Das habe ich befürchtet. »Na, wenn du meinst. Gibt's sonst noch was?«

»Jetzt sei nicht so pubertär-verstockt. Ich erwarte, dass du dich deinen Nachbarn gegenüber anständig verhältst.«

»Sonst noch was?«

»Dass du mehr auf dich achtest. Aber da kann ich mir ja den Mund fusselig reden. Ich mache mir wirklich Sorgen. Ich höre ja auch gar nichts mehr von dir«, jammert Mutter vorwurfsvoll.

»Wir haben doch gerade erst letzte Woche telefoniert. Du weißt doch, dass ich Nachtdienst habe.«

»Ja, aber Frau Beier und ich machen uns so unsere Gedanken. Sie meinte, dass du in letzter Zeit einen etwas verwahrlosten Eindruck machst.«

Verwahrlost? Das darf doch wohl nicht wahr sein! »Wann hat dir dein Spitzel aus deiner Hausfrauen-Tratschtruppe denn das erzählt?«

»Also bitte, ich hatte schon befürchtet, dass du keine Ahnung von nachbarlicher Fürsorge hast. Da bist du leider ganz wie dein Vater. Das hat überhaupt nichts mit Tratsch zu tun.«

Letzteres ist eine glatte Lüge. Gelangweilte Hausfrauen, die von ihren Ehemännern zum Kegeln verpflichtet wurden und dabei noch nicht einmal genau wissen, was man mit der Kugel macht, sitzen in Mutters Kegelgruppe zusammen und tratschen ohne Punkt und Komma bei dem ein oder anderen Kirschlikör. Als die Frauen aus meinem Heimatort sich vor einiger Zeit tatsächlich nichts Neues mehr zu berichten hatten, schlossen sie sich einfach mit ein paar anderen Klatschbasen zusammen und gründeten eine überregionale Frauen-Kegelgruppe. Dass anscheinend nun auch Frau Beier zu der Truppe gehört, ist gerade extrem ätzend.

»Wie du meinst. Was hat dir deine Sportkameradin, unser Blockwart Beier, denn alles erzählt?«

»Sprich bitte nicht so abfällig über sie. Da du es ja nicht nötig hast, mit mir zu sprechen, muss ich sie eben fragen, wie es dir geht.«

»Wenn du das wissen willst, frag mich doch einfach. Es geht mir gut!«

»Das behauptest du immer. Aber wenn ich höre, wie du mit einer älteren Dame umspringst, muss ich mir langsam wirklich Sorgen um deinen Geisteszustand machen.«

»Auch der ist gut. Vielleicht solltest du nicht immer auf das hören, was andere so von sich geben, vor allem nicht auf deine liebe Frau Beier.«

»Jetzt sei nicht gleich so zickig. Wir machen uns doch nur Sorgen um dich.«

»Ihr müsst euch keine Sorgen machen, es geht mir gut. Wie oft soll ich das noch sagen. Ich habe Nachtdienst ...«

»Und noch nicht mal einen Freund – oder verheimlichst

du mir was? Natürlich hast du keinen Freund, und es geht dir nicht gut. Eine Mutter spürt, wenn mit ihrem Kind etwas nicht stimmt.«

Wenn das so ist, dann wurde ich eindeutig adoptiert. Zwischen meiner Mutter und mir liegen Welten.

»Halloho! Hast du mir zugehört? ES GEHT MIR GUT!«

»Nein, es geht dir überhaupt nicht gut. Das sieht man ja schon an deinem Verhalten gegenüber Frau Beier ...«

Diese verfluchte Frau Beier. Da zieht man kilometerweit von zu Hause weg, um seine Ruhe zu haben, und was passiert? Mutters Kegeltanten sind einfach überall.

»Du solltest froh sein, dass sich eine ältere Dame wie sie für ihre Mitmenschen interessiert. Wenn sie nicht wäre, wüsste ich ja nicht einmal, ob du noch am Leben bist. Eine Frau in deinem Alter sollte nicht allein leben, ohne Mann. Das ist doch unnatürlich. Vielleicht sollte ich dich mal wieder besuchen und deine Wohnung auf Vordermann bringen. Wenn du so vor dich hin vegetierst, vergraulst du natürlich jeden Mann.«

»Nein, also, nein wirklich, das ist nicht nötig. Hier ist alles picobello, das geht auf gar keinen Fall. Ich hab viel zu viel zu tun ...«

»Nun, wenn du meinst. Bei uns bist du jedenfalls immer willkommen. In der Firma deines Vaters hat ein neuer Abteilungsleiter angefangen. Der ist so etwa in deinem Alter und ein ganz gepflegter junger Mann ...«

Uuuuh, pflegen kann man so einiges.

»Ich muss jetzt wirklich los. Ich ruf dich an.«

Mit einem leisen Stöhnen lege ich auf. Frau Beier und meine Mutter, das ist eine ganz ungute Verbindung. Na klasse, und jetzt bin ich erst recht viel zu spät dran.

Auf dem Weg zu meinem Auto fische ich flugs die Zeitung

aus dem Briefkasten und erfahre dort, dass heute Sonntag ist. Drei Nächte noch, dann werde ich zum Ausgleich fünf ganze Tage freihaben und ausgiebig mich und mein Leben feiern!

Schon auf dem Parkplatz der Klinik hellt sich meine Stimmung auf. Dort steht das Auto unseres neuen, einfach phantastisch aussehenden chirurgischen Oberarztes Dr. Klemme. Er hat also auch Dienst. Fein! Leider ist er nicht der Hellste und hat es außerdem in dem ersten Monat, den er hier gearbeitet hat, geschafft, fast die gesamte OP-Schwesternschaft flachzulegen. Aber er ist eindeutig was fürs Auge, und das hat ja auch was. Schließlich bin ich Single und möchte mein Leben genießen.

Der Pförtner, der gelangweilt hinter seinem Tresen im Eingangsbereich des Krankenhauses sitzt und darauf aufpasst, dass jeder unserer kleinen Patienten den richtigen Weg in die Notaufnahme findet, begrüßt mich, kaum dass ich einen Fuß in die Klinik gesetzt habe, mit seinem obligatorischen: »'n Abend, Frau Plüm, wo haben Se denn Plüsch gelassen?«

Haha, wie witzig! Das sind Plisch und Plum, nicht Plüsch und Plüm! Ich versuche das Gespräch mit diesem überaus redseligen Mann auf einen kurzen Small Talk zu beschränken, um mir den Pieper zu schnappen und mich schnell zu verdrücken. Da wedelt er mit einem blassgelben Briefumschlag vor meiner Nase herum.

»Frau Plüm, ich habe schon mal Ihr Fach in der Poststelle für Sie geleert. Die jungen Ärzte haben ja immer so viel zu tun.«

Unser Pförtner quatscht einem nicht nur die Ohren ab, sondern ist auch noch der absolut neugierigste Mensch, den ich kenne.

»Wollen Sie ihn nicht öffnen, Frau Plüm? Sieht aus, als käme der von der Personalverwaltung. Vielleicht kriegen Sie ja mehr Geld«, lacht er jovial und fuchtelt ungeduldig mit dem Brief herum. Haha, na klar. Ich bin ja schon froh, dass ich überhaupt ein Gehalt bekomme. Der kann sich seine blöden Witze sonst wohin packen. Fremder Leute Post unter einem Gutmenschen-Vorwand durchwühlen geht einfach zu weit. Das würde nicht mal ich machen. Wenn ich genauer darüber nachdenke, vielleicht doch. Aber nur im absolut lebenswichtigen Notfall. Ich sollte diesem distanzlosen Schnüffler mal gehörig die Meinung sagen. Das traue ich mich aber natürlich nicht. Es könnte ja sein, dass er dann das nächste Mal aus Rache meine Post gleich einbehält. Meine beste Freundin und Kollegin Vera würde mich jetzt wieder wegen meines paranoiden Misstrauens, wie sie es nennt, aufziehen. Aber man weiß ja nie. Wenn einer schon anfängt, in fremder Post zu wühlen ... Mit einem eingefrorenen Lächeln nehme ich den Brief entgegen und hetze in die Umkleide.

Dort muss ich mich erst mal setzen. Misstrauisch beäuge ich den blassgelben Umschlag. Der Brief ist tatsächlich von der Personalverwaltung. Wie alle blassgelben Umschläge. Nur enthalten sie in der Regel keine Gehaltserhöhungen, sondern Abmahnungen oder Kündigungen, manchmal auch einen neuen Vertrag. Letzteres steht bei mir nicht an. Vor etwa einem Jahr habe ich nach einer langen Odyssee mit Zweimonats-Arbeitsverträgen eine volle Stelle für die Kinderarzt-Weiterbildung ergattert. Von der Ausbildungszeit ist vielleicht gerade mal die Hälfte um. Bleiben also nur noch Abmahnung oder Kündigung. Mir wird übel. Was ist passiert? Nervös gehe ich in Gedanken die letzten Dienste durch. Habe ich einen Behandlungsfehler begangen? Kann ich mir nicht vorstellen. Ich habe zwar ein paar Selbstzweifel, bin aber deshalb bei der Behandlung meiner Patienten immer sehr genau und kontrolliere lieber alles zweimal. War ich irgendwann so übermüdet, dass ich mich bei der Dosierung eines Medikamentes verrechnet habe? Hundertprozentig ausschließen kann ich das nicht, obwohl es mir bislang nicht passiert ist. Das wäre eine Katastrophe! Man kann ein kleines Kind schon mit überdosierten Nasentropfen umbringen. O Gott! Ich habe in den letzten Tagen eine Menge Nasentropfen verordnet. Was, wenn ich meine Zulassung verliere? Panisch rufe ich Vera an: »Ich habe einen gelben Brief bekommen«, japse ich in das Telefon.

»Anna, bist du das? Was ist denn los?«

»Einen gelben Brief von der Verwaltung.« Mir versagt die Stimme.

»Oh!«

Was heißt hier oh?

»O. k., wir bleiben jetzt ganz ruhig. Öffne erst mal den Brief. Es muss doch nichts Schlimmes drinstehen.«

»Nein, natürlich nicht. Es ist bestimmt ein Liebesbrief vom Personalchef«, fauche ich Vera an.

»Du wirst unsachlich.«

»Ich bin gerade dabei meinen Job zu verlieren!«

»Warum sollten die dich rausschmeißen? Du bist die beste Ärztin, die ich kenne. Mach den Brief auf.«

Fein, die beste Ärztin, die ich kenne, ist Vera. Ich atme tief durch und reiße den blassgelben Umschlag auf. Ich bin eine gute Ärztin, ich bin eine gute Ärztin, ich bin eine gute Ärztin.

Sehr geehrte Frau Dr. Plüm,

Wir freuen uns, Ihnen mitteilen zu können, dass wir Sie mit Wirkung zum 01. 08. 11 mit der ärztlichen Versorgung der Moby-Fit-Ambulanz betrauen.

Wir bedanken uns an dieser Stelle für die gute und erfolgreiche Zusammenarbeit innerhalb der vergangenen zweieinhalb Jahre.

Eine Einführung in die Ambulanz erhalten Sie am 01.08.11 durch Herrn Dr. Denner, den zuständigen Psychologen ...

»Das ist ja wunderbar. Deine erste Ambulanz«, jubelt Vera ins Telefon. Meine erste Ambulanz! Ich werde gar nicht gefeuert. Ich bekomme meine eigene Ambulanz. Und das schon übernächsten Montag! Normalerweise wird niemandem mit weniger als drei Jahren Erfahrung eine Ambulanz zugeteilt. Vera hatte recht. Ich bin eine gute Ärztin. Warum mache ich mich bloß immer so verrückt? Die *Moby-Fit*-Ambulanz ist doch super! Wie die meisten großen Kinderkliniken haben auch wir ein Adipositas-Schulungsprogramm. Ein Team, bestehend aus Ernährungsberatern, Köchen, Psychologen, Sportlehrern und Ärzten, arbeitet zusammen daran, übergewichtigen Kindern und Jugendlichen das Abnehmen zu erleichtern.

Die Sprechstunde für kleine Walfische, ähem, korrekt ausgedrückt natürlich Adipositas-Sprechstunde, wuppe ich doch mit links. Lachend hopse ich in der Umkleide herum und plane mit Vera fürs nächste Wochenende einen diesem Anlass würdigen Prosecco-Abend.

»Du sag mal. Hast du eigentlich schon Übergabe gemacht? Es ist kurz nach halb elf«, holt Vera mich wieder auf den Boden der Tatsachen zurück.

Das hätte ich in meiner Euphorie fast vergessen. Schnell ziehe ich die Thrombosestrümpfe an, schließlich möchte ich durch langes Stehen keine Krampfadern oder dicke Füße bekommen, und schlüpfe dann in die Bereichskleidung. Bereichskleidung! Bereichskleidung ist so eine Sache. Für die Frau gibt es verknitterte, ultragestärkte, weiße Karottenhosen und Kasacks. Schützt hundertprozentig vor sexuellen Übergriffen. Selbst wenn man die einzige Frau unter Tausenden von Kerlen auf einer Insel wäre, würde da nichts passieren. Für den Mann, den Gott in Weiß, liegen dagegen gutgeschnittene weiche Stoffhosen, die selbst Obelix einen knackigen Hintern verpassen würden, und Polohemden bereit. Natürlich sind wir Assistenzärztinnen unglaublich dankbar dafür, durch diese Kleiderordnung so fürsorglich beschützt zu werden. Manchmal schaffen Vera und ich es allerdings, die Wäschereileiterin mit Schokoladenkeksen zu bestechen und ein Paar von den guten Hosen zu ergattern. Leider nur manchmal. Liegt es etwa an der falschen Arbeitskleidung, dass so viele junge, hübsche und intelligente Ärztinnen Singles sind? Der Arzt kann sich dagegen ungeachtet von Aussehen oder Intelligenz kaum vor heiratswilligen Arztgattinnen in spe retten. Ich sag's ja, die Hosen machen da bestimmt einiges aus!

Letzte Woche hat Vera eine Statistik entdeckt, die kurz zusammengefasst belegt, dass Medizinerinnen den größten Anteil alter Jungfern ausmachen und die Selbstmordrate unter ihnen am größten ist. Das kann's ja wohl nicht sein! Wir sind einigermaßen hübsch (außer in Bereichskleidung), intelligent, witzig und arbeiten hart. Das müsste Männern doch eigentlich gefallen! Vielleicht sind unsere Arbeitszeiten aber auch genau das Problem? Wo sollen wir den passenden Traummann finden? Wo ist er, der Prinz auf dem weißen Pferd? In unserer Klinik jedenfalls nicht. Dr. Klemme gibt's zum Anschauen, aber bloß nicht zum Reden. Der einzige Pfleger, der nicht nur gut aussieht, sondern auch rücksichtsvoll, zuvorkommend und ein guter Zuhörer ist, ist natürlich schwul. Die Chefärzte, allesamt mit Frau und Kindern ausgestattet, sind nicht auf dem Markt und auch nicht wirklich sexy. Die meisten Assistenten sind ebenfalls verheiratet, betrügen aber ihre Frauen häufig ungeniert ... Bevor ich mir jedoch weiter Gedanken über solche grundsätzlichen Lebens-Probleme mache, sollte ich endlich meinen Kollegen vom Spätdienst suchen, um ihn abzulösen.

Vor der Pinnwand im Eingangsbereich der Notaufnahme hat sich eine beeindruckende Menschentraube versammelt. Das ist seltsam. Normalerweise lösen Ankündigungen von Seelsorgerbesuchen, Stillkursen und Häkelgruppen keine solche Aufregung aus. Vor allem nicht um diese Uhrzeit. Neugierig, wie ich bin, drängele ich mich rasch nach vorne. An der Pinnwand hängt ein leuchtend roter Zettel, auf dem in großen Buchstaben steht:

Liebe Eltern, der angeblich so kinderfreundliche Arzt Dr. Mösli ist ein Heuchler! Er betrügt seine Frau mit OP-Schwester Gisela! Dabei hat er selbst vier Kinder!

Das entspricht absolut den Tatsachen. Alles, was dort steht, ist wahr. Aber wer hat bloß diesen Zettel aufgehängt? Vermutlich seine Frau. Sie soll zu solchen Ausbrüchen neigen, hab ich gehört. Endlich mal wieder ein Skandal in unserer Krankenhaus-Live-Soap! In den letzten Wochen war es verdächtig ruhig. Ich liebe Skandale, sofern sie nicht mich selbst betreffen. Natürlich könnte ich den Zettel einfach abnehmen und vernichten. Aber warum sollte ich das? Ich möchte schließlich wissen, wie es weitergeht.

Im Arztzimmer der Station für Jugendliche entdecke ich dann auch meinen Kollegen vom Spätdienst, Dr. Dietrich.

»Hast du schon den Zettel an der Pinn...?«, stürme ich aufgeregt ins Zimmer.

»Ohh, isch liebe disch ...«, säuselt er gerade mit einem

unglaublich schlecht gekünstelten französischen Akzent in den Telefonhörer und dreht sich irritiert zu mir um. Ich deute ihm an, im Schwesternzimmer auf ihn zu warten und ziehe mich zurück. Gott ist das albern! Dr. Dietrich kommt aus Husum und macht einen auf französischen Liebhaber. Ständig telefoniert er im Dienst mit seiner Frau. Dabei könnte er jetzt einfach nach Hause gehen und seine frankophilen Vorlieben dort ausleben. Dieses Paar scheint ein halbes Jahr nach seiner Hochzeit jedenfalls noch frisch verliebt zu sein.

Nun stehe ich da, wie bestellt und nicht abgeholt, und warte auf die Übergabe. Das Telefon klingelt, und da ich gerade nichts zu tun habe, gehe ich ran: »Kinderklinik, Jugendstation, Plüm am Apparat.«

»Guten Abend, hier spricht Frau Dietrich, kann ich bitte meinen Mann sprechen, Doktor Dietrich?« Das Wort Doktor betont sie derart, als wäre es das Wichtigste auf der Welt.

»Ähm, ja, der Herr Dietrich ... Der ist gerade in einem Gespräch ...«, stammele ich entgeistert und füge in Gedanken hinzu ›in einem Gespräch mit Ihnen, dachte ich‹.

»Einen Moment bitte.« Was ist denn hier los? Ich scheine in letzter Zeit einiges verpasst zu haben. Von wegen verdächtig ruhig. Leicht angesäuert wage ich mich wieder ins Arztzimmer, wo Doktor Schwerenöter inzwischen bei »... oooh ja, du bist eine Göttin ...« gelandet ist. Jetzt reicht's!

»Deine Frau ist am anderen Apparat!«, unterbreche ich ihn so laut wie möglich.

Schnell legt unser Möchtegern-Franzose die Hand auf die Sprechmuschel und flüstert: »Jetzt nicht, ich rufe sie zurück.«

Na toll! Nun darf ich ihn auch noch decken. Er hätte wenigstens diskret sein können. Auf solche Spielchen habe ich echt keine Lust. Im Moment bleibt mir aber nichts anderes übrig, da ich nämlich von Natur aus ziemlich konfliktscheu bin. Also gehe ich brav wieder an den anderen Apparat und richte der gehörnten Frau Dietrich aus: »Ihr Mann wird sich so bald wie möglich bei Ihnen melden.«

Nachdem Dr. Womanizer sein amouröses Telefonat beendet hat, bekomme ich endlich eine Übergabe und kann meinen Dienst antreten.

Kurz nach eins wird ein Anruf an mich persönlich, wie der Pförtner neugierig betont, weitergeleitet. »Notaufnahme, Kinderklinik, Plüm am Apparat. Was kann ich für Sie tun?«

»Hier spricht Frau Doktor Dietrich! Lassen Sie die Finger von meinem Mann!«

Na super! Frau Dietrich, durch die Heirat mit einem Arzt nun anscheinend automatisch mitpromoviert, ist auf hundertachtzig! Warum machen sich die beiden nicht einfach einen schönen Abend?

»Frau Dietrich, ich weiß nicht, wovon Sie reden. Sind Sie sicher, dass Sie mich sprechen möchten?«

»Natürlich!«, faucht sie in den Hörer, »ich weiß genau, dass Sie meinen Mann bei den Übergaben extra lange aufhalten, um ihm schöne Augen zu machen! Und jetzt lassen Sie ihn endlich nach Hause gehen. Ich warte schon seit Stunden auf ihn.«

»Frau Dietrich, Ihr Mann ist bereits unterwegs. Ich denke, wir sollten dieses Gespräch jetzt beenden.«

Spinnen denn jetzt alle? Dr. Dietrich ist seit fast zwei Stunden auf dem Heimweg, und ich soll ihm angeblich schöne Augen machen? Letzteres ist absolut ausgeschlossen. Dr. Dietrich ist total unattraktiv: Er ist so schmächtig wie ein Fünfzehnjähriger, hat eine ebenso kieksige Stimme, trägt einen lichten Dreitagebart, und seine Kleidung riecht muffig nach altem Kleiderschrank. Er ist so überhaupt nicht mein Typ. Aber erstaunlicherweise scheinen sich mindestens zwei Frauen um ihn zu bemühen. Das kann ich wirklich nicht nachvollziehen. Ich muss unbedingt Vera fragen, wer seine unbekannte Flamme am Telefon sein könnte. Vera ist immer überaus gut informiert. Vor allem muss ich Frau Dietrich irgendwie davon überzeugen, dass ich nicht hinter ihrem Ehegatten her bin. Nicht dass nachher noch ein Zettel über mich an der Pinnwand hängt! Das wäre mein Untergang! Mein bislang absolut tadelloser Ruf wäre dahin! Eine Katastrophe!

Der Rest der Nacht verläuft friedlich. Eine Lösung für das Dietrich'sche Problem finde ich allerdings nicht. Dafür schaut Dr. Klemme ein paarmal in der Notaufnahme vorbei. Mann, sieht der gut aus, obwohl er schon seit Stunden im Dienst ist! Dieser positive erste Eindruck ist zwar dahin, sobald er sich zu Wort meldet, aber er ist schon ein heißes Schnittchen, und das sogar im Nachtdienst! Wie macht der das nur? Botox? Fruchtsäure-Peelings? Wenn mein Ruf durch unseren umtriebigen Dr. Dietrich demnächst ohnehin ruiniert ist, dann könnte ich ja vielleicht mal mit ihm ...

Als könne er Gedanken lesen, kommt er grinsend auf mich zu:

»Frau Doktor?« Er lehnt sich an die Wand und mustert mich von oben bis unten. Er kann doch hoffentlich keine Gedanken lesen, oder?

»Ich glaube, da ist ein ganz spezieller Fall für Sie.« Während er sich abwendet, um in Richtung OP zu verschwinden, wird sein Grinsen noch breiter. Neugierig betrete ich das Behandlungszimmer, wo mir die Eltern eines Kleinkindes eine große Tupperdose überreichen.

»Hier, Frau Doktor. Ihr Kollege meinte, Sie wären die Beste, um uns zu helfen.«

Gut, dass ich erst mal frage, was drin ist, bevor ich die

Dose öffne. Denn wie ich jetzt erfahre, ist es Kot. Stuhlgang. Kleinkindkacke! Was soll ich damit?

»Unsere Tochter Eva hat vor zwei Wochen ein Zehn-Cent-Stück verschluckt. Unser Hausarzt hat uns gesagt, dass die Münze innerhalb von zwei Wochen schon von selbst wieder herauskommen wird. Da wollten wir sichergehen«, berichtet mir die Mutter. In Klein Evas Häufchen zu wühlen war den Eltern dann aber doch zu eklig. So haben sie lieber zwei Wochen lang Klein-Eva-Kacke in einer Tupperdose gesammelt.

»Wir dachten, Sie können ja mal nachschauen, ob das Geldstück da drin ist«, fährt der Vater fort, »Ihr Herr Oberarzt musste ja so schnell in den OP, aber er meinte, Sie könnten das auch.«

Klemme ist genau genommen gar nicht mein Oberarzt, und verschluckte Gegenstände sind eigentlich Kinderchirurgensache. Allerdings ist die Münze wahrscheinlich schon längst in der Dose des Grauens. Soll ich lachen oder weinen? Wenn ich die Dose mit den teils zwei Wochen alten Häufchen öffne, muss ich mich erst übergeben und falle dann tot um.

Ich könnte versuchen, die Familie empört wieder wegzuschicken. Nein, das geht nicht, denn wir sind ein kundenfreundliches Krankenhaus. Was nun?

»Warten Sie kurz, ich bin gleich wieder bei Ihnen«, halte ich die Eltern hin.

Ambulanzschwester Petra bricht im Aufenthaltsraum in schallendes Gelächter aus, als ich ihr davon erzähle.

»Super! Du hast gut lachen. Du sollst ja auch keine Kackhaufen nach einer Münze durchwühlen. Wo ist Klemme überhaupt? Er oder einer seiner Assistenten sind dafür zuständig.«

»Das kannst du vergessen«, prustet Petra, »die sind alle im OP.«

»Um was zu tun? Mit dem Endoskop eine Pizza Calzone auszunehmen, oder was?«

»Nee, die haben wirklich ’ne eilige OP.« Petra hat Tränen in den Augen.

Ich bin sauer. »Was denken die sich, dass ich mit einem Röntgenblick durch die Dose hindurch nach den zehn Cent suchen kann?«

»Nimm doch ein Sieb.«

»Hast du noch andere brillante Vorschläge?«

Ich brauche erst mal ein paar Schokokekse zum Nachdenken.

Da hat Petra die rettende Idee: »Mensch, Röntgenblick, das ist es!«

Sie ist einfach die Beste! Wir röntgen die Dose mit der Kinderkacke. Siehe da, die Münze ist auf dem Röntgenbild deutlich zu erkennen, und ich kann die Eltern beruhigen. Die Tupperdose möchten sie lieber nicht mehr mit nach Hause nehmen. Wir dürfen sie netterweise behalten.

Gegen Ende eines langen Dienstes führe ich dann noch eine Diskussion mit einem Ehepaar, das sich über das Namensschild am Bett seines Kindes beschwert. Ich versuche diesen Eltern gerade in einem ausführlichen Gespräch die Krankheit ihres Sohnes zu erläutern, als die Mutter einen entsetzten Schrei loslässt: »Schwester! Sie haben ja den Namen unseres Sohnes falsch geschrieben! Da steht Brian, der Name wird aber *Brain* geschrieben!«

»Ja, ähm, ich bin im Übrigen die behandelnde Ärztin. Ich werde mich aber gerne darum kümmern.«

Der Brain also ...

Bevor ich die Klinik verlasse, schlendere ich möglichst unauffällig zur Pinnwand. Dort hängen keine Mitteilungen über mich. Noch nicht. Belustigt betrachte ich noch einmal die grelle Nachricht über Dr. Mösli und muss unwillkürlich schmunzeln.

»Guten Morgen, was gibt es denn für amüsante Neuigkeiten?«, spricht mich ein junger Mann frech von der Seite an.

Sieht er denn nicht, dass ich Nachtdienst hatte und meine Ruhe haben will? Übermüdete Nachtdienstler benötigen eine Art Schutzzone, eine große imaginäre Plexiglaskugel um sich herum. Vor allem mich sollte man nach dem Nachtdienst nicht unnötig in Gespräche verwickeln. Man sollte sich auch nicht aufregen, wenn ich jemandem in diesem Zustand die Vorfahrt nehme, schräg einparke oder auf dem Bürgersteig jemanden umrenne. Dafür kann ich nichts. Leicht genervt runzele ich die Stirn, was meine Augenringe immer wahnsinnig betont. Vielleicht sieht er's ja jetzt. Dieser unsensible Kerl!

Er wiederum sieht auch nicht mehr so freundlich aus, sondern blickt auf den Mösli-Zettel an der Pinnwand und beginnt sich zu ereifern: »Das ist völlig daneben. Eine Schande, dass niemand solch eine Verleumdung eines Kollegen entfernt, sondern sich alle auch noch heimlich darüber lustig machen ...«

Er hat es nicht bemerkt. Dabei sehe ich eindeutig nach Nachtdienst aus. Normalerweise bin ich schließlich um einiges attraktiver. Zumindest habe ich weniger Augenringe und bin nicht so furchtbar blass. Inzwischen bin ich ziemlich verärgert und nehme diesen dreisten Mitmenschen etwas genauer unter die Lupe. Ich schätze ihn auf Mitte dreißig. Eigentlich sieht er gar nicht so schlecht aus.

Er ist etwa einen Kopf größer als ich. Gut, das ist bei einem Zwerg wie mir nicht besonders schwer. Mittelbraune Haare, die er für meinen Geschmack zu einem viel zu spießigen Seitenscheitel gekämmt hat und sehr intensive rehbraune

Augen. Moment mal, spricht man nicht nur in Bezug auf Frauen über rehbraune Augen? Egal. Beim Blick auf seinen altmodisch wirkenden dunkelblauen Pullunder, den er über einem blauweiß karierten Hemd trägt, muss ich mir dann allerdings ein Lachen verkneifen. Das gelingt mir nicht so ganz.

»Sie finden das wohl auch noch witzig, dass jemand auf diese Weise vorgeführt wird?! Ihnen ist hoffentlich schon klar, dass das ein Fall von übler Nachrede ist?«

Die eben noch hübschen braunen Augen mustern mich jetzt mit einer Mischung aus Zorn und Verachtung. So ein Mist, ich habe nicht zugehört. Was hat dieser offensichtlich moralisch übermotivierte Kerl bloß die ganze Zeit erzählt? Seine letzte Frage wäre an sich einfach zu beantworten: Ja, ich liebe Tratsch jeder Art. Das ist aber völlig unabhängig davon, ob jemand dabei Schaden nimmt oder nicht. Jetzt mal ehrlich: Jeder von uns freut sich doch am meisten darüber, dass es nicht ihn selbst getroffen hat. Ich schaue ihn etwas ratlos an. Komplizierte moralische Diskussionen mit übermüdeten Assistenzärztinnen sind sinnlos. Außerdem, was heißt hier üble Nachrede? Niemand hat Dr. Mösli dazu gezwungen, seine Frau zu betrügen. Mein Freund Till würde jetzt zwar sagen: »Der Mann kann doch gar nichts dafür. Seine Hormone zwingen ihn einfach dazu, möglichst viele Frauen zu beglücken. Das liegt alles nur an der Evolution. Je mehr Nachkommen ein Mann produziert, umso mehr werden überleben.«

Das sehe ich als Frau natürlich völlig anders. Schließlich schleichen keine Säbelzahntiger mehr herum, um die theoretischen Folgen der One-Night-Stands aller fortpflanzungswütigen Typen aufzufressen.

Die Rehaugen funkeln immer noch spöttisch. So langsam sollte ich mal was sagen.

»Ähem, also ... Ich finde ... nun ... Es ist ja keine Lüge, was da steht ...«

»Ach, und das ist ein Grund sich schadenfroh an diesem Ehedrama zu ergötzen? Verstehen Sie denn gar nicht, welche Tragweite solche Gerüchte haben?«

»Vielleicht ist es ja auch gar kein Gerücht? Haben Sie schon mal daran gedacht? Klar ist so eine Zurschaustellung nicht schön, aber manchmal kriegt man eben, was man verdient.«

»Und was man verdient, entscheiden Sie? So bloßgestellt zu werden wünsche ich niemandem.«

Der Kerl ist echt nervig. Wer ist das überhaupt? Irgendwie kommt er mir bekannt vor, aber ich kann ihn einfach nicht zuordnen. Ein Namensschild trägt er leider auch nicht. Schon wieder dieser spöttische Blick. Das werde ich nicht auf mir sitzen lassen:

»Und ich wünsche niemandem, derart hintergangen zu werden. Was ist denn mit der betrogenen Ehefrau? Die hat das alles klaglos hinzunehmen, oder was?«

Seine Einstellung in dieser Sache passt perfekt zu seinem konservativen Outfit.

»Darum geht es nicht. Das hier ist ein Konflikt zwischen zwei erwachsenen Menschen, und die haben ein Recht darauf, ihre Probleme innerhalb ihrer Ehe zu lösen. Ohne sensationsgeiles Publikum.«

»Erwachsene Menschen zerstören ihre Ehe nicht mit öffentlichem Fremdgehen. Damit hat sich das Private der Ehe erledigt.«

»Wäre Ihnen ein heimliches Fremdgehen lieber? Wer gibt Ihnen überhaupt das Recht, so vorschnell, ohne irgendwelche Hintergründe zu kennen, über andere zu urteilen? Ich glaube, Sie sind sich der Tragweite dessen, was hier passiert, überhaupt nicht bewusst.«

Nachdem er mich noch einmal spöttisch von oben bis unten gemustert hat, reißt Mister Pullunder den Zettel ab und stapft hoch erhobenen Hauptes davon.

»He, so einfach …«

Weg ist er. Da stehe ich nun bleich, müde und ziemlich erbost vor der jetzt völlig uninteressanten Pinnwand. Was bildet der sich ein? Wer ist das überhaupt? Vielleicht fällt mir das ja wieder ein, wenn ich erst mal ausgeschlafen habe. Ich bin echt fertig.

Ein Blick auf die Uhr über der Schiebetür am Ausgang mahnt mich zur Eile. Es ist schon fünf nach neun. Punkt neun beginnen die Politessen ihre Rundgänge auf dem Parkplatz vor der Klinik, auf dem man nur vier Stunden lang mit Parkuhr stehen darf. Das gilt volle vierundzwanzig Stunden. Abends ab dreiundzwanzig Uhr lassen sie uns meist in Ruhe, aber ab neun ist Schluss mit nett. Da müssen wir, wenn wir keinen anderen Parkplatz in der Nähe finden, entweder ständig die Parkuhr umstellen, oder es wird teuer. Also eile ich zu meinem Auto, um nach Hause zu fahren. Diesmal habe ich Glück, die Politesse hat ihre Runde am anderen Ende des Parkplatzes begonnen. Während ich ausparke und langsam losfahre, winkt sie mir zu und hebt mahnend den Zeigefinger. Puuh! Das war knapp!

Kapitel 2

Es ist wie in einem schlechten Film: Sechzehn Uhr siebenundfünfzig, kurz vor dem Klingeln des Weckers, schrecke ich aus einem Alptraum hoch und liege mal wieder fix und fertig in meinem Bett. Ich habe die ganze Nacht oder vielmehr den ganzen Tag von diesem penetranten Mister Pullunder geträumt.

Ich saß in einem dunklen Raum an einem Holztisch mit einer kleinen Stehlampe, und vor mir lagen eine Krankenakte und ein Kugelschreiber. Eine Uhr tickte laut. In der Krankenakte lagen der Aufnahmebogen des Patienten, der anscheinend wegen einer Magen-Darm-Grippe aufgenommen worden war, und eine Menge Laborwerte.

Mister Pullunder trat mit seinen zornig funkelnden Rehaugen in den Lichtschein und sagte: »Die Anordnungen bitte, Frau Doktor. Sie haben noch fünf Minuten.« Tatsächlich, der Anordnungsbogen war noch leer. Also machte ich mich wohl oder übel daran, ihn auszufüllen. Immer wenn ich nach meinen Berechnungen die Menge und Zusammensetzung der Infusion aufschrieb, verschwand diese, und es erschien in leuchtendem Rot das Wort FALSCH. »Sie sind zu vorschnell«, fuhr Mister Pullunder mich an. So ein Quatsch, ich war mir absolut sicher. FALSCH. Ich rechnete noch einmal. FALSCH. »Sie verstehen doch gar nicht, worum es hier geht.« FALSCH. Verzweifelt versuchte ich ihn anzuschreien, ihm zu sagen, dass er mich in Ruhe lassen soll. Doch ich bekam keinen Ton heraus.

Das hasse ich an Nachtdiensten: Ich träume wirres Zeug und verpasse durch das Schlafen am Tag wertvolle Lebenszeit. Ich bin so unglaublich müde. Aber während ich so langsam wacher werde, realisiere ich plötzlich, dass ich jetzt eine eigene Ambulanz habe. Das ändert alles. Heute ist ein guter Tag, äh, Abend.

Schon etwas motivierter, schlurfe ich in die Küche und stelle die Kaffeemaschine an. Neben der Maschine liegt ein Stapel meiner Lieblings-Ratgeber. Ich greife das oberste Buch und blättere es langsam durch, während die Maschine warm wird. »Positives Denken – Das Optimismustraining«. Das ist für heute genau die richtige Lektüre. Die Maschine piept, ich stelle eine Tasse bereit und drücke den Knopf für einen doppelten Espresso. So ein Kaffeeautomat ist doch was Herrliches! Ich rühre drei Stücke Zucker in meinen Kaffee und mustere die restlichen Bücher. »Denke positiv und Dein Leben wird sich vervollkommnen« und »Abnehmen durch positives Denken« klingt auch gut. O ja, ich liebe Ratgeber! Ratgeber für ein glückliches, positives, optimistisches, schlankes, perfektes Leben. Sie füllen neben Medizinbüchern und einigen Frauenromanen fast mein gesamtes Bücherregal aus. Es ist vielleicht übertrieben, ständig die aktuellen Neuerscheinungen zu kaufen, aber im Geschäft bin ich immer absolut überzeugt davon, ohne eben diesen Ratgeber nicht vernünftig weiterleben zu können.

Ich arbeite auch, mit einigen Unterbrechungen, fleißig an mir. Neben den Ratgebern besitze ich ein Arsenal von Notizbüchern, um das Wichtigste für ein besseres, ausgeglichenes Leben festzuhalten. Da in jedem meiner Selbstverwirklichungs-Notizbücher nur jeweils die ersten ein bis zwei Seiten beschrieben sind, könnte man den Eindruck bekommen, es mangele mir an Disziplin. Dem ist nicht ganz so. Ich habe eben viel zu tun. Ich versuche zum Beispiel fast regelmäßig eine Art Meditation, um mich selbst schönzudenken. Nicht dass ich völlig unzufrieden mit mir selbst wäre. Wirklich dick bin ich nicht. Aber auch nicht richtig dünn. Unperfekt eben. Ein Blick in eine Frauenzeitschrift, und ich entdecke wieder einen Haufen kleiner, aber hartnäckiger Makel an mir. Meine aktuelle Hauptproblemzone sind kleine Röllchen an Hüfte und Bauch, die sich beim Sitzen über den Hosenbund wölben. Oder meine wabbeligen Oberarme. Oder das leidige Thema Cellulite. Bei unserem Arbeitspensum kann ich gar nicht so viel Sport treiben, dass die Schokolade, Gummibärchen und Kekse, die zum Dienst gehören wie das Stethoskop, sich nicht negativ auswirken würden.

Da fällt mir auch gleich eine weitere akute und äußerst unangenehme Problemzone ein: das Ehepaar Dietrich! Darum sollte ich mich zuerst kümmern. Bevor ich ins Bett gegangen bin, habe ich Vera eine Nachricht geschickt, in der ich ihr kurz mein Dietrich'sches Problem mitgeteilt und sie gebeten habe, die Pinnwand zu überwachen. Einem potentiellen Skandal, der mich betreffen könnte, werde ich mit allen Mitteln entgegenwirken. Ich greife zu meinem Telefon.

»Na, schon ausgeschlafen?«, begrüßt Vera mich.

»Nicht wirklich. Ich habe völligen Unsinn geträumt.«

»Von dem liebestollen Dietrich?«

»Nein, nein, von so 'nem Irren, der mich heute Morgen blöd angemacht hat. Aber jetzt sag mal, gibt's was Neues aus der Klinik?«

»An der Pinnwand hängt ein grellgrüner Zettel, auf dem steht, dass Dr. Mösli seine Frau betrügt. Sonst nichts.«

»Hmm, Fr. Mösli war wohl wütend genug, einen neuen Zettel anzubringen. Dann hätte der Quatschkopf von heute Morgen es sich ja sparen können, den alten abzureißen.«

»Von wem redest du eigentlich?«

»Ach, von so 'nem moralisch überreagierenden Kerl, der mich heute Morgen angeschnauzt hat, weil ich den Mösli-Zettel gelesen habe, anstatt ihn abzunehmen. Als ob ich der Pinnwandwärter wäre.«

»Nee, der bin ich ja jetzt.«

»Der Typ ist etwa einen Kopf größer als ich, braune Haare, braune Augen, blauer Pullunder. Hast du den schon mal gesehen? Der benahm sich so, als würde er bei uns in der Klinik arbeiten. Er kommt mir auch irgendwie bekannt vor.«

»Lass mich mal überlegen, braune Haare, braune Augen und durchschnittlich groß. Das ist ja mal eine eindeutige Beschreibung. Gibt es denn irgendein besonderes Merkmal?«

»So genau habe ich ihn mir nun auch wieder nicht angeschaut.«

»Ist gut. Ich halte die Augen offen. Was dein Dietrich-Problem betrifft, werde ich versuchen herauszubekommen, wer wirklich das heimliche Liebchen ist. Ich kenne da jemanden in der Verwaltung, der für sämtliche Telefonverbindungen der Klinik zuständig ist, vielleicht kann der weiterhelfen. Ich wünsche dir einen ruhigen Dienst.« Vera legt auf.

Ich muss unbedingt mit unserem liebestollen Doktor sprechen und das Missverständnis aufklären. Leider geht das erst morgen früh. Ich muss mich also noch ein wenig gedulden, und das ist so gar nicht meine Stärke. Vielleicht beruhigt sich Frau Doktor Dietrich ja wieder, wenn sich ihr Mann mal um sie kümmert. Oder besser gesagt, falls sich ihr Mann überhaupt mal um sie kümmert.

So, Schluss mit der Grübelei. Der Gedanke, dass moi, wie

der frankophile Dietrich sagen würde, in einen Klinikskandal verwickelt sein könnte, lässt zwar eine gewisse Panik in mir aufsteigen, aber heute ist ein guter Tag. Heute muss ein guter Tag sein! Die Sonne scheint, die Blumen auf meiner Terrasse blühen so schön wie nie zuvor, der Anrufbeantworter zeigt keine unbeantworteten Anrufe meiner Mutter, und mein Magen fängt langsam, aber unmissverständlich an zu knurren. Als ich den Kühlschrank öffne, um nach etwas Essbarem zu suchen, das sich als abendliches Frühstück eignet, klingelt es an der Tür. Hoffentlich ist das nicht die blöde Beier. Misstrauisch schaue ich durch den Spion, und mir fällt ein Stein vom Herzen. Es ist mein bester Freund Till.

Erleichtert reiße ich die Tür auf und falle ihm erst mal um den Hals: »Till! Schön, dich zu sehen ... Komm rein ...«

»Na, ich dachte, ich schaue mal vorbei, damit du während deiner Nachtdienstwoche nicht total vereinsamst.«

»Möchtest du einen Kaffee?«

»Lass nur, ich mach mir selber einen. Ich habe frische Brötchen mitgebracht. Du hast doch bestimmt noch nicht gegessen, oder?« Till schwenkt stolz die prall gefüllte Papiertüte, aus der es verführerisch duftet.

Mein Magen knurrt noch lauter als zuvor. Till mustert mich kurz: »Dachte ich's mir doch. Mach du dich in Ruhe fertig. Ich kümmere mich um alles.«

Till wohnt nur einen Block weiter und kommt gerne mal spontan vorbei. Als bester Freund ist er einfach unschlagbar. Während ich mich ins Bad verziehe, um zu duschen, deckt er den Frühstücks-Abendbrottisch auf der Terrasse. Dabei sieht er wieder aus wie aus dem Ei gepellt. Seine Garderobe ist stets auf dem neuesten Stand, und er hat eine Vorliebe für handgenähte italienische Schuhe. Da er einen lässigen Kleidungsstil bevorzugt, wirkt es meist so, als habe er ganz zufällig einen perfekten Griff in den Kleiderschrank getan. Aber ich weiß genau, dass bei der Wahl seiner Outfits alles durchdacht ist. In seinem Kleiderschrank findet sich hundertprozentig kein einziges Teil aus der vergangenen Saison.

Ich ziehe mir schnell eine Jogginghose und ein altes T-Shirt an, wickele mir ein Handtuch um die nassen Haare und setze mich an den Tisch. Mhmm, das sieht aber gut aus! Till stellt einen Milchkaffee und frisch gepressten Orangensaft vor mich hin. Irgendwas ist da im Busch. Till ist zwar fast wie ein Bruder für mich und pflegt diese Freundschaft auch rührend, aber frisch gepresster Orangensaft? Das ist dann doch ein bisschen dick aufgetragen. Na, ich bin ja mal gespannt.

»Und, hast du gut geschlafen?«, fragt er, während er mir gegenüber Platz nimmt. Oh, oh, der Busch wächst langsam zu einem Baum. Ich platze gleich vor Spannung.

»Ging so. Vielen Dank für das tolle Frühstück.«

Ich darf mir jetzt bloß nichts anmerken lassen, sonst rückt er nie damit raus. Till rührt und rührt in seinem Espresso herum. Das Zuckerstückchen, das er hineingeworfen hat, hat sich sicher schon vor Minuten aufgelöst. Dann hält er inne und sieht mich prüfend an. »Meinst du, ich könnte in nächster Zeit ab und zu mal bei dir übernachten?«

Überrascht reiße ich die Augen auf und verschlucke mich an meinem Milchkaffee.

»... auf deinem Sofa, meine ich. Während deiner Nachtdienste störe ich dich doch eh nicht.«

»Du störst mich nie, aber was ist denn los? Hast du einen Wasserrohrbruch, oder was?«

Die wichtige Frage ist dabei »oder was?«. Wegen irgendwelcher Schäden in seiner Designerwohnung würde Till nicht so herumdrucksen. Außerdem würde er sich dann von seiner Versicherung ein schönes Hotel bezahlen lassen.

»Nein, nein, mit der Wohnung ist alles in Ordnung. Das Problem ist Theresa.«

Till hat also mal wieder Probleme mit dem anderen Geschlecht. Wer hat die nicht? Till hat fast täglich wechselnde Affären, On-off-Beziehungen und One-Night-Stands, die regelmäßig zu unschönen Verwicklungen führen. Erstaunlicherweise wundert er sich immer wieder darüber. Ich nicht.

Wer ist nun schon wieder Theresa? Ratlos schaue ich Till an, während ich verzweifelt versuche, mich an all die Frauennamen zu erinnern, die er in den letzten Wochen so nebenbei in den Raum geworfen hat.

»Die Brünette, die ein Praktikum in deiner Firma gemacht hat?«

»Nein, das war Jana. Mensch, Anna, du hast manchmal echt ein Gedächtnis wie ein Sieb. Ich hab dir doch von Theresa erzählt.«

Das mag sein, aber Till spricht ja ständig von irgendwelchen Eroberungen. Nicht wenige von ihnen sind tatsächlich Praktikantinnen in der Werbeagentur, in der er arbeitet. Er verdreht die Augen.

»Theresa ist die, die ich auf der Messe in München kennengelernt habe.«

»Ach die, wohnt die nicht in München?«

»Jetzt nicht mehr. Sie leitet neuerdings hier ein Projekt und hat erst mal im Grandhotel eingecheckt.«

Das liegt fast direkt gegenüber von Tills Wohnung. Das ist ja scharf!

»Und was ist das Problem? Sie wird doch nicht ewig hier sein. Amüsier dich doch ein bisschen.«

»Das geht nicht. Sie will mehr. Solange wir beide nur Spaß wollten, war ja alles gut.«

»Hat sie dir gesagt, dass sie mehr will?«

»Nein. Aber sie stand gestern Abend plötzlich mit einer Flasche Wein vor meiner Wohnungstür.«

»Das ist doch nett.«

»Ich hatte gerade Besuch.«

»Von?«

»Carla.«

»Carla?« Wer ist das nun schon wieder?

»Ist auch nicht so wichtig. Der Punkt ist, dass ich mich nicht einengen lassen möchte. Es war doch nur Spaß. Ich habe das gleich zu Beginn klargestellt, und sie war damit einverstanden.«

»Vielleicht wollte sie auch nur Spaß mit dir und einer Flasche Wein. Wie schlimm war's denn?«

»Gar nicht. Das ist ja das Seltsame. Sie hat nur gelächelt und gesagt: Na dann, ein andermal vielleicht. Die lässt einfach nicht locker.«

»Na und? Sie wohnt doch im Hotel, also scheint sie nicht ewig zu bleiben. Wie schon gesagt. Wo ist dann das Problem?«

»Sie möchte erst mal schauen, wie es hier so läuft.«

»Ach, und daraus schließt du, dass es von dir abhängt, wie es hier so läuft? Bisschen eingebildet bist du manchmal schon.«

Das ist Till tatsächlich, und ein wenig kann ich das sogar nachvollziehen. Er hat ein schönes, mir etwas zu androgynes Gesicht mit den blauesten Augen, die ich jemals bei einem Erwachsenen gesehen habe. Selbst dass er seine dunkelblonden Haare mit dem gleichen Rasierer schneidet wie seinen pedantisch gepflegten Dreitagebart sieht unverschämt gut aus.

»Theresa hat mich heute Morgen im Büro angerufen und gefragt, ob ich mit ihr mittagessen möchte.«

»Vielleicht wollte sie etwas Spaß mit dir bei einem Mittagessen?«

»Anna, das ist nicht witzig. Die Frau ist bestimmt 'ne Stalkerin.«

»Vielleicht ist sie verliebt? Wenn du dich mal verlieben würdest, fändest du es bestimmt toll, so hartnäckig umworben zu werden. Sie scheint sich vorgenommen zu haben, um dich zu kämpfen.«

Verstehen kann ich so was ja nicht. Wenn ich was mit einem Mann anfange, dann hat der sich gefälligst nur für mich zu interessieren. Sollte das nicht der Fall sein, ist der Typ schnell Geschichte.

»Verliebt ...«, Till verzieht angeekelt das Gesicht.

»Na, wie auch immer. Natürlich kannst du gerne ab und zu hier schlafen. Aber, keine Frauengeschichten auf meinem Sofa. Überhaupt gar keine Frauengeschichten in meiner Wohnung. Ist das klar?«

»Ja, du alte Spießerin. Ich hab übrigens die Post mitgebracht. Liegt auf der Anrichte.«

Man mag es kaum glauben, aber Till ist auch ein hervorragender Freund, um meine Blumen zu gießen und nach dem Rechten zu schauen, wenn ich im Urlaub bin. Und natürlich um mich zu retten, wenn ich mich mal wieder ausgeschlossen habe. Deshalb habe ich ihm auch einen meiner beiden Ersatzschlüssel anvertraut. Den anderen hat Vera bekommen. Sicher ist sicher.

»Vielen Dank, damit hast du dich ja schon mal gut als neuer Teilzeit-Mitbewohner eingeführt. Sind bestimmt wieder nur Rechnungen und Werbung.«

»Tja, dann bist du wohl überführt.«

»Wobei?«

Till macht mir noch einen Kaffee und drückt mir einen

Stapel Briefe in die Hand. Wie ich gesagt habe, Rechnungen, Rechnungen, Rechnungen, Werbung und ein Schreiben von einer renommierten Schönheitsklinik. Komisch.

»Na los, sag schon: Was hast du machen lassen?« Till mustert mich neugierig, »deine Möpse waren's ja wohl schon mal nicht.«

»Du bist echt so was von oberflächlich.«

Um weiteren Spekulationen vorzubeugen, öffne ich rasch den Umschlag.

»Oh, das ist ein Brief von Ben. Er arbeitet in dieser Klinik.«

Till ahmt einen Kussmund nach und wirft schmatzend Küsse in die Luft: »Na fein. Dann geht das ja schon wieder los ... Ben ... Ben ... Ben ... Ben ...«

Ach ja, Ben. Ben habe ich vor etwa sechs Wochen auf der Kostümparty einer Freundin kennengelernt. Er sieht fast aus wie einem Werbekatalog entsprungen – ungelogen! Das liegt nicht nur an seiner Größe von etwa einem Meter achtzig und seinen gut definierten Muskeln, auch seine markanten Gesichtszüge tragen dazu bei. Ben ist dreißig und plastischer Chirurg. Weil er direkt aus der Klinik auf die Party gekommen war, hatte er keine Zeit, sich um ein richtiges Kostüm zu kümmern. Stattdessen kam er in einem Aufzug, der in der Tat nicht einfallsloser hätte sein können: OP-Kleidung! Der Chirurg geht als Chirurg zur Party! Dabei lautete das Motto Cartoon. Till, meine Freundin Caro, ihr Mann Ralf und ich waren dagegen als die Ehepaare Feuerstein und Geröllheimer in Steinzeit-Fellimitaten erschienen. Als besonderen Gag hatten wir aus Pappe das Feuerstein-Auto nachgebaut, in dem wir als Fred, Wilma, Barney und Betty auf der Party auftauchten. Bens liebloses Kostüm war Grund genug für mich, ihn erst mal zu ignorieren. Phantasielose Männer kommen für mich nicht in Frage.

Mit einem simplen, aber wirkungsvollen Trick schaffte er es zu später Stunde dann doch noch, mich in ein Gespräch zu verwickeln. Er besorgte sich von der Gastgeberin Papier, Schere und Filzstifte, bastelte sich ein Superman-Abzeichen und heftete es mit einer Wäscheklammer vorne auf seinen OP-Kasack. Einen dunkelblauen Schal der Gastgeberin funktionierte er zu einem Umhang um. Dann brachte er mir mit den Worten: »Darf ich mich Ihnen vorstellen? Ich bin Superchirurg, gekommen, um die Welt zu retten und alle einschlägigen Vorurteile gnadenlos zu erfüllen«, einen Cocktail. Ich konnte nur überrascht wispern: »Oh, Superchirurg, ich muss gestehen, noch nie von Ihnen gehört zu haben.«

Er konterte mit: »Das heißt nicht, dass es mich nicht gibt. Viele wahre Helden werden von der Öffentlichkeit verkannt. Auch ich trete lieber inkognito auf. Aber Sie, die schönste aller Steinzeitfrauen, haben mir keine andere Wahl gelassen, als mich zu outen.«

Ich gab mich geschlagen. Eigentlich stehe ich nicht auf Chirurgen und erst recht nicht auf plastische. Diese personifizierten Götter in Weiß halten sich meist ernsthaft für Superman. Sie können alles, sie wissen alles, und ohne sie würde die Welt zugrunde gehen. Niedere Arbeiten und Mitgefühl sind unter ihrem Niveau. Die meisten von ihnen sind borniert, und fast die gesamte Frauenwelt liegt ihnen zu Füßen. Ben ist der Erste, der das mit einem simplen Kostüm so selbstironisch auf den Punkt gebracht hat. Am Ende der Party hatte er mich mit seinem Charme völlig um den Finger gewickelt und konnte schließlich auch noch seine Heldenqualitäten unter Beweis stellen: Als Caro, Ralf, Till und ich bereit für den Heimweg wieder in unserem Feuerstein-Mobil standen, hatten wir ein Koordinationsproblem. Till wollte nach rechts, um sich noch von einer heißen Daisy Duck zu verabschieden, Caro und ich zogen nach links, weil wir endlich nach Hause wollten. In dem nachfolgenden Durcheinander brach das in stundenlanger Arbeit liebevoll zusammengeleimte Feuerstein-Mobil auseinander. Caro stolperte über ihre Autotür, ich fiel über Caro und verstauchte mir den Fuß.

Zum Glück kam Ben mir gleich zu Hilfe. Nachdem er mir liebevoll den Fuß gekühlt und bandagiert hatte, trug er mich ganze zwei Kilometer nach Hause. Ben ist passionierter Leichtathlet und tatsächlich stark genug, jemanden wie mich durch die Gegend zu schleppen. Es war wie in einem meiner Lieblings-Schnulzen-Filme. Es sind eben nicht alle plastischen Chirurgen gleich.

Ein Klischee erfüllt Ben leider doch. Er fährt eine typische Schwanzverlängerung, in seinem Fall einen Porsche. Aber im Vergleich mit seinen guten Eigenschaften fällt das gar nicht weiter ins Gewicht. Ich brauche einen Mann, der gut aussieht, intelligent ist und mich versteht, ohne dabei unmännlich zu wirken. Ben ist so einer.

Außer ein paar romantischen Abendessen zu zweit und den jeweiligen Abschiedsknutschereien ist aber zwischen uns noch nichts gelaufen. Ich möchte es langsam angehen lassen. Eines ist aber schon mal äußerst vielversprechend: Ben kann richtig gut küssen! Das ist mir bei einem Mann sehr wichtig. Wenn einer nicht küssen kann, dann ist der Sex meistens auch eine Katastrophe.

»Hallo, Erde an Anna! Was schreibt er denn nun, dein Ben?«

Till greift über den Tisch und schnappt sich den Brief. Dabei zerreißt das dünne Klinikbriefpapier fast.

»Liebe Anna ... Also jetzt mal im Ernst, was ist das denn für ein Weichspüler ... Liebe Anna ...«

»Das ist mein Brief, gib ihn her.«

Wir springen fast gleichzeitig von unseren Stühlen auf. Till hält mit der rechten Hand den Brief hoch über seinen Kopf, während er mich mit der linken auf Abstand hält. Selbst wenn ich mich auf die Zehenspitzen stelle und hüpfe, da komme ich nie dran. Ich gebe auf und setze mich wieder. Till fährt, an das Terrassengeländer gelehnt, fort: »Liebe Anna, ich wünsche Dir eine ruhige und angenehme Dienstwoche und hoffe, dass Du nicht zu viel zu tun hast. Wenn der Stress vorbei ist und Du ausgeschlafen hast, meld Dich einfach. Ich freu mich auf Dich. Lieben Gruß, Ben.«

Er schüttelt sich, wirft den Brief auf den Tisch und setzt sich wieder. »Gott, ist das schmierig. Steht ihr Frauen echt auf so 'n Zeug?«

»Na klar. Vorausgesetzt, es kommt vom Richtigen. Sonst wird's peinlich.«

»Jetzt mal im Ernst. Wie könnt ihr denn auf so was reinfallen? Wenn ein Typ dir das hier schreibt, dann will er nur eins, mit dir in die Kiste.«

»Nicht alle Männer sind so wie du.«

»Der hier schon. Statt liebe Anna, blablabla könnte da genauso gut stehen: Hey, lass uns endlich mal vögeln, diese harmlosen Dates gehen mir auf die Nerven.«

»Du kennst ihn überhaupt nicht.«

»Da hast du recht, aber das heißt nichts. Dann erzähl doch mal: Wie läuft's denn gerade mit deinem Porsche-Ben?«

»Nenn ihn nicht so. Er ist wirklich ein toller Mann und hat, wie du gerade bemerkt haben könntest, weitaus interessantere Eigenschaften als sein Auto.«

»Na, wenn du meinst. Und wie läuft's, abgesehen von schmalzigen Briefen?«

»Ich möchte nichts überstürzen, aber ich habe ein sehr gutes Gefühl.«

»Das heißt also, du malst dir bereits eure gemeinsame Zukunft mit Haus, Garten, Hund und drei Kindern aus.«

»Ach komm, so habe ich das doch gar nicht gemeint.«

»Aber genau so ist es. Ich kenne dich. Wenn du den Kerl toll findest, dann wünsche ich dir nur das Beste. Aber du hasst es, Single zu sein, und wenn eine Frau schon Schnuller in den Augen hat, kann sie einen Mann ganz rasch vergraulen.«

»Was heißt hier Schnuller in den Augen? So bin ich gar nicht. Ich liebe meine Unabhängigkeit, und meiner biologischen Uhr geht es ganz hervorragend.«

»Mag sein, dass ich gerade etwas übertrieben habe, aber denkst du wirklich, dein Ben ist bereit für eine ernsthafte Beziehung mit einer reifen Frau wie dir?«

»Reife Frau? Ich hab mich wohl verhört. Lass deine miese Hilfe-jemand-hat-sich-in-mich-verliebt-Laune bloß nicht an mir aus.«

Till setzt seinen Oberlehrerblick auf.

»Seit wann kennst du den Kerl?«

»Seit sechs Wochen.«

»Und wie oft habt ihr euch gesehen?«

»Dreimal.«

»Oh, ganze drei Mal?«

»Drei Dates, und die waren sehr schön. Till, du hörst dich an wie meine Mutter. Ben und ich arbeiten beide viel, und ich möchte nichts übereilen. Außerdem telefonieren wir zwei-, dreimal die Woche.«

»Zwei-, dreimal die Woche.«

»Das reicht. Falls es dich wirklich interessiert, wir fahren in zwei Wochen für ein Wochenende zusammen zu einer Fortbildung nach Sylt.«

»Zu einer Fortbildung«, echot Till.

»Ich habe keine Lust, mich weiter mit dir zu unterhalten, wenn du zum Papageien mutierst und versuchst, mir Ben zu vermiesen. Außerdem muss ich gleich zur Arbeit, die Patientenakten stapeln sich schon. Um die muss ich mich heute noch vor dem Dienst kümmern.«

»Ist ja gut. Ich möchte einfach nicht, dass du dich in irgendwas verrennst.«

Als ob ich so etwas je tun würde. Ob ich Ben gleich mal anrufen sollte, um mich für den Brief zu bedanken?

Nein, ich melde mich lieber morgen bei ihm. Schließlich möchte ich nicht zu aufdringlich wirken. Nachher glaubt er noch, ich würde ihm hinterherlaufen.

Till steht auf und reckt sich. »Na, dann mach dich mal fertig. Ich decke solange den Tisch ab – du arme gestresste liebestolle Mitbewohnerin.«

»Danke, beziehungsphobischer selbstgefälliger Mitbewohner. Was hast du denn heute Abend noch vor? Willst du dich gleich hier verstecken?«

»Ich gehe noch auf eine Party ins Carlssons. Schade, dass du nicht mitkommen kannst.«

Das finde ich auch. Ich liebe das Carlssons! Phantastische Cocktails, spannende Leute, dazu super Musik! Sprich, ein Club für heiße, durchtanzte und manchmal auch durchflirtete Nächte.

»Nein, heute kann ich unmöglich, ich habe ja Nachtdienst.«

»Macht ja nichts!«, meint Till, »halt dir doch schon mal den dritten Samstag nächsten Monat frei. Da wird ein neuer Club eingeweiht. Einer meiner Kunden managt den, und ich habe VIP-Karten bekommen. Das wird der absolute In-Laden!«

Ein kurzer Blick auf den Dienstplan klärt alles.

»Nein, da kann ich nicht, da habe ich Nachtdienst.«

»Du hast halt ein schlechtes Zeitmanagement. Du musst dein Party- und dein Arbeitsleben besser koordinieren.«

Wenn das mal so einfach wäre.

Heute muss ich leider wirklich früher los, denn die Sache mit den Akten war keine Ausrede. Ich hätte nie gedacht, dass man als Ärztin mehr und mehr zur Schreibkraft wird. Auf knapp drei Minuten Patientenkontakt folgen fast zwanzig Minuten Schreibarbeit.

Während ich die Treppenstufen hinunterhopse, begegne ich Frau Beier, die wie immer »ganz zufällig« im Hausflur herumlungert. Ich grüße sie mit einem glockenhellen »Guten Morgen, Frau Beier!«.

Frau Beiers mühsam aufgesetztes Lächeln gefriert. Gut, es ist zwanzig Uhr, aber im Nachtdienst kann man sich doch mal vertun, oder? Außerdem tratscht Frau Beier sowieso hinter meinem Rücken – vorzugsweise mit meiner Mutter und ansonsten mit dem Rest der gelangweilten Nachbarschaft. »Haben Sie schon gehört? Das Fräulein Plüm arbeitet nachts! Nein, so etwas! Was die wohl macht?«

Als ob sie das von meiner Mutter nicht genau wüsste.

Mit dem Auto bin ich in knapp zehn Minuten in der Klinik und vertiefe mich dort im Arztzimmer der Notaufnahme grummelnd in meine Akten. Schreibarbeit nervt, und eigene Büros haben wir nicht, weshalb wir uns immer irgendwo ein freies Plätzchen suchen müssen. Moment mal! Mit meiner eigenen Ambulanz werde ich auch mein erstes eigenes Arztzimmer bekommen. Ein eigenes Zimmer mit meinem Namen an der Tür, toll!

In etwa stündlichen Abständen schlendere ich mit möglichst unbeteiligtem Gesicht an der Pinnwand vorbei, an der zum Glück noch keine mich betreffenden Nachrichten hängen. Ich bin ein bisschen enttäuscht, dass der zweite Zettel über Dr. Mösli auch schon wieder entfernt wurde. Das war bestimmt dieser Pullunder-Spaßverderber. Wenn ich bloß wüsste, wer der Kerl ist.

Pünktlich um zweiundzwanzig Uhr treffe ich mich mit dem Kollegen vom Tagdienst in einem Behandlungszimmer der Notaufnahme, um ihn abzulösen.

Während der Übergabe klingelt das Diensthandy, und ich werde auf die Kleinkindstation gerufen. Dort liegt ein Mädchen, das einen Fieberkrampf hatte. Eine Art epileptischer Anfall, ausgelöst durch schnell ansteigendes, hohes Fieber. In der Hoffnung, weitere Anfälle vermeiden zu können, senken wir dann das Fieber eher frühzeitig. Kurz vor Mitternacht liegt das Mädchen hoch fiebernd, schlapp und mit glasigem Blick in ihrem Bettchen. Frau M., die Mutter, sitzt davor mit einem Glas Wasser in der Hand, das sie über das Bettchen hält. Die Schwestern sind verzweifelt. Seit mehr als einer Stunde verweigert Frau M. die Gabe eines Fieberzäpfchens. Auf mein Nachfragen hin erklärt sie mir: »Wissen Sie, ich halte nichts von Schulmedizin. Ich schwinge das Fieber lieber mit Wasser weg.«

»Wenn Sie so gar nichts von der Schulmedizin halten, warum sind Sie denn dann in unsere Klinik gekommen?«, möchte ich wissen.

»Na, wenn die Schwingungen doch nicht helfen sollten und meine Tochter wieder einen Anfall bekommt, dann können Sie sie ja retten.«

Dass so ein Anfall für ein Kind nicht gerade spaßig ist und die Medikamente zur Anfallsunterbrechung weitaus beeinträchtigender sind als ein Fieberzäpfchen, interessiert sie leider nicht.

Da schreitet Dr. Kruppa, der diensthabende Oberarzt, der gerade seine abendliche Kontrollrunde durch die Stationen macht, ein. Dr. Kruppa ist kein Freund vieler, dafür aber sehr deutlicher Worte. Mit dem Ausspruch »Wir sind die behandelnden Ärzte, und zum Wohle des Kindes liegen die Rechte bei uns«, verabreicht er dem Mädchen das Fieberzäpfchen.

Resultat dieser Aktion: Das Fieber sinkt, dem Kind geht es besser, und Frau M. will uns verklagen. In diesem Moment kommt Herr M. dazu, und nach wenigen Minuten verstehe ich, warum dieses Ehepaar in Trennung lebt.

»Meine Frau ist völlig verrückt. Wenn Sie meiner Tochter nicht genug Fieberzäpfchen geben, verklage ich Sie!«, poltert er durch die Nachtruhe. Diese Handlungskette beginnt meinen nachtdienstlichen Horizont zu überschreiten, und ich bin heilfroh, als ich in die Notaufnahme gerufen werde. So etwas ist eindeutig Oberarztaufgabe. Ob es noch arbeitslose Anwälte gibt? Kann ich mir gar nicht vorstellen.

Den Rest der Nacht verbringe ich mit Ohrenschmerzen, Zecken, Verstopfung, Trotzphasen, Durchfall, Läusen, Erbrechen, Fieber, Blähungen, Bandwürmern, eben mit allem, was die Notaufnahme so bereithält.

Gegen Morgen wird dieser erfreulich unspektakulär verlaufende Dienst jedoch durch einen Zwischenfall gestört.

Ich setze gerade frischen Kaffee auf – weil wir Frauen nicht so hierarchisch denken, sehen wir uns auch als Ärztinnen dazu in der Lage, für Krankenschwestern, Schwesternschülerinnen, Zivis und Praktikanten Kaffee zu kochen, ohne dass uns dabei ein Zacken aus dem Krönchen bricht –, da klingelt plötzlich das Notfalltelefon. Das Notfalltelefon ist rot, hat eine eigene Telefonleitung in die Klinik, um stets erreichbar zu sein, und seine Nummer wird nur im absoluten Notfall gewählt. Da klingelt es, laut und unmissverständlich!

Das gesamte Personal der Notaufnahme erstarrt schlagartig zur kollektiven Salzsäule und stiert das Notfalltelefon an. Der Dienstarzt muss an dieses Telefon gehen. Es klingelt ... Der Dienstarzt bin ich, verdammt!

Ich sprinte los und gehe in Gedanken schon alle erdenklichen Horrorszenarien durch. Was wird es sein? Eine Massenkarambolage? Ein Busunglück? Ein Hausbrand? Eine Gasexplosion? Ein Blitzeinschlag? Wie viele Einsatzkräfte werden wir brauchen? Es klingelt weiter. Endlich erreiche ich das Telefon. Mit zittrigen Knien, völlig außer Atem stehe ich da und nehme den Hörer ab: »Notaufnahme, Kinderklinik, Dr. Plüm am Apparat!«

»Ja, einen herrlichen guten Morgen wünsche ich Ihnen, hier ist Frau Melzer von der Meinungsumfragegesellschaft Luks. Hätten Sie vielleicht Zeit für eine kleine Umfrage?«, flötet mir eine geschult freundliche Frauenstimme ins Ohr. Meine Gesichtszüge entgleiten mir von fassungslos hin zu fuchsteufelswild. Das Notaufnahmepersonal entspannt sich.

Am Ende unseres Gespräches schwört mir Frau Melzer bei ihrem Leben, nie aber auch nie, nie wieder diese Nummer zu wählen und sie aus ihrer Umfrageliste zu streichen. Mensch, was für ein Stress am frühen Morgen! Ich bin eindeutig kein Adrenalinjunkie. Ob noch Schokokekse da sind?

Nachdem ich mich von diesem Schreck erholt habe, warte ich pünktlich zur Übergabezeit auf den Kollegen, der die Notaufnahme tagsüber besetzen wird: Dr. Dietrich.

Die halbe Nacht war ich damit beschäftigt, mir die passenden Worte für diesen, meinen Ruf gefährdenden Schwerenöter zurechtzulegen. Eine halbe Stunde später warte ich immer noch auf ihn. Mist! Das bedeutet, dass ich bei ihm zu Hause anrufen muss, um zu fragen, wo er bleibt. Das geht auf gar keinen Fall. Schließlich hoffe ich verzweifelt darauf, dass Frau Dietrich ihre Wut auf mich inzwischen vergessen hat. Vera, die ebenfalls Frühdienst hat, erledigt das glücklicherweise für mich, und ich höre über den Lautsprecher mit. Frau Dietrich geht natürlich sofort ran.

»Guten Morgen, Frau Dietrich, Weber hier, Kinderklinik. Entschuldigen Sie bitte die Störung, aber ich hätte gerne Ihren Mann gesprochen.«

»Wieso meinen Mann? Der hatte doch letzte Nacht Dienst und muss heute mal wieder länger bleiben. Diese Arbeitsbedingungen sind eine Schande! Aber warum fragen Sie nach ihm? Stimmt etwas nicht?«

Allerdings, das könnte man so sagen.

»Nein, nein, alles in Ordnung. Ich habe ihn vermutlich nur übersehen. Schönen Tag noch, Frau Dietrich«, antwortet Vera und legt schnell auf.

Übersehen? Die Ausrede ist so schlecht, dass sie von mir stammen könnte. Wir schauen uns ratlos an. Was nun? Unseren abtrünnigen Kollegen können wir nicht erreichen, und langsam muss mich jemand ablösen. Da klingelt das Diensthandy, es ist Dietrich: »Entschuldige bitte, ich stehe im Stau und komme etwa eine halbe Stunde später ...« Die Verbindung bricht ab.

Der ist ja mutig. Die halbe Stunde ist schon fast dreimal vorbei. Langsam, aber sicher steigt neben meiner Wut auch meine Neugierde: Wo hat der sich bloß rumgetrieben und vor allem mit wem? Vera konnte bislang leider noch nichts über die ominöse Geliebte herausbekommen, aber vielleicht schafft sie es ja heute. Erst mal nimmt sie mir jedoch Diensthandy und -pieper ab, damit ich endlich nach Hause gehen kann. Heute habe ich absolut keine Lust mehr, noch länger zu warten, um mich mit unserem liebestollen Kollegen anzulegen.

Während meines ungefähr hundertzweiunddreißigsten Kontrollgangs zur Pinnwand, die zum Glück auf meinem Weg zum Auto liegt, spricht mich der Pförtner plötzlich von hinten an: »Frau Plüm, kann ich Ihnen behilflich sein? Ich sehe Sie schon die ganze Nacht immer wieder hier vorbeikommen. Haben Sie etwas verloren?«

Ertappt fahre ich herum: »Meine Güte, haben Sie mich erschreckt. Ich dachte, Sie sitzen hinter Ihrem Tresen!«

»Raucherpause«, er grinst und weist mit dem Kopf Richtung Ausgang. Dann hakt er nach: »Kann ich Ihnen helfen? Suchen Sie etwas?«

Der Mann ist einfach zu neugierig.

»Ähm, ja, nun ... meinen Stift.«

»Wie sieht er denn aus?«, fragt er, offensichtlich enttäuscht über meine banale Antwort. Ob er irgendetwas mitbekommen hat?

»Es ist ein rosafarbener Kuli mit kleinen Swarovski-Steinchen.«

Ich habe keine Ahnung, ob so ein Kugelschreiber überhaupt existiert, aber falls es ihn gibt und die Besitzerin ihn in unserer Klinik verlieren sollte, ist das meine Chance. Einen solchen Stift wünsche ich mir schon, seit ich denken kann.

»Frau Plüm, ich werde für Sie die Augen offen halten. Aber Sie sollten zusätzlich hier noch eine Suchmeldung aushängen.«

»Vielen Dank, das mache ich.«

»Guten Morgen, die Dame. Wieso wundert es mich nicht, Sie mal wieder hier anzutreffen?« Es ist Mister Pullunder. Diesmal in Beige. Beige Cordhose, beigeweiß kariertes Hemd und beiger Pullunder. Sieht aus wie aus einem dieser gelblich verfärbten alten Schwarzweißfotos.

»Guten Morgen, Herr Doktor. Wissen Sie, Frau Plüm hat

ihren Stift verloren ...«, eilt mir der Pförtner ahnungslos zu Hilfe.

»So, sie hat also ihren Stift verloren«, blickt der Herr Doktor mich zweifelnd an und zieht dabei die linke Augenbraue hoch.

»So etwas mag bisweilen vorkommen«, kontere ich schnippisch und mache mich aus dem Staub, um endlich nach Hause zu fahren.

Während ich Richtung Ausgang eile, bekomme ich noch mit, wie der bemühte Pförtner dem Herrn Doktor eine ausführliche Beschreibung meines imaginären Kugelschreibers gibt, und würde am liebsten im Erdboden versinken.

»Dann frag doch den Pförtner, wer deine unbekannte Nervensäge ist«, schlägt Vera vor.

Übermüdet und aufgedreht zugleich liege ich gute drei Stunden nach Feierabend oder, besser gesagt, »Feiermorgen« in meinem Bett und telefoniere, anstatt zu schlafen, mit meiner besten Freundin, die eigentlich gerade arbeiten sollte.

»Das geht nicht, du weißt doch, dass der überall herumschnüffelt und alles herumtratscht.«

»Es wäre dir also peinlich, wenn er herausfinden würde, dass der Unbekannte dir keine Ruhe lässt?«

»Was unser Pförtner denkt, ist mir im Grunde ganz egal. Schlimmer fände ich es, wenn er Mister Pullunder stecken würde, dass er mich beschäftigt. Dann findet sich der Kerl ja noch wichtiger. Es nervt mich so schon, dass er mir den Schlaf raubt. Auf unangenehme Weise. Ich sollte lieber was Schönes von Ben träumen.«

»Das klingt ja nach Verliebtheitsalarm. Malst du dir etwa schon deine Zukunft zusammen mit Ben aus?«

»Ganz ehrlich? Ein bisschen schon.« Das würde ich Till gegenüber natürlich niemals zugeben. Bester Freund hin oder her. Ich weiß ja, wie er auf so was reagiert.

»Und wie rosarot sieht die Zukunft aus?«

»Ich hoffe ziemlich rosa, aber so genau weiß ich das noch nicht. Das wird sich mit Sicherheit bei unserem Sylt-Trip herausstellen.«

»Ach ja, genau, eure Fortbildung. Du, ich muss Schluss machen. Die Arbeit ruft. Na ja, eigentlich ruft Oberschwester Marie, die ständig ins Arztzimmer kommt und grimmig aus der Wäsche guckt, weil ich so lange telefoniere. Du solltest jetzt dringend mal schlafen, es ist schon fast Mittag.«

Dass Vera mir immer sagen muss, was ich tun soll, ärgert mich ungemein. Schlimmer ist, dass sie damit meistens recht hat. So wie jetzt gerade. Ich sollte dringend schlafen. Das geht aber nicht.

Nach dem erneuten Pinnwand-Desaster habe ich mit Till, der heute Morgen gegen halb zehn gerade aus dem Carlssons kam, auf meiner Terrasse noch einen Prosecco getrunken und geschlafen wie ein Baby. Bis Tills Schnarchen mich vom Wohnzimmer aus unsanft geweckt hat. Das war so etwa gegen Viertel vor zwölf. Das Sonnenlicht, das durch die Bambusrollos ins Schlafzimmer strömt, wirkt auch nicht gerade schlaffördernd. Jetzt liege ich da und lausche den Grunzgeräuschen von meinem auf dem Sofa schlafenden besten Freund. Will ich Till glauben, so war die Party einmalig gut, und das sogar obwohl diese Theresa dort aufgekreuzt ist. Immerhin hat er es geschafft, nicht wieder mit ihr im Bett zu landen. Bevor er einschlief, murmelte er was von »... diese chaotischen On-off-Affären habe ich hinter mir gelassen.« Na, wenn er meint.

Tills Schnarchen ist leider unerträglich. Rasch husche ich

Richtung Wohnzimmer, um die Tür zu schließen. Till schläft tief und fest und ... igitt, er sabbert auf mein rosafarbenes Seidensofakissen. Im Bett lasse ich meinen Gedanken freien Lauf. Ich kann einfach nicht schlafen. Aber das ist inzwischen auch egal, vor mir liegt meine letzte Arbeitsnacht, und das Leben könnte nicht schöner sein. Ich liebe meinen Beruf und würde ihn jederzeit trotz aller Einschränkungen durch diese ewigen Dienste immer wieder wählen. Vor allem jetzt, wo ich eine eigene Ambulanz bekomme. Aber mal ehrlich. Arbeit, Dienste, Visiten, Schreibarbeit ... Soll das etwa alles gewesen sein? Ich brauche definitiv mehr Freizeit. Gut, dass ich ein paar Tage nachtdienstfrei habe. Wunderbare Tage voller Spaß liegen vor mir: Joggen, Schwimmen, Fitness-Studio, Sonnen am See, Mädelsabende, Kino, Shoppen, vielleicht ein Date mit Ben ...

Den werde ich heute Abend erst mal anrufen, um mich für den lieben Brief zu bedanken. Langsam fallen mir die Augen zu. Doch der Traum, der dann folgt, ist nicht viel besser als in der Nacht zuvor.

Ich sitze in einem dunklen Raum an einem Holztisch mit einer kleinen Stehlampe. Vor mir liegen eine Patientenakte und ein Kugelschreiber. Eine Uhr tickt laut. Mister Pullunder tritt mit seinen zornig funkelnden Rehaugen in den Lichtschein und sagt: »Sie haben noch fünf Minuten.«

Kapitel 3

»Mensch, ist das aufregend, dein erster Ambulanztag! Du siehst todschick aus. Wie fühlst du dich?«, fragt Vera zum hundertsten Mal.

»Eigentlich ganz gut. Ich bin gespannt, wie der Tag wird.«

»Ach, du wirst das ganz phantastisch machen. Die Leute von *Moby Fit* sind bestimmt total nett. Treffen wir uns um halb eins zum Mittagessen?«

Aufgeregt plappernd gehen Vera und ich den kleinen Fußweg vom Parkplatz in Richtung Klinik entlang. Heute ist mein erster Tag in der Ambulanz. Ich fühle mich wie eine Sechsjährige auf dem Weg zur Einschulung. Das mag auch an der kleinen Prinzessin-Lillifee-Schultüte liegen, die Vera mir geschenkt hat. Die habe ich allerdings im Auto gelassen. Bei meinem Einstieg in der Ambulanz möchte ich wie eine seriöse, kompetente Ärztin wirken. Trotzdem bin ich froh, dass Vera mich heute Morgen abgeholt hat. »Damit nichts schiefgeht«, meinte sie augenzwinkernd.

Leider bin ich doch nervöser, als ich gedacht hatte, und in solchen Situationen neige ich zu unglücklichen Missgeschicken. Die gilt es heute um alles in der Welt zu vermeiden. Dank Veras Hilfe bin ich perfekt vorbereitet. Während meiner freien Tage waren wir shoppen, und ich habe mir ein mokkafarbenes Hemdblusenkleid und perfekt dazu passende Pumps mit nur drei Zentimeter hohen Absätzen gekauft.

In dem Outfit wirke ich schick, leger und unglaublich seriös. Meine Haare habe ich mir heute Morgen mühevoll zu einem lockeren Knoten im Nacken hochgesteckt. Dafür bin ich extra eine halbe Stunde früher aufgestanden und habe mindestens zwanzig Versuche gebraucht.

»So, ich wünsch dir alles Gute für deinen ersten Tag. Bis heute Mittag.« Vera umarmt mich und biegt in Richtung der Station, die sie heute betreut, ab.

Ich nehme die Abkürzung durch die Notaufnahme zu den Ambulanzen. Da kann ich auch gleich einen Blick auf die Pinnwand werfen. Mein Dietrich'sches Problem konnte ich leider immer noch nicht lösen, was unter anderem daran liegt, dass Veras Kontaktmann in der Verwaltung im Urlaub ist.

Im Eingang treffe ich auf eine hektische Mutter mit ihrem etwa zwölfjährigen Sohn. »Entschuldigung, können Sie mir sagen, wo ich die Notaufnahme finde? Meinem Sohn ... »Der Sohnemann, etwas grünlich im Gesicht, guckt mich mit großen Augen an und übergibt sich ohne Vorwarnung. Ich habe keine Chance. Wer während seiner Studienzeit einmal einen Patienten mit schwallartigem Erbrechen betreut hat, vergisst das nie wieder. Dies hier ist mein zweites Erlebnis dieser Art. Mein schönes Kleid ist voller ... Moment mal ...

»Kirschstückchen?«, entfährt es mir entgeistert. Jetzt werde ich hektisch.

»O mein Gott, das ist mir ja so unangenehm. Mein Sohn übergibt sich schon die ganze Nacht und hatte hohes Fieber. Da habe ich ein altes Hausmittel verwendet: eingelegte saure Kirschen gegen Fieber.«

Gegen die Übelkeit scheint das auf jeden Fall nicht geholfen zu haben. Mist, das geht nie wieder raus. Ausgerechnet heute. Das darf doch nicht wahr sein! Ich bugsiere den weiterspuckenden Jungen mit seiner sich unentwegt entschuldigenden Mutter vor mir her in die Notaufnahme und übergebe ihn einer Schwester. Die eilt uns mit einer Brechschale entgegen und ruft: »Nicht auf den Boden!«

Das wird sich wohl nicht vermeiden lassen. Dann fällt ihr Blick auf mich: »Oh, Frau Dr. Plüm. Im Schwall?«

»Ja, ich werde mich mal schnell umziehen.«

Ich könnte heulen. Mein kompetentes Outfit ist dahin, ich stinke nach Kirschkotze, die sogar in meinen Haaren hängt, und werde an meinem ersten Ambulanztag zu spät kommen. In der Umkleide stelle ich fest, dass ich leider auch keine frische Bereichskleidung mehr habe. Mit einer Doppelpackung Schokokekse aus meinem eisernen Spindvorrat unterm Arm, steuere ich die Wäscherei an, um eine Ladung gutsitzender Arzthosen und Polohemden zu ergattern.

Die Dame an der Wäscheausgabe kenne ich aber zu meinem Entsetzen nicht. Sie mich auch nicht. Es gab bereits Gerüchte, dass die alte Wäschereileiterin gekündigt hat. Dieses spindeldürre, verhärmte Weiblein, das nun vor mir steht, ist wohl ihre Nachfolgerin.

»Einen schönen Tag wünsche ich Ihnen«, grüße ich sie freundlichst.

Das Weiblein schaut mürrisch drein. Das könnte natürlich auch an meinem Aussehen und der Kirschkotze-Geruchswolke liegen, die mich umgibt. Also komme ich gleich zur Sache: »Plüm ist mein Name. Ihre Vorgängerin hatte mir ein Paar Männerarzthosen und -hemden zurückgelegt.«

»Nein, das ist unmöglich. Männerhosen gibt es nur für Männer.«

Mutig halte ich ihr die Packung Kekse hin.

»Ich esse nie Schokoladenkekse! Sie wollen mich doch nicht etwa bestechen«, empört sie sich und rümpft die Nase.

»Männerhosen gibt es nur für Männer! So lautet die Dienstanweisung.«

»Könnte man die Dienstanweisung nicht ein klein wenig lockern?«

»Männerhosen nur für Männer!«

Ich gebe auf: »Ich nehme die Frauen-Bereichskleidung.«

»Na, Schwesterchen, ist doch gar nicht so schwer zu verstehen«, schnarrt das verhärmte Weiblein und schiebt mir einen Stapel Kittel für Schwesternschülerinnen zu.

»Entschuldigen Sie bitte. Hier scheint ein Missverständnis vorzuliegen. Ich arbeite in dieser Klinik als Ärztin und habe eine eigene Ambulanz«, erkläre ich dieser grantigen Person.

Das macht meine Position nicht besser. Aha, eine von diesen arroganten Doktoren, scheint der hämische Blick zu sagen, mit dem sie die am stärksten verknitterte Bereichskleidung für Ärztinnen, die sich in ihrem Vorrat findet, vor mir auf den Tresen knallt.

Eine halbe Stunde später betrete ich in meinem Knitterlook die *Moby-Fit*-Ambulanz. Die Klinikdusche war wie immer eklig-siffig, der Fön kaputt, und an meinen Haaren, die jetzt aussehen wie bei einem Pudel im Regen, haftet trotz aller Bemühungen noch ein leicht säuerlicher Geruch.

»Frau Dr. Plüm«, begrüßt mich die Sekretärin, die gleichzeitig als Empfangsdame fungiert, als ich den Wartebereich betrete, »ich bin Frau Goldstein. Sie Arme, ich habe schon von Ihrem Unglück gehört. Das ist ja furchtbar. Wenn Sie mögen, kann ich Ihre Sachen in meiner Mittagspause mit zur Reinigung nehmen.«

In dieser Klinik spricht sich aber auch alles sofort herum.

»Vielen Dank, aber ich glaube, da ist nichts mehr zu machen. Eingelegte saure Kirschen.«

»Oh, wie schrecklich. Kommen Sie mit. Dr. Denner ist bereits in Ihrem gemeinsamen Büro.«

Die Büros und Untersuchungszimmer sind sternförmig um den Empfangstresen im großzügigen Wartebereich angeordnet. Frau Goldstein führt mich zu einer kleinen Tür direkt rechts vom Tresen.

»Ich habe ihn gebeten, ein wenig Platz für Ihre Bücher und Unterlagen zu schaffen«, fährt sie fort, während sie die Tür öffnet.

Gemeinsames Büro? Das klingt eindeutig so, als würde ich mir ein Zimmer mit dem Psychologen teilen. Sollte ich als Leitung der Ambulanz nicht ein eigenes Büro haben?

»So, Frau Dr. Plüm, hier ist Ihr Büro, und das ist Dr. Denner, der Gründer und Kopf unserer Abteilung.«

Kopf der Abteilung? Ich dachte, das sollte ich sein?

»Er wird Sie einarbeiten und Ihnen bei allen Fragen zur Seite stehen. Sollten Sie dennoch etwas auf dem Herzen haben, können Sie sich jederzeit an mich wenden.«

Mit einem herzlichen Lächeln und einem aufmunternden Nicken schiebt Frau Goldstein mich in das Büro. Dabei fällt mein Blick auf das Türschild: Dr. med. Dipl.-Psych. N. Denner steht dort. Ach du heilige Sch… Heißt das etwa, der Mann ist nicht nur Psychologe, sondern auch noch promovierter Arzt? So ein Superhirn hat mir gerade noch gefehlt. Mein Studium habe ich zwar durch viel Fleiß in der Regelstudienzeit beendet, aber gleich zwei Studiengänge auf einmal … Gegen meinen Willen bin ich beeindruckt.

Dr. Denner, der gerade Unmengen von losem Papier auf einem Schreibtisch stapelt, dreht sich zu mir um. Ich glaub, mich tritt ein Pferd! Das darf doch nicht wahr sein! Dr. Denner ist niemand anderes als Mister Pullunder, nur dass er ausgerechnet heute dieses spießige Kleidungsstück nicht trägt. Mir bleibt vor Entsetzen der Mund offen stehen. Das ist der Kopf der Abteilung, mein Vorgesetzter? Mister Pullunder? Ich hätte gleich nach der Kotzattacke wieder nach Hause gehen und mich krankmelden sollen.

»Frau Dr. Plüm. Was macht der neueste Klinik-Tratsch?«

Er mustert mich von oben bis unten und zieht dabei die linke Augenbraue hoch. So wie der guckt, heißt das nichts Gutes.

Ich sage schlagfertig – nichts. Immerhin schaffe ich es, meinen Mund wieder zu schließen.

»Sind Sie bereit? Ich mache Ihnen nur noch ein wenig Platz, dann müssen wir auf die Jugendstation. Einrichten können Sie sich später. Der Schreibtisch hier vorne ist Ihrer.«

Er macht nur noch ein wenig Platz? Wie will er das in diesem Zimmer jemals schaffen? Man kann hier nicht mal einen Fuß vor den anderen setzen. Meterhohe Aktenstapel, lose Zettel und Zeitschriften türmen sich auf dem Boden. Weitere Stapel finden sich auf Denners Schreibtisch, der Fensterbank und den Bücherregalen. Auf den meisten dieser Stapel balancieren halbleere Teetassen. Auf einem sogar eine halbvolle Kaffeekanne, in der irgendetwas Pelziges schwimmt. Auf den Aktenbergen auf der Fensterbank stehen verstaubte fleischige Oma-Zimmerpflanzen.

Mit meiner Stauballergie kann ich hier unmöglich arbeiten.

Da überfällt mich schon die erste Niesattacke.

»Vielleicht hätten Sie Ihre Haare föhnen sollen.«

Danke für den Tipp.

»Stauballergie«, murmele ich zwischen zwei Niesern.

»Oh, ach so. Dann lassen Sie uns doch gleich mal auf die Station gehen. Anschließend stelle ich Sie dem Rest des Teams vor.«

Am Empfangstresen wendet er sich an Frau Goldstein: »Könnten Sie bitte dafür sorgen, dass eine der Putzfrauen in meinem Zimmer kurz durchwischt? Frau Plüm hat wohl eine Stauballergie.«

Was heißt hier »hat wohl«? Ich habe eine ausgewachsene Stauballergie und bekräftige das gleich mal mit weiteren Niesern.

»Dr. Denner«, Frau Goldstein tritt in die Tür des Chaosraumes, »Sie wissen doch, dass die Reinigungsfachkräfte per Beschluss des Betriebsrates nicht dazu verpflichtet sind, Ihr Zimmer zu betreten, solange Sie dort Ihre persönliche Ordnung pflegen. Sobald Sie aufgeräumt haben, werde ich jemanden anfordern.«

Entschuldigend lächelnd dreht sie sich zu mir: »Sie müssen wissen, Dr. Denner hatte sein Büro bislang immer für sich. Aber da nun einer unserer Ambulanzräume von den Chirurgen benötigt wird, müssen Sie und Dr. Denner sich eben ein Zimmer teilen. Das ist doch kein Problem, oder?«

»Nein, natürlich nicht«, antworten Denner und ich wie aus einem Mund. Glaubwürdig klingt es trotzdem nicht.

Auf dem Weg zur Jugendstation berichtet mir mein neuer Vorgesetzter, was uns dort erwartet. Steve, ein siebzehnjähriger Jugendlicher, wurde stationär aufgenommen, um zu prüfen, ob sein Übergewicht durch eine körperliche Ursache wie Hormonverschiebungen oder einen Tumor bedingt ist. Steve ist zu dick, um das ambulant zu machen. Er wiegt hundertsiebenunddreißig Kilo bei einem Meter sechsundsiebzig Körpergröße. Da er enorm viel Fettgewebe hat, war es fast unmöglich, eine Vene für eine Blutentnahme zu finden. Schließlich wurde das über mehrere Tage verteilt über einen Zugang in einer Arterie gemacht. In den normalen MR-Tomographen passte der Koloss auch nicht rein, weshalb die Suche nach einem Tumor im Kopf in einer Tierklinik, im MRT für Pferde und Kühe gemacht werden musste. Einen Tumor hat Steve nicht. Dafür hatte er Hasch in seinen Socken versteckt. Steve hatte Angst vor dem MRT und erhielt deshalb für die Untersuchung ein Narkosemittel. Nachdem er eingeschlafen war, wollte der Anästhesist ein Überwachungsgerät an Steves kleinem Zeh anbringen. Dabei entdeckte er in beiden Socken die geheimen Drogenvorräte. Ansonsten waren alle Untersuchungen unauffällig. Da Steves Übergewicht eindeutig am Essen liegt, wollte man ihm den Einstieg ins *Moby-Fit*-Programm erleichtern, indem man ihm den Start der Diät unter stationärer Überwachung und intensiver Begleitung anbot. Steve war damit einverstanden. Besser Diät als Schule. Da er jedoch weiterhin ständig beim Kiffen erwischt wird, soll er nun disziplinarisch entlassen werden.

Beim Gespräch zwischen Denner und Steve bin ich lediglich Zuhörerin, um, wie Denner sagt, etwas von ihm über Gesprächsführung zu lernen. Psychologengespräche sind auch nur Gespräche, finde ich. Dieses hier ist sogar extrem langweilig, bis Steve auf die alles entscheidende Schlüsselfrage: »Hast du schon mal darüber nachgedacht, dir das Leben zu nehmen?«, bockig mit: »Na klar. Da denke ich die ganze Zeit drüber nach«, antwortet. Menschen, die sich umbringen wollen, können wir nicht entlassen. Das weiß auch Steve und lächelt zufrieden.

Was er nicht weiß: Seine Antwort ist die Eintrittskarte in die Kinder- und Jugendpsychiatrie. Blöderweise wird Denner ausgerechnet jetzt, wo es spannend wird, angefunkt.

»Frau Plüm, bitte organisieren Sie doch die Verlegung des Patienten in die Psychiatrie. Ich werde die Eltern informieren. Ich muss dringend in die Ambulanz. Frau Goldstein kann eine wichtige Akte nicht finden.«

Na, diese Suche kann gewiss Jahre dauern. Dann werde ich die Verlegung wohl oder übel allein abwickeln. An und für sich dürfte das nicht so schwer sein. Ich weise nicht zum ersten Mal jemanden in die Psychiatrie ein. Die Rechnung habe ich jedoch ohne Steve gemacht.

Der findet: »Auf Psychoscheiße hab ich keinen Bock«, und stapft, eine Reisetasche in der Linken, eine in der Rechten, aus seinem Zimmer.

Da er über keinerlei Kondition verfügt, kommt er mit den schweren Taschen etwa vier Meter den Gang entlang. Dann muss er sein Gepäck schnaufend absetzen und sich erholen. Ich versuche ihn zu überreden hierzubleiben. »Mann, Alte, laber mich nicht voll, ich geh nicht ins Irrenhaus. Ich will jetzt nach Hause.« Steve schafft diesmal fast fünf Meter bis zur nächsten Pause.

»Gehen Sie bloß nicht zu nah an ihn ran. Der hat schon einige Vorstrafen wegen Körperverletzung«, warnt mich ein Pfleger. Ich halte Abstand. Wenn Steve mir mit seinen Pranken eine watscht, dann war's das. Steve nimmt seine Taschen wieder auf und schnauft weitere vier Meter den Gang hinunter. Wenn er so weitermacht, können wir ihn nicht aufhalten. »Steve, hör mal ...«, ich gehe etwa einen halben Meter auf ihn zu und komme an der nächsten Wand liegend wieder zu mir. Mit einer solchen Reichweite seiner Arme habe ich nicht gerechnet.

»Ich habe doch gesagt, Sie sollen aufpassen. Geht's?«, hilft der Pfleger mir auf.

Keine Ahnung. Mein Kopf dröhnt, und jeder Atemzug ist die Hölle. Meine Brille hat einen Sprung, und ich glaube, mein rechtes Auge schwillt zu. So können wir Monster-Steve nicht aufhalten. Ich versuche das Fixierteam anzufordern, das für das sichere Festsetzen aggressiver Patienten zuständig ist. Die haben jedoch in der Psychiatrie gerade selbst einen Notfall. Panisch rufe ich die Polizei an, während Steve langsam, Meter für Meter, die Station verlässt.

»Guten Tag, Plüm, Kinderklinik. Ich habe hier einen aggressiven, vermutlich suizidalen Jugendlichen, der gerade die Station verlässt. Bitte kommen Sie schnell.«

»Wir sind unterwegs. Halten Sie den Patienten solange auf«, tönt eine unfreundliche Männerstimme aus dem Hörer.

»Das wird kaum möglich sein, der Patient ...«

»Wenn Sie ihn weglaufen lassen, bekommen Sie richtig Ärger mit uns.« Das Gespräch ist beendet.

»Jugendlicher, übergewichtiger Patient auf der Flucht, lassen Sie ihn auf keinen Fall raus«, warne ich den Pförtner über Funk. Dann laufe ich Steve hinterher. Der hat es inzwischen tatsächlich geschafft, die Klinik zu verlassen. Er steht genau einen Meter hinter der Eingangstür, in grenzenloser Freiheit. Die Reisetaschen stehen neben ihm auf dem Boden, und er keucht bedenklich.

»Warum haben Sie die Tür nicht geschlossen?«, fahre ich den Pförtner an. Der ist beleidigt: »Der Junge sieht doch gar nicht aus wie auf der Flucht. Ich habe mit jemandem gerechnet, der um sein Leben rennt.«

Tja, genau das tut Steve ja gerade. Nur eben auf seine Weise.

»Was ist eigentlich mit Ihrem Auge und Ihrer Brille passiert?«

»Steve, das ist passiert.« Ich rufe Denner an: »Sie müssen sofort kommen. Steve hat die Klinik verlassen und ist auf dem Weg nach Hause. Die Polizei ist informiert, aber es dauert noch eine Weile, bis sie hier sind.«

»Wo ist Steve jetzt genau?«

»In der Auffahrt zum Haupteingang.«

»Behalten Sie ihn im Auge, ich komme sofort.«

Zwei Minuten später gehen Mister Pullunder und ich in gebührendem Abstand hinter Steve her. Eine Verfolgungsjagd im Schneckentempo. Wenn die Polizei nicht bald auftaucht, müssen wir Steve noch bis nach Hause begleiten.

»Meine Güte, Frau Plüm, Ihr Auge wird ja ganz dick und blau. Was ist denn mit Ihnen passiert?« Denners Stimme klingt fast besorgt, als er mich endlich mal ansieht.

»Steve.«

»Konnten Sie es denn nicht mit Deeskalation versuchen?«

»Hab ich. Sie hätten mich ja auch mal vorwarnen können.«

»Ich hätte Ihnen vielleicht sagen sollen ...«

»Dass der Kerl schon so einige Vorstrafen wegen Körperverletzung hat? Das weiß ich inzwischen.«

»Wissen Sie, es ist einfach wichtig, dass Sie auch Jugendlichen mit Schwierigkeiten im sozialen Umgang gegenüber unvoreingenommen begegnen.«

»Hat ja super geklappt. In Zukunft bin ich wohl einfach bei jedem misstrauisch.«

»Das ist doch jetzt eine total destruktive Aussage. Jeder verdient eine Chance.« Nun wendet er sich an Steve: »Steve, was hältst du davon, wenn wir uns da vorne auf die Bank setzen und du mir erzählst, was dich so wütend macht?«

»Alter, verpiss dich. Hab ich ’nen Magneten im Arsch? Oder was?«, lautet Steves Antwort. Das nenn ich mal eine klare Ansage. So weit zur Deeskalation. Fragend blicke ich Denner von der Seite an. »Frau Kollegin, in diesem Fall heißt es, dranbleiben. Sie dürfen einen Patienten niemals aufgeben«, erklärt er mir in einem belehrenden Ton, der mich fast schon aggressiv macht. Vielleicht sollte er seine Gesprächstechniken noch mal überdenken.

Endlich kommt die Polizei. Beim Anblick des Streifenwagens wird Steve einen Hauch schneller und schafft ganze sechs Meter am Stück. Aus dem Wagen steigen eine kleine dünne Polizistin und ein ebenso kleiner dünner Polizist. Keiner von beiden überschreitet einen Meter sechzig. Steve entspannt sich wieder und schleppt sich in Ruhe zwei Meter vorwärts. Die kleine Polizistin geht als Erste auf ihn zu.

»Guten Tag, bleiben Sie doch mal stehen, ich bin ...«

Steve schubst sie mit einer fast beiläufigen Bewegung seiner linken Pranke ins nächste Gebüsch. Das ging flott. Nun stürzt sich der kleine Polizeibeamte auf Steve, nimmt ihn in den Schwitzkasten und schafft es auch noch seine Arme nach hinten zu drehen. Das ist beeindruckend. Da der Polizist wesentlich kleiner ist als unser Steve, hängt er jetzt an ihm fest. Immerhin kann Steve so niemanden mehr kloppen. Am Weitergehen hindert ihn das allerdings nicht. Mit dem Polizisten huckepack wankt er einen Meter nach vorne.

Dann gibt er auf: »Aua, aua, das tut weh.«

In diesem Moment kommt eine dralle Frau aufgeregt auf uns zu gerannt. »Was machen Sie da mit meinem armen Baby? Lassen Sie sofort meinen Jungen los!«, keift sie den Polizisten an und wedelt bedrohlich mit ihrer Handtasche.

»Frau Ritter, schön, Sie zu sehen. Sie wissen doch, dass wir Steve zu seinem eigenen Schutz auf eine sichere Station verlegen müssen. Damit kann er sich noch nicht so ganz abfinden«, meldet sich Denner zu Wort.

»Lassen Sie sofort mein Baby los! Mein Steevieee tut keiner Fliege etwas zuleide.«

»Steve, wenn der Polizeibeamte dich loslässt, schaffst du es dann, dich zu beherrschen?«, beschwört Denner unseren renitenten Patienten. Steve nickt, und der Polizist zieht sich zurück.

»Steeevilein, mein Süßer, komm, wir gehen jetzt auf deine neue Station, und dann kaufe ich dir erst mal ein großes Eis.«

Die dralle Frau Ritter und Steve fallen sich in die Arme. Dann folgt er ihr friedlich in Richtung Psychiatrie. Ich würde Steve sicherlich auch lieber mästen, als mich von ihm verdreschen zu lassen. Aber ob das *Moby-Fit*-Programm da überhaupt irgendeine Chance hat?

»Wollen Sie Anzeige wegen Körperverletzung erstatten?«, möchte die kleine Polizistin von mir wissen.

»Nein, natürlich nicht. Das regeln wir intern«, fällt Denner mir ins Wort, »Frau Plüm, gehen Sie erst mal in die Notaufnahme, und lassen Sie Ihre Blessuren versorgen und ein Unfallprotokoll anfertigen. Wir sehen uns spätestens um zwei in der Ambulanz.«

Ganz unprofessionell gesehen, kann ich mir Steve derzeit sehr gut im Knast vorstellen. Erschöpft und mit dröhnendem Kopf mache ich mich auf den Weg in unsere kinderchirurgische Notaufnahme.

Dort empfängt mich Dr. Klemme: »Da haben Sie aber Glück, dass ich gerade etwas Zeit für Sie habe.«

Er bugsiert mich in eines der chirurgischen Notfallzimmer und drückt mir einen Eisbeutel in die Hand. Mich wundert es gar nicht, dass ausgerechnet er als Einziger nichts zu tun hat.

»Nehmen Sie Platz.« Er weist auf die Behandlungsliege und setzt sich auf einen Hocker.

»Was ist denn mit Ihnen passiert?«

»Ein übergewichtiger Patient ist ausgerastet.«

»Haben Sie ihm seine Ration Schokoladenkekse weggefuttert?«

»Mir ist grad echt nicht nach Lachen zumute. Meine Rippen und mein Kopf tun viel zu weh.«

»Na, dann schauen wir doch mal. Machen Sie sich bitte frei.«

Nachdem er mich ausgiebig nach weiteren versteckten Prellungen abgesucht hat, steht sein Urteil fest.

»Da brauchen wir erst mal ein Röntgenbild. Die Rippen könnten gebrochen sein. Sind Sie schwanger?«

»Nein.«

»Fester Freund?«

»Nicht schwanger.«

»Sexuell aktiv?«

»Ich bin keine fünfzehn mehr. Nicht schwanger.«

»Sind Sie ganz, ganz sicher?«

»Ja!!!«

»Vielleicht machen wir lieber einen Test.«

»Ich bin definitiv nicht schwanger.«

»Also kein fester Freund?«

»Dr. Klemme!«

»Nun schauen Sie mich mal nicht so grimmig an, Frau Kollegin. Ich komme hier lediglich meiner ärztlichen Sorgfaltspflicht nach.«

Schon klar. Zum Glück zeigen die Röntgenbilder eindeutig, dass nichts gebrochen ist. Weh tut's trotzdem.

»Das kann noch ein paar Wochen andauern. Kann ich sonst noch was für Sie tun?«, möchte Klemme wissen.

»Ich bräuchte Klebeband, um meine Brille zu flicken. Ich glaube, der Bügel ist lose.«

»Ach, ja, haha. Die hat's ja auch böse erwischt. Wir wollen ja nicht, dass Sie als Blindschleiche durchs Haus irren. Lassen Sie mich das mal machen. Ich bin in so was ganz gut.«

Mir ist immer noch nicht nach Lachen zumute. Während

Klemme einen winzigen Schraubenzieher aus seiner Kitteltasche zieht und mit erstaunlichem Geschick den wackeligen Bügel wieder festschraubt, wird er neugierig.

»Was haben Sie denn eigentlich mit den übergewichtigen Patienten zu tun? Ich dachte, um die kümmert sich der Psychologe von dieser Dicken-Ambulanz?«

»Wir machen die Ambulanz jetzt zusammen. Ich bin seit heute dort eingeteilt.«

»Oh, dann sind wir ja jetzt Flurnachbarn. Ich habe dort gerade erst ein wunderschönes neues Büro mit Blick auf den Park bezogen.«

»Hatten Sie nicht schon ein Büro?«

»Das war viel zu klein. Das habe ich meinem Doktoranden überlassen. Wie ist Ihr Zimmer denn so?«

»Geteilt.«

»Wie?« Klemme guckt irritiert.

»Herr Denner und ich teilen uns ein Büro. Es war keins mehr frei.«

»Ach so? Nun, Frau Kollegin, Sie werden natürlich einsehen, dass die Anzahl der Büros, die einer Abteilung zustehen, von deren Wichtigkeit und dem Prestige, das sie dem Haus bringt, abhängt. Außerdem, Sie als Assistentin brauchen noch gar kein eigenes Zimmer. Ist doch toll, wenn Sie sich jederzeit an Ihren Vorgesetzten, diesen Psychologen, wenden können. Sie haben dann sozusagen den ganz kurzen Dienstweg. Und wenn Sie mal ein ernsthaftes Problem haben, können Sie gerne jederzeit zu mir kommen«

Ich habe keine Lust mehr auf dieses Gespräch. »War's das jetzt? Ich muss langsam wieder an die Arbeit.«

Dr. Klemme reicht mir meine Brille und ein Formular. »Füllen Sie doch bitte noch Ihren Unfallbericht aus. Unterschrieben habe ich ihn schon.«

»Sollten Sie als behandelnder Chirurg das nicht machen?«

»Also bitte. Die paar Fragen kann auch eine Assistenzärztin der Kinderheilkunde beantworten. Ich habe dafür jetzt keine Zeit.« Er schaut auf seine Uhr. »Ich muss in den OP. Geben Sie das Formular einfach bei der Anmeldung ab, wenn Sie fertig sind.«

Klemme rauscht aus dem Behandlungsraum, und ich mache mich daran, das Formular auszufüllen. Die wollen wirklich ganz genau wissen, was Steve wann, wie und wo mit mir gemacht hat. Na super, das kann dauern. Kein Wunder, dass Klemme dazu keine Lust hat.

Kapitel 4

»O mein Gott, wie spannend! Am ersten Tag gleich eine gefährliche Verfolgungsjagd mit Polizeieinsatz und so. Was für ein Einstieg!« Vera ist absolut begeistert. Till und Caro nicken zustimmend mit vollem Mund.

Am frühen Abend sitzen wir zur Feier meines ersten Ambulanztages auf meiner Terrasse, essen Sushi und trinken Prosecco.

Dass Caro es geschafft hat, vorbeizukommen, freut mich besonders. Vera, Caro und ich haben zusammen studiert. Während Vera immer noch überzeugter Single ist und ich krampfhaft nach meinem Traumprinzen fahnde, hat Caro das alles schon hinter sich. Sie ist glücklich mit Ralf, einem Orthopäden, verheiratet. Vor knapp sieben Monaten kam ihr erstes Kind, Julius, zur Welt. Seit Caro wieder als Internistin arbeitet, und das tut sie seit etwa vier Wochen, hetzt sie nur noch gestresst zwischen Klinik und Kinderkrippe hin und her. Meist kommen gemeinsame Abende mit den Freundinnen da zu kurz. Aber das wird sie bestimmt bald in den Griff bekommen. Da bin ich sicher.

Nach meinem fulminanten Ambulanzstart war ich absolut nicht mehr in der Lage zu kochen, und so hat Vera uns mein Lieblingsessen Nummer eins mitgebracht: Sushi.

»Schade, dass du unser Mittagessen verpasst hast und vor allem schade um dein neues Kleid«, fährt Vera kauend fort.

»Wie ist das Team denn so? Sind die nett?«, möchte Caro wissen.

»Also Frau Goldstein ist, glaube ich, die gute Seele der *Moby*-Fit-Ambulanz. Sie ist sehr hilfsbereit. Der Koch, seine Küchenhilfe, die Ernährungsberaterin und die zwei Sportlehrer scheinen auch ganz nett zu sein. Aber mit denen werde ich wohl nur während der Ambulanzbesprechungen zu tun haben. Die finden unregelmäßig statt. Ambulanzsprechtage habe ich ein- bis zweimal die Woche. Während der übrigen Arbeitszeit bin ich weiterhin ganz normal auf den Stationen oder für Notdienste in der Klinik eingeteilt.«

»Und wie ist dein neuer Chef?«, bohrt Till nach.

»Er ist nicht mein Chef, er ist der Teampsychologe und hat blöderweise diese Ambulanz gegründet.«

»Also ist er doch dein Boss.« Till schenkt uns Prosecco nach.

»Er ist ein Pullunder tragender rechthaberischer Vollidiot. Ich sollte diese Ambulanz leiten. Seit ich den Brief erhalten habe, habe ich mich wie eine Schneekönigin darauf gefreut.«

»Du leitest die Ambulanz zwar nicht, aber du bist die einzige humanmedizinische Instanz. Das sollte dir doch Respekt verschaffen«, versucht Vera mich aufzumuntern.

»Leider bin ich noch nicht mal das. Mister Superhirn hat nämlich zusätzlich zur Psychologie so ganz nebenbei noch Humanmedizin studiert. Er ist auch noch Kinder- und Jugendpsychiater.«

»Dann ist er ja doppelt gaga«, grinst Till.

»Ist ja krass. Wie alt ist der Typ denn?« Vera ist genauso beeindruckt wie ich.

»Noch nicht so alt. Ich würde mal sagen, hmmm, so Mitte bis Ende dreißig.«

»Ach, das heißt doch alles nichts«, interveniert Caro, »und

wenn er noch hundert andere Fächer studiert hätte. Du bist Kinderärztin und, soweit ich das als Internistin beurteilen kann, eine verdammt gute. Du hast ihm gegenüber auf deinem Gebiet einen absoluten Vorteil.«

Caro hat sich noch nie unterkriegen lassen.

»Aber irgendwie läuft das nicht so, wie ich es mir vorgestellt habe. Denner geht einfach mal gar nicht. Ihr solltet das Büro sehen, das wir uns teilen müssen. Das ist ein Müllhaufen. Ich bin an dem Staub, der da rumflog, fast erstickt. Sogar das Putzpersonal weigert sich, das Zimmer zu betreten, aber ich soll da einziehen.«

»Du bist, was Ordnung angeht, auch echt extrem, Anna«, wirft Caro ein, »mit mir könntest du dir auch kein Büro teilen.«

»Aber bei dir ist es nicht so staubig.«

»Sag ihm doch, er soll halt so weit aufräumen, dass wieder jemand putzen kann.«

»Das hat er heute versucht. Das Zimmer ist jetzt sozusagen zweigeteilt. In seiner Hälfte stapeln sich die Akten fast bis zur Decke. Meine Hälfte ist leer und wurde geputzt, wie auch die Fensterbank und die Hälfte des Regals. Das hilft mir jetzt auch nicht weiter. Der Kerl ist einfach unmöglich. Erst macht er mich vor der Pinnwand blöd an, und dann lässt er heute Steve auf mich los.«

»Das hast du ja zum Glück, bis auf ein paar blaue Flecken, überlebt. Außerdem war heute ja erst der erste Tag. Du wirst sehen, es wird sich schon alles finden mit deiner neuen Ambulanz. Du kannst stolz auf dich sein, du bist die Erste von uns, die eine Ambulanz bekommen hat. Darauf sollten wir anstoßen.« Caro hebt ihr Glas, und wir stoßen alle miteinander an.

»Dein Auge sieht aber ganz schön übel aus«, Vera sieht

mich besorgt an, »was ist denn jetzt eigentlich mit deiner Brille? Ist sie völlig hinüber, oder kann man da noch was machen?«

»Das rechte Glas und ein Bügel haben einen Sprung. Ich glaub nicht, dass man da viel machen kann. Ich hab ja zur Not noch meine Ersatzbrille.«

Die ist aber leider babyblau und passt so gar nicht zu der Rosa- und Fliederphase, in der ich mich gerade befinde. Wenn mir nichts Besseres einfällt, muss ich halt ab und zu die gesprungene Brille tragen. Zum Durchschauen reicht es ja noch. Das Problem ist, dass ich nicht mehr zu meinem Optiker gehen kann, weil es sich dabei um meinen verdrängenswerten Exfreund handelt. Felix hat mir absolut kein Glück gebracht, und ich möchte ihn nie, nie wiedersehen. Leider ist er der beste Optiker in unserer Stadt, und ich habe die Brille mit einer Zweijahresgarantie bei ihm versichert. Wenn ich zu irgendeinem anderen Optiker gehe, muss ich die neue Brille teuer bezahlen, anstatt die Kosten von der Versicherung übernehmen zu lassen.

Vera fängt an zu kichern: »Wisst ihr noch, wie wir damals nach dem Studium angefangen haben zu arbeiten? Caro ist bei jeder Blutentnahme ohnmächtig geworden, wir haben uns in der Klinik pausenlos verlaufen, ich wurde für eine Patientin gehalten, die sich als Ärztin verkleidet hat, und du, Anna ...«, Vera kommen jetzt schon die Tränen vor Lachen.

Ja, ich Anna. Ich wurde an einem Tag dreimal von einem äußerst witzigen Patienten auf dem Klo eingesperrt. Der Knabe montierte einfach jedes Mal von außen den Griff ab. Wer schenkt einem Zehnjährigen auch einen Akkuschrauber? Dass ich so oft auf die Toilette musste, lag an meiner Nervosität. Ohne Selbstbewusstsein, mit Angst vor den unheimlichen Patienten und jeder Menge unnützem Studiumswissen in den Köpfen, taperten Vera und ich damals planlos durch die Kinderklinik. Ich tat einfach immer das, was mir die erfahrenen Krankenschwestern empfahlen. Dann teilte ich Patienten und Eltern »meine« Entscheidung mit. Bei Reaktionen wie »Danke, Frau Doktor, vielen, vielen Dank, dass Sie uns geholfen haben«, fühlte ich mich wie eine Hochstaplerin.

Caro bekam ihre Ohnmachtsanfälle beim Anblick von Blut zum Glück rasch in den Griff. Dafür mussten allerdings wir herhalten. Sie nahm uns einfach so oft Blut ab, bis ihr nicht mehr schwindelig wurde. Vera und ich liefen wochenlang wie Drogensüchtige mit blau gepiksten Armen und Händen herum. Schon ganz gut, dass uns heute fast nichts mehr abschreckt und wir wissen, was wir tun. Meistens zumindest.

»Es nervt einfach, dass Denner, der Prototyp eines langweiligen Spießers, mich so von oben herab behandelt«, lenke ich wieder zu dem mich unablässig beschäftigenden Thema hin.

»Zeig ihm, was du drauf hast, und gib ihm 'ne Chance. Was anderes bleibt dir gar nicht übrig«, empfiehlt Caro. »Er hat's mit dir auch nicht leicht: Erstens stehst du sowieso nicht auf Psychologen, und zweitens machst du ihm bestimmt ständig den indirekten Vorwurf, dass er dir die Ambulanzleitung geklaut hat.«

»Aber drittens, ist er eine Moralapostel-Nervensäge, die einem den besten Tratsch verdirbt«, ergänzt Vera.

Tratsch! Das hatte ich fast vergessen. Bei der heutigen Aufregung konnte ich mich gar nicht um die Möslis und Dietrichs dieser Welt kümmern.

Vera scheint manchmal wirklich Gedanken lesen zu können: »Anna, du hast heute übrigens echt was verpasst.«

»Was denn? Hat Dr. Möslis Frau ihm öffentlich eine Szene gemacht?«

»Nein, nein, an dieser Front ist es ruhig. Aber du hast es fast getroffen. Frau Dietrich ist heute Morgen vorbeigekommen, um ihren angebeteten Gatten zum Dienstende mit einem Frühstück zu überraschen. Sie dachte, er müsste mal wieder länger arbeiten. Er war aber gar nicht zum Nachtdienst eingeteilt. Und auf ihre fassungslose Nachfrage hin, wo er denn sei, habe ich ihr einfach gesagt, dass er längst zum Frühdienst da sein müsse, aber vielleicht wieder im Stau stehe, so wie neulich. Daraufhin ist sie völlig ausgeflippt, weil er ja eigentlich immer mit dem Fahrrad zur Arbeit kommt.

Dietrich ist in diesem Moment in die Notaufnahme gekommen und hat seine vollkommen hysterisch zeternde Frau hinter sich her zum Parkplatz gezerrt. Sah aus, als würden sich die beiden ordentlich zoffen. Ich konnte aber leider nichts verstehen.«

»Vielleicht bin ich dann ja jetzt aus dem Schneider«, bemerke ich hoffnungsvoll.

»Na ja, kann schon sein.«

Moment mal, hat Vera auf meine Anmerkung, dass sich mein Dietrich'sches Problem erledigt haben könnte, wirklich mit ›na ja, kann schon sein‹ geantwortet?

»Was heißt hier ›na ja‹?«, hake ich nach.

In meiner blühenden Phantasie haben sich in den letzten Tagen vor meinem inneren Auge bereits eine Menge gruseliger Szenen abgespielt, in denen Frau Dietrich mich wahlweise erwürgt, mit dem Auto überfahren, mit einem Fleischermesser auf mich eingestochen oder fiese Zettel über mich an die Pinnwand gehängt und so meine Karriere zerstört hat.

»Keine Sorge, das wird schon«, meint Vera nur.

»Was willst du damit sagen?« Langsam werde ich ungeduldig.

Vera schweigt. »Was ist los?«

»Nun ja, ich wollte nicht, dass du dich unnötig aufregst. Du machst dir ja immer gleich so viele Gedanken«, räumt sie zögernd ein.

»Vera! Was verschweigst du?«

»Also gut, Frau Dietrich hat vor dieser ganzen Szene nach dir gefragt, und ich habe ihr mitgeteilt, dass du nicht im Dienst und die nächsten Tage auch nicht erreichbar wärst.«

»Und?!«

»Sie war halt ein bisschen aufgeregt und hat mich gebeten, dir auszurichten, dass sie genau wüsste, was du im Schilde führst und dass sie das auf gar keinen Fall hinnehmen würde.«

»Bist du verrückt? Ich hätte heute Morgen ein Alibi gehabt.«

»Ja, vielleicht. Aber, Anna, ich wollte dir an deinem ersten Ambulanztag den Rücken freihalten. Was soll sie denn schon Schlimmes anstellen?«

Vielleicht all das, was mich dank meiner Phantasie in den letzten Tagen in Angst und Schrecken versetzt hat? Ich bin fassungslos.

»Wir müssen irgendetwas dagegen tun!«, flehe ich sie verzweifelt an.

»Ich lass mir was einfallen. Diese Woche ist mein Bekannter aus der Verwaltung wieder da. Ich sage dir sofort Bescheid, sobald ich etwas Neues erfahre.«

»Ach Anna, du solltest dir nicht so viele Sorgen machen. Pack doch lieber mal dein Geschenk aus«, versucht Caro mich abzulenken. Die Schultüte von Vera, die mit Minipackungen meiner Lieblings-Schokokekse gefüllt ist, war schon eine tolle Überraschung. Zusätzlich haben die Mädels aber noch ein gemeinsames Geschenk besorgt. Das ist ja fast wie Geburtstag!

Es ist ein Frauen-Karriereratgeber. Eine interessante Analyse männlichen Macho-Gorilla-Gruppenverhaltens und der üblichen Frauen-ich-will-mich-nicht-in-den-Vordergrund-drängen-Fehler. Meine Mädels wissen eben, was ich brauche. Nur Till hatte offensichtlich keine Lust, sich an dem Geschenk zu beteiligen. »Ihr habt echt Probleme«, bemerkt er mit einem abfälligen Blick auf das Buch, »macht doch einfach euren Job. Dann läuft das schon mit der Karriere.«

»Das glaubst du ja wohl selbst nicht«, Vera ist innerhalb einer Nanosekunde auf hundertachtzig, »solange Macho-Kerle wie du in den Chefetagen sitzen und hemmungslos eine Praktikantin nach der anderen vernaschen, haben Frauen nie gute Chancen.«

»Das sind doch alles nur Ausreden frustrierter verklemmter Weiber«, winkt Till ab und lehnt sich in seinem Stuhl zurück.

Vera ist kurz davor, ihm die Augen auszukratzen: »Ich wäre auch frustriert, wenn ich mit einem Macho-Arsch wie dir zusammenarbeiten müsste. Für dich ist doch gleich jede Frau verklemmt, die es nicht sofort mit dir in deinem Büro treiben will.«

»Du hast interessante Phantasien. Aber sei ganz beruhigt, ich habe es nicht nötig, eine Frau zu bedrängen. Ich kann nichts dafür, dass so viele auf mich stehen. Nicht dass ich etwas dagegen hätte.« Till grinst anzüglich.

»Natürlich stehen sie auf dich, wenn du das Blaue vom Himmel lügst ...«

»Es heißt, das Blaue vom Himmel versprechen. Ich verspreche gar nichts. Auch das habe ich nicht nötig. Wenn sie sich auf mich einlassen, dann wissen sie genau, was sie bekommen.«

»Und du weißt genau, dass sie insgeheim trotzdem mehr von dir wollen.«

»Das ist nicht meine Schuld. Meine Ansagen sind immer klar.«

»Wegen Typen wie dir gibt es so viele Frauen, die tausendmal lieber alleine bleiben, als sich so etwas anzutun.«

»Also, ich persönlich kenne nur eine, die sich nicht binden möchte, und die, so nebenbei bemerkt, vergnügt sich gern mal mit dem einen oder anderen Lustknaben.« Till deutet mit seinem Sektglas auf Vera.

»Was willst du damit sagen?«

»Ich sage nur: Wer im Glashaus sitzt …«

»Du willst ja wohl nicht deine manische Rumvögelei mit meinen gelegentlichen, in beiderseitigem Einverständnis stattfindenden One-Night-Stands vergleichen.«

Oje, Till und Vera sind mal wieder bei ihrem Lieblings-Streitthema gelandet.

»So, jetzt atmet mal beide tief durch«, geht Caro dazwischen, »es wäre schön, wenn ihr es einen Abend lang schaffen könntet, euch nicht an die Gurgel zu gehen.«

»Glaube mir, ich reiße mich jedes Mal zusammen, wenn ich diesen Kerl sehen muss. Also sag ihm das. Ich habe nicht damit angefangen«, schmollt Vera.

Till gibt ebenfalls nicht so schnell auf: »Ach, aber ich, oder was? Ich habe lediglich gesagt, wie es ist. Du lebst so tief in deiner verworrenen Emanzenwelt, dass du einfach nicht mehr mit der Realität klarkommst. Du bist doch die Schlimmste von allen. Du bist wie der Wolf im Schafspelz mit deinem zierlichen Figürchen und diesen pseudokindlich niedlichen Löckchen …«

Vera kneift drohend die Augen zusammen: »Pass mal auf, du komplexbeladener ...«

»So, das reicht für heute«, unterbricht Caro die beiden, »dass wir Frauen wohl noch in hundert Jahren keine Chancengleichheit haben werden, ist nun mal so. Wir müssen uns eben anstrengen. Aber deshalb sind nicht alle Männer gleich Macho-Ärsche. Ralf und ich zum Beispiel führen eine wunderbar ausgeglichene Ehe, und gemeinsam schaffen wir es, Beruf und Kind zu verbinden.«

»Du meinst, du schaffst es, indem du dich völlig zerreißt, während Ralf beruflich kein bisschen kürzertritt«, wirft Vera schnippisch ein.

»Pass auf, sie hat heute mal wieder Haare auf den Zähnen«, mischt Till sich ein.

»Halt doch einfach ein Mal deine große Klappe«, pampt Vera zurück. Caro lässt sich davon nicht aus der Ruhe bringen: »Ralf und ich arbeiten derzeit beide reduziert. Wobei, da hast du völlig recht, er immer noch entspannter ist als ich. Aber ich bin eben die Mutter.«

»Na, die Welt hat eben von allem etwas zu bieten: Macho-Ärsche, Männer, die bekommen, was sie wollen, Frauen, die keine Lust auf solche Typen haben und ewig Single bleiben wollen, überzeugte Mütter und Frauen, die noch an die wahre Liebe glauben«, beende ich das Thema.

Till erhebt Einspruch: »Beim letzten Punkt bin ich nicht dabei. Das hier ist das Leben und kein Frauenroman.«

»Dann lass es halt. Wo schläfst du heute eigentlich?«

»Zu Hause. Ich habe nämlich alles im Griff.« Till prostet mir mit einem übertriebenen Grinsen zu.

Nachdem alle gegangen sind und ich die Küche aufgeräumt habe, nehme ich meinen neuen Ratgeber mit ins Bett. Diesmal werde ich kontinuierlich an mir arbeiten, nicht nur zwei Notizbuchseiten lang. Jeden Tag werde ich eine neue Verbesserung angehen. Die erste Aufgabe wird sein: *Erledigen Sie nicht anderer Leute Arbeit. Grenzen Sie sich ab, und lernen Sie »nein« zu sagen!* Das wird ein Kinderspiel. Nein sagen konnte ich schon immer gut. Glaube ich zumindest.

Nur zu Ben sage ich derzeit absolut ja. Wir haben uns während unseres letzten Telefonates endlich mal wieder verabredet.

Endlich! Verabredungen unter Ärzten sind wirklich schwierig. Während meiner freien Woche hatte Ben natürlich ständig Dienst. Wie könnte es anders sein. Und so war ich überglücklich, als er mich fragte: »Darf ich dich am Freitag zum Abendessen bei mir zu Hause einladen? Dann koche ich was Schönes für uns.«

»Das klingt phantastisch, dann bis Freitag«, flötete ich in den Hörer. Schwupps, war ich auf Wolke sieben. Ich habe mir fest vorgenommen, dass wir auch bei dieser Verabredung nicht weitergehen werden. Schließlich steht das große Wochenende bevor. Ben und ich haben zufällig dieselbe Fortbildung auf Sylt gebucht. Es geht dabei um die »Therapie von Verbrennungen im Kindesalter«. Nächstes Wochenende werden wir gemeinsam dorthin fahren. Bietet sich ja an. Wir fahren mit seinem Auto hoch, er hat sich um das Hotel gekümmert, und ich freue mich auf ein romantisches Wochenende.

Kapitel 5

Nach einer anstrengenden Arbeitswoche habe ich Freitagnachmittag endlich Zeit, mein Büro in der *Moby-Fit*-Ambulanz einzuräumen und die Woche Revue passieren zu lassen.

Meine großartige Karriere als, hoffentlich irgendwann leitende, Ambulanzärztin läuft eher schleppend an, wie ich zugeben muss. Während meiner ersten Woche bei *Moby Fit* haben sich meine schlimmsten Befürchtungen bestätigt: Denner ist als Psychologe der Chef und hält mich als Kinderärztin wohl für die kleine Maus, die ihm zuarbeiten soll.

Ich sortiere meine letzten Fachbücher ins Regal und stabilisiere sie mit Bücherstützen. Dann lasse ich den Blick über meine Hälfte des Büros schweifen. Damit bin ich zufrieden. Alles steht ordentlich auf seinem Platz.

Mein rosafarbener Locher, der dazu passende Tacker, der Stiftehalter und ein Block mit pinkfarbenen Herzchen-Postits sind akkurat nebeneinander aufgereiht. Links davon stehen die Ablagefächer mit den zu bearbeitenden Akten, rechts die Schachtel für den Datenmüll. Frau Goldstein hat sie extra für mich mit rosa Glitzerpapier beklebt. Außerdem hat sie mir als Einstandsgeschenk eine riesige Packung rosaweiß gestreifter Büroklammern überreicht. Das war so süß von ihr! Denner psychologisiert ständig herum, sie mache das nur, weil sie zwar Mutter zweier Söhne sei, aber sich im Grunde immer eine Tochter gewünscht habe. Der ist ja bloß neidisch.

Auf der Fensterbank stehen zwei weiße Orchideen. Denners Oma-Pflanzen sind dagegen auf dem Schrank gelandet. Er hat sie selbst dorthin gestellt. Ich habe wirklich keinen Schimmer, warum er die nicht einfach wegwirft. Immerhin hat die Reinigungsfachkraft sogar dafür gesorgt, dass die Vorhänge gereinigt wurden. Dabei wurde aus einem staubigen Tannengrün ein sattes frühlingshaftes Lindgrün. So sieht das Büro doch gleich viel freundlicher aus. Der Hausmeister, zu dem ich schon immer einen guten Draht hatte, hat hinter der Tür Kleiderhaken angebracht und die Bilder, die mir meine kleinen Patienten geschenkt haben, aufgehängt. Auf meiner Seite des Zimmers natürlich. Das Einzige, was hier stört, ist das Denner'sche Chaos im Hintergrund.

Dort sind immerhin die pelzige, zum Leben erwachte Kaffeekanne und die alten Jahrgänge der Teetassen verschwunden. Dafür haben sich während der letzten Woche wieder mindestens elf neue angesammelt. Zum Glück stehen unsere Schreibtische jeweils an der gegenüberliegenden Wand. Da wir so Rücken an Rücken sitzen, muss ich mir dieses Desaster nicht die ganze Zeit ansehen.

Denner und der Rest des Teams sind bereits am frühen Nachmittag ins Wochenende gestartet. So habe ich meine Ruhe, um meinen Teil des Büros endlich fertig einzurichten.

Die gute Seele Frau Goldstein tut wirklich alles, um mir den Einstieg bei *Moby Fit* so angenehm wie möglich zu gestalten und ermahnt Denner immer wieder zur Ordnung. Eigentlich sollte ich das selbst tun. Wenn ich nicht bald lerne, meine Autorität unter Beweis zu stellen, werde ich niemals aufsteigen.

Inzwischen gibt es allerdings eine Sache, die mich an Denner wirklich beeindruckt. Er findet in seinem Chaos alles in maximal zwei Minuten. Ich habe die Zeit gestoppt, da ich es nicht glauben konnte, wie fix er angeforderte Fachartikel, Akten, Befunde und was auch immer aus dem exakt richtigen Papierhaufen zieht.

Ich hingegen bin ohne Post-its, To-do-Listen und eine idiotensichere Ordnung völlig aufgeschmissen. Ich rücke noch einmal die Datenmüllbox zurecht, in der ich alle nicht mehr benötigten Papiere, die mit Patientendaten versehen sind, sammele. Einmal pro Woche leert die Putzfrau diese Box und schreddert den Müll, damit keine sensiblen Daten in fremde Hände gelangen. Ein toller Service, in den ich nun dank der Ambulanz komme. Auf den Stationen müssen wir alles selbst schreddern. So, mein Bürobereich sieht perfekt aus.

Aber dann entdecke ich auf dem Drucker eine alte, angeschlagene Tasse mit einem bereits leicht grünlich schillernden Teerest. Das geht gar nicht. Der Drucker gehört uns beiden. Ich stelle die Tasse demonstrativ mitten auf Denners Schreibtisch. Bei seiner Unordnung bemerkt er das sicher nicht einmal.

Während ich meine Jacke vom Kleiderhaken nehme, werde ich von der plötzlich auffliegenden Tür unsanft an der Schulter getroffen. »Aua.«

»Oh, Frau Plüm. Entschuldigen Sie bitte, ich wusste nicht, dass Sie noch hier sind.« Es ist Denner, der mich überrascht anblickt. Er scheint sich noch nicht daran gewöhnt zu haben, sein Reich teilen zu müssen. »Was stehen Sie auch hinter der Tür rum?«

»Ich stehe hier nicht rum, ich habe meine Jacke vom Kleiderhaken genommen.« Ich reibe mir die schmerzende Schulter.

»Ach so, ja.« Auch daran scheint er sich noch gewöhnen zu müssen.

»Ich dachte, Sie wären schon nach Hause gegangen«, bemerke ich möglichst beiläufig und versuche, meinen Ärger über seine Rüpelhaftigkeit runterzuschlucken.

»War ich auch. War ich auch. Aber ich muss noch einen Artikel vorbereiten und brauche dafür ein paar Unterlagen.« Er wühlt in seinen Papierstapeln.

»Na gut, Herr Denner, ich geh dann mal.«

»Ach, Frau Plüm, eine Sache noch, habe ich vorhin völlig vergessen Ihnen zu sagen: Sie sollen Ihre Mutter zurückrufen.«

»Meine was?«

»Ihre Mutter? Sie haben doch eine oder?«

So ganz akut wünschte ich, ich wäre Waise.

»Ja schon, aber woher wissen Sie ...?«

»Sie hat angerufen, als Sie bei der Stationsvisite waren. Sie scheint sich Sorgen um Sie zu machen.«

O nein. Bitte nicht. Ich habe meiner Mutter niemals irgendeine berufliche Adresse oder Telefonnummer mitgeteilt, um genau das hier zu vermeiden.

»Sie macht was?«

»Sich Sorgen. Manche Menschen sorgen sich um andere.«

»Sie hat hier im Büro angerufen?«

»Nein, bei der Pforte. Die hat sie durchgestellt. Ich habe ihr gesagt, ich richte Ihnen aus, dass sie Sie sprechen möchte. Die Durchwahl habe ich ihr erst mal nicht gegeben. Ich wusste ja nicht, ob Ihnen das recht ist.« Er sieht mich fragend an.

»Ja«, antworte ich zögernd, »ich glaube, das war eine gute Idee. Wissen Sie, meine Mutter ist immer sehr besorgt.« Besorgt um sich selbst und darum, dass ich keinen Mann mehr abkriege.

»Das haben Mütter wohl so an sich.« Denner vertieft sich wieder in seine Papierstapel.

Ich möchte gar nicht wissen, was meine Mutter alles über

mich erzählt hat. Obwohl, wenn ich es mir recht überlege, möchte ich es schon wissen. Aber wenn Denner nicht freiwillig damit rausrückt, werde ich bestimmt nicht nachfragen. Nachher folgt noch eine Psychoanalyse unseres verkorksten Mutter-Tochter-Verhältnisses, und mein Privatleben geht ihn definitiv nichts an.

»Ja, das ist wohl so. Ich wünsche Ihnen ein schönes Wochenende«, verabschiede ich mich von Denner.

Es wird Zeit nach Hause zu gehen und mein freies Wochenende einzuläuten. Ich verlasse das Büro und gehe in Richtung Eingangsbereich. Vor der Pinnwand stehen ein paar aufgeregt tuschelnde Eltern. Zu meinem Entsetzen hängt dort ein grellgelber Zettel. O nein! Bitte nicht!

Dr. Mösli betrügt seine Familie mit OP-Schwester Gisela!, steht dort in großen Buchstaben auf schrillgelbem Grund. Gott sei Dank! Ich habe schon das Schlimmste befürchtet! Erleichtert schwebe ich frohen Mutes und voller Tatendrang aus der Klinik, hinaus in einen sonnigen Spätnachmittag und freue mich riesig auf mein heutiges Date mit Ben.

Vor dem Ausgang laufe ich geradewegs in die Arme von Professor Astrup, dem Chefarzt. Der begrüßt mich überschwänglich: »Frau Dr. Plüm, wie schön, Sie zu sehen. Wie geht es Ihnen? Ist das nicht ein wundervoller Tag?«

Er will irgendwas. Aber was? Egal, hart bleiben, nein sagen, fokussiert auf die eigene Karriere bleiben.

»Wissen Sie, Frau Dr. Plüm, ich suche noch jemanden, der auf der hausinternen Fortbildung nächste Woche einen Vortrag hält. Da sind mir doch gleich Sie eingefallen.«

So ein Mist! Warum bin ich nicht zwei Minuten eher losgegangen? Das ist ihm doch garantiert erst in den Sinn gekommen, als er mich gesehen hat. Wohin sollen einen hausinterne Vorträge schon bringen?

»Herr Professor Astrup, ich arbeite mich gerade intensiv in meine Tätigkeit in der *Moby-Fit*-Ambulanz ein. Ich würde Ihnen ja gerne helfen, aber ...« Netter Versuch.

»Frau Dr. Plüm, das passt ja wunderbar, ein sehr interessantes Thema. Ich delegiere diese Aufgabe hiermit an Sie weiter und verlasse mich darauf, dass der Vortrag läuft. Erzählen Sie uns doch etwas über die gesundheitlichen Risiken durch Übergewicht. Machen Sie's gut.«

»Ja natürlich, Herr Professor.«

»Ach, Frau Dr. Plüm. Jetzt hätte ich es doch fast vergessen. Bei der Fortbildung werden einige ausländische Kollegen anwesend sein, die sich unsere Klinik ansehen möchten. Deshalb halte ich es für sinnvoll, dass Sie Ihren Vortrag einfach auf Englisch halten. Das ist für Sie doch sicherlich kein Problem, oder?«

»Nein, natürlich nicht, Herr Professor.«

Am besten halte ich den Vortrag gleich auf Kisuaheli und jongliere dabei, auf einem Einrad balancierend, ein paar Bälle auf der Nase. Da kann man mal wieder sehen, wie gut ich mich abgrenzen kann.

Dr. Klemme hat uns vom Parkplatz aus feixend beobachtet. Verdammt, er wäre mit dem Vortrag dran gewesen! Kein Wunder, dass der immer so erholt aussieht. Mit dem werde ich auf gar keinen Fall irgendwann mal ...

Meinen Ärger über den lästigen Vortrag schiebe ich schon auf dem Heimweg erst einmal zur Seite und freue mich auf mein Date mit Ben. Nach über zwei Wochen Karenzzeit kann ich es kaum erwarten, ihn endlich wiederzusehen.

Nach einer kurzen Dusche gebe ich mich völlig der Frage hin: Was ziehe ich an? Es ist kein Klischee, dass Frauen nie etwas zum Anziehen haben. Das ist auch keine Einbildung, sondern eine Tatsache. Nachdem ich die Hälfte meiner Klamotten aus dem Kleiderschrank gerissen und im Schlafzimmer verteilt habe, entscheide ich mich wieder für das erste Outfit: einen knielangen weißen Leinenrock, in Wunschgröße achtunddreißig, eine fliederfarbene Tunika und weiße Sandaletten. Dazu eine kleine weiße Lederhandtasche. Das ist gut. Nicht zu aufgedonnert für einen legeren Kochabend mit ein paar Hintergedanken. Der Rock spannt an der Hüfte ein wenig, aber ich kann gerade noch darin sitzen.

Mühsam quetsche ich die Kontaktlinsen in meine widerspenstigen Augen. Mein Veilchen am rechten Auge, ein kleines Andenken an Stevie, ist zum Glück kaum noch zu sehen. Die Haare bleiben zum Pferdeschwanz gebunden. Mein Tages-Make-up frische ich nur mit etwas Lipgloss auf. Schließlich will ich Ben signalisieren, wie entspannt ich bin. Besser gesagt, wie entspannt ich gerne wäre, denn ich bin schon ganz schön aufgeregt. Welche Sonnenbrille passt bloß am besten zu meinem Outfit? Hektisch wühle ich in meiner Sonnenbrillen-Schublade. Ich entscheide mich für das klassische Audrey-Hepburn-Modell. Da ich eigentlich keine Zeit mehr habe, mir die Fußnägel zu lackieren, so aber auf keinen Fall aus dem Haus kann, lackiere ich eben schnell die vier Nägel, die pro Fuß aus den Sandaletten schauen. In zartem Flieder natürlich. In fünf Minuten muss ich los. Ob ich eine Flasche Champagner mitbringen soll? Ist vielleicht zu aufdringlich. Wein oder Prosecco? Ich weiß gar nicht, was Ben für mich kocht. Während ich ratlos meine Weinvorräte in der Küche mustere, klingelt das Telefon. Es ist Ben: »Du, Anna, ich habe völlig verschwitzt, dass ich mich heute Abend für eine morgen anstehende wichtige Operation, mein erstes Facelifting, vorbereiten muss. Zeit zum Einkaufen hatte ich leider auch nicht. Ich möchte dich aber unbedingt heute sehen. Was hältst du denn davon, wenn wir einfach spontan bei dir kochen? Bei dem tollen Wetter ist es ja eh viel schöner, auf deiner Terrasse zu sitzen.«

Nachdem mich dieser Redeschwall samt seines Inhaltes erst mal völlig überrumpelt hat, gebe ich mich flexibel: »Klar! Kein Problem! Kochen wir bei mir.«

»Super, ich bin noch in der Klinik. Ich bin so in einer Viertelstunde bei dir.« Da bleibt mir nicht wirklich viel Zeit, mich auf diesen unerwarteten Besuch vorzubereiten. Das Schlafzimmer bleibt, wie es ist, das soll er heute ja eh nicht zu sehen bekommen. Ich schließe einfach die Bambusrollos, und alles ist gut.

Aber was sollen wir, beziehungsweise ich, jetzt bloß kochen? Zeit zum Einkaufen habe ich eindeutig nicht mehr. Das wäre aber dringend nötig gewesen. Mit dieser Entwicklung konnte ich ja nicht rechnen. Idealerweise sollte das Essen Ben beeindrucken, dabei aber entspannt und unkompliziert wirken. Mit einem leichten Anflug von Panik durchwühle ich sämtliche Küchenschränke. Ich habe Glück: In meinen Vorräten finde ich Tomaten, Spaghetti, Bottarga, getrockneter Fischrogen, den ich aus meinem letzten Sardinienurlaub mitgebracht habe, und auch noch Butter. Basilikum wächst auf meiner Terrasse. Das muss reichen. Ein einfaches, aber feines Essen. Tomaten mit Basilikum als Vorspeise und dann Spaghetti mit Bottarga. Dazu bräuchte ich eigentlich noch mehr Butter, aber Olivenöl tut es auch. Ein passender Weißwein liegt in meinem Kühlschrank. Ich bin ein Glückspilz! Ben muss von meinen Fähigkeiten, ein spontanes Menü zu zaubern, einfach begeistert sein!

Ich habe sogar noch ein paar Minuten Zeit, den Tisch auf der Terrasse zu decken und Kerzen für die Abenddämmerung aufzustellen. *La Traviata*, gesungen von Placido Domingo und Ileana Cotrubas, schallt bereits leise aus dem Küchen-CD-Radio. Ich bin halt eine gebildete Frau. Wenn ich einen kultivierten Mann an meiner Seite haben möchte, muss ich ihm im Gegenzug schließlich auch was bieten. Ehrlich gesagt, habe ich die CD zufällig mal beim Ausmisten auf dem Speicher meiner Eltern gefunden und mir für alle Fälle geschnappt. Jetzt kommt sie zum Einsatz! Absolut wichtig bei Date-Vorbereitungen ist es, die Musik immer schon einige Zeit vorher anlaufen zu lassen oder schnell vorzuspulen. Es soll ja ganz unverfänglich aussehen. Wenn ein Mann bei einer Frau eingeladen ist und beim Ankommen merkt, dass Lied Nummer eins der romantischen CD im CD-Player läuft, weiß er doch sofort, dass die Frau total auf ihn steht. Auch Kerzen sollten frühzeitig angezündet werden, um schon etwas herunterzubrennen. Ich bin schließlich nicht leicht zu haben. Ben soll sich ordentlich um mich bemühen.

Da sitze ich nun, so perfekt wie möglich und nach außen hin ungezwungen vorbereitet und warte ... und warte. Ich mische schon mal das Dressing unter den Salat und stelle einen Topf mit Wasser für die Pasta bereit. Die *La-Traviata*-CD habe ich bereits zum x-ten Mal auf Lied drei eingestellt.

Eine Dreiviertelstunde später kommt er endlich, mein Gott in Weiß. Die Arbeitskleidung hat er noch an, die auch in seiner Klinik aus äußerst gutsitzenden weißen Hosen und weißen Polohemden besteht. Beides betont seinen durchtrainierten Körper perfekt.

»Entschuldige die Verspätung. Du weißt ja, wie viel in einer Klinik los sein kann«, begrüßt er mich und drückt mir zärtlich einen Kuss auf den Mund.

»Ist doch kein Problem.«

»Ach, ich bin so froh, dass du mich verstehst. Ohne mich geht in der Klinik einfach gar nichts. Ich bin total gestresst.«

Er nimmt am Küchentisch Platz, und ich schenke uns schon mal ein Glas Wein ein. Ben hält seufzend das Glas in der Hand: »Ach, bei dir fühle ich mich immer gleich viel besser.«

In Gedanken vollführe ich heimlich Freudensprünge. Ja! Ich wusste doch, dass das mit uns gut läuft.

Den Wein beschnuppert und verkostet Ben ausgiebig und findet dann: »Wirklich ganz nett. Auch Discounter haben ja inzwischen richtig gute Weine.« Wenn das mein Weinhändler hören könnte. Dem würden die Tränen kommen.

»Viel möchte ich heute Abend nicht trinken. Ich muss ja noch was tun«, fügt Ben mit einem entschuldigenden Lächeln, das mir weiche Knie macht, hinzu.

Die Pasta habe ich rasch zubereitet, und wir setzen uns auf die Terrasse. Das Essen, eines meiner absoluten Lieblingsgerichte, gleich nach Sushi – nun ja, Ben isst es. »Kaviar, Hummer, Austern und so werden ja völlig überbewertet«, meint er. Das sehe ich anders. Wenn ich es mir leisten könnte, würde ich neben Sushi jeden Tag Austern, Hummer oder Kaviar futtern. Aber vielleicht ist es gar nicht schlecht, wenn ein Mann ein wenig bodenständig ist. Die Geschmäcker sind halt verschieden.

»Sag mal, wie läuft's denn eigentlich bei dir?«, erkundigt Ben sich.

»Oh, phantastisch. Die Einarbeitung in meine neue Ambulanz läuft sehr gut.« Kleine Notlüge, ich möchte Ben halt beeindrucken. »Ich darf auch gleich einen Vortrag über die gesundheitlichen Risiken durch Übergewicht halten.«

»Schön. Auf welchem Kongress hältst du denn den Vortrag?«

»Auf der hausinternen Fortbildung nächste Woche.«

»Ach so, eine Interne.«

»Damit kann ich mich in meiner neuen Stellung in der Klinik gleich gut positionieren.«

»Das kann sein. Aber für 'ne interne Fortbildung brauchst du dir ja keinen Stress zu machen.«

Das tue ich aber. Vorträge jeder Art stressen mich pauschal. Nach außen bleibe ich jedoch ganz cool.

»Natürlich nicht. Und du machst morgen also dein erstes Facelifting?«

»Ja, das wird toll. Ich habe bereits ein paarmal assistiert, aber morgen darf ich selber ran. Ich habe Glück, dass mein Chef außergewöhnliche Talente wie mich besonders fördert. Das soll jetzt nicht arrogant klingen. Wenn man eine bestimmte Begabung hat, sollte man auch dazu stehen.«

»Natürlich. Aber warum an einem Samstag?«

»Die Patientin ist beruflich stark eingespannt und kann nur an diesem Termin. Wenn man gut in seinem Job ist, führt das halt dazu, dass man häufig eingesetzt wird, aber das nehme ich gerne in Kauf.«

»Und was sind deine Pläne für die Zukunft?«

»Ein Chefarztposten, natürlich.« Ben sieht mich an, als wäre es das Selbstverständlichste auf der Welt und fährt fort: »Am Liebsten mache ich Nervenrekonstruktionen z. B. beim Wiederannähen von abgetrennten Fingern, besser noch von ganzen Armen. Ich habe mir dafür erst gestern eine neue Lupenbrille bestellt.«

»Das ist doch toll.« Irgendwer muss sich schließlich um abgetrennte Gliedmaßen kümmern, und ein gesunder Ehrgeiz ist sicher von Vorteil, wenn man es zu etwas bringen will.

Was sind denn wohl meine Ziele? Eine gute Ärztin sein, viel Freizeit haben, Weltfrieden, zwei Kinder mit Ben ... uuups ... Möchte ich das wirklich?

Den Rest des Essens sprechen wir, oder eher gesagt Ben über seine Wohnungen. Er scheint einen richtig guten Job zu haben. Sein Gehalt beträgt seinen Angaben zufolge etwa das Dreifache von meinem. Er hat eine schöne, im Bauhausstil eingerichtete Eigentumswohnung, allerdings ohne Balkon, und er hat sich den Porsche gegönnt. Ansonsten legt er sein Geld fleißig in weiteren Eigentumswohnungen an. Vier hat er bereits, die er gewinnbringend vermietet, und er möchte sich vergrößern. Wenn er durch die Stadt fährt, schaut er sich ständig nach neuen Wohnungen um. Nach insgesamt eineinhalb Stunden romantischen Abendessens verschwindet Ben nach Hause an seinen Schreibtisch. Natürlich nicht ohne eine ausgiebige Abschiedsknutscherei. Er hat halt leider viel zu tun, mein erfolgreicher Chirurg. Aber küssen kann er! Wie ich schon sagte. Das ist vielversprechend!

Es ist zweiundzwanzig Uhr, die Flasche Wein ist noch halb voll, der Abend halb angebrochen, *La Traviata* fängt an zu nerven, und ich rufe Vera an. Sie hatte sich vorgenommen, den Abend in Ruhe vor dem Fernseher zu verbringen, und ist in einer Viertelstunde da.

»Was ist passiert? Du musst mir unbedingt alles erzählen«, stürmt sie mit einem vollbepackten Korb unterm Arm in meine Wohnung.

»Nichts ist passiert. Ben muss morgen früh arbeiten, und ich dachte, wir nutzen den Rest des Abends, um einen Wein zu trinken und zu quatschen.«

»Sicher?«, Vera sieht mich zweifelnd an und stellt den offensichtlich schweren Korb auf dem Küchentisch ab.

»Ich dachte schon ...«

»Was dachtest du? Was hast du überhaupt in diesem Korb?«

»Ein Liebeskummer-Notfallpaket. Wenn dein Abendessen so schnell beendet ist und du mich fragst, ob ich auf einen Wein rüberkomme, muss ich ja das Schlimmste annehmen.«

Vera, die noch ein wenig außer Puste ist, packt ihren Korb aus: zwei Flaschen Prosecco, Marzipan- und Pfefferminzschokolade, dazu noch Schokoladeneis. Eine DVD mit einem Schnulzenfilm steckt sie gleich wieder ein.

»Also, dann brauchen wir *Stolz und Vorurteil* ja wohl nicht.«

Ist aber eine tolle Idee! Ich bin wirklich gerührt, wie fürsorglich Vera ist. Wir setzen uns auf die Terrasse, wo ich inzwischen die Kerzen angezündet habe.

»Es ist wirklich alles in Ordnung. Ben und ich hatten einen wunderschönen Abend«, sage ich, während ich Vera ein Glas Wein einschenke.

»Aber kurz.«

»Ja, das stimmt, Ben hat morgen Dienst und muss sich für eine wichtige OP, die sie dummerweise fürs Wochenende geplant haben, vorbereiten. Es scheint sehr wichtig zu sein.«

»Dann solltest du seiner Karriere natürlich nicht im Wege stehen.«

»Höre ich da einen Hauch von Sarkasmus in deiner Stimme?«

»Vielleicht ein wenig. Ich meine ja nur. Ihr seht euch echt selten. Und eigentlich nimmt man sich doch Zeit füreinander, wenn man verliebt ist.«

»Das tun wir doch, wir haben nur beide nicht unendlich viel Zeit. Immerhin haben wir ein gemeinsames Wochenende geplant.«

»Die Fortbildung.«

»Genau. Vera, ich weiß, es ist lieb gemeint, aber du musst dir keine Sorgen um mich machen. Ben ist ein toller Mann, und ich habe die Lage voll im Griff.«

»Hoffentlich. Wenn der Kerl dir das Herz bricht, dann ist das das Letzte, was er tut.«

Ich habe meine Schuhe ausgezogen und betrachte nachdenklich meine unlackierten kleinen Zehennägel. Habe ich diese Ben-Romanze wirklich im Griff?

»Vera, ich bin kein naiver Teenager mehr. Du wirst sehen, mit Ben läuft alles wie am Schnürchen. Aber jetzt mal zu etwas Spannenderem. Gibt es was Neues über unseren Lieblingskollegen Dr. Dietrich?«,

»Oh, allerdings. Tut mir leid, dass ich's nicht gleich erzählt habe. Ich dachte ja, hier wäre Liebeskummer-Alarm angesagt. Insgesamt scheint sich die Situation zu beruhigen. Dietrich ist Gerüchten zufolge mit seiner Frau für ein paar Tage weggefahren. Außerdem berichten die Arzthelferinnen der Ambulanzen hinter vorgehaltener Hand, dass Frau Dietrich möglicherweise schwanger ist.«

An dem Gerücht könnte was dran sein. Die Arzthelferinnen unserer Stadt scheinen über eine Art Geheimbund miteinander vernetzt zu sein. Sie wissen in der Regel alles. Vor allem vertrauliche Informationen verbreiten sich unter ihnen schneller als ein Buschfeuer.

»Da die Dietrichs sich jetzt anscheinend auf sich selbst konzentrieren, ist die Pinnwand also erst mal sicher – und du auch.«

»Tja, aber jetzt wissen wir immer noch nicht, wer Dietrichs heimliche Geliebte ist.«

»Das ist in der Tat spannend. Mein Bekannter in der Verwaltung hat herausgefunden, dass Dietrich, als du ihn neulich Abend beim Telefonieren erwischt hast, mit dem Labor gesprochen hat.«

»Um diese Uhrzeit hat immer nur eine Laborantin Notdienst. Aber wer hatte bloß in dieser Nacht Dienst?«

»Das kann ich dir nicht sagen. Meine Beziehungen zum Labor sind nicht so gut, wie du weißt. Vielleicht kannst du etwas herausbekommen?«

Das werde ich Montag gleich als Erstes tun. Eine der Laborassistentinnen und ich waren in derselben Grundschulklasse. Sie kann mir bestimmt weiterhelfen.

Kapitel 6

Ein leichtes Kratzen in meinem Hals weckt mich schon am frühen Morgen. Vera und ich haben gestern Abend noch bis weit nach Mitternacht bei dem einen oder anderen Glas Wein die Probleme der Welt gelöst und dabei sämtliche Schokoladenvorräte vernichtet. Schade, dass niemand während unseres teilweise richtig philosophischen Gespräches Protokoll geführt hat. Dann könnte ich jetzt vermutlich ein sorgenfreies Leben führen. Ich hasse es, am Wochenende, wenn ich endlich mal ausschlafen kann, früh aufzuwachen. Was unternehme ich denn nun Schönes an meinem freien Samstag?

Da fällt mir schlagartig etwas ein, was ich zu gerne verdrängen würde: Ich muss diesen dämlichen Vortrag vorbereiten! Aber nicht heute. Das kann ich auch morgen noch. Mehr als ein, zwei Stunden dürfte das ja nicht in Anspruch nehmen. Echt jammerschade, dass Ben heute arbeiten muss.

Was ist das? Ist das echt ein Kratzen in meinem Hals?

Ja, es ist eindeutig ein Kratzen in meinem Hals. Das kann nicht sein. Nicht jetzt!

Putzen müsste ich auch mal wieder. Erst mal aber werde ich meine schöne Wohnung genießen, einen Espresso trinken und dann vielleicht ein bisschen aufräumen. Ich liebe meine Wohnung. Eigentlich war sie mal für zwei Personen gedacht, aber die Zeiten ändern sich eben. Eine Wohnung, die zu groß für eine Person ist, gibt es für mich nicht. Ich liege zu gerne auf meinem Sofa und genieße die Aussicht auf mein weitläufiges Wohnzimmer. Vor zwei Jahren bin ich mit Felix, dem Optiker, hier eingezogen. In eine wunderbare neunzig Quadratmeter große Dachgeschosswohnung mit einer riesigen Terrasse in Südwestlage, die man von Küche und Schlafzimmer aus betreten kann. Eine Terrasse zu haben war mir immer wichtig, ebenso Dielenböden, viele hohe Fenster, eine Badewanne, eine große Wohnküche und noch einiges mehr.

Danach haben wir lange gesucht. Na ja, eigentlich habe ich monatelang gesucht, und Felix hat zustimmend genickt, als ich ihm das Goldstück endlich präsentiert habe. Felix, der Töchter- und Schwiegermüttertraum. Zumindest von außen. Ein blendend aussehender und erfolgreicher Optiker mit eigenem Geschäft in der Hauptgeschäftsstraße. Eigentlich ein Volltreffer, wie man meinen könnte. Felix ist ein sehr liebevoller Mensch. Nur verteilt er seine Liebe dummerweise allzu großzügig. So an alles, was nicht bei drei auf den Bäumen ist. Beuteschema: Hauptsache, irgendwie mit zwei X-Chromosomen ausgestattet. Es ist aber auch zu leicht, seine Freundin, die ständig im Schichtdienst und drei von vier Wochenenden eines Monats arbeitet, zu betrügen. Die kriegt ja nichts mit. Eine Zeitlang zumindest. So musste ich vor knapp neun Monaten, nach fünfjähriger Beziehung, einsehen, dass diese nicht mehr als eine Seifenblase war. Ich entfernte Felix aus meinem Leben und versuche, manchmal erfolgreich, manchmal nicht, den Mistkerl, der mir fünf Jahre meines Lebens geraubt hat, zu vergessen. Das Einzige, was von dieser Beziehung übrig geblieben ist, ist eine gehörige Portion Misstrauen, die ich nun gegenüber Männern hege.

Das Halskratzen wird immer schlimmer, ich beginne zu frieren, und meine Glieder schmerzen. Das ist nur die Müdigkeit! Ich bin einfach zu früh aufgewacht!

Nach Felix' Auszug habe ich mich ganz nach meinen Wünschen eingerichtet. Das bedeutet zum einen viele Weiß- und Beigetöne, aber auch eine Menge Rosa. So allein kostet mich die Wohnung zwar einen Großteil meines Assistentengehaltes, aber sie ist es wert. Allein schon wegen der Lage am Stadtrand. Mit dem Auto sind es maximal zehn Minuten zur Klinik, zum Badesee, zur idyllischen Altstadt und auch zu den meisten Clubs und Bars. Die wichtigsten Supermärkte sind sogar zu Fuß gut zu erreichen.

Ich gehe in die Küche, um mir einen Kaffee zu machen. Vielleicht bringt der mich etwas in Schwung. Sobald ich die Maschine einschalte, blinkt das Warnlicht – der Kaffee ist alle. In meinen Vorratsschränken herrscht gähnende Leere. Es hilft alles nichts, ich muss einkaufen gehen.

Allerdings fühle ich mich wirklich nicht besonders gut und so ziehe ich, ohne vorher zu duschen, nur schnell meinen alten Jogginganzug an, binde mir rasch die strubbeligen Haare zusammen und gehe einkaufen.

Im Supermarkt stehe ich, trotz akribischer Einkaufsliste, absolut planlos zwischen den Regalen und kann nichts finden. Mein Kopf schmerzt, und meine Nase ist inzwischen völlig verstopft, was meine Leistungsfähigkeit in keiner Weise steigert.

Jetzt bloß nicht krank werden. Das ist mein erstes wirklich freies Wochenende seit Monaten, abgesehen vom Nachtdienstfrei. Ich habe keine Zeit krank zu werden!

Während ich ziellos durch die Regalreihen irre, entdecke ich einen Lichtblick. Etwa einen Meter fünfundneunzig groß, schlank, durchtrainiert, schwarze Haare, glutbraune

Augen und leicht gebräunte Haut. So steht er da, mein Adonis, allein mit seinem Einkaufswagen. Einen reumütigen Gedanken an Ben schiebe ich gleich beiseite: Man wird ja wohl noch mal gucken dürfen. Schnell habe ich gecheckt, was in dem Einkaufswagen liegt. Gut, Männerdeo, Tiefkühlpizza, ein Fertigsalat, ein Sixpack und Cola light. Das sieht nach Singlemännerhaushalt aus. War ja klar, dass mir ausgerechnet dann so jemand begegnen muss, wenn ich gerade besonders grauenvoll aussehe.

Meine Nase tropft.

Ich folge ihm. Dabei schiebe ich mein noch leeres Wägelchen möglichst unauffällig hinter ihm her und packe, um nicht sofort aufzufliegen, so dies und das hinein.

Ich brauche ein Taschentuch! Nicht jetzt!

Vor der Fleischtheke findet meine Supermann-Verfolgungsjagd ein jähes Ende. Adonis Nummer zwei, gleiche Ausstattung nur in Mittelblond, biegt in den Gang ein, und die beiden umarmen und küssen sich leidenschaftlich. Na toll! Die einzigen beiden Traummänner in diesem Laden sind natürlich ein Paar. Dafür stapeln sich in meinem Einkaufswagen jetzt: ein Glas schlesische Gurkenhappen, eine Dose Leberknödelsuppe, eine Packung Tena Lady, Jelly Beans, ein Kilo Bauchspeck und ein Kohlkopf. Taschentücher habe ich immer noch nicht.

Plötzlich höre ich hinter mir eine wohlbekannte Stimme: »Guten Tag, Frau Plüm, ich wusste gar nicht, dass Sie auch hier einkaufen.«

Es ist Denner. Verdammt, warum habe ich mich bloß nicht wenigstens ein bisschen zurechtgemacht? Kann ich nicht einmal plötzlich unsichtbar werden?

»Äh, guten Tag«, schniefe ich.

»Sie haben sich doch hoffentlich nichts eingefangen?«, erkundigt sich Denner und reicht mir ein Taschentuch. Er hat offensichtlich auch nette Momente.

»Danke. Ich war gerade auf der Suche nach Taschentüchern.«

»Die stehen gleich hinter Ihnen.« Er mustert den Inhalt meines Einkaufskorbs: »Jelly Beans! Diese Sorte ist die beste. Ich bin süchtig nach Jelly Beans! Hätte nicht gedacht, dass Sie die auch mögen. Wir sehen uns am Montag. Schönes Wochenende noch!«

Ich hasse Jelly Beans. Mann, ist das oberpeinlich. Denners Blick auf mich und meine Einkäufe sprach Bände. Er ist zwar viel zu korrekt, um etwas dazu zu sagen, aber bei der Mischung hält er mich jetzt bestimmt für einen Freak.

Es kostet mich über eine halbe Stunde, meinen Verlegenheitseinkauf wieder in die richtigen Regale zu verstauen und die Sachen zu suchen, die ich wirklich brauche.

Auf dem Nachhauseweg decke ich mich in der Apotheke doch vorsichtshalber mit dem Nötigsten ein. Ich werde natürlich nicht krank, beschließe ich! Aber falls doch, möchte ich wenigstens vorbereitet sein.

Zwei Stunden später liege ich von Schüttelfrost gebeutelt unter zwei dicken Daunendecken und mit meiner Winnie-Pooh-Wärmflasche im Bett und fluche. Das kann ja wohl nicht sein!

Mit tränenden Augen und dumpf dröhnendem Kopf kämpfe ich mich durch den Ratgeber »Gesünder durch positives Denken«. Ich werde diese Erkältung, die ich ja nicht habe, einfach wegdenken und heute Abend frisch und in Topform mit Vera tanzen gehen. Jawohl, ich werde mich gesund denken! Ich bin stark! Ich werde Erfolg haben, wo Nasentropfen, Schleimlöser und Kopfschmerztabletten bisher versagt haben. Ich bin stark, ich bin stark, es geht mir gut, ich bin gesund!

Gott, geht's mir schlecht! Ich habe neununddreißig Komma drei Grad Fieber. Ich kapituliere und sage Vera ab.

»Gräm dich nicht. Schlaf erst mal eine Runde. Morgen sieht die Welt schon ganz anders aus«, versucht sie mich zu trösten.

Umgehend verstärke ich alle möglichen Erkältungs-Bekämpfungsmaßnahmen. Ich nehme literweise Nasentropfen, alle Schleimlöser, die ich finden kann, noch etwas zum Fiebersenken und gegen die Schmerzen, Vitamin C, Vitamin A-Z, Biotin, Coenzym Q 10, Vitamin B6 und noch mal Vitamin C ein.

Die Antibiotikareste aus meinem Arzneischränkchen bleiben erst mal unangetastet. Ich versuche, mich möglichst optimistisch davon zu überzeugen, dass ich morgen wieder gesund sein werde. Ich muss morgen wieder gesund sein!

Nachdem ich mehrere Stunden als virenbeladener Fleischkloß im Bett gelegen habe, muss ich mir eingestehen: Das wird wohl so schnell nichts. »Hochfieberhafter grippaler Infekt der oberen Luftwege mit Beteiligung der Nasennebenhöhlen und beginnender Bronchitis«, das wäre wohl die offizielle Diagnose. Was absolut nervt, ist der Husten, der die Macht über mich ergriffen hat. Die erste Packung Hustenbonbons ist schon leer, die zweite und damit letzte halb. Wann bekomme ich wohl endlich den auf der Verpackung angedrohten Süßstoff-Durchfall? Da ich dank des Hustens eh nicht schlafen kann, beschließe ich, meinen dämlichen Vortrag, Dr. Klemmes Vortrag, vorzubereiten. Zwei Stunden später habe ich, von etlichen Hustenanfällen gebeutelt, gerade mal vier Powerpoint-Folien fertig. Ich werde etwa dreißig brauchen. So geht das nicht. Aber was hilft's? Missmutig mache ich mich an die nächste Folie und bin heilfroh, als ein Anruf von einem völlig überdrehten Ben mich ablenkt:

»Das glaubst du mir nie! Die OP war total geil. Ich durfte alles alleine machen. Erst habe ich die Hautschnitte vom Haaransatz zum Ohr und um das Ohr herum wieder hinten an die Haargrenze gelegt. Dann habe ich die Wangen- und Stirnhaut abgelöst und ...« Urrgh! Bei solchen ausführlichen OP-Szenarien wird mir heute echt übel. Also halte ich das Telefon weiter weg und warte, bis Ben ausgeredet hat.

»Mensch, das ist ja toll. Total spannend«, krächze ich, als ich seine Stimme nicht mehr hören kann. Ich hoffe bloß, dass er schon alles erzählt hat.

»Sag mal. Wie hörst du dich denn an? Hast du gestern noch gesoffen?«

Gesoffen? Ich doch nicht. Also bitte.

»Nein. Ich bin ...«, das Wort kommt mir kaum über die Lippen, »... krank.«

»Oje, du Arme. Hast du denn alles, was du brauchst?«

»Ja, ja, keine Sorge. Zur Apotheke habe ich es noch geschafft.«

Ich höre Ben erleichtert aufatmen. Wieso atmet er erleichtert auf? Hat er etwa keine Lust, sich um mich zu kümmern? Ich hätte ihm sagen sollen, dass ich völlig hilflos bin.

»Das ist schön zu hören. Versteh mich jetzt bitte nicht falsch. Ich würde dich ja total gerne besuchen und dich gesund pflegen, aber ich darf mich unmöglich anstecken. Verstehst du? Das kann ich mir einfach nicht leisten.«

»Natürlich nicht.« Ich bin enttäuscht. Ben lässt mich hier einfach so vor mich hin siechen. Ein Arzt sollte keine Angst vor Krankheiten haben. Schon gar nicht bei seiner Liebsten. So grauenvoll, wie ich im Moment aussehe, hätte ich Ben zwar mit allen Mitteln davon abgehalten vorbeizukommen, aber er hätte es wenigstens anbieten sollen. Unser Schweigen zieht sich unangenehm in die Länge. Vielleicht hat Ben ein schlechtes Gewissen. Geschieht ihm recht. Schweigen. Er könnte jetzt langsam mal was sagen. Tut er auch: »Was ist denn das für ein Geräusch in der Leitung?« Jetzt höre ich das nervige Klacken auch. Mist! »Da klopft jemand an.«

»Na, dann möchte ich dich nicht weiter aufhalten. Gute Besserung. Wir telefonieren einfach, wenn du wieder gesund bist.«

Weg ist er, und in der Leitung ist meine Mutter. Dafür dass sie ständig versucht, mich mit einem für sie passenden Mann zu verkuppeln, schafft sie es doch immer wieder erstaunlich sicher, in den unpassendsten Momenten reinzuplatzen. So verdarb sie mir schon erfolgreich mein erstes Date mit dem pickeligen Nachbarsjungen, meinen ersten Kuss in meinem Zimmer, das dann doch nicht stattfindende erste Mal in der Gartenlaube ... Die Liste ist endlos.

»Hallo, Anna, hallo, kannst du mich hören?«

»Schrei nicht so. Mir fallen gleich die Ohren ab.«

»Ich habe jetzt ein Handy«, brüllt meine Mutter ins Telefon.

»Schrei trotzdem nicht so. Was gibt's denn?«

»Ich wollte nur mal hören, wie es dir geht. Du meldest dich ja nie. In der Klinik bist du auch nicht erreichbar.«

»Ich arbeite in der Klinik. Und abgesehen von einer Erkältung geht es mir gut.«

»Oh, du bist erkältet? Dein Vater und ich haben schon überlegt, ob wir morgen mal vorbeikommen. Aber wenn du krank bist, lassen wir das lieber. Du willst uns doch nicht anstecken.« Wäre mir ehrlich gesagt egal. Sogar meine eigene Mutter hat Angst vor meinen Killerkeimen. Das ist ja reizend.

»Nee, bleibt mal lieber zu Hause und unternehmt was

Schönes. Ich komme schon klar. Wieso hast du denn jetzt ein Handy?«

»Na ja, eigentlich halte ich das für neumodischen Schnickschnack, aber alle haben ja inzwischen eins. Hallo ... Hallo ... Anna, kannst du mich hören?«

Im Hörer rauscht es, als stünde meine Mutter in einem Orkan.

»Geh aus dem Wind raus. Dann wird's besser«, brülle ich, so laut ich das mit meiner heiseren Stimme kann.

»Was soll das denn wieder heißen? Ich sitze gerade beim Friseur. Ich ruf dich später noch mal an.«

Telefonieren unter der Trockenhaube ist wohl doch nicht empfehlenswert. O Mann! Wenn meine Mutter jetzt, nachdem sie sich jahrzehntelang gegen die Fortschritte der Technik gewehrt hat, ein Handy hat, dann kann sie mich ja immer und von überall her anrufen. Das kann ja heiter werden.

Kapitel 7

Nachdem ich arbeitgeberfreundlich mein ganzes freies Wochenende lang krank war, fühle ich mich Montagmorgen immer noch richtig elend und möchte auf dem Weg zur Arbeit am liebsten gleich wieder kehrtmachen.

Bis vier Uhr heute früh habe ich mit Hilfe von sechzehn Tassen Espresso mit Cola light an meinem Vortrag gearbeitet und die letzten störrischen Videos eingebaut. Der Vortrag ist nun fertig, und ich bin es auch. Die restlichen drei Stunden der Nacht habe ich entweder gehustet oder mich in wirren Träumen gewälzt. Am liebsten würde ich mich krankmelden und zu Hause bleiben. Nur mein Gewissen hält mich davon ab. Den dämlichen Vortrag, den ich heute halten muss, könnte man ja zur Not verschieben. Was mich antreibt, ist etwas anderes: Die Klinik ist zurzeit schlecht besetzt. Eine Kollegin ist schwanger und eine im Urlaub. Da kann keiner mehr fehlen. Es gibt niemanden, der einspringen könnte, und der Arbeitsanfall wäre für meine Mitassistentinnen nicht mehr zu bewältigen. Schade, dass das Wort Personalmangel nie bis in die Personalabteilung zu dringen scheint. Dort sitzen sich Hundertschaften an ihren Computern bei Kaffee und Kuchen die Hintern platt.

Widerwillig parke ich das Auto und schleppe mich zum Hörsaal.

Nach drei Stunden Halbschlaf stelle ich mich völlig übermüdet neben das Vortragspult, stöpsele meinen Computer an den Beamer und bin eigentlich zu überhaupt nichts zu gebrauchen. An Stelle der morgendlichen Frühbesprechung findet einmal im Monat die interne Fortbildung statt.

Ich bin so müde. Ich kann gar nichts mehr. Vor allem nicht sprechen. Ich stecke mir schnell noch ein Hustenbonbon in den Mund. Der Beamer summt munter vor sich hin, und auf der Leinwand erscheint die erste Folie meines Vortrages. Na wenigstens funktioniert die Technik. Der Saal füllt sich. Uuhhh, das werden aber viele Zuhörer. Die meisten von denen, die sich in die engen Sitzreihen quetschen, kenne ich gar nicht. Das macht es nicht besser. Da ist sie nämlich wieder: meine Vortragsphobie! Lampenfieber kann man das schon nicht mehr nennen.

Mir wird heiß. Ich habe bestimmt alles vergessen. Ich fühle, wie mein Gesicht rot anläuft. Mein Englisch wird ein unverständliches peinliches Kauderwelsch sein. Ich schwitze. Alle werden von dem Thema mehr Ahnung haben als ich. Mein Herz rast. Die Videos werden ausfallen. Ich bekomme keine Luft mehr. Ich werde keine einzige Zwischenfrage beantworten können. Meine Knie werden weich. Bei der Abschlussdiskussion werden alle über mich herfallen und mich zerreißen. Der Raum dreht sich um mich. Ich werde bestimmt ohnmächtig. Professor Astrup begrüßt die Anwesenden. Meine Hände krallen sich an dem Vortragspult fest. Ich brauche Halt. Am liebsten würde ich mich hinter dem Pult verstecken ...

Doch dann öffnet sich mein Mund, und wie von Zauberhand kommen klare Worte heraus. Dazwischen höre ich mich mühsam atmen. Laut wie ein Orkan. Folie wechselt zu Folie. Gebannte Gesichter sehen auf die Leinwand. Die Videos laufen. Am Ende dann: tosender Applaus.

Erstaunt stelle ich fest, dass ich gar nicht ohnmächtig geworden bin. Die Diskussionsrunde folgt. Souverän beantwortet mein Körper jede Frage. Die Antworten scheinen direkt aus meinem Stammhirn zu kommen. Der Rest meines Gehirns ist ausgefallen. Wieder tosender Applaus. Glückwünsche! Man schreitet zu Kaffee und Gebäck. Es folgt der übliche Small Talk.

»Schöner Vortrag, Frau Plüm!«, lobt mich Denner.

Mit seinem Wohlwollen habe ich nun gar nicht gerechnet. Allmählich komme ich wieder in die Wirklichkeit zurück. Ich habe es tatsächlich geschafft! Unglaublich! Vera, die ich bis jetzt vermisst habe, saß in der letzten Reihe, um zu prüfen, ob ich auch laut genug spreche: »Du warst klasse! Ich habe jedes einzelne Wort verstanden. Super Vortrag!«

Langsam breitet sich ein Hochgefühl in mir aus. Mein Körper schüttet alle verfügbaren Glückshormone aus. Ja, ich hab's geschafft! Und wie! Professor Astrup eilt freudestrahlend, einen indisch aussehenden Herrn mittleren Alters im Schlepptau, auf mich zu: »Frau Dr. Plüm, darf ich Ihnen Dr. Chatrani von der Harvard Medical School vorstellen?«

Mir? Klar. Ich habe gerade den Vortrag meines Lebens gehalten. Heute gehört die Welt mir! Sonst stellt er uns nie eine seiner wichtigen Bekanntschaften vor.

»Dr. Chatrani ist von Ihrem Vortrag und der Arbeit unserer Adipositas-Ambulanz so begeistert, dass er Ihnen ein Stipendium für das Harvard Science Training anbieten möchte, das jeden Winter zwei Wochen lang in Boston stattfindet. Das wäre für Ihre Arbeit bei *Moby Fit* sehr wertvoll. Dr. Denner hat an diesem Kurs auch schon mal teilgenommen und sehr davon profitiert«, erklärt mir Professor Astrup.

Das ist echt der Kracher! Zwei Wochen, um zu lernen, wie man effektiv klinisch forscht, sensationelle Veröffentlichungen verfasst und diese ideal platziert. Das Training hat einen phantastischen Ruf, und die Teilnehmerplätze sind ebenso rar wie heiß begehrt. Ich bin sprachlos und stammele mühsam ein »thank you very much, Sir« hervor.

Natürlich nehme ich das Angebot an. Innerhalb der nächsten vier Wochen muss ich nur einen schriftlichen Entwurf für einen Vortrag, den jeder der Teilnehmer zu Beginn halten muss, einreichen, und ich bin dabei. Vorträge halten, das mache ich doch ab jetzt mit links. Professor Astrup zwinkert mir zu und verschwindet mit seinem Gast. Hatte er das alles geplant? Sollte ich deshalb Dr. Klemmes Vortrag halten? Wollte mein Chef mir tatsächlich etwas Gutes tun? Wie auf einer Wolke schwebe ich in den Tag und Richtung Dienstplan, der in der Notaufnahme hängt. Heute kann mir keiner was!

Dr. Klemme lehnt mit verschränkten Armen an einer Wand und beobachtet mich mürrisch. Er möchte schon seit Jahren zum Science Training. Neidisch? Pech gehabt!

Die Diensteinteilung wurde laut Plan mal wieder spontan geändert. Wegen des Personalmangels ... Warum auch sonst? Genau deshalb empfiehlt es sich, jeden Tag noch mal nachzuschauen, wofür man aktuell eingeteilt ist. Eigentlich sollte ich mich heute wieder auf der Jugendstation um unsere übergewichtigen Patienten kümmern. Stattdessen bin ich für zwei Kleinkindstationen zuständig. Zwei Stationen à zweiundzwanzig beziehungsweise siebenundzwanzig Patienten, dazu ein Stationsarzt. Finde den Fehler! Diese ewige Unterbesetzung geht mir tierisch auf die Nerven. Es gibt zu wenig Ärzte, zu viele Patienten, zu wenig Zeit und zu viel zu tun! Kein Wunder, dass sich viele Eltern bei einer Arztgesprächsdauer von maximal fünf Minuten täglich schlecht behandelt fühlen. Sie werden in diesem System, das leider inzwischen in fast allen Kliniken herrscht, einfach unzureichend betreut. Aber nach dem Vortrag heute ist mir das egal. Heute bleibe ich auf meiner Wolke. Mir kann keiner was!

Weiß Denner eigentlich schon von dem geänderten Dienstplan?

Ich rufe ihn vorsichtshalber an: »Herr Denner, ich sollte mich ja heute um unsere Patienten auf der Jugendstation kümmern, aber die Diensteinteilung hat sich geändert.«

»Ja, das weiß ich bereits. Wir konnten das leider nicht abwenden. Sie wissen ja, die ewige Mangelwirtschaft, die entsteht, wenn Manager denken, Sie wüssten, wie man eine Klinik leitet. Ich kümmere mich um die Jugendlichen. Versorgen Sie in Ruhe Ihre Station. Wir haben heute für siebzehn Uhr eine Ambulanzbesprechung anberaumt. Wäre schön, wenn Sie einigermaßen pünktlich dazukommen könnten.«

»Ich werde es versuchen.«

Die Visite von insgesamt neunundvierzig Kleinkindern inklusive der dazugehörigen Kuscheltiere dauert bis zum frühen Nachmittag. Es braucht eben seine Zeit, Hund, den Hund, Bär, den Teddybär, Teddy, ebenfalls Teddybär, Hasi, den Hasen, diverse Püppies und Hans, einen Plüsch-Kermit abzuhorchen und in deren imaginäre Gehörgänge zu schauen. Da dies mein erster Tag auf diesen Stationen ist und ich noch keinen Patienten kenne, bin ich auf die Hilfe der zu meinem Glück äußerst kompetenten Oberschwester angewiesen.

Das bringt mich allerdings gleich im einzigen Moment, in dem sie mich verlässt, in eine unangenehme Situation. Als Nächstes ist ein Acht-Patienten-Zimmer dran. Die gibt es tatsächlich noch. Für die Kinder selbst ist das in der Regel ganz schön. Die meisten verstehen sich gut, und es kommt trotz Krankheit eine Art Ferienlager-Stimmung auf. Für den

Arzt sind diese Zimmer am ersten Visitentag eine gemeine Falle. Oberschwester Marie erklärt mir, bevor wir den Raum betreten, kurz, welche Erkrankung welcher Patient hat und was mit ihm geplant ist. Das kann ich mir nicht alles auf einmal merken. Okay, die meisten müssen Bettruhe einhalten, weil sie eine Untersuchung des Gehirnwassers hatten. So schreiten wir von Bett zu Bett, und mit Hilfe meiner Souffleuse Marie, die mir alles Nötige leise ins Ohr flüstert, verläuft die Visite ganz gut. Bis Marie ans Telefon muss. Da stehe ich nun vor einem neuen Patientenbett, und die Mutter des Patienten lächelt mich erwartungsvoll an. Ich lächle ahnungslos zurück. Wer zum Teufel ist das, und wo bleibt Marie?

»Wie lange müssen wir denn noch Bettruhe halten?«, fragt die Mutter. Ha! Ein Geistesblitz durchfährt mich! Das muss der neue Patient sein. Einer seiner Gesichtsnerven ist seit ein paar Tagen gelähmt. Das passiert bei Kindern manchmal einfach so und geht meist auch wieder weg. Man muss aber durch eine Untersuchung des Hirnwassers eine Infektion ausschließen. Komisch! Sein Gesicht sieht ganz normal aus. Na ja, er bewegt es ja auch gerade nicht so doll. Vielleicht hat er nur eine ganz dezente Gesichtsnervenlähmung.

Die Frage der Mutter kann ich locker auch ohne Marie beantworten: »Ja wissen Sie, nach einer solchen Punktion zur Hirnwasseruntersuchung ist es sehr wichtig, die Bettruhe einzuhalten, damit Ihr Kind keine Kopfschmerzen bekommt.« Was das angeht, sind wir sehr streng.

»Ihr Sohn sollte mindestens vierundzwanzig Stunden konsequent liegen bleiben und dann …« Das Lächeln der Mutter verschwindet, und sie schaut mich jetzt eher entsetzt an: »Was für eine Punktion? Wir sind doch wegen der Flecken an den Beinen hier.« Oha! Ich schreite zum Äußersten und sehe mir den Patienten mal genauer an, indem ich die Bettdecke zurückschlage. Da sind sie. Eindeutig. Rote eingeblutete Flecken an den Beinen. Eine Immunreaktion des Körpers gegen sich selbst. Sie trägt den schönen Namen Purpura Schönlein-Hennoch und ist derzeit am besten mit Bettruhe zu behandeln. Kein Problem! Auch das kann ich locker beantworten:

»Also, bei der Erkrankung Ihres Sohnes ist es ganz wichtig Bettruhe einzuhalten, damit keine weiteren Einblutungen entstehen.«

»Haben Sie überhaupt eine Ahnung von dem, was Sie hier tun?«

Jetzt ist die Mutter sauer. Zu Recht.

»Machen Sie sich keine Sorgen, ich weiß genau, wovon ich spreche, die Purpura ...«

»Das meine ich nicht. Wissen Sie überhaupt, wer mein Sohn ist?«

Jetzt hat sie mich erwischt. Das weiß ich natürlich nicht. Wie auch, ohne meine Souffleuse Marie? Die eilt mir zum Glück gerade wieder zu Hilfe.

»Frau Meier. Machen Sie sich keine Sorgen. Frau Dr. Plüm ist eine unserer Besten. Wir dürfen die Patientenakten aus Datenschutzgründen nicht mit in die Mehrbettzimmer nehmen. Es wäre meine Aufgabe gewesen, Frau Dr. Plüm über die Patienten zu informieren. Tut mir leid, Frau Doktor.«

»Nein, mir tut es leid«, entschuldige ich mich. »Wir sollten endlich eine andere Lösung für die Visiten in den Mehrbettzimmern finden. Frau Meier, ich kann gut verstehen, wenn Sie jetzt verärgert sind.«

»Ich möchte nur, dass mein Sohn hier gut behandelt wird.«

»Das wird er, das verspreche ich ihnen.«

»Na, das will ich Ihnen auch geraten haben. Das sind ja Zustände hier.«

Wie unangenehm! Dass mir so etwas passieren muss! Wo ich immer so erpicht darauf bin, meine Patienten möglichst optimal zu betreuen. Die Frau hält mich jetzt bestimmt für eine inkompetente Verrückte.

Nach dieser peinlichen Visite muss ich noch elf Entlassungsbriefe schreiben. Um diese Aufgabe etwas angenehmer zu gestalten, futtere ich beim Tippen der Arztbriefe drei Stücke Schokokuchen, den Oberschwester Marie gebacken hat. Ich hatte ja schließlich auch kein Mittagessen.

Fünf Minuten nach fünf, genau genommen nach Dienstschluss, erscheint Dr. Klemme im Arztzimmer:

»Guten Tag, Frau Plüm. Ich möchte den chirurgischen Patienten auf Ihrer Station visitieren.«

»Jetzt? Es ist schon nach fünf.«

»Wenn Sie nach Uhrzeit arbeiten wollen, suchen Sie sich einen Job in der Verwaltung.« Klemme ist beleidigt.

»Das meine ich nicht. Können Sie den Patienten bitte mit dem Dienstarzt besprechen? Ich muss zur *Moby*-Fit-Ambulanz-Besprechung.« Und vorher noch mal die Pinnwand kontrollieren – aber das verrate ich Klemme natürlich nicht. Dessen Laune sinkt rapide:

»Dann kümmern Sie sich darum, dass der hierherkommt.«

Laut Plan hat Dr. Dietrich Dienst. Ich funke ihn an, aber es meldet sich nur die Kollegin vom Frühdienst: »Dietrich ist noch nicht da, ich weiß auch nicht, wo der steckt. In der Notaufnahme ist die Hölle los.«

Na toll. War ja klar.

»Könnten Sie den Patienten vielleicht alleine visitieren?«, frage ich Klemme mit dem flehendsten Augenaufschlag, den ich hinkriege.

»Frau Plüm, ich bin hier der Oberarzt! Sie sind die Assistenzärztin! Wenn ich jetzt eine Visite mit Ihnen verlange, dann machen Sie das!«

Klasse! Jetzt packt er vor lauter Science-Training-Frust die Hierarchie-Keule aus. Während der Visite kommt es zum Eklat.

Dr. Klemme möchte, dass ich dem Patienten ein Medikament verordne, das dieser in der Vergangenheit mehrfach nicht vertragen hat, was ich ihm auch mitteile.

»Frau Plüm, ich bin hier der Oberarzt! Wenn ich etwas anordne, dann halten Sie sich daran!«

Das ist zu viel! Nicht auf Kosten eines Patienten! Der kann schließlich nichts für Dr. Klemmes Egoprobleme. Wenn er diese Anordnung wirklich durchdrücken will, dann soll er das mal schön selber tun. So ein Vollidiot! Meine Glückswolke ist verpufft. Wieder absolut geerdet, mache ich mich im Eilschritt auf den Weg zu meiner Besprechung.

Vorher hetze ich jedoch noch schnell an der Pinnwand vorbei. Die ist skandalfrei. Was Neuigkeiten über den Mösli-Ehekrach betrifft, finde ich das natürlich insgeheim etwas schade. Im Hinblick auf einen möglicherweise mich betreffenden Dietrich-Skandal bin ich sehr erleichtert.

Eine Entschuldigung murmelnd, quetsche ich mich eine gute halbe Stunde zu spät in den Ambulanz-Besprechungsraum. Denner bedenkt mich mit einem leicht mürrischen Blick:

»Schön, dass Sie's geschafft haben. Liebe Kollegen, Frau Plüm kennen Sie ja schon. Sie wird am Freitag ihre ersten Ambulanzpatienten betreuen.«

Dann fährt er mit der Tagesordnung fort. Es scheint Schwierigkeiten bei der Anmietung von Turnhallen für die Sportstunden im Winter zu geben. Frau Goldstein, die am

Kopf des Tisches sitzt und Protokoll führt, reicht mir eine Tasse Kaffee, halb mit Milch und mit einem Stück Zucker. Das ist die einzige Art, auf die ich Filterkaffee ertragen kann, und sie hat es sich gleich gemerkt. Dann bietet sie mir etwas Schokokuchen an.

»Selbst gebacken, für Ihre erste Ambulanzbesprechung. Ich habe gehört, dass Sie den mögen«, teilt sie mir augenzwinkernd mit.

Auf dem Tisch stehen zwar noch Obst und Vollkornschnittchen, aber zu selbstgebackenem Schokoladenkuchen sage ich niemals nein. Heute sollte lieber niemand meine Ernährungsgewohnheiten überprüfen. Denner guckt noch ein wenig mürrischer. »Frau Plüm, falls Ihnen zwischen Kaffee und Kuchen noch Zeit bleibt: Haben Sie noch etwas zur Tagesordnung beizutragen?«

Hmmm. Mal überlegen. Das habe ich tatsächlich. Erst mal muss ich jedoch den Kuchenbrei in meinem Mund mit einem großen Schluck Kaffee hinunterspülen.

»Ich glaube«, sage ich noch halb kauend, »es wäre gut, wenn wir unser Team um eine Sozialarbeiterin erweitern würden. Ich habe den Eindruck, dass die falsche Ernährung vieler Patienten an den sozialen Umständen, also den Eltern und ihren Lebensgewohnheiten liegt. Vielleicht bringt soziale Unterstützung da was. Was meinen Sie?«

»Das ist ein guter Punkt«, die Ernährungsberaterin nickt zustimmend.

Denner runzelt die Stirn und giftet: »Als ganzheitlich arbeitende Ärzte sollten wir ab und zu die Scheuklappen abnehmen und uns auch mit den sozialen Problemen unserer Patienten beschäftigen.«

»Das machen wir doch. Aber manche Familien brauchen einfach zusätzliche Hilfe«, verteidige ich meinen Vorschlag.

Denner brummelt eine Weile vor sich hin und gibt schließlich nach: »Für neue Ideen bin ich immer offen. Gehen Sie doch bis zur nächsten Besprechung mal unsere Patienten durch und überprüfen Sie, ob die Anzahl derjenigen, die von einer Sozialarbeiterin profitieren könnten, ausreicht, um bei der Verwaltung eine zu beantragen.«

So ein Mist. Als ob ich so viel Zeit hätte. Hätte ich bloß mal meine Klappe gehalten. Ich hätte mir denken können, dass Denner so reagiert.

»Ich weiß nicht. Ich kenne die meisten Patienten ja noch gar nicht«, wende ich ein.

Alle schauen Denner erwartungsvoll an. Es bleibt ihm gar nichts anderes übrig, als zu sagen: »Gut, ich werde Ihnen bei Ihrer Recherche unter die Arme greifen.«

Nach der Besprechung nimmt er mich noch einmal mit in unser Büro, um meinen bevorstehenden Ambulanzeinsatz durchzugehen. Er hat heute wieder einen seiner spießigen Pullundertage: bordeauxroter Pullunder zu bordeauxroter Cordhose mit einem beigefarbenen Hemd.

»Sie haben sich hier ja recht mädchenhaft eingerichtet«, bemerkt er mit einem Blick auf meinen akkurat in Rosa und Weiß bestückten Schreibtisch. »Am Freitag ist Ihr erster Ambulanzeinsatz. Ich brauche Ihnen ja wohl hoffentlich nicht zu sagen, dass der Umgang mit unseren hochsensiblen Jugendlichen ein großes Maß an Einfühlungsvermögen erfordert.«

»Das ist mir durchaus bewusst.« Was denkt der, wer ich bin? Dieser arrogante Wichtigtuer. Ich kann die sensibelste Gesprächspartnerin in Person sein.

»Eine Patientin liegt mir derzeit besonders am Herzen«, fährt er fort, »Desiree war bislang eine unserer diszipliniertesten Patientinnen im Programm. Letzte Woche gab es anscheinend eine Krise. Es ging dabei um einen Jungen, den sie gernhat. Nun hat sie ihre Motivation, weiter abzunehmen, völlig verloren und sich aufgegeben. Ich möchte, dass Sie mit ihr ein Gespräch von Frau zu Frau führen.«

»Wäre bei einer psychisch bedingten Krise ein Psychologengespräch nicht erfolgversprechender?«, gebe ich zu bedenken.

»In diesem Fall nicht. Ich komme nicht an sie heran.«

»Und warum glauben Sie, dass ich das schaffe, wenn Sie sich jetzt schon Sorgen machen, dass ich zu unsensibel für Ihre Patienten sein könnte?«

»Weil Sie eine Frau sind und bestimmt auch schon mal die Erfahrung gemacht haben, dass das Scheitern einer Beziehung unter Umständen sehr kränkend sein kann.«

»Wenn ich das richtig verstehe, hatte Desiree doch überhaupt keine Beziehung. Ich denke, sie fand den Jungen bloß gut?«

»Das kommt in dem Alter auf das Gleiche raus. Von Pubertät haben Sie ja wohl schon mal was gehört.«

»Und wie kommen Sie darauf, dass ich jemals wegen des Scheiterns einer Beziehung gekränkt gewesen sei?«

Denner blickt mich mitleidig an: »Weil normalerweise jeder in seinem Leben mal so etwas durchmacht? Außerdem wissen Sie doch, dass in dieser Klinik nichts geheim bleibt. Gerade Frauen wie Sie amüsieren sich doch über jeglichen Tratsch.«

»Was soll nicht geheim geblieben sein?«, frage ich gereizt.

»Sie tragen immer noch Ihre kaputte Brille. Ich gehe mal davon aus, dass das nicht daher kommt, dass Sie keinen Wert auf Ihr Äußeres legen.«

Das ist ja wohl die Höhe. »Mein Privatleben geht Sie überhaupt nichts an.«

»Das denkt Dr. Mösli sicherlich auch.«

Ich muss nach Luft schnappen. »Dr. Mösli ist hier nicht das Thema. Und falls es Sie so brennend interessiert. Ich bin nicht gekränkt. Ich hatte schlichtweg keine Zeit, die Brille reparieren zu lassen. Außerdem führe ich eine glückliche Beziehung mit einem wunderbaren Mann. Ich bin keineswegs gekränkt.«

»Wie Sie schon sagten. Ihr Privatleben geht mich nichts an.«

»Dann ist es ja gut. Und jetzt entschuldigen Sie mich bitte. Ich muss ins Labor und dort ein paar wichtige Befunde besprechen.«

Dieser unverschämte Kerl! Einfach unglaublich, was der sich erlaubt! Völlig außer mir stapfe ich zum Labor. Die Befunde waren nur eine Ausrede. Um mich abzureagieren, werde ich mich erst mal um ein anderes brennendes Problem kümmern. Ich bin auf der Suche nach meiner ehemaligen Klassenkameradin Annika, die ich im Labor zum Glück gleich bei der Probenannahme antreffe. Sie kann mir die Frage, wer in der schicksalhaften Nacht mit Dietrich telefoniert haben könnte, rasch beantworten: »Da hatte Herr Mattis Dienst.«

Das kann aber nicht sein. Dietrich bezeichnete seine Angebetete als Göttin. Das ist eindeutig weiblich.

»Bist du sicher, dass die Schicht nicht getauscht wurde?«, frage ich irritiert nach.

»Ja, hundertprozentig. Ich selbst habe Herrn Mattis am nächsten Morgen abgelöst. Warum willst du das überhaupt wissen?«

»Ach, ich habe nur eine Frage zu einer Probe, aber das hat Zeit. Ich schau einfach die nächsten Tage noch mal rein«, versuche ich mich rauszureden.

Annika ist wirklich nett, aber meine privaten Probleme möchte ich nicht mit ihr teilen.

»Gut, wenn du meinst. Aber wenn ich doch etwas für dich tun kann, weißt du ja, wo du mich findest.«

Noch Stunden später, als ich längst in der Abendsonne auf meiner Terrasse sitze, ist meine Laune im Keller. In Sachen Dietrich'sches Problem bin ich keinen Schritt weitergekommen, und Denner raubt mir den letzten Nerv.

Irgendwann bekomme ich noch ein Magengeschwür, weil ich mich ständig über den Kerl ärgern muss. Zum Glück ruft Ben mich an und lenkt mich ab: »Na, geht's dir besser?«

»Besser ja, aber noch nicht richtig gesund. Zum Arbeiten hat's gereicht.«

»Musstest du heute nicht deinen Vortrag halten? Wie ist es gelaufen?«, erkundigt er sich. Dass er sich bei seinem Arbeitspensum noch daran erinnert, werte ich als gutes Zeichen. Er interessiert sich also wirklich für mich.

»Ja, ich war heute dran, und es lief phantastisch. Das Beste ist, das glaubst du nie, dass ich ein Stipendium für das Science Training angeboten bekommen habe«, berichte ich begeistert.

»Ach ja, das. Kenne ich. Dieser Kurs wird ziemlich überbewertet, aber dir wird er bestimmt etwas bringen«, dämpft Ben meinen Enthusiasmus. Egal.

Ich habe halt eine Fast-Beziehung zu einem zwar etwas kritischen, aber tollen Mann. Ist doch gut, wenn jemand die Dinge hinterfragt und nicht alles blind gutheißt. Nach dem kommenden Wochenende werde ich unter Garantie eine richtige Beziehung mit Ben haben. Der blöde Pullunderträger Denner mit seinem Eindruck, ich sei ein frustrierter Single, kann mir mal den Buckel runterrutschen.

Kapitel 8

An besagtem Freitag, an dem ich Denner endlich zeigen möchte, was ich draufhabe, sitze ich zehn Minuten, bevor ich das erste Mal alleine auf *Moby-Fit*-Ambulanz-Patienten losgelassen werde, in unserem Büro und warte auf die Nervensäge Denner. Er will mir zuvor noch mal wichtige Anweisungen erteilen. Der tut glatt so, als ob ich einen IQ von dreißig hätte. Es klopft leise, und Vera schleicht sich grinsend mit einer Tüte in der Hand ins Zimmer.

»Hey, was machst du denn hier?«, begrüße ich sie.

»Na, ich wollte mir mal deinen Psychologen anschauen. Wo ist er denn?«

»Keine Ahnung. Ich soll hier auf ihn warten, damit er mir mal wieder erklären kann, was ich heute tun soll.«

»Das Zimmer ist ja der Kracher. Was machen denn die ganzen Teetassen auf den Akten?«

»Rumstehen und schimmeln.«

»Das ist ja eklig.«

»Meine Rede.«

»Tja, schade, dass er nicht da ist. Ich wollte einfach nur …«

Denner kommt rein. »… dir dein Buch wiedergeben«, kichert Vera. Sie greift in ihre Tüte und drückt mir eines der Schnulzenroman-Heftchen, die sie immer für ihre Oma besorgt, in die Hand. *Oberschwester Sina im Glück.* Na klasse. Ungeniert kichernd, mustert sie Denner von oben bis unten.

Dessen Blick konzentriert sich auf das Romanheft: »Ist das Ihre Vorbereitung auf die Ambulanz?«

»Äh, nein. Strandlektüre.«

Mein Gesicht ist bestimmt puterrot angelaufen. Ich fühle förmlich, wie es glüht. Denner wirkt etwas verwirrt.

»Ich fahre am Wochenende mit meinem Freund nach Sylt. Ich muss jetzt los, die Ambulanz ...«, stammele ich und schiebe die kichernde Vera aus dem Zimmer.

»Frau Plüm, denken Sie daran, was wir besprochen haben. Verständnis und Sensibilität«, ruft Denner uns nach.

Ich ziehe Vera hinter mir her zu meinem Sprechzimmer. Auf halbem Weg prustet sie los: »Tut mir leid. Das mit dem Heft. Aber er hat mich so überrumpelt.«

»Na toll. Du wolltest ihn unbedingt sehen, und es überrascht dich, dass du ihm in seinem Zimmer begegnest?«

»Nein, das ist es gar nicht«, Vera kriegt sich gar nicht mehr ein, »du hast mich nicht vorgewarnt. Warum hast du mir nicht erzählt, dass Denner der elite-date-Typ ist.«

»Welcher elite-date-Typ?«

»O Mann, bist du blind? Der Typ, der dich vor ein paar Monaten bei elite-date daten wollte. Der sportliche, kinderfreundliche, Hunde und gute Partys liebende ...«

»... Psychologe ...«

»... den du sofort abgelehnt hast ...«

»Ach du Sch...«, jetzt ist auch bei mir der Groschen gefallen.

»Sag bloß, du hast ihn tatsächlich nicht erkannt?«

»Nein, sonst hätte ich es dir doch längst gesagt. Sein Profil war so was von uninteressant. Den hatte ich völlig vergessen. Außerdem sah er auf dem Foto viel jünger aus.«

»Tja, wenigstens weißt du jetzt, warum er immer so zickig ist.«

»O Gott. Aber der konnte doch mein Profilfoto gar nicht sehen. Das hatte ich extra für Unbekannte gesperrt.«

»Dafür war deine Beschreibung eindeutig. Denner mag zwar nervig sein, aber er ist bestimmt nicht blöd.«

»So 'n Mist. Hättest du dich mit deiner Reaktion nicht wenigstens etwas zurückhalten können? Du hättest wenigstens das blöde Buch in der Tüte lassen können.«

»Ach komm. Ist doch nicht so schlimm.«

»Hallo! Der Typ hält mich eh schon für eine Niete. Jetzt bin ich für ihn eine Kitschroman lesende Niete, die ihn beim Online-Dating abgelehnt hat.«

»Dann kennt er jetzt halt sowohl deine romantische Seite als auch deine ablehnende.«

»Super.«

»So furchtbar sieht er in echt gar nicht aus, dein Psychologe. Ganz süß. Besser als auf dem komischen Foto, das er dir damals geschickt hat.«

»Er ist nicht süß, er ist nervig.«

»Apropos süß. Hab ich was verpasst? Bist du jetzt mit Ben zusammen?«

»Noch nicht, aber nach dem Wochenende bestimmt. Denner soll nur nicht glauben, ich wäre noch ein frustrierter Single.«

»Deshalb lügst du ihm was vor? Oh, Moment mal: Willst du ihn etwa eifersüchtig machen? Noch bist du nämlich streng genommen solo.«

»Spinnst du? Du hast wohl zu viel in den Romanheftchen deiner Oma gelesen! Ich möchte meinen nervigen Kollegen auf keinen Fall eifersüchtig machen. Was für eine beknackte Idee.«

»Na meinetwegen. Ich habe übrigens sensationelle Neuigkeiten für dich!« Veras Augen leuchten triumphierend auf.

»Das glaubst du nie! Unter den Schwestern geht das Gerücht um, dass Dietrich sich mit seiner Geliebten heimlich im Fahrradkeller vergnügt.«

»Von wem hast du denn das?«

»Na, aus der Notaufnahme.«

»Und wer ist das Liebchen?«

»Das errätst du nie.«

»Jetzt spann mich nicht auf die lange Folter. Ich hab eigentlich seit fünf Minuten Ambulanz. Natürlich kriege ich das nicht raus. Wer ist es?«, dränge ich sie ungeduldig.

»Es ist Schwester Agatha!« Veras Brust schwillt vor Stolz über ihre detektivische Leistung förmlich an.

»Das kann nicht sein! Schwester Agatha, die Laboraufsicht? Die ist doch mindestens Anfang sechzig und ähnelt allmählich einem Sumoringer! Das kann nicht sein!«

»Doch! Er steht anscheinend auf so was. Meine Quellen sind absolut zuverlässig. Wenn du mir nicht glaubst, dann sieh doch selbst nach.«

»Bah, so was will ich gar nicht sehen. Das ist ja eklig.«

So langsam komme ich ins Grübeln: »Das mit der Laboraufsicht würde bezüglich seines Telefonates schon Sinn machen. Schwester Agatha, der alte Feldwebel, treibt sich schließlich oft genug zu später Stunde im Labor herum, um ihre Untergebenen zu überwachen.«

»Ich weiß, was wir machen. Dietrich kommt nachher zum Spätdienst. Wir lauern ihm im Fahrradkeller auf. Ich werde dich bei dieser geheimen Operation natürlich unterstützen.«

»Na, das nenne ich mal Engagement. Und es klingt übrigens schon wieder nach einer beknackten Idee.«

»Quatsch, wir treffen uns um Viertel vor vier vor dem Fahrradkeller. Denk daran, wir sind inkognito«, flüstert Vera verschwörerisch.

»Frau Plüm, wollten Sie nicht längst mit Ihrer Ambulanz beginnen?«, unterbricht Denner gereizt von hinten unser Gespräch.

Was schleicht der denn hier im Gang herum? Hat er etwa gelauscht? Ich hoffe nicht und versuche, mich rasch aus der Affäre zu ziehen: »Ja, klar. In zwei Minuten. Verständnis und Sensibilität. Ich hab mir alles gemerkt.«

Vera kichert schon wieder und macht sich aus dem Staub: »Mach's gut, viel Spaß auf Sylt, und lass dich ordentlich fl…, äh, lasst es ordentlich krachen.«

»Lasst es ordentlich krachen?« Denner zieht die linke Augenbraue hoch.

Ich zucke verlegen lächelnd mit den Schultern und verdrücke mich flugs in mein Sprechzimmer. Manchmal wünschte ich, es gäbe bei Vera eine Notfall-Stummschaltung. Dieser Spruch eben hätte auch von Till kommen können.

Die von Denner ausführlich angekündigte Desiree ist meine erste Patientin. Sie hatte fast ganze drei Wochen mit ausgewogener Ernährung durchgehalten. Letzte Woche wurde sie dann aber in der Schule von ihrem Schwarm als stinkende fette Sau bezeichnet und hat sich seitdem mit Kübeln von American Ice Cream plus Schokosauce, Krokant und Sprühsahne getröstet. Die Reaktion an sich kann ich insgeheim ja verstehen, so was ist ein harter Schlag, aber musste es gleich so viel sein? Das Ergebnis sind satte drei Kilo mehr auf der Waage als in der Woche zuvor. Hätte sie sich nicht aus Trotz mal erst recht gesund ernähren oder zur Frustbekämpfung mal laufen gehen können? Sich bei einer Freundin ausheulen?

Oder einfach häufiger duschen? Das tut Desiree nämlich selten. Nach der Adipositas-Sportgruppe duscht sie nach Angaben der Sportlehrer nie, zumindest nicht hier. Der

Grund dafür ist, dass sie sich wegen ihres Übergewichtes schämt und sich selbst auch gar nicht gerne nackt sieht. So leid mir das für sie tut, ich muss schleunigst das Fenster öffnen und ordentlich durchlüften. Denner schreibe ich eine Nachricht auf ein Post-it, das ich auf die Akte klebe: Gespräch von Frau zu Frau erfolgt. Bitte weiteres psychologisches Gespräch über Umgang mit Frust und eigene Körperwahrnehmung.

Tanja ist die Nächste. Fünfzehn Jahre ist sie alt und bringt bei hundertachtundsechzig Zentimetern stolze hundertfünfunddreißig Kilo auf die Waage. Im letzten halben Jahr hat sie fünfhundert Gramm abgenommen. Wir wollen zwar keine Crash-Diät durchführen, aber das ist einfach zu wenig. Ich beginne, sie über ihre Ernährung, die laut ihrem Ernährungsprotokoll, das jedes Kind führen muss, angeblich optimal ist, auszufragen. Beim gestrigen Mittagessen können wir die Befragung bereits beenden. Zu Mittag gab es zwei Tüten Chips mit Cola. Wieso? Ganz einfach. Wenn Tanja mittags von der Schule nach Hause kommt, hat ihre Mutter, eine Vollzeithausfrau, keine Zeit, ihr ein gesundes Essen zuzubereiten. Da läuft ihre Lieblings-Talkshow, und die muss sie sich anschauen. Immer! Ich schreibe Denner ein Post-it. Er soll noch mal mit der Mutter sprechen.

Marvin hat zwei Kilo zugenommen, und sein Ernährungsprotokoll ebenfalls eindeutig gefälscht. Außerdem hat er keinen Bock, sich von 'ner Frau was sagen zu lassen. Auch ihn schicke ich mit einer Nachricht zu Denner. Bis jetzt habe ich zwar leider keinen einzigen Patienten getroffen, der ernsthaft abnehmen möchte, aber wirklich kompliziert ist das mit der Ambulanz nicht.

Ich bin sehr zufrieden mit mir, als ich mich gegen Mittag mit Denner zur Nachbesprechung treffe. Der ist hingegen eindeutig verstimmt. »Frau Plüm. Haben Sie mir überhaupt zugehört?«

»Sensibilität, Verständnis, Einfühlungsvermögen. Habe ich alles angewendet. Aber natürlich musste ich bei dem einen oder anderen auch ein paar klare Worte sprechen«, gebe ich zurück.

»Bei der Anzahl Patienten, die Sie mir einfach mit einer Nachricht auf einem Klebezettel rübergeschickt haben, bezweifle ich, dass Sie sich überhaupt mit ihnen auseinandergesetzt haben.«

»Natürlich habe ich das. Sonst hätte ich ja wohl kaum bemerkt, dass diese Patienten ein psychisch gelagertes Problem haben.« Beleidigt hebe ich herausfordernd das Kinn. Der hat sie echt nicht alle.

»Was heißt hier psychisch gelagertes Problem?«

»Keine Motivation, keine Frustrationstoleranz, eine Mutter, die keine Lust hat, sich um ihr Kind zu kümmern und noch mal keine Motivation. Dagegen gibt's ja wohl kaum 'ne Pille.«

»Aber Sie können mir die Patienten nicht einfach mit einer Nachricht rüberschicken.«

»Ja wie denn dann?«

»Für gewöhnlich besprechen wir solche Patienten hier ausführlich. Sie setzen sich einfach darüber hinweg, und ich kann meinen Schreibtisch jetzt mit pinken Herzchen-Post-its zupflastern.«

»Also, erstens haben Sie mir nicht gesagt, wie ausführlich Sie solche Fälle besprechen wollen. Zweitens war ich mir sicher, dass meine kurzen Nachrichten verständlich waren und drittens: Wie um alles in der Welt sollen wir rechtzeitig mit der Sprechstunde fertig sein, wenn wir uns zwischendurch ständig persönlich austauschen müssen?«

»Frau Plüm, man merkt einfach, dass Sie mit dieser Arbeit keine Erfahrung haben.«

»Herr Denner, Sie vergreifen sich im Moment eindeutig im Ton.«

»Jetzt seien Sie mal nicht so empfindlich. Sie sind sehr jung und haben noch eine Menge zu lernen.«

Dass ich mich durch die großflächige Anwendung diverser Kosmetika ganz gut halte, heißt noch lange nicht, dass ich eine kleine dumme Maus bin, die er herumkommandieren kann. Was bildet der sich sein? Er selbst ist höchstens fünf Jahre älter als ich. Als ich meinen Mund öffne, um ihm eine gesalzene Antwort entgegenzupfeffern, würgt er mich mit einem Wink ab.

»Wir sollten uns jetzt lieber mit den Vorbereitungen für den Antrag für eine Sozialarbeiterin beschäftigen.«

Die kleine Maus macht ihren Mund wieder zu und setzt sich brav an ihren Schreibtisch. Denner drückt mir einen Stapel zerfledderter Akten und loser Zettel in die Hand:

»Am besten, wir teilen die Arbeit auf. Jeder von uns geht die Hälfte der Akten durch. Notieren Sie bitte auf einem Zettel Alter, Diagnosen, familiäre Verhältnisse, wesentliche Probleme bei der Gewichtsabnahme und so weiter. Wir müssen erst mal einen Überblick darüber bekommen, wie viele unserer Patienten von sozialen Hilfen profitieren würden.«

Ich habe mich wohl verhört. Ich soll die Auswertung auf einen Zettel schmieren? In welchem Jahrhundert leben wir denn?

»Herr Denner, wenn Sie erlauben, hätte ich da einen Vorschlag: Ich lege eine Excel-Tabelle mit den zu erfassenden Punkten an und schicke Sie Ihnen rüber. Jeder von uns trägt dann gleich seine Patienten in diese Tabelle ein, und wenn wir fertig sind, führen wir die Tabellen zusammen.«

»Es ist schön zu hören, dass auch Sie über PC-Kenntnisse verfügen, aber wir können unsere komplexen Patientendaten nicht einfach in die starren Kategorien einer Tabelle pressen. Wir müssen uns auch mit den Feinheiten beschäftigen.«

»Das können wir auch mit der Tabelle. Dann haben wir auch gleich die Auswertung. Ein paar Klicks, und das Programm liefert uns die Statistiken, und wir können sogar übersichtliche Graphiken erstellen.«

»Ich glaube, das ist nicht notwendig. Sie sollten Ihr Augenmerk darauf lenken, Ihre Arbeit nicht schnell, sondern sorgfältig zu erledigen.«

»Wie wollen Sie denn am Ende wissen, wie viele Patienten welche Probleme hatten?«

»Na, mit einer simplen Strichliste.«

Eine Strichliste? Das werde ich sicher nicht mitmachen! Das klingt eindeutig nach doppelter und dreifacher Arbeit.

»Gut, dann arbeiten Sie mit Ihrer Zettelwirtschaft, und ich mache mir eine Tabelle.«

Denner seufzt und verdreht die Augen, als habe er es mit einem begriffsstutzigen Kleinkind zu tun.

»Tun Sie, was Sie nicht lassen können.«

Das mache ich auch. Ich brauche zwar eine Weile, um mir die notwendigen Inhalte für die Spalten meiner Tabelle zu überlegen, aber dafür geht die Eingabe der Patienten flott. Theoretisch jedenfalls, wenn ich mich konzentrieren könnte. Doch daran hindert mich Nervtöt-Denner. Der sitzt über seinen Schreibtisch gebeugt da, in der linken Hand einen Bleistift, auf dem er eifrig herumkaut, und trommelt mit den Fingern der rechten unablässig auf den Tisch. Angekaute Stifte sind mir ja schon ein Graus, aber diese Trommelei ist Sabotage.

»Herr Denner?«, frage ich gereizt.

»Ja?«

»Könnten Sie das unterlassen?«

»Was?«

»Das Getrommel.«

»Das was?«

»Sie trommeln.« Ich zeige vorwurfsvoll auf seine rechte Hand. Denner schaut mich an, als wäre ich ein Teletubby.

»Sie trommeln mit der Hand auf den Tisch.«

»Ach so. Das mache ich immer, wenn ich mich konzentriere.«

»Dann kann ich mich aber nicht konzentrieren.«

Wir wenden uns wieder der Arbeit zu. Nach eineinhalb Minuten wohltuender Stille geht das Trommelfeuer weiter. Der Kerl treibt mich noch in den Wahnsinn. Am liebsten würde ich seine Hand an der Stuhllehne festbinden.

»Herr Denner.«

»Ja?«

»Sie trommeln.«

Diesmal hält er es fast fünf Minuten aus. Dann trommelt er weiter.

»Herr Denner.«

»Ja?«

»Das geht so nicht.« Mir reicht's. Ich hole ein kleines Handtuch aus dem Schrank, lege es zusammengefaltet auf seinen Tisch und platziere seine Trommel-Hand darauf.

»Vielleicht geht es so.«

Jetzt schaut Denner mich an, als wäre ich ein Amok laufendes Teletubby.

»Frauen!«, stöhnt er. Aber er fügt sich. Eine wunderbare Stille erfüllt den Raum, und ich kann endlich meine Patienten eingeben. Ab und an werfe ich einen verstohlenen Blick nach hinten und sehe, wie Denners Finger stumm auf das Handtuch trommeln. Nach knapp drei Stunden bin ich mit meiner Tabelle fertig. »Ich bin so weit. Von meinen siebenundfünfzig Patienten könnten knapp vierundzwanzig von sozialen Hilfen profitieren. Wie sieht es bei Ihren aus?«

Denner wühlt hektisch in seinem Papiersalat. »Wie haben Sie denn das so schnell rausgekriegt?«

»Mit der Rechenfunktion von Excel.«

»Wie viele von diesen Patienten werden denn nur von einem Elternteil betreut?«

»Sechzehn.«

»Und wie viele haben Probleme in der Schule?«

»Dreiundzwanzig.«

»Lassen Sie mal sehen.« Mit gerunzelter Stirn prüft Denner die Tabelle. Dann glätten sich seine Gesichtszüge. »Das ist ja erstaunlich. Die Tabelle ist wirklich gut.«

Natürlich ist sie gut.

»Ich bin mit den Notizen über meine Patienten ebenfalls fast fertig. Vielleicht könnten Sie die auch noch schnell in Ihre Tabelle eingeben.«

»Aber Sie haben sie ja schon nach Ihrem Zettelsystem erfasst. Sie jetzt auch noch einzugeben wäre doppelte Arbeit.«

»Aber viel übersichtlicher.«

»Ja klar. Das habe ich Ihnen schon vorher gesagt.«

»Dann können wir die Daten ja noch eingeben.«

Oha, er benutzt das hoheitliche Wir. Das hört sich nicht gut an.

»Das können Sie gern machen, wenn Sie wollen. Ich habe meine Patienten sofort eingegeben, um mir doppelte Arbeit zu ersparen. Um Ihre müssen Sie sich jetzt schon selbst kümmern. Ich werde es nicht ausbaden, dass Sie meinen Vorschlag mit der Tabelle nicht annehmen wollten. Wenn Sie

Fragen zum Programm haben, können Sie sich gerne jederzeit an mich wenden.«

»Frau Plüm, jetzt seien Sie doch nicht beleidigt, nur weil ich Ihrem Vorschlag nicht sofort zugestimmt habe.«

»Ich bin nicht beleidigt, ich habe nur keine Lust, Ihre Daten jetzt auch noch einzugeben.«

»Wissen Sie was? Ich glaube, Sie haben ein Problem mit Teamarbeit.«

»Ich habe ein Problem mit unnützer doppelter Arbeit. Ich habe Ihnen von Anfang an gesagt, dass wir die Patienten gleich eingeben sollten. Alles andere sind Arbeitsbeschaffungsmaßnahmen.«

»Soll das heißen, Sie weigern sich, die Patienten einzugeben?«

»Das heißt, ich weigere mich ineffizientes Arbeiten zu fördern.«

»Sie sind einfach kein Teamplayer. Wenn Sie sich auch nur einmal ernsthaft mit Ihren Mitmenschen beschäftigen würden, anstatt mit diesen Romanheftchen, würde Ihnen das klarwerden.«

»Wenn Sie das so sehen, werde ich jetzt Feierabend machen und mich ausgiebig mit einem ganz besonderen Mitmenschen beschäftigen.«

Zitternd vor Wut schnappe ich mir meine Tasche, verlasse das Büro und mache mich auf den Weg zum Fahrradkeller. Ich kann Denner keine Sekunde länger ertragen. Als ob ich Zeit und Lust dazu hätte, stundenlang jeden einzelnen Fall wiederzukäuen und bei einer Patientendatenerhebung alles doppelt zu erfassen. Ich bin straffes, effizientes Arbeiten gewohnt. Das ist meine Stärke, und nur so bricht in einer Klinik nicht alles zusammen. Immer dieses Psychogelaber. Wenn ich meine Zeit mit Teetrinken, Räucherstäbchen, Schmierblättern und Quatschen verplempere, geht's den Patienten auch nicht besser.

Da ich so überstürzt vor Nervtöt-Denner flüchten musste, komme ich viel zu früh am Hintereingang des Fahrradkellers an und muss fast eine halbe Stunde auf Vera warten. Wo bleibt sie denn bloß? Da packen mich zwei Hände von hinten an den Schultern. Mit einem Aufschrei fahre ich herum.

»Pssst, nicht so laut.« Es ist Vera, die eine OP-Haube und einen Mundschutz trägt. »Wie siehst du denn aus?«, frage ich sie entgeistert.

»Wir sind doch inkognito. Hier, zieh das an«, flüstert Vera.

»Das ist total albern.«

»Möchtest du lieber von Dietrich erkannt werden?«

»Das auch wieder nicht.« Grummelnd greife ich ebenfalls zu Mundschutz und OP-Haube und hoffe, dass mich so wirklich niemand mehr erkennen kann. Auf Zehenspitzen schleichen wir uns in den Fahrradkeller und warten geduckt hinter einer Säule, was passiert. Nach wenigen Minuten kommt Schwester Agatha durch den Hintereingang und geht zu den Fahrradständern. Sie scheint ebenfalls auf etwas oder eben jemanden zu warten. Dann fährt Dietrich auf seinem Rennrad in den Keller und stellt es ab. Er und Agatha blicken sich vorsichtig um und fallen sich in die Arme. Beim Anblick dieses wild knutschenden Paares überkommt mich ein gewaltiger Brechreiz, den ich kaum unterdrücken kann.

»Na, was hab ich dir gesagt?«, flüstert Vera.

»Psst, das ist echt widerlich. Was machen wir denn jetzt?«

»Wieso wundert mich das hier nicht?«, hallt Denners Stimme durch den Keller. Dietrich, Agatha, Vera und ich schrecken allesamt ertappt zusammen. Denner geht unbeirrt zu seinem Fahrrad und holt es aus dem Ständer. Dann wendet er sich uns allen noch einmal zu:

»Dr. Dietrich, Schwester Agatha, Frau Dr. Plüm und wer auch immer Sie sein mögen, falls Sie tatsächlich alle nichts anderes zu tun haben sollten, wünsche ich Ihnen ein schönes Wochenende.«

Dietrich und Agatha glotzen ungläubig erst Denner und dann uns beide neben der Säule an. Während Denner sein Rad aus dem Keller schiebt, betritt nun auch die Person, mit der ich hier am wenigsten gerechnet hätte, den Raum – Frau Dietrich. Irritiert erblickt sie ihren Mann, der verblüfft immer noch Agatha im Arm hält, und erfasst ziemlich rasch die Situation. »Du elender Mistkerl!« Mit erhobenen Fäusten geht sie auf die beiden los.

»Los, nichts wie weg hier«, raune ich Vera zu und ziehe sie hinter mir her durch den Hintereingang.

»O Mann, jetzt haben wir das Beste verpasst«, nörgelt sie, während wir im Gang Mundschutz und OP-Haube abnehmen.

»Das ist jetzt nicht dein Ernst. Das Ganze war eine totale Schnapsidee.«

»Wieso, ist doch alles super gelaufen! Wir haben Dietrich in flagranti ertappt.«

»Ja und Denner hat uns beim Spionieren erwischt. Wie konnte der mich überhaupt erkennen?«

»Jetzt vergiss doch mal deinen blöden Psychologen. Das Wichtigste ist doch, dass du Frau Dietrich jetzt los bist.«

Das stimmt, und es erleichtert mich ungemein. Auf dem Heimweg fällt nach und nach eine zentnerschwere Last von meinen Schultern.

Kapitel 9

Endlich ist es so weit: Dieses Wochenende fahre ich nach Sylt. Schon in einer Stunde geht's los. Ein Wochenende Erholung vom Denner'schen Psychoterror. Zu Hause widme ich mich meinem dringlichsten Problem: Koffer packen! Für einen Mann eine Sache von zwei Minuten. Für eine Frau eine nervenaufreibende, nahezu unlösbare Aufgabe.

Übers Wochenende nehme ich nur den kleinen Koffer mit. Männer stehen nicht auf Frauen mit zu viel Gepäck. Ich kann in jeder erdenklichen Situation modisch perfekt sein, ohne für ein Wochenende den Divenschrankkoffer mitnehmen zu müssen. Für zwei Tage zu packen kann doch nicht so schwer sein!

Nach ausführlicher telefonischer Beratung mit Vera und einem Blick auf die Wettervorhersage entscheide ich mich für leichte Sommergarderobe und werfe ein paar luftige Kleider in den Koffer. Da habe ich ja noch massig Platz. Hmmm, abends wird es bestimmt mal kühler, da brauche ich noch passende Strickjacken. Oh, und am besten noch eine Leinenhose und ein paar Tops. An der See kann es aber auch wirklich frisch werden – ich packe noch Jeans, T-Shirts, feste Schuhe und einen Strickpulli ein. Was fehlt denn noch? Die Wettervorhersage war ja eigentlich ganz gut. Strandwetter. Da darf ich meinen Bikini nicht vergessen. Da ich mich nicht für einen entscheiden kann und die Dinger eh keinen

Platz wegnehmen, packe ich gleich alle fünf Bikinis, die ich besitze, ein. Auf jeden Fall brauche ich noch Flip-Flops, ein Strandkleid und meinen Sonnenhut. Oh, und die Sonnencreme. Hmmm, der Koffer ist voll, und ich habe noch keine Schuhe eingepackt. Ich nehme doch lieber den mittelgroßen Koffer aus meinem Set, packe alles um und lege noch Sandaletten und Pumps rein. Passt doch. Ich setze mich auf mein Bett und gehe noch einmal alles durch. Badetücher! Die habe ich glatt vergessen. Wie dumm von mir. Ich nehme gleich das größte mit. Und vielleicht auch noch zwei kleine. Man weiß ja nie. So, was fehlt jetzt noch? Wenn ich's mir recht überlege, kann man sich an der See ja nie so richtig auf das Wetter verlassen. Innerhalb von wenigen Minuten kann es da ziemlich ungemütlich werden. Ich brauche unbedingt eine Regenjacke. Vielleicht möchte Ben ja auch eine Wattwanderung oder so was machen. Er ist ja so ein sportlicher Outdoor-Typ. Ich packe also lieber noch eine Regenhose und mehr dicke Pullis ein. Oje, was ist, wenn er Sport treiben möchte? Schnell quetsche ich noch meine Laufsachen in den Koffer. Der ist schon wieder bedenklich voll. Das ist ja wie verhext. Wieder gehe ich alles durch. Kann ich auf irgendetwas verzichten? Es sind ja schließlich nur zwei Tage. Nein, kann ich nicht, und es fehlen immer noch die Dessous, Socken und Kosmetika. Ich hole meinen größten Koffer aus dem Keller und packe um. Das ist viel besser! Dann kann ich gleich noch eine Fleecejacke und einen Schal mitnehmen, nur für den Fall, dass es wirklich kalt wird. Nach dieser Packorgie bleibt mir kaum noch Zeit, mich fertigzumachen, bevor Ben mich abholt.

Gerade als er klingelt, bin ich zum Glück fast so weit und werfe einen letzten prüfenden Blick in den Spiegel. Dabei bleibt mir beinahe das Herz stehen! An meinem Kinn ist eindeutig eine rote Beule zu erkennen. Es ist ein ausgewachsener Pickel. Warum muss immer ich den obligatorischen Ich-habe-ein-wichtiges-Date-Pickel bekommen? Date-Pickel und Pickel überhaupt sind bei mir psychosomatisch. Diesen hier habe ich bestimmt dem Denner-Stress zu verdanken. Jetzt versaut der Kerl mir auch noch das Wochenende. Wenn ich auf dem Pickel herumdrücke, kann ich ihn schmerzhaft fühlen. Da sitzt er, tief drinnen, der fiese Mitesser. Mist! Ich darf jetzt bloß nicht versuchen, das Ding auszuquetschen. Ich muss los. Quetschen macht es nur schlimmer. Ich drücke natürlich doch wie eine Besessene an dem Pickel herum. Es wird schlimmer. Ben klingelt erneut. Ich hetze zur Sprechanlage an der Tür: »Bin gleich fertig. Du kannst schon mal hochkommen.«

Ich drücke den Türöffner und renne panisch zurück ins Bad. Mir bleiben knapp zwei Minuten, bis Ben hier oben ankommt, um mir mit dem Koffer zu helfen. Mir bleibt nur noch zu versuchen, das Ding abzudecken und mit reichlich Schminke davon abzulenken. Mit zittrigen Händen kleistere ich den Monsterpickel zu. Geht doch. Sieht man fast gar nicht mehr. Wo bleibt eigentlich Ben? Jetzt wäre ich tatsächlich so weit. Leider kommt Ben nicht nach oben, um mir mit dem Gepäck zu helfen, sondern sitzt hupend im Auto. In unserem Haus gibt es keinen Aufzug. Den Koffer auf Flip-Flops, in einem engen Kleid, mit einem Bastkorb und einem Trenchcoat unter dem Arm vier Etagen nach unten zu schleppen ist gar nicht so einfach. Schweißgebadet stehe ich schließlich vor Ben und seinem Porsche. Das Auto glänzt wie frisch poliert und ich auch. Stirnrunzelnd gibt Ben mir einen Begrüßungskuss: »Sag mal, hattest du etwa einen Unfall?«

»Wie? Wieso?«

»Na, du hast da so ein Hämatom am Kinn.«

»Äh, ja, da muss ich mich wohl gestoßen haben.«

Ben sieht nicht aus, als würde er mir das abkaufen. Sehr souverän. Ich war so stolz auf meine Schminkkünste. Als Nächstes mustert Ben mit einem kritischen Blick meinen Koffer: »Wo willst du denn mit dem ganzen Zeug hin?«

Blöde Frage, natürlich nach Sylt. Leider ist ein Porsche kein frauengepäckfreundliches Auto, aber irgendwie passt auch mein Riesenkoffer noch rein. Auf in ein romantisches Wochenende! Ben liebt sein Porsche Cabrio, und er fährt gerne offen. Immer! Böse Zungen behaupten, er mache dies nur, um auch wirklich darin gesehen zu werden. Der erfolgreiche plastische Chirurg in seiner Angeberkarre. Die sind doch bloß neidisch. Obwohl ich meine Haare schleunigst zusammenbinde, sehen sie bereits nach einer halben Stunde aus wie ein einziger verfilzter Dreadlock. Der Fahrtwind ist so laut, dass wir uns auf dem Weg in unser Vielleicht-Glück gar nicht unterhalten können. Da sitzt er nun neben mir, mein plastischer Chirurg, in Jeans und weißem Arzt-Poloshirt, mit dunkler Sonnenbrille und braunen Budapestern. Mit einem leisen Lächeln auf den Lippen treibt er die Pferdestärken unter sich an. Mir fallen mindestens zehn Steine vom Herzen, als wir den Bahnhof in Niebüll lebend erreichen. Ich bin fertig mit den Nerven! Erst nach einer Weile gelingt es mir, meine in den Sitz verkrallten Hände wieder zu lösen. Ich bin völlig verspannt. Ich brauche einen Schnaps oder ein Bier oder Prosecco oder besser noch alles auf einmal. Ein Gläschen Champagner wäre auch ein angemessenes Begrüßungsgetränk für unser Wochenende, finde ich. Ben macht, während wir auf den Autozug warten, jedoch keinerlei Anstalten, irgendetwas zu kaufen.

»Soll ich uns vielleicht mal was zu trinken holen?«, frage ich vorsichtig. Das ist seine Chance. Jetzt kann er sagen:

»Lass nur, ich mach das schon. Was hältst du zum Auftakt von einem Gläschen Schampus?!«

Im wirklichen Leben sagt er: »Hmmmm.«

Für falschen Stolz bin ich zu erledigt und besorge eine kleine Flasche Champagner und Plastiksektgläser. Vielleicht kapiert er's ja jetzt.

»Champagner wird ja völlig überbewertet. Inzwischen bekommt man auch richtig guten Sekt beim Discounter«, lautet Bens ziemlich ernüchternde Antwort.

Aber er trinkt ihn dann trotzdem gerne. Irritiert betrachte ich während der Überfahrt den sonnigen Abendhimmel über dem Wattenmeer. Ich nehme mir vor, Ben nicht so unter Druck zu setzen. Er muss sich bestimmt erst mal warmlaufen. Ich sollte mich lieber einfach auf die Insel freuen! Sylt ist meine Lieblingsinsel! Meine Mädels und ich fahren, wenn möglich, einmal im Jahr für ein paar Tage dort hin, um unser Leben zu feiern und unser Weihnachtsgeld zu verprassen, wenn es denn welches gibt. Ben war noch nie auf Sylt. Er meint, im Grunde werde die Insel total überbewertet, und auf anderen Inseln könne man auch schön Urlaub machen. Das mag ja sein, aber das ist Sylt! Immerhin hat er sich ums Hotel gekümmert. Ich bin mal gespannt, wo er uns eingemietet hat. Während wir langsam vom Autozug fahren, erklärt mir Ben: »Ich habe für uns ein ganz niedliches Apartment in Westerland gefunden. Ganz in der Nähe der Fortbildung.«

Das niedliche Apartment entpuppt sich eine halbe Stunde später jedoch als winziges Gästezimmer im Dachgeschoss eines grün gekachelten Mehrfamilienhauses mitten in der Innenstadt von Westerland. Etwa zwei Kilometer weiter parkt Ben den Wagen, und ich hoffe schon, dass wir vielleicht doch nicht in dieser Scheußlichkeit wohnen müssen.

Leider ist das mit der Unterkunft doch sein Ernst. Er hat nur so weit außerhalb geparkt, weil ihm der Parkplatz, den die Gäste zum Zimmer dazumieten können, zu teuer war. Ben hebt meinen Koffer aus dem Wagen und drückt ihn mir in die Hand. Dann schultert er seine kleine Reisetasche.

»Ich würde dir ja gerne mit dem Koffer helfen, aber ich muss meine Hände für meine Operationen schonen.«

»Kein Problem, der Koffer hat doch Rollen. Das schaffe ich locker«, flunkere ich und schleife mein Gepäck mühsam durch die Stadt.

Das Gästezimmer liegt im Dachgiebel, wo sogar ich mit meiner Körpergröße von einem Meter fünfundsechzig nur in der Zimmermitte gerade so aufrecht stehen kann. Es ist ein schmaler Schlauch von ungefähr zwölf Quadratmetern Größe. Es herrscht eine Bullenhitze. Die Einrichtung besteht aus einem gelbgrünen Teppich, dunkelbrauner Wandvertäfelung, zwei schlichten Holzstühlen, einem kleinen Pressspantischchen, einer Kommode, einer Kleiderstange ohne Bügel, zwei einzelnen hintereinanderstehenden Minibetten mit guten alten, in senfgelbe Bettwäsche gehüllten Daunendecken und -kissen und einem, zwischen den beiden Betten stehenden Press-Span-Minitischchen. Ein ockerfarben gekacheltes Miniatur-Badezimmer gibt es auch noch. So etwas habe ich noch nie gesehen.

»Ist doch gar nicht so schlecht für siebzig Euro pro Nacht«, meint Ben, »kannst du mir deinen Anteil für das Zimmer gleich geben? Ich finde es wichtig, dass die Finanzen geregelt sind.«

»Natürlich, kein Problem.« Noch leicht kurzatmig von der Kofferschlepperei wühle ich in meinem Portemonnaie und gebe Ben das Geld. Dann schaue ich mich noch einmal in dem Zimmer um. Meine sorgfältig ausgewählten Outfits müssen wohl im Koffer bleiben, den ich gerade so in das Zimmerchen quetschen kann. Die zwei einzelnen Betten sind eine Katastrophe! Krampfhaft versuche ich, mich auf Studentenbuden-Romantik im Minibett einzustellen. Das fällt mit allerdings schwer, denn hier drinnen ist es eindeutig zu heiß. Wir müssen dringend hier raus! Es ist ein romantischer Sommerabend auf Sylt, und wir sollten ausgehen. Ben legt einen Arm um mich und drückt mir einen schwitzigen Kuss auf den Mund: »Was hältst du davon, wenn ich dich heute Abend zum Essen ausführe?«

Erleichtert atme ich auf: »Das klingt gut. Ich mache mich nur noch kurz frisch.«

Im Bad spritze ich mir etwas kaltes Wasser in mein rot glühendes Gesicht. Das reicht nicht, ich sehe immer noch unmöglich aus. Ich hüpfe schnell noch unter die Dusche. Meine nassen Haare stecke ich zu einem Dutt zusammen. Es ist viel zu heiß, um sie zu föhnen. Dann schlüpfe ich in ein Sommerkleidchen und Sandaletten. Fertig. Ben, weiterhin in Jeans und weißem Arzt-Poloshirt, wartet derweil geduldig. Wohin er mich wohl einlädt? Bei diesem unterkunftstechnischen Horror versuche ich größerem Schaden vorzubeugen und schlage Ben vorsichtshalber einige meiner Lieblingsrestaurants, die für einen romantischen Abend zu zweit geeignet sind, vor. Dass wir in all diesen Restaurants so kurzfristig keine Chance auf einen Tisch haben, ist mir im Grunde leider klar.

»Ach, das ist doch totaler Mainstream«, dämpft Ben meinen Enthusiasmus, während wir das Haus verlassen. Gut! Ich atme tief durch und erinnere mich an einen Tipp aus einem meiner Frauen-Beziehungsratgeber: *Vertrauen Sie dem Mann Ihres Herzens. Überlassen Sie ihm das Ruder, und Sie werden Wunder erleben.* Ich sollte offener für Neues sein. Ben hat bestimmt eine gute Idee, wo wir hingehen können. Wir essen in einem kleinen Gasthaus irgendwo mitten in Westerland und zwar innen drin, trotz des schönen Wetters. Das Essen ist bodenständig gut. Es gibt Scholle mit Salzkartoffeln und Gurkensalat und zum Nachtisch Rote Grütze. Der Weißwein ist sehr gut. Leider gibt es davon nur ein kleines Glas für jeden von uns. Anscheinend möchte Ben fit für die Fortbildung am nächsten Morgen sein und deshalb nicht viel trinken. Das sah vorhin auf dem Autozug zwar noch ganz anders aus, aber nun ja. Immerhin lädt Ben mich ein, allerdings nicht, ohne sich über die Sylter Preise zu beschweren.

Nach einem kurzen, romantischen Strandspaziergang kehren wir zurück in unsere Horrorbutze. Es hat tatsächlich etwas von Studentenbuden-Nostalgie. Eingezwängt in eines der winzigen Betten, schwitzig-ölig wie zwei Sardinen in der Dose, fallen wir übereinander her. Erregt schiebt Ben seine Hände unter mein Kleid und versucht mit seinen hochfiligranen Chirurgenhänden meinen BH zu öffnen, was einfach nicht gelingen will. Er scheint nervös zu sein. Da muss ich ihm halt helfen und ziehe Kleid und BH lieber selbst aus. Schnaufend wie ein altes Walross knetet Ben an mir herum, als wäre ich ein Hefeteig. Aua! Ist wohl wirklich die Nervosität. Kurze Zeit später steht sie dann vor mir, die ganze nackte Wahrheit. Und ich muss sagen: Ich bin schockiert. So einen kleinen Schwanz habe ich in meinem Leben noch nie gesehen! Unerigiert muss er völlig in Bens Bauchdecke verschwinden. Ob das die Folge einer hormonellen Erkrankung ist?

Hoffentlich kann er mit diesem Dinglein wenigstens umgehen. Meine Sorge erübrigt sich allerdings von selbst, denn bevor es dazu kommt, schläft Ben ein und beginnt, wie könnte es anders sein, laut zu schnarchen. Resignierend flüchte ich in das andere Minibett. Ich kann nicht glauben, was hier passiert! Verzweifelt kneife ich mir den Arm grün und blau, um aus diesem Alptraum aufzuwachen.

Am nächsten Morgen bin ich fix und fertig. Ich habe die halbe Nacht kein Auge zugemacht! Bens Schnarchen, die Hitze und die Armeen von Hausstaubmilben in meinem Bett waren einfach zu viel. Zu viel für meine Nerven! Zu viel für meine Stauballergie! Meine Nase läuft, und meine Augen sind gerötet. Kontaktlinsen kann ich jetzt unmöglich tragen. Wohl oder übel greife ich zu meiner babyblauen Ersatzbrille, die ich eigentlich nur für den Notfall mitgenommen hatte. Der ist nun leider bereits eingetreten. Ich schleiche an dem schnarchenden Ben vorbei ins Badezimmer, um mich schon mal fertigzumachen.

»Guten Morgen, Babe!«, tönt Ben's selbstzufriedene Stimme eine halbe Stunde später durch das Winzzimmer. Babe? Ich bin doch kein Schweinchen! Er kommt ins Bad und gibt mir einen Kuss.

»Babe, du siehst geschafft aus. War 'ne heiße Nacht, was? Ich hätte dich vorwarnen sollen. Ich bin eben ein Ladykiller.«

»Klar, sicher doch. Du kannst jetzt gerne ins Bad«, lache ich gekünstelt und flüchte zurück ins Zimmer, um mir etwas anzuziehen.

Der Blick in meinen Koffer trägt nicht zur Verbesserung meiner Laune bei. Alle meine sorgsam ausgewählten Outfits sind völlig zerknittert. Verzweifelt wühle ich in meinen Klamotten nach etwas, das noch einigermaßen tragbar ist und werde fündig. Na, Gott sei Dank. Frisch geduscht und gestylt sieht die Welt doch schon wieder anders aus. Inzwischen ist auch Ben fertig, und wir können losgehen. In weißer Leinenhose, rosafarbenem Top, rosa Sandaletten, mit meiner babyblauen Hornbrille auf der Nase und dem Bastkorb unterm Arm spaziere ich frohen Mutes in Richtung Sylter Kongresszentrum.

Ben, in Jeans und weißem Arzt-Poloshirt, hat seinen Arm fest um meine Schultern gelegt. Er wirkt jetzt sehr verliebt und anhänglich. Nach der letzten Nacht kann ich das nicht so recht nachvollziehen.

»Sag mal, warum hast du denn heute diese Brille an? Die passt doch gar nicht zu dir. Willst du nicht lieber die Kontaktlinsen tragen? Das sieht doch viel besser aus«, nörgelt Ben an mir rum. Okay! So verliebt ist er wohl doch nicht.

»Das ging heute Morgen noch nicht. Meine Augen sind zu gereizt«, rechtfertige ich mich und ärgere mich gleichzeitig darüber.

Dieser oberflächliche Lackaffe! Was denkt der sich? Dass ich sein Trophäenweibchen bin? Das kleine Blondchen, das immer oberperfekt auszusehen hat? Ich wünschte, ich wäre alleine zu der Fortbildung gefahren. Aber da wir jetzt nun mal beide hier zusammen festsitzen, werde ich versuchen, das Wochenende möglichst mit Anstand zu Ende zu bringen.

Kurz vor Beginn der Fortbildung erreichen wir das Kongresszentrum und melden uns an. Bevor es überhaupt losgeht, beschwert sich Ben darüber, dass es kein Gratis-Frühstück gibt: »Das ist eine Frechheit. Immerhin habe ich eine Gebühr von fünfunddreißig Euro für die Fortbildung bezahlt.«

»Das Ganze hier wird nicht von einer Pharmafirma gesponsert. Natürlich können sie uns nicht durchfüttern«, versuche ich, ihn zu beruhigen.

»Das ist trotzdem eine Unverschämtheit! Die totale Abzocke! Wozu habe ich dann so viel bezahlt?«

Nun, vermutlich für die Saalmiete, Verwaltung und die

Dozenten. Wofür sonst? Diplomatisch, wie ich manchmal sein kann, behalte ich das lieber für mich, um Bens Zorn nicht noch mehr anzufachen.

»Soll ich uns Kaffee und Croissants aus der Bäckerei nebenan holen?«, schlage ich vor.

Er nickt, immer noch schmollend, und ich besorge uns erst mal Frühstück. Dann geht's los. Die Vorträge über die Behandlung von Verbrennungen im Kindesalter sind so interessant, dass die Zeit wie im Flug vergeht. Ehe ich mich versehe, stehen wir gegen Mittag wieder vor dem Kongresszentrum, und die Fortbildung ist schon vorbei. Wir gehen rasch zurück in unsere Horrorbutze und packen die Strandtaschen. Besser gesagt, ich packe meinen Bastkorb mit Strandtüchern, Sonnenmilch und einer Modezeitschrift. Ben hat außer Badeshorts nichts mitgenommen. Aber ich habe ja angeblich so viel unnützes Gepäck! Ich schlüpfe noch schnell in einen Bikini und das Strandkleid, und los geht's! Endlich ein freies Wochenende am Meer!

Am Strand entdecke ich zu meiner großen Freude freie Strandkörbe und eile zielstrebig darauf zu. Das habe ich mir verdient! Ich liebe es, mich entspannt und vor allem windgeschützt im Strandkorb zu sonnen, dabei eine Zeitschrift oder ein gutes Buch zu lesen und ab und zu einen Blick auf das Meer zu werfen. Heute ist es ziemlich windig. Ben hält mich am Arm fest: »Wo willst du denn hin?«

»Na, zu den Strandkörben da vorne.«

»Dafür muss man Miete zahlen.«

»Und?«

»Das ist die totale Touristenabzocke. Wir brauchen so etwas nicht.«

Ich atme tief durch und besinne mich noch mal auf meinen Ratgeber: *Überlassen Sie dem Mann das Ruder, und Sie werden*

Wunder erleben, schallt es durch meinen Kopf. Wir legen uns in den Sand.

»Oh, du hast ja Strandtücher mitgenommen. Gibst du mir eins?«, bittet mich Ben. Ich überlege kurz, gebe ihm dann das große und nehme mir die beiden kleineren. So lang bin ich nicht, und ich brauche zum Lesen unbedingt ein zusammengerolltes Handtuch unter meinem Kopf.

»Na toll, jetzt habe ich aber nur ein Handtuch und du zwei«, nörgelt Ben.

Ich tue so, als hätte ich seinen Vorwurf im Pfeifen des Windes überhört und greife nach meiner Sonnencreme.

»Oh, cool, Sonnenmilch. Du bist ja super vorbereitet. Kann ich auch was haben?« Ben greift nach der Flasche.

»Kannst du mir den Rücken eincremen?«, fragt er wenige Sekunden später. Mann, der ist echt anstrengend. Aber natürlich creme ich ihn ein und stelle fest, dass die Sonnencreme jetzt fast leer ist. Während der nächsten Minuten ignoriere ich ihn demonstrativ. Leider kann ich diese Taktik nicht lange durchhalten. Ich brauche seine Hilfe.

»Kannst du mir bitte auch den Rücken eincremen?« Ben liegt auf meinem Handtuch und blinzelt müde in die Sonne: »Och, ich bin grad echt total platt. Leg dich doch erst mal auf den Rücken. Ich creme dich später ein.«

Ich möchte mich aber jetzt auch mal umdrehen können. Da ich keine Lust habe, einen Streit zu provozieren, wende ich mich an eine ältere Dame, die einige Meter von uns entfernt in einem Strandkorb sitzt. »Kindchen, Sie sollten sich einen Strandkorb nehmen. Es ist heute so windig«, rät sie mir, während sie mich sorgfältig eincremt.

»Ach, das wird schon gehen«, wiegele ich ab.

Die Dame behält recht. Nach drei Minuten ist meine Zeitschrift vom Wind völlig zerfleddert, und ich habe Sand in meinen Haaren, in meiner Nase, in meinen Ohren und in meinen Augen. Das geht so nicht. Inzwischen wird Ben langweilig: »Möchtest du noch lange hierbleiben? Ich finde es ziemlich öde, nur so rumzuliegen.«

Das soll mir recht sein. Das Sonnenbad ist mir ohnehin gründlich verdorben.

»Lass uns doch was essen gehen. Ich habe langsam Hunger«, schlage ich vor.

»Prima Idee, aber heute lädst du ein.«

Auch das soll mir recht sein. Ich ziehe das Strandkleid über meinen sandverklebten Körper, packe die Sachen wieder ein und wir stapfen los. Ich sehe aus wie ein paniertes Schnitzel. Der Wirt des kleinen Strandlokals, das ich ausgesucht habe, guckt dementsprechend erstaunt: »Sie sollten sich bei dem Wetter einen Strandkorb mieten.«

»Danke für den Tipp. Nächstes Mal bestimmt.«

Das Restaurant ist wunderschön. Wir sitzen am Strand mit Blick aufs Meer und das Essen, gebratene Garnelen, Tintenfisch, gedämpfte Muscheln und Salat, schmeckt einfach köstlich. Der Weißwein dazu ist phantastisch. Heute scheint Ben im Gegensatz zu gestern großen Durst zu haben. Die Flasche Wein leert er fast in einem Zug. Für mich bleibt gerade mal ein Gläschen übrig. Der Wein macht Ben, den Ladykiller, gesprächig. Dabei spricht er zunächst nur über irgendwelche Operationen.

Warum ist mir vorher nie aufgefallen, wie sehr Ben es liebt, von sich zu reden? Ich beobachte seine dunkelblonden, leicht gewellten, mit Gel in Form gebrachten Haare. Sie bilden kleine Wellen, Hügel und Täler, und manchmal ist auch ein Kringel darunter. Wenn ich genau hinsehe, kann ich mit etwas Phantasie kleine Tiere entdecken. Eine sich windende Schlange, eine Schnecke, die hinter seinem linken

Ohr in die Höhe kriecht, oder einen springenden Delphin. Ich habe noch nie gekifft, aber nach dem, was ich darüber gehört habe, könnte jemand, der stoned ist, ganze Filme in Bens Haaren sehen. Kurz bevor ich völlig den Faden verliere, nimmt das Gespräch eine interessante Wendung.

»... ach, so ein freies Wochenende ist schon schön.«

»Das stimmt allerdings.«

»Obwohl ich die Klinik fast ein bisschen vermisse. Ich arbeite eben für mein Leben gern«, zufrieden lehnt Ben sich mit seinem Glas Wein in der Hand zurück und fährt fort: »Ich bin eben mein Beruf. Ich bin Chirurg. Das ist einfach die geilste Fachrichtung überhaupt. Versteh mich nicht falsch. Kinderärztinnen muss es auch geben, klar. So wie Grundschullehrerinnen oder Kindergärtnerinnen.«

»Es gibt auch Kindergärtner«, bemerke ich spitz.

»Ach was«, Ben schwenkt sein Weinglas dozierend umher, »das sind doch gar keine richtigen Männer. Bei den Chirurgen findest du nur echte Kerle. Das wird einfach von einem erwartet. Als Weichei wird man doch von den OP-Schwestern und der Pflege kaum akzeptiert. Du musst der Boss sein. Dann klappt's auch mit der heißen Schwesternschülerin.«

Ben zwinkert mir jovial zu und trinkt noch einen Schluck.

»Und das soll was heißen?«

»Ach, Annalein, du unschuldiger Engel. Jetzt tu doch nicht so, als ob du nicht wüsstest, wie es läuft.«

»Wie *was* läuft?«

Ben bedenkt mich mit einem mitleidigen Blick und fährt fort: »Ich bin Chirurg. Ich kann sie alle haben. Das ist sozusagen eine Verpflichtung. Wenn du sie dir nicht nimmst, denken sie, mit dir stimmt was nicht.«

»Und wenn du sie dir nimmst und dann fallen lässt? Wie rund läuft's denn dann im OP?«

Ben lacht: »Du bist echt witzig. Die erwarten doch, dass das so läuft. Ich bin eine gute Partie und kann mich nicht an die Erstbeste binden. Die Frau an meiner Seite soll schließlich auch was hermachen. Außerdem, auch wenn ich gut verdiene, soll sie mir nicht auf der Tasche liegen.«

Ich bin sprachlos. So ist das also. Deshalb die Sparmaßnahmen, wenn er die Rechnung zahlt, und die Völlerei, sobald jemand anderes das übernimmt. Ich habe mir nicht nur einen Prahlhans mit Mikropenis, sondern auch noch einen geizigen Schnorrer geangelt. Wer hätte das gedacht? Warum habe ich das nicht früher bemerkt? Wie blöd bin ich eigentlich? Langsam wird mir einiges klar! Mit der Ausrede, er hätte so viel zu tun, haben wir im Endeffekt immer bei mir gekocht. Zum Essengehen hatte er angeblich keine Zeit, und an dem einzigen Abend, den wir bei ihm verbracht haben, gab es von mir mitgebrachten Wein und sonst nichts. Ich naive Kuh dachte, das wäre einfach ein Zeichen für einen stinknormalen Singlemännerhaushalt. Wie konnte ich nur so dumm sein?!

Ben redet weiter: »Es ist echt schwer, eine geeignete Frau zu finden. Aber jetzt habe ich ja dich.« Er beugt sich vor und tätschelt meinen Arm. »Eine süße, hübsche Ärztin. Auch wenn du nur Kinderärztin bist – das ist trotzdem so 'ne Art Doktor. Das ist okay.«

»Ben, ich glaube dieses Gespräch nimmt keine gute Richtung.«

»Wieso? Ich bin einfach nur ehrlich zu dir. Wir beide geben ein wunderbares Paar ab. Ich als Chirurg bin der Hauptverdiener und kümmere mich um unsere gesellschaftliche Stellung, und du kannst ein bisschen Geld mit deiner Arbeit mit Kindern dazuverdienen und dich um unsere eigenen Kinder kümmern. Um den Haushalt natürlich auch, wenn es dir nichts ausmacht. Ich möchte keine Fremden im Haus haben.«

»Stopp!«, rufe ich, um ihn endlich zu bremsen. Ben sieht mich irritiert an, und auch die anderen Restaurantgäste blicken erschrocken zu uns hinüber. Ich lächle allen entschuldigend zu und fahre dann in gedämpftem Tonfall fort: »Weißt du, da du ja anscheinend schon unsere Zukunft planst, finde ich, dass ich es dir schuldig bin, auch ehrlich zu dir zu sein.«

Ben glotzt mich mit leicht geöffnetem Mund an. Ich versuche, es ihm schonend, mit der klassischsten aller Trennungsfloskeln zu erklären: »Hey, es liegt nicht an dir, es liegt an mir (mitleiderregender Hundeblick). Ich weiß, ich bin ein Arschloch. Wenn du mich jetzt hasst, kann ich das gut verstehen (Tränen in den Augen). Ich habe dich einfach nicht verdient. Du solltest dich lieber mit jemand anderem treffen.« Eben mit der Masche, mit der jede von uns schon mindestens einmal abserviert wurde.

»Wir hatten doch so eine schöne Zeit zusammen«, jammert das quäkende Mann-Baby.

Er vielleicht! Zwischen Bens und meiner Welt liegen eindeutig Galaxien. Wenn er mich nicht verstehen will, muss ich eben deutlicher werden: »Weißt du, Ben, ich mag dich wirklich sehr.« Selten habe ich so gelogen. »Aber wir passen einfach nicht zusammen!«

Das ist die Wahrheit.

Bens Augen verengen sich zu bedrohlich kleinen Schlitzen: »Das ist ja wohl ein Scherz. Hast du gerade PMS, oder was?«

»Nein, es geht mir gut. Es ist mein voller Ernst: Wir passen nicht zusammen.«

»Das wirst du bereuen, hörst du? Eines Tages wird es dir leidtun, und dann wirst du mich anbetteln, dich zurückzunehmen«, stößt der zutiefst in seiner winzigen Männlichkeit getroffene Ladykiller zwischen zusammengebissenen Zähnen hervor und stürmt davon.

Der einsame Held am Strand. So steht er in der Dünung und schaut auf das Meer hinaus. Wütend. Wartend, dass die böse, böse Frau ihm hinterherläuft, alles soeben Gesagte bereut und vor ihm zu Kreuze kriecht. Da kann er lange warten! Ich zahle bei dem irritiert dreinschauenden Kellner die Rechnung und gehe. Gut, dass wir zwei Schlüssel für unser Zimmerchen haben. Ich reise ab!

Nachdenklich und enttäuscht betrachte ich vier Stunden später durch das Zugfenster den sonnigen Abendhimmel über dem Wattenmeer. Diesen Anblick hatte ich so schnell nicht wieder erwartet. Es wird wegen der ungünstigen Bahnverbindungen noch einige Stunden dauern, bis ich endlich wieder zu Hause bin. Das macht nichts. Hauptsache, ich komme weg von diesem Horrortrip.

Verzweifelt habe ich mehrfach versucht, Till zu erreichen. Wo der sich wohl wieder rumtreibt? Vermutlich hat er gerade ein heißes Date mit einer neuen Praktikantin oder geht mal wieder umständlich seiner Ex-Theresa aus dem Weg. Warum ist mein bester Freund eigentlich ausgerechnet dann nicht erreichbar, wenn ich ihn unbedingt brauche? Normalerweise hätte Till mich bestimmt abgeholt und mit diesem Ladykiller-Hanswurst ordentlich Klartext geredet. Vera hätte das zwar auch getan, dabei aber mit Sicherheit eine Straftat begangen und den Kerl gelyncht. Das ist er nun wirklich nicht wert.

Der Zug ist fast leer. An einem frühen Samstagabend reist kaum jemand von Sylt ab. Als Trostpflaster habe ich mir für die Fahrt eine kleine Flasche Champagner und zwölf Austern gegönnt. Dekadent, ich weiß, aber ich brauche das jetzt. Da sitze ich nun und nehme gebührend Abschied. Abschied von meiner Lieblingsinsel und von den fröhlichen unbeschwerten Erinnerungen, die mich immer mit ihr verbunden haben. Wahrscheinlich ist mir jeder zukünftige Sylturlaub durch Gedanken an den Ladykiller verdorben. Ich nehme Abschied von meiner Illusion, vielleicht den Mann fürs Leben gefunden zu haben. *Überlassen Sie dem Mann das Ruder, und Sie werden Wunder erleben.* Stimmt! Ich habe mein blaues Wunder erlebt! Dämlicher Ratgeber! So einen Unfug kann doch keine vernünftige Frau geschrieben haben, sondern nur ein devotes Heimchen am Herd. Oder noch wahrscheinlicher ein Kerl, der uns gutgläubigen Frauen heimlich eine Gehirnwäsche verpassen will.

Kapitel 10

Vera, aufgeschreckt durch meine SMS, *komme zurück kannst du mich 23:38 am bahnhof abholen?*, holt mich zusammen mit Till pünktlich am Gleis ab. Während der Zugfahrt konnten wir zu meiner großen Enttäuschung nicht telefonieren, da der Empfang einfach zu schlecht war.

Ich bin so froh, die beiden zu sehen.

»Das ist ja eine Überraschung, dass ihr gleich beide hier auftaucht. Wenigstens auf meine besten Freunde ist Verlass!«

»Auf mich zumindest schon. Monsieur war ja anscheinend mal wieder ewig nicht erreichbar«, stichelt Vera in Richtung Till.

»Ich hatte ein Meeting. Ich habe einen Job, falls dir das was sagt. Du wärst ohne mich doch gar nicht rechtzeitig hier gewesen.«

»Mein Auto ist mal wieder kaputt«, erklärt Vera mir.

»Die fahrende Müllhalde? O nein, ich hoffe, das wird wieder.«

»Bestimmt, aber deshalb musste ich den da um Hilfe bitten.«

»Dann sei mal froh, dass der da dich mitgenommen hat«, giftet Till.

»Du hättest ohne mich doch gar nicht mitbekommen, dass Anna in Schwierigkeiten steckt …«

»Okay, das reicht«, unterbreche ich die beiden. »Ich bin

jedenfalls total froh, dass ihr hier seid. Was wollen wir denn jetzt unternehmen?«

»Na, erst mal was trinken gehen, am besten im Carlssons«, schlägt Till vor.

»Das war meine Idee, du Super-Freund«, protestiert Vera.

»Wie auch immer. Klingt gut. Das sollten wir machen, und wenn ihr beide nicht bald aufhört rumzuzicken, setze ich euch mit einer Schaufel in einen Sandkasten«, versuche ich den Streit zu beenden.

Auf dem Weg zu Tills Auto schaffen es die beiden immerhin, sich mal nicht anzukeifen.

»Wo wolltest du denn mit all dem Gepäck hin?«, mokiert Till sich, während er ächzend meinen Koffer auf die Rückbank seines Autos quetscht.

»Nach Sylt.«

»Meine Güte, wolltest du von da aus 'ne Weltreise antreten oder gleich bei dem Kerl einziehen? Was ist denn da bloß drin? Der wiegt ja mindestens vierzig Kilo. Kein Wunder, dass dein Chirurg die Notbremse gezogen hat.«

»Wir können auch alleine was trinken gehen«, bemerkt Vera spitz.

»Dann könnt ihr aber auch zusehen, wie ihr da alleine hinkommt«, kontert Till und murmelt leise etwas von »Zicke«, während er in den Wagen steigt.

Vera und ich nehmen hinten Platz, und ich beginne damit, die beiden über den Stand der Dinge aufzuklären: »Nicht er hat diese Affäre beendet, sondern ich. Und, Till, bilde dir jetzt bloß nichts darauf ein, aber du hattest recht. Eigentlich hattet ihr beide recht mit eurem Urteil über Ben. Nur ich wollte mal wieder supernaiv an das Gute im Mann glauben.«

»Wir Männer verfügen durchaus über einige großartige Eigenschaften.«

Vera beugt sich nach vorne und knufft Till in die Seite: »Na, da sind wir ja mal gespannt. Wo haben sich deine wohl versteckt?«

»Das ist doch wohl offensichtlich. Ich gebe dir gerne mal Nachhilfe beim Umgang mit echten Männern, und jetzt hör auf mich zu boxen, sonst kannst du zu Fuß gehen.«

Zur Therapie meines gebrochenen Selbstbewusstseins oder vielleicht auch Herzens, setzen wir uns im Carlssons direkt an die Bar und bestellen eine Runde Cosmopolitans. Wenige Minuten später trifft auch Caro ein, die, von Vera alarmiert, mit der Ausrede eines familiären Notfalles spontan zu dieser späten Stunde einen Babysitter organisieren konnte. Cosmopolitans und beste Freunde können Wunder bewirken. Nach dem zweiten Cocktail sind meine Mädels und Till über jedes Detail meines Horrortrips informiert.

»Dieser gelackte, aalglatte, Porsche fahrende, Mikropenis-Ladykiller. Diese blasierte Witzfigur. Wie der schon redet! Du hast da ein Hämatom. Als ob er dadurch gebildeter wäre. Das ist ein blauer Fleck oder ehrlich gesagt ein Pickel, und damit basta.«

»Tja, ich möchte ja nicht klug daherschwätzen, aber ich hab dir gleich gesagt, du sollst bei dem Kerl vorsichtig sein.« Till sieht ganz schön selbstzufrieden aus.

»Ach, jetzt hör schon auf. So etwas konnte doch kein Mensch ahnen«, springt Caro für mich in die Bresche.

»Doch. Ich hatte bei dem Kerl auch gleich ein ganz schlechtes Gefühl.« Vera kennt in diesem Punkt kein Mitleid.

»Du hast bei allen Männern ein schlechtes Gefühl«, bemerkt Till.

»Wisst ihr, was ich nicht begreife?«, frage ich mich eigentlich eher selbst und gebe dem Barmann ein Zeichen, uns noch eine Runde Cosmopolitans zu bringen. »Ich verstehe nicht, wie ich nur auf so einen Blender reinfallen konnte? Ich bin doch eine intelligente Frau.«

»Du wolltest dich in Wahrheit bestimmt einfach mal wieder so richtig durchvögeln lassen«, lautet Tills simple Antwort. »Das hättest du schon längst mal tun sollen. Dann wärst du in Männerfragen auch nicht so verspannt.«

»Da muss ich Till ausnahmsweise mal recht geben, auch wenn du dir an ihm kein Beispiel nehmen solltest«, streut Vera auch noch Salz in meine Wunden.

Was ihre Sexualität angeht, ist Vera zwar wählerisch, aber trotzdem sehr offen, und sie ist im Bett ziemlich versaut. Wir sind uns nicht ganz einig, zu welchem Zeitpunkt eine Frau mit einem neuen Mann Sex haben sollte. Vera scheut, ganz praktisch veranlagt, keine Kurzaffären. Wenn ein Kerl dann doch nur im Bett was taugt, dann ist das halt so.

Till ist alles egal. Wenn er Sex haben will, dann bekommt er ihn. Wann und wo und mit wem, ist ihm gleich.

Caro hingegen hat sich immer nur in langen Beziehungen ausgetobt. Dass sie, wenn es mit einem ihrer Freunde nicht mehr lief, stets völlig problemlos einen neuen Traummann fand, wundert mich nicht. Caro ist ein wandelndes Lara-Croft-Double, nur in Hellblond. Da kann ich nicht mithalten.

Außerdem bin ich anscheinend ein Magnet für die falschen Kerle. Dabei glaube ich, dass eine Frau mit einem Mann dann sofort ins Bett gehen kann, wenn sie nur Sex von ihm haben will und nicht mehr. Ist sie jedoch in jemanden verliebt, dann sollte sie damit einige Zeit warten. Ich glaube da fest an die Sechs-Wochen-Regel. In den ersten sechs Wochen keinen Sex. Wenn es gut läuft, vielleicht auch nur fünf oder vier. Genützt hat mir diese Theorie bislang allerdings nichts.

»Ich glaube, tief in deinem Herzen wusstest du, dass Ben nicht der Richtige ist«, fährt Caro fort.

»Wie meinst du das?«

»Du *wolltest* nur unbedingt, dass er es ist.«

»Wie kommst du darauf?«

»Ganz einfach: Hast du, als du schon mit Ben ausgegangen bist, anderen Männern nachgeschaut?«

»Ähmm, ja klar. Die Augen offen halten kann nie schaden.«

»Wäre aber nicht nötig gewesen, wenn er perfekt für dich gewesen wäre.«

»Das ist ja mal eine gewagte Theorie.«

»Denk doch mal nach: Als du mit deinem Ex, dessen Namen wir hier gar nicht erwähnen wollen, zusammen warst, hast du dich da nach anderen Männern umgeschaut?«

»Ehrlich gesagt, nein. Aber wir wissen ja alle, was ich am Ende davon hatte.«

»Du leidest also immer noch unter dem Trauma deiner letzten Beziehung, und ich glaube, dass du das erst überwinden kannst, wenn du auf jemanden triffst, der wirklich der Richtige für dich ist.«

»Das ist mir jetzt echt ein bisschen zu tiefenpsychologisch.«

»Aber logisch. Vielleicht möchtest du dich im Grunde langsam ernsthaft binden und eine Familie gründen. Das ist in unserem Alter so«, gibt Caro zu bedenken.

Vera und ich sehen uns zweifelnd an, Till verdreht die Augen.

»Jetzt guckt nicht so. Ich bin so froh, dass ich mit Ralf endlich den Mann fürs Leben gefunden habe. Und ihr werdet garantiert auch bald ... Ach, da ist er ja ... Ralf!«, ruft Caro in Richtung Ausgang winkend. »Ich hoffe, es ist okay, wenn er dazukommt. Ralf war heute mit einem alten Freund was trinken und hat vorgeschlagen, dass wir uns hier treffen, wo wir heute Abend mal babyfrei haben.«

»Schon in Ordnung. Mir ist das egal.« Ich greife nach dem Cosmopolitan, den der Kellner vor mir abstellt. »Weißt du, Vera, ich muss endlich mal dazulernen. Wenn ich meine Zeit ständig mit irgendwelchen Heißdüsen verschwende, werde ich nie den Richtigen finden«, fahre ich an meine Singleleidensgenossin gewandt fort.

Ralf hin oder her. Dieses Problem muss jetzt besprochen werden.

»Hey, Anna, schön, dich zu sehen«, fällt Ralf mir da schon von hinten um den Hals. »Sollen wir den Mistkerl ordentlich vermöbeln? Ich habe tatkräftige Unterstützung mitgebracht.«

»Nein. Vielen Dank. Ich habe lediglich meine Zeit mit einem Schwachkopf aus einem Paralleluniversum verplempert.«

Er dreht mich auf dem Barhocker zu sich um.

»Darf ich vorstellen: Das ist mein alter Freund Nils. Wir haben uns während eines Auslandssemesters in England ein Zimmer geteilt. Nils, das ist Anna.«

Nils ist Nils ... Denner.

»Ach du Scheiße ...«, entfährt es mir.

»Frau Plüm!«, antwortet Denner nicht minder überrascht und steht stocksteif vor mir.

»Oh, ihr kennt euch?«, fragt Ralf verdutzt.

»Na klar kennen die beiden sich. Sie arbeiten zusammen«, grinst Vera und streckt Denner die Hand entgegen: »Hi, ich bin Vera. Wir haben uns ja gestern schon gesehen.«

Nun kapiert auch Caro, was hier los ist.

»Moment mal. Nils, du bist der Psychologe bei *Moby Fit*? Im Ernst?« Sie fängt an zu lachen. Denner nickt. »Ralf, Schatz, warum hast du mir nicht erzählt, dass Nils in der Kinderklinik arbeitet?«

»Ach, das hab ich dir doch schon x-mal erzählt.«

»Hast du nicht.«

Während die eheliche Diskussion darüber, wer wem was erzählt hat oder auch nicht, weiterläuft, starren Denner und ich uns an.

»Ja, also ... Wie war's denn auf Sylt?«, fragt er nach einer Ewigkeit.

»Super«, ich trinke meinen Cosmopolitan in einem Zug aus und stehe auf. »Mädels, ich muss mir mal die Nase pudern gehen.«

»Ich komme mit«, schließt sich Vera an und zieht Caro am Arm hinter sich her, »und du auch.«

Auf der Toilette findet erst mal eine Krisenbesprechung statt. Denner ist nach meinem Sylt-Desaster der Letzte, den ich jetzt sehen möchte.

»Warum hast du mir nicht erzählt, dass ihr Denner kennt? Was macht der hier?«, überhäufe ich Caro mit Fragen.

»Ich wusste das ja nicht. Nils hat für eine Weile in England gelebt. Seit er wieder hier ist, unternehmen Ralf und er öfter was miteinander. Männerabende halt. Aber jetzt beruhig dich mal. Nils ist wirklich sehr nett.«

»Nett ist auch das Blumengesteck am Grab meiner Oma.«

»Ach Anna, ich glaube, ihr beide hattet bei der Arbeit bloß einen schlechten Start. Vielleicht ist es ja ganz gut, wenn ihr euch jetzt auch mal privat seht. Ich bin sicher, ihr müsst euch nur mal richtig kennenlernen.«

»Klar, wer's glaubt. Hast du Ralf erzählt, was ich alles über Denner gesagt habe?«

»Nein, ich glaube nicht ... Vielleicht hab ich's mal so am Rande erwähnt ... oder so.«

»Wenn Ralf ihm das weitererzählt hat, führt das sicher nicht zu einem besseren Arbeitsklima«, feixt Vera, »wir können ja einfach die Location wechseln und woanders noch was trinken, wenn du den Kerl heute nicht erträgst.«

Ich schüttele entschieden den Kopf: »Auf gar keinen Fall. Dann glaubt Denner noch, es würde mir was ausmachen, dass er hier ist. Der nimmt sich eh schon viel zu wichtig. Ich brauche noch einen Drink.«

Der weitere Verlauf des Abends mit Denner, also Nils, ist wundersamerweise ganz erträglich. Ich bin sowieso hauptsächlich mit mir selbst beschäftigt.

»Hier, ich glaube Sie, ähm, du könntest mal ein Wasser vertragen.« Denner setzt sich neben mich an die Bar und stellt zwei große Gläser Wasser vor mir ab. »Ich wusste nicht, ob du lieber mit oder ohne Kohlensäure trinkst.«

Das weiß ich im Moment auch nicht.

»Du hast übrigens dein Buch im Büro vergessen«, fährt er fort.

»Ach, den Kitschroman. Macht nichts. Ist gar nicht meiner. Vera kauft die Dinger immer für ihre Oma«, nuschele ich und greife lieber wieder nach meinem Cocktail.

Die Nervensäge Denner oder der nette Nils oder wer auch immer er eigentlich ist, sieht mich fragend an und bleibt hartnäckig neben mir sitzen: »Du hast dich doch so brennend für die Gerüchte über Dr. Mösli interessiert.«

»Und wurde von dir gleich dafür abgewatscht.«

»Weil das echt daneben ist und mich diese intriganten Spielchen in der Klinik total wütend machen.«

»Was für Spielchen?« Jetzt ist mein Interesse doch geweckt.

»Dr. Mösli hatte gar keine Affäre mit Schwester Gisela. Nicht so richtig.«

»Was ist denn eine unrichtige Affäre?«

»Gisela hat es geschafft, ihn für eine Nacht rumzukriegen.«

»Ach, und deshalb ist es in Ordnung und er, der arme Mann, ist auch noch das Opfer?«

»In diesem Fall irgendwie schon. Dr. Mösli hatte sich doch auf die Stelle als Chef der chirurgischen Ambulanz beworben.«

»Da haben sich alle Chirurgen drauf beworben.«

»Genau. Einer seiner Konkurrenten hat wohl, um Dr. Mösli auszubooten, Gisela auf ihn angesetzt. Die hat ihn ins Bett gezerrt und heimlich Fotos gemacht. Damit haben sie dann versucht, ihn zu erpressen.«

»Bist du sicher, dass du dir die Geschichte nicht ausgedacht hast? Was sollten dann die Zettel an der Pinnwand? Das passt nicht ganz zur Erpressung.«

»Dr. Mösli ist auf die Erpressung nicht eingegangen, sondern hat seiner Frau alles gebeichtet und den Vorfall beim Chef gemeldet. Dann machte die Geschichte über den Betriebsrat die Runde und ist auch mir als Supervisionspsychologen der Mitarbeitervertretung zu Ohren gekommen.«

»Müsstest du diese Sache nicht für dich behalten?«

»Nicht mehr. Montag gibt es eine offizielle Erklärung zu den Vorgängen. Wegen dieser Zettel an der Pinnwand, die entweder Gisela oder ihr Auftraggeber dort aufgehängt haben.«

»Und wer ist Möslis böser Konkurrent?«

»Das weiß niemand. Schwester Gisela schweigt, und da sie die Klinik verlassen muss, werden wir das wohl nie erfahren.«

Das war bestimmt Klemme. Der ist der Einzige, dem ich so eine krasse Aktion sofort zutrauen würde.

»Ich wäre nie draufgekommen, dass dahinter so eine Geschichte steckt. Ich dachte immer, das wäre Frau Mösli gewesen, aus Rache. Aber Fakt ist und bleibt trotz allem: Hätte

Mösli seine Hosen anbehalten, wäre ihm das nicht passiert. Also, selber schuld. Da habe ich echt kein Mitleid.«

»Was Dr. Mösli getan hat, ist aber nur ein ganz normales menschliches Fehlverhalten.«

»Männer! Ich finde das nicht normal! Ich könnte so etwas auch niemals verzeihen. So wie ich auch einige andere Eigenschaften bei Männern nicht tolerieren kann.«

Wütend massakriere ich mit einem Zahnstocher eine Olive in dem Schälchen, das vor mir steht.

»Tut mir leid, dass deine Reise so ein unschönes Ende genommen hat.«

Dieses Thema ist mir eindeutig zu persönlich.

»Ist halb so wild. Jeder muss halt im Leben so seine Erfahrungen sammeln. Lohnt sich auch nicht, weiter darüber zu reden. Kann ja nicht jeder sofort einen McDreamy treffen«, kanzele ich Nils barsch ab.

Der wühlt in seiner Jackentasche herum und holt schließlich einen zerknitterten Zettel heraus. In seinen Taschen scheint's zuzugehen wie auf seinem Schreibtisch. Er lässt sich einen Stift geben und kritzelt irgendwas auf den Knitterzettel. Dann schiebt er ihn zu mir rüber. Erst jetzt erkenne ich, dass es ein uraltes abgegriffenes Blankorezept ist. Die wurden doch schon vor Jahren entsorgt. Darauf hat er geschrieben:

Rezept für: Anna Plüm

Verordnung für: einen McDreamy

Unterschrift: Nils Denner.

»So. Da du im Moment anscheinend keine Lust auf ein weiteres Gespräch hast, verschreibe ich dir das jetzt einfach. Vielleicht klappt's dann ja. Für irgendwas muss diese ganze Studiererei ja gut gewesen sein. Und jetzt komm! Caro hat mich gebeten, dich nach Hause zu bringen. Falls das für dich okay ist.«

Nach Hause klingt nach einer guten Idee. Ich bin fix und fertig. Caro und Ralf mussten schon los, um den Babysitter abzulösen. Ich stopfe das Knitterrezept in meine Tasche. Irgendwie süß. Echt kitschig, aber süß. Wir verabschieden uns noch von Vera und Till, die sich mal wieder in irgendeine Diskussion verstrickt haben.

»Hast du nicht Lust, mit uns noch ein Haus weiter zu ziehen?« Vera drückt mich fest.

»Immer gerne, aber heute bin ich echt durch. Ein anderes Mal. Schlagt euch nicht die Köpfe ein, wenn ich nicht da bin.«

»Wenn du die Sachen aus deinem Schrankkoffer nicht zwingend brauchst, bringe ich ihn dir morgen vorbei«, bietet Till mir großzügig an.

»Das wäre vielleicht ganz gut. Die meisten Kosmetika, Zahnbürste und so habe ich doppelt. Heute Abend brauche ich die Sachen aus dem Koffer nicht. Wann willst du denn vorbeikommen?«

»Na, wenn wir alle ausgeschlafen haben, früher Mittag oder so. Wir könnten dann mal wieder zusammen joggen gehen. Das haben wir ewig nicht gemacht. Jetzt, wo du wieder eifrig mit uns im großen Teich der Singlefische schwimmst, solltest du was für dich tun.« Till zwinkert Nils zu und klopft mir auf den Hintern. So eine Unverschämtheit.

»Ich bin topfit.« Nur heute Abend vielleicht nicht mehr. Nils hakt mich unter und führt mich zu seinem Auto. Ich würde ja lieber alleine gehen, aber irgendwie schwankt der Boden ganz schön bedrohlich. Liegt bestimmt an den hohen Absätzen. Nils fährt einen alten Kombi. Passt zu seinen Pullundern. Aber trotz Spießerkarre rast er wie ein Irrer. Während der Fahrt muss ich mich arg zusammennehmen, um in den Kurven nicht einer plötzlich aufwallenden Übelkeit nachzugeben.

»Alles in Ordnung?«, fragt Nils, als er vor meiner Haustür hält, »du bist etwas blass.«

»Nur müde, und dein Fahrstil ist nicht gerade gut für meinen Magen«, nuschele ich so deutlich wie möglich, »trotzdem danke, dass du dir die Mühe gemacht hast, mich zu fahren.«

»Kein Problem. Ich wohne gleich um die Ecke.«

»Ach was.«

»Wir kaufen im selben Supermarkt ein, falls du dich erinnerst.«

Auweia, ich hatte gehofft, er hätte dieses Zusammentreffen vergessen.

»Hmm, ja. Also, danke noch mal.«

»Soll ich dich noch raufbringen?«

»Auf einen Kaffee, oder was? Danke, mir reicht's für dieses Wochenende.«

Nils sieht mich beleidigt an: »Wohl eher, damit du heil nach oben kommst.«

»Schon gut. Das schaffe ich alleine. Dann bis Montag.«

Mühsam hieve ich mich aus dem Wagen und versuche erfolglos, den direkten Weg zur Haustür einzuschlagen. Das ist heute Abend aber auch schwierig. Mist! Der Schlüssel ist schon wieder verbogen. Oder hat jemand das Schloss ausgetauscht? Ich werfe einen Blick zur Straße. Denner sitzt immer noch im Auto und beobachtet mich. Jetzt schnallt er sich auch noch ab. Nein, danke, ich komme wunderbar alleine zurecht. Zum Glück geht der störrische Schlüssel endlich ins Schloss, und ich kann die Tür öffnen. Ich winke Denner noch einmal betont munter zu und verschwinde im Hausflur.

Bevor ich endlich ins Bett gehe, stelle ich sicherheitshalber einen Eimer auf den Boden und eine Flasche Wasser daneben. Besser ist's.

Kapitel 11

Bereits um drei Uhr in der Nacht quält mich ein brennendes Durstgefühl. Meine Zunge klebt am Gaumen fest. Noch im Halbschlaf taste ich nach der Wasserflasche. Diese kleine Bewegung war schon zu viel. Mein Schädel droht zu zerspringen. Mist. Ich habe einen ausgewachsenen Kater! Ich hätte nicht so viel trinken sollen. Ob Nils gemerkt hat, dass ich ein, zwei Cosmopolitans zu viel hatte? Das wäre peinlich. Ich sage unseren jugendlichen Patienten ständig, dass sie umsichtig mit Alkohol umgehen müssen und am besten ganz die Finger davon lassen sollten. Als verantwortungsvolle Kinderärztin müsste ich stets ein gutes Beispiel sein. Das hat ja gestern schon mal nicht geklappt. Ich suche nach meinen Kopfschmerztabletten, die irgendwo in meinem Nachtschränkchen liegen müssen. Endlich finde ich sie, spüle sie mit einem großen Schluck Wasser hinunter und warte auf die Erlösung von meinen Schmerzen. Ich warte und warte. Mann, ist mir übel!

Ein paar Stunden, nachdem die Kopfschmerztabletten endlich ihre Wirkung entfaltet haben, räkele ich mich ganz zufrieden, ohne einen nervenden Deppen an meiner Seite, in meinem kuscheligen Bett. Es geht mir doch gut, so ganz allein mit mir selbst. Heute werde ich mich so richtig verwöhnen. Mich, Super-Anna. Nach dem Aufstehen frühstücke ich noch im Pyjama und warte dann, während ich auf meiner Terrasse im Liegestuhl eine Zeitung lese, auf Till. Wer weiß, ob der heute überhaupt vorbeikommt. Vera und er haben im nächsten Club sicher wieder kein Ende gefunden.

Ich bin positiv überrascht, als Till am späten Mittag in Laufklamotten und mit meinem Koffer in der Hand vor der Tür steht.

»Schickes Laufoutfit. Damit ziehst du die Männer bestimmt reihenweise an«, spottet er mit einem Blick auf meinen Rosa-Bärchen-Schlafanzug.

»Mir war nach Wohlfühlklamotten. Ich bin immer noch deprimiert«, versuche ich, mich zu verteidigen.

»Du trägst das Teil doch ständig. Egal, wie es dir geht«, Till wuchtet den Koffer über die Türschwelle und lässt ihn dann mitten im Flur liegen.

»Das stimmt überhaupt nicht. Ich habe auch andere Schlafanzüge.«

»Ich will's gar nicht wissen. Was ist jetzt? Laufen wir los?«

»Du bist ja völlig euphorisch. Ich habe ehrlich gesagt damit gerechnet, dass du bis heute Abend versoffen im Bett liegst. Warte kurz, ich zieh mir nur schnell was an.«

»Mach hin. Am besten, wir fahren zum Badesee und laufen da. Das ist bei dem Wetter am schönsten.«

Till quält mich unter dem Vorwand, dass mir das guttäte, gleich ganze zwei Runden um den See. Für einen Sonntagmittag ist noch nicht viel los, und die Landschaft zeigt sich von ihrer schönsten Seite. Ein gemütliches Kaffeetrinken im Strandbad wäre mir allerdings viel lieber als diese Rennerei. Dass ich in den letzten Wochen keine Zeit zum Laufen hatte, rächt sich bitter. Till läuft lachend immer wieder fünf Meter vor und triezt mich: »Komm schon, du Schnecke. Beweg dich mal.«

»Dann lauf vor, wenn ich dir zu lahm bin.«

»Auf keinen Fall.« Till läuft mir wieder entgegen und umrundet mich, »ich lasse mir doch nicht entgehen, wie du hier keuchend und schwitzend um den See schleichst.«

»Ich kann nicht mehr.«

»Komm, nicht aufgeben. Du packst das.«

»So ein ...«, sind meine letzten Worte, dann wird mir schwarz vor Augen.

Auch das noch. Ich werde ohnmächtig. Wie peinlich. O nein. Till kriegt das nie auf die Reihe, mich in eine stabile Seitenlage zu bringen. Ich werde an meiner zurückfallenden Zunge ersticken.

»Anna, hallo! Alles klar?«

Ich, Moment mal, ich bin gar nicht ohnmächtig. Ich stehe immer noch auf meinen wackeligen Beinen. Aber wieso ist es so dunkel? Zitternd taste ich nach meinen Augen. Das Stirnband ist darüber gerutscht. Erleichtert schiebe ich es nach oben. Puuh, Glück gehabt!

»Was war das denn?« Till kommen vor Lachen die Tränen.

»Nichts. Das Stirnband ist verrutscht.«

»Das habe ich gesehen. Aber warum bist du denn wie angewurzelt stehen geblieben?«

Blöde Frage. »Weil ich nichts mehr gesehen habe?«

Die am Ende unserer Runden gestoppte Zeit ist eine meiner besten. Kein Wunder, dass ich fix und alle bin. Till ist total begeistert von seinen Trainerqualitäten.

»Siehst du, ich wusste, ich kann ’ne super Zeit aus dir rausholen.«

»In normalem Tempo joggen hätte nach dem gestrigen Abend auch gereicht. Du hast mich fast umgebracht.«

Erschöpft lasse ich mich auf den Rasen am Ufer fallen und strecke alle viere von mir.

»So 'n Quatsch. Du darfst dich nicht immer mit Mittelmaß zufriedengeben. Nicht bei Männern und auch nicht bei deinen Leistungen.«

Womit wir wieder beim Thema wären.

»Dafür, dass mir immer nur mittelmäßige Trottel über den Weg laufen, kann ich nichts. Und was meine sportlichen Leistungen angeht: Ich kenne halt meine Grenzen. Ich bin einfach keine Athletin.«

»Aber du könntest eine sein, wenn du dich beim Training ein bisschen mehr zusammenreißen würdest.«

»Das wird in diesem Leben nichts mehr.«

»Das mit dem Leistungssport oder mit den Männern?«

»Grad heute würde ich nach meinem phantastischen romantischen Wochenende behaupten: mit beidem.«

»Sei mal nicht so pessimistisch.« Till setzt sich neben mich ins Gras und lässt gleich wieder den Super-Trainer raushängen.

»Du solltest dich dehnen, bevor du wieder kalt bist.«

So wie ich mich gerade fühle, wird sich meine Körpertemperatur nie wieder auf ein normales Maß herunterregeln. Aber bevor ich mir nachher noch eine Zerrung hole, gebe ich nach und ahme Tills Dehnungsprogramm wenigstens halbwegs nach.

»Wie lange wart ihr gestern denn noch unterwegs?«

»So bis um sieben.«

Dafür sieht Till eindeutig zu erholt aus.

»Und habt ihr den Abend mit Diskutieren verbracht, oder wart ihr noch tanzen?«

»Beides. Vera war nach den ganzen Cocktails, die ihr euch reingezogen habt, tatsächlich mal total lustig und locker drauf. Wir hatten echt noch einen schönen Abend. Schade, dass du nicht mehr mitkommen wolltest.«

Wenn Till nach einer langen Nacht so blendend aussieht, dann hat das meistens mit Sex zu tun und nicht mit Quatschen oder Tanzen.

»Habt ihr noch irgendwen getroffen?«

»Nein, irgendwie war gestern nicht mehr so viel los.«

Na immerhin so viel, dass sie bis um sieben geblieben sind.

»Und? Hat Vera noch 'nen heißen Typen aufgetan?«

»Wozu? Ich war doch mit ihr unterwegs.«

»Ja, aber das ist ja was anderes.«

Till friemelt die akkurat sitzenden Schnürsenkel seiner Laufschuhe auf und zieht sie nach.

»Ach, und wieso ist das was anderes?«

Er schnürt seine Schuhe umständlich wieder zu.

»Na, weil ihr irgendwie Freunde seid, Kumpel halt. Und dass, obwohl ihr euch ständig in den Haaren liegt.«

Till steht auf und reicht mir die Hand: »Komm, lass uns nach Hause fahren.«

»Hast du nach dem Tanzen etwa noch 'ne heiße Schnitte klargemacht?«

»Wie kommst du denn darauf?« Till schaut mich empört an.

»Du wirkst irgendwie so ... ausgeglichen ... Sex-Glückshormon-ausgeglichen.«

»Du solltest endlich selber mal wieder Sex haben. Du bist ja ganz besessen von dem Thema.«

Eigentlich ist es Tills Vierundzwanzig-Stunden-Thema. Irgendwas verheimlicht er mir. Vielleicht ist er wieder mit seiner Ex-Theresa in der Kiste gelandet, und es ist ihm peinlich, mir das zu sagen.

Nachdem Till mich zu Hause abgesetzt hat, lege ich eine Einheit Hanteltraining nach und dehne mich schließlich noch einmal ausgiebig. Das tut echt gut! Meine Muskulatur ist angenehm angespannt, und mein Teint sieht inzwischen auch nicht mehr puterrot, sondern gesund und strahlend aus. Auf meinem Lieblingsplatz, dem Liegestuhl im Schatten des Sonnenschirmes auf meiner Terrasse, trinke ich einen Entschlackungstee und fasse einen Entschluss. Es reicht mir! Ich habe keine Lust mehr auf den ewigen Stress. Ständig diese, wenn auch nicht immer offen zugegebene, Suche nach dem Traumprinzen. Ständig dieser Gewichts- und Fitness-Stress, nur um im entscheidenden Moment in Form zu sein. Ständig dieser Outfit- und Make-up-Stress, nur um sich auf dem Singlemarkt gut zu positionieren. Ständig diese ganzen Ratgeber, nur um für einen Mann noch besser, perfekter und liebenswerter zu sein. Mein Traummann soll mich gefälligst um meiner selbst willen lieben! Ab heute werde ich mich nur noch für mich selbst schön machen.

Am besten beginne ich diese neue Ära sofort mit einem Verwöhnprogramm. Dazu nehme ich erst mal ein reichhaltiges Ölbad und trinke dabei ein Glas Champagner aus einem meiner besten Kristallgläser. Nach einem halben Glas wird mir klar: Alkohol geht doch noch nicht. Vor allem nicht im heißen Badewasser. Also stelle ich das Glas beiseite, klettere aus der Wanne und widme ich mich lieber meinem Körperpflegeprogramm. Zur vollständigen Gesichtspflege muss heute die Anti-Falten-Hautstraffungsmaske ran. Leider wird meine Körperpflegesitzung vom Telefon unterbrochen. Urrgh. Die Anzeige ist eindeutig: Es ist meine Mutter. Darauf habe ich jetzt gar keine Lust.

Die neue Anna, die sich jetzt nicht mehr um die Meinungen anderer schert, könnte sich mit ihrer Mutter aussöhnen und dazu stehen, dass es kein Problem für sie ist, noch nicht unter die Haube gekommen zu sein. Vielleicht fange ich mit dem zweiten Punkt an. Ich muss es ja nicht gleich übertreiben.

»Wieso bist du schon zu Hause?«, begrüßt meine Mutter mich.

»Wieso rufst du an, wenn du denkst, ich sei nicht zu Hause?«

Das mit der Aussöhnung wird wohl nichts.

»Na, ich wollte mal hören, wie es dir so geht, nachdem du mit einem gutaussehenden Mann in einem teuren Wagen weggefahren bist.«

»Woher weißt du ...?« Oh, schon klar, woher sie das weiß. Mit Sicherheit von ...

»Frau Beier natürlich. Du erzählst mir ja nie etwas.«

Ja, und ich weiß auch genau, warum.

»Inzwischen bin ich wieder zu Hause, wie du gemerkt hast.«

»Wie war es denn? Wer ist der Mann? Ein Kollege? Wann lernen wir ihn denn mal kennen?«

»Stopp mal. Ja, es war indirekt ein Kollege und nein, da ist nichts. Wir waren nur gemeinsam auf einer Fortbildung. Nicht mehr.«

»Du fährst mit einem solchen Mann übers Wochenende zu einer Fortbildung und da ist nichts? Wie kannst du nur!«

»Wie kann ich was?«

»Kind, gute Männer gibt es nicht wie Sand am Meer. Du kannst doch nicht alle Chancen verstreichen lassen.«

»Mutter, das war keine Chance, okay?«

»Ich verstehe dich einfach nicht. Du bist doch schon fast dreißig. Du willst doch nicht als alte Jungfer enden. Du kannst in deinem Alter nicht mehr wählerisch sein. Du musst jede Gelegenheit ergreifen.«

»Der Kerl war auch keine Gelegenheit. Mit dem wäre ich todunglücklich geworden. Glaub mir.«

»Immer denkst du nur an dich«, meine Mutter fängt doch tatsächlich an zu schluchzen, »und wer denkt an mich? Ich möchte doch so gerne endlich Enkelkinder haben. Damit würdest du mich so glücklich machen.«

»Enkelkinder sind kein Accessoire, das man sich wünscht wie eine neue Kette, nur weil man das jetzt gerade schick findet.«

»Du bist so undankbar. Ich würde mich liebend gerne um meine Enkelkinder kümmern.«

Klar, solange sie nichts anfassen, nichts dreckig machen und nicht laut sind. Sie schluchzt noch ein paarmal ins Telefon. Dann holt sie tief Luft.

»Nun, wenn du meinst. Dein Vater und ich wollten immer nur das Beste für dich und haben eine Menge Geld als Aussteuer für dich angespart. Wenn du es allerdings vorziehst, unverheiratet zu bleiben, dann werden wir das Geld ab deinem dreißigsten Geburtstag für uns selbst ausgeben. Wir müssen jetzt einfach auch mal an uns denken. Ich wollte schon immer mal so eine tolle Karibik-Kreuzfahrt machen.«

»Dann wünsche ich euch beiden viel Spaß dabei.«

»Es ist ja nicht so, dass wir dich unter Druck setzen wollen ...«

Ist klar. Ich sollte mal lieber mit meiner Körperpflege weitermachen. Dieses Gespräch wird mich sonst noch endlos aufhalten.

»... wir wollen doch nur dein Bestes. Alle deine Freundinnen aus der Grundschule sind schon verheiratet und haben ein oder zwei Kinder.«

Auf Zehenspitzen ertaste ich das Anti-Aging-Maskendöschen, das ganz oben im Kosmetikschrank steht.

»Die haben ja auch fast alle keine Ausbildung.«

»Das macht doch nichts. Also dieses moderne Karrieredenken führt doch zu nichts.«

Mit einer Hand öffne ich das Döschen und trage die wertvolle Creme dick auf. Viel muss viel helfen.

»Immerhin hat es dazu geführt, dass ich einen guten Job habe.«

»Aber das brauchst du doch gar nicht. Was du brauchst, ist ein Ehemann. Deine Freundin Tina zum Beispiel, die, die in der Schule immer neben dir saß ...«

Aua! Mein Gesicht brennt wie Feuer. Die straffende Maske ziept zwar immer ein wenig, aber jetzt fühlt es sich an, als ob ich mir Chilipulver auf meine zarte Haut geschmiert hätte. Da stimmt was nicht!

»Mutter, ich muss auflegen, ich kann jetzt nicht ...«

Panisch wühle ich auf der Schminkablage nach meiner Brille, wobei ich gegen meine Haarschaumdose stoße. Umfallende Gegenstände in Badezimmern lösen bekanntlich stets unangenehme Kettenreaktionen aus. Die Haarschaumdose stößt, bevor sie herunterfällt, gegen die Rasierschaumdose, welche eine Tube Nachtcreme, die Zahnpastatube, drei Ampullen Feuchtigkeits-Anti-Aging-Augenserum und einen Parfümflakon mit zu Boden reißt. Ich höre Glas splittern. Es duftet nach dem grauenvollen Parfüm, das meine Eltern mir zu Weihnachten geschenkt haben. Mutter lässt nicht locker: »... also Tina ...«

»Ich muss auflegen. Mach's gut. Wir telefonieren die Woche.«

»Dann eben nicht. Du bist so undank...«

Ich lege auf und werfe das Telefon auf den Waschbeckenrand. Ich verbrenne! Endlich halte ich meine Brille in den Händen.

Sch...! Verdammt! Ich habe mir Schrundencreme ins Gesicht geschmiert. Welcher Idiot hat die denn zu den Gesichtsmasken gestellt? Ehrlicherweise muss ich zugeben, dass es hier nur eine Person gibt, die so etwas macht, und die versucht gerade panisch, Schrundencreme von ihrem Gesicht abzuwaschen. Meine Haut leuchtet in grellem Pink. Selbst stundenlanges Kühlen und Pflege mit einer entzündungshemmenden Salbe helfen da kaum. Vorsichtig beseitige ich die Überbleibsel des Parfümflakons und reiße alle Fenster auf. Dieser geballte süßliche Oma-Duft, der sich inzwischen in meiner ganzen Wohnung ausgebreitet hat, ist unerträglich.

Kapitel 12

Auf meinem allmorgendlichen Weg zum Dienstplan in der Notaufnahme begegne ich Dr. Kruppa, der mich fröhlich begrüßt: »Einen guten Montagmorgen wünsche ich Ihnen, Frau Dr. Plüm. Meine Güte, Sie haben aber Farbe bekommen. Waren Sie im Urlaub?«

»So ungefähr. Ich habe das Wochenende am Meer verbracht«, rede ich mich raus.

Der Tag fängt ja wieder gut an. Es hat mich Stunden gekostet, mir nach dem Schrundencreme-Unfall mit Make-up, Concealer und tonnenweise Puder einen annehmbaren Teint zu zaubern.

Heute bin ich für den Vormittag auf der kinderchirurgischen Station eingeteilt. Dort steht die Oberarztvisite mit Dr. Klemme an. Urrgh, meine Laune sinkt rapide. Das hat mir heute gerade noch gefehlt. Mürrisch begebe ich mich auf die Station. Ich kenne dort keinen Patienten, mein Gesicht ist immer noch krebsrot, und meine Bereichskleidung sieht aus, als hätte ich monatelang darin geschlafen. Kaum habe ich den Fahrstuhl verlassen, kommt mir Klemme auch schon entgegen: Ausgeruht, braun gebrannt, mit perfekter Föhnwelle und frischer, glattgebügelter, einwandfrei sitzender Bereichskleidung.

Die Visite vergeht zum Glück ohne nennenswerte Zwischenfälle: hier ein Verbandswechsel, da mehr Nahrung, dort weniger Infusion. Fäden und Drainagen werden gezogen. Einige Patienten gehen freudestrahlend nach Hause. Die meiste Zeit über straft mich Dr. Klemme für unseren Streit bei der letzten Visite mit Missachtung. Und ich? Ich lächle ihn einfach tumb in Grund und Boden. Gegen Ende nimmt er mich vertrauensvoll zur Seite.

»Frau Plüm, es wäre schön, wenn Sie bei der nächsten Visite über die Patienten Bescheid wüssten. Vielleicht sollten Sie sich weniger in der Sonne herumtreiben.«

»Dr. Klemme, dies ist seit langem mein erster Einsatz auf Ihrer Station. Wie soll ich da …?«

»Immer diese Ausreden. Engagierte Assistenten informieren sich vor der Visite.«

»Die Visite beginnt gleich nach der Frühbesprechung und die ist Pflicht.«

»Dann kommen Sie halt vor der Besprechung auf die Station, um nachzuschauen, was los ist.«

Nun haben auch Assistenzärzte gewisse Rechte. Ich werde gewiss nicht um sechs Uhr hier auflaufen, nur weil die Stationen ständig neu besetzt werden. Als ob Dr. Klemme so etwas jemals selbst machen würde. Bevor ich mir aber überlegt habe, ob ich mich wirklich mit ihm anlegen soll, werde ich außerplanmäßig in die Notaufnahme gerufen.

Dort geht es zu wie auf dem Rummelplatz. Es sind Sommerferien, die Zeit der Knochenbrüche, Prellungen, Schürf- und Kopfplatzwunden. Das Wetter ist gut, die lieben Kleinen spielen bereits vor dem Mittagessen draußen, und sie fallen hin. Insgesamt sieben Mädchen und Jungs im Kleinkindalter sitzen mit einem weißen Turban aus Mull um den Kopf und Schnuller im Mund im Wartezimmer. Etwa zwölf Schulkinder warten mit Schürfwunden und Prellungen auf ihre Behandlung. Die Liste wird durch Husten, Schnupfen,

Heiserkeit vervollständigt. So einen Ansturm zu bewältigen braucht Personal und vor allem Zeit. Die Mütter sind bereits unruhig und fangen an zu rebellieren.

»Frau Doktor, mein Kind hat eine Platzwunde und muss unbedingt vorgezogen werden«, echauffiert sich eine von ihnen.

Vorgezogen? Wovor? Vor all die anderen Platzwunden?

»Es sind noch sechs Kinder vor Ihnen, Sie müssen sich leider gedulden«, erkläre ich ihr.

Es bleibt mir nichts anderes übrig, ich muss wohl doch Dr. Klemme zu Hilfe rufen. Der arbeitet zwar nicht aktiv mit, unterhält dafür aber äußerst charmant die heute ausnahmslos gutaussehenden Mütter. Die sind nun wenigstens abgelenkt. Für leichtere Verletzungen und Erkrankungen beträgt die aktuelle Wartezeit ein bis zwei Stunden. Prompt werde ich von einem Vater abgefangen. Er ist Zahnarzt und privat versichert.

»Frau Kollegin!«

Das ist schon mal falsch. Im tiefsten Grunde unseres Herzens halten wir Zahnärzte überhaupt nicht für richtige Ärzte. Folglich bin ich nicht seine Kollegin.

»Frau Kollegin, wie lange müssen wir denn noch warten?«

Sein Sohn hat eine kleine, oberflächliche Schürfwunde am Knie.

»Sie werden sich noch gute zwei Stunden gedulden müssen. Die Wartezeit können Sie gerne in der Cafeteria überbrücken. Sie werden dann angerufen, wenn Sie dran sind.«

»Frau Kollegin, wir sind privat versichert. Wir möchten vom Chef behandelt werden.«

Tja, wir sind hier in einer Notaufnahme und nicht bei Wünsch-Dir-Was.

»Der Chef ist in der Visite.«

Als ob der wegen einer Schürfwunde die hochheilige Chefvisite unterbrechen würde, um in der Notaufnahme zu erscheinen. Bei einem abgetrennten Arm oder einer Schusswunde vielleicht. Er kommt sicher nicht wegen eines Kratzers.

»Frau Kollegin, jetzt mal unter uns«, nimmt der Vater mich vertrauensvoll zur Seite. »Wenn wir beide Metzger wären, würde ich Ihnen, so unter Kollegen, ja auch das größte Stück Fleisch zuteilen.«

Diese seltsame Metapher widert mich an. So ein komischer Kerl!

Eineinhalb Stunden und fünfzehn Patienten später heile ich endlich seinen Sohn, indem ich ein Dinosaurierpflaster auf die kleine Schürfwunde am Knie klebe. Papa muss noch einmal pusten, fertig.

Plötzlich unterbricht ein Notfall höchster Priorität unsere Notaufnahmeroutine. Mit Blaulicht und Martinshorn wird ein dreizehnjähriger, übergewichtiger Junge eingeliefert, der zu ersticken droht. Blitzblau angelaufen, ringt er verzweifelt nach Luft. Da nützt auch die Sauerstoffmaske, die ihm ein Sanitäter vor das Gesicht hält, nicht mehr viel.

Es ist Marvin aus meiner *Moby-Fit*-Gruppe. Der hätte heute eigentlich einen Ambulanztermin gehabt. Die Ursache für Marvins Luftnot finde ich zum Glück schnell: Ein Stückchen Frikadelle hat seine Luftröhre verstopft. Während ich rasch, aber vorsichtig versuche, den Fremdkörper mit einer Magill-Zange zu entfernen, höre ich, wie mit einem lauten Knall die Tür aufspringt und dann Denners Stimme.

»Ich wurde wegen eines *Moby-Fit*-Patienten gerufen. Frau Plüm, was ist passiert?«

Ich hab's! Mit ein wenig Glück kann ich den Frikadellenbrocken in einem Stück herausziehen. Marvin atmet tief durch und sieht auch schon wieder ganz rosig aus.

»Da ist es. So, das war's. Wir legen noch einen Zugang und lassen erst mal die Überwachung dran.«

Ich halte Denner meine Beute vor die Nase.

»Daran ist er fast erstickt. Näheres kann ich noch nicht sagen.«

Marvins Mutter klärt uns auf: Sie wollte ihn über die Ferien endlich mal konsequent auf Diät setzen. So gab es zum Frühstück nur zwei, statt der üblichen acht Brötchen mit Leberwurst. Das war für Marvins Geschmack zu wenig. Er bekam Hunger und schlich sich in die Küche zum Kühlschrank. Als er sich gerade eilig mehrere Frikadellen vom Vortag in den Mund stopfte, erwischte ihn seine Mutter und schimpfte derart mit ihm, dass er sich vor Schreck verschluckte und fast erstickt wäre.

Marvin wird einige Tage auf einer unserer Stationen überwacht werden müssen und freut sich schon riesig auf das Krankenhaus-Diätessen. Kaum kann er wieder atmen, fängt er auch schon an zu meckern.

»Ey, da hab isch keinen Bock drauf, Alte. Du kannst misch mal! Isch esse den Fraß von denen nicht. Bring mir gefälligst Bratwurst und Pommes mit. Du bist schuld, dass isch jetzt hier bin«, pflaumt er seine Mutter an.

Denner und ich verlassen den Behandlungsraum.

»Das hast du gut gemacht. Wirklich. Du hast dem Jungen das Leben gerettet.«

Nils klopft mir auf die Schulter. Erstaunt über ein Lob aus seinem Munde, fasse ich mir an die Schulter und sehe ihm nach, wie er Richtung Kantine geht. Ich habe inzwischen ebenfalls Hunger. Da der größte Ansturm auf die Notaufnahme vorbei ist, rufe ich Vera auf ihrer Station an. Vielleicht hat sie ja Zeit, essen zu gehen. Wir haben Glück, und Vera kann sich mit der Ausrede einer Literaturrecherche kurz von ihrer Arbeit abseilen. Es ist Monate her, dass wir zusammen mittaggegessen haben. Meistens haben wir Pech, und unsere Dienste überschneiden sich nicht, oder wir haben schlichtweg keine Gelegenheit für eine Pause.

Im Gang zur Kantine fängt Vera mich ab: »Dosenerbsen mit Dosenspargel in heller Sauce auf matschigen Spaghetti.«

Sie verzieht demonstrativ angeekelt das Gesicht. Darauf habe ich auch keinen Appetit. »Und nun?«

»Komm, lass es uns in der Cafeteria versuchen, da können wir uns auf der Terrasse in die Sonne setzen.«

»Labbrige Baguettes und lauwarmer Instant-Cappuccino sind in der Tat immer noch besser als das Kantinenessen.«

Das Einzige, was uns von einer mittelmäßigen, aber hoffentlich sättigenden Mahlzeit trennt, ist die endlose Schlange vor *Olgas Kaffeebude*. Aber was bleibt uns anderes übrig? Wir stellen uns an. Vor uns steht ein jugendlicher Patient in einem ausgeblichenen grauen Bademantel, dessen tennisbesockte Füße in grellgelben Badelatschen stecken. Seine fettigen Haare stehen wirr in alle Richtungen ab, und am Gürtel des Bademantels hängt ein Urinbeutel.

»Den hätten sie auch mal durch die Wanne ziehen können«, raunt Vera mir naserümpfend ins Ohr.

»Psst, den kenne ich. Geht nicht. Der lässt sich nicht waschen. Ist schon ein Kampf, in dem Zimmer mal durchzulüften.«

»Nun ja, es ist ja noch keiner erstunken.«

In genau diesem Moment werden wir von einer Killer-Duftwolke, bestehend aus einer penetranten Mischung aus kaltem Zigarettenrauch und Frittierfett, von hinten überrollt.

Veras Gesichtsausdruck nach zu urteilen, hätte sie jetzt doch Lust auf Matsch-Spaghetti.

»Ich nehme zurück, was ich gerade gesagt habe.«

Ich japse nach Luft und drehe mich unauffällig um. Hinter uns hat sich eine ältere Dame mit zwei verrotzten Kleinkindern, vermutlich ihren Enkeln, angestellt.

»Wenn ich bloß nicht so einen Hunger hätte. Wir sollten lieber gehen, das ist ja nicht auszuhalten«, flüstere ich Vera zu.

Die zieht ein kleines Döschen aus ihrer Hosentasche und reicht es mir.

»Hier, probier das mal. Ist Pfefferminzpaste. Die kannst du dir unter die Nase schmieren. Dann ist's nicht mehr so schlimm.«

»Brennt das nicht?«

»Nö, ist absolut hautfreundlich.«

Vera tupft sich ein wenig von der Paste unter ihre Nase. Die Dame hinter uns bewegt sich, und die Frittierte-Zigaretten-Wolke schlägt in hohen Wogen über uns zusammen. Schnell trage auch ich etwas von Veras Zauberpaste auf. Das ist wirklich gut. Jetzt rieche ich viel Pfefferminze und kaum noch diese grässliche Mischung aus Generationen von kalter Asche und ranzigem Fett.

»Wo hast du das denn her?«

»Hat mir ein Freund aus der Patho geschenkt. Für die ganz besonders fiesen Alkoholfahnen, die ich mir im Dienst reinziehen muss.«

»Das muss ich mir auch besorgen.«

»Ich frag ihn mal, ob er noch was hat. Hast du dich inzwischen wieder vom Wochenende erholt?«

»Ja, doch, alles gut.«

»War doch ganz nett mit deinem Psychologen, oder?«

»Das ist nicht mein Psychologe.«

Die Dame hinter uns rückt neugierig auf und richtet ihr Hörgerät. Ich kann schon ihren rauchigen Atem spüren ...

»Wie du meinst. Aber süß ist er jedenfalls«, setzt Vera noch eins drauf.

»Das sagtest du bereits.«

»Immerhin hat er dich nach Hause gefahren.«

Inzwischen drückt mir schon der riesige weiche Busen der Aschewolkenfrau in den Rücken. Jetzt reicht's!

»Könnten Sie vielleicht etwas Abstand halten? Wenn Sie mich bedrängen, geht es auch nicht schneller!«, fahre ich sie an.

»Nun sein Se doch nich so empfindlich, junges Fräulein.« Sichtlich verärgert, dass sie nun nicht mehr so gut lauschen kann, geht sie einen Schritt zurück.

»Denner hat mich nur gefahren, weil Caro ihn darum gebeten hat.«

»Das denkst du.«

Dr. Klemme schwebt in seinem Arztkittel an der Warteschlange vorbei und fragt den Herrn, der jetzt an der Reihe wäre: »Entschuldigen Sie bitte, wären Sie so nett, mich kurz vorzulassen? Ich muss sofort wieder in den OP, Leben retten.«

Na, der traut sich was.

»Wenn wir das täten, würden der Mob uns gleich als arrogante Ärztinnen lynchen.«

»Hmm.«

Aber es klappt. Klemme darf etwas bestellen.

»Ich dachte, der lässt sich sein Essen von den OP-Schwestern bringen«, tuschelt Vera.

»Läuft wohl nicht mehr so gut.«

»Das ist doch Dr. Klemme, der Chirurg, nicht wahr?«,

fragt die aufdringliche Frau von hinten mit rauer Stimme und drängt sich schon wieder an mich.

»Ja, könnten Sie mir vielleicht etwas Platz lassen?«

»Das ist wirklich ein toller Arzt. So wie die im Fernsehen.«

Sie strahlt ein zahnloses Lächeln. Ich beschließe sie zu ignorieren und wende mich wieder an Vera.

»Wie war's denn eigentlich noch mit Till? Wart ihr noch lange unterwegs?«

»Nicht so ewig. Wir waren noch so bis um vier im Goa. Die Musik war echt super zum Tanzen, aber ich war dann auch irgendwann zu müde.«

Bis um vier also. Hmm. Was hat Till denn dann bis um sieben noch gemacht?

»Ach, jung müsste man noch mal sein. Ich habe früher auch so gerne getanzt«, mischt sich die raue Stimme von hinten ein.

In meinem Rücken spüre ich wieder irgendetwas Weiches.

Ich fahre herum: »Wären Sie vielleicht so gut, sich nicht in unsere Unterhaltung einzumischen? Und hören Sie auf zu drängeln.«

»Sie denken wohl, Sie wären was Besseres?« Die raue Stimme hat sich zum Klassenkampf erhoben.

»Das tut sie in der Tat. Gut, dass es endlich mal jemand ausspricht.« Dr. Klemme stellt sich neben uns und beißt in sein Käse-Baguette.

»Na vielen Dank auch.«

»Wieso, stimmt doch.« Er zwinkert der penetranten Stinkefrau vertrauensvoll zu: »Sie sollten sie nicht reizen. Mit dieser Frau ist nicht zu spaßen. Halten Sie lieber etwas Abstand.«

Er geht weiter in Richtung Sonnenterrasse. Kurz vor dem Ausgang dreht er sich noch mal um und ruft mir zu: »Käse-Baguettes sind übrigens alle.«

Na toll. Ich mag nur Käse. Alle anderen Baguettes sind noch matschiger. Die penetrante Dame hinter uns geht auf Abstand und beäugt mich misstrauisch.

»Was war das denn?« Vera blickt Klemme verwundert nach.

»Er ist sauer, weil er das Science Training nicht bekommen hat und tyrannisiert mich jetzt.«

»Sei bloß vorsichtig. Bei Klemme weiß man nie.«

»Mit dem werde ich schon fertig. Ich fahre heute übrigens zu Caro, hast du Lust mitzukommen?«

»Geht leider nicht. Meine Eltern haben sich angekündigt. Was habt ihr denn vor?«

Wie durch ein Wunder bewegt die Warteschlange sich zentimeterweise vorwärts.

»Nur gemütlich was essen und quatschen. Ich bin total gespannt, wie der Kleine sich in den letzten Wochen entwickelt hat.«

Ich bin zwar mal wieder ein wenig erkältet, aber Caro ist da nicht so zimperlich. Schließlich fährt sie mit ihrem Kind auch mit der Straßenbahn. Wer weiß schon, was die anderen Fahrgäste dort für ansteckende Erkrankungen haben? Ich muss den Kleinen ja nicht gleich abknutschen.

»Grüß sie ganz lieb. Ich habe Julius auch ewig nicht gesehen. Zuletzt bei seiner Taufe, glaube ich.«

»Ich habe überlegt, ein kleines Geschenk zu besorgen. Schließlich bin ich Julius' Patentante. Ich habe nur keine Ahnung, was.«

»Sie freut sich bestimmt über eine liebevolle Kleinigkeit. Lass mal überlegen ... Warum eigentlich immer nur Geschenke fürs Kind? Was ist eigentlich mit der Mutter? Die leistet ja nun auch einen entscheidenden Beitrag zum Gedeihen und zur Entwicklung des Kleinen«, gibt Vera zu bedenken.

»Dieser Einwand ist absolut berechtigt. Ich sollte etwas nur für Caro besorgen.«

Leider müssen wir unsere Überlegungen unterbrechen, da Professor Astrups Sekretärin mich über mein Handy in sein Büro ruft. Das darf doch nicht wahr sein. Nur noch drei Leute stehen zwischen mir und meinem Mittagessen. Doch sie lässt sich nicht erweichen. Der Herr Professor ruft, und es eilt.

»Soll ich dir was mitbringen?«, bietet Vera mir an.

»Danke, aber ich muss danach gleich in die Ambulanz.«

Mit knurrendem Magen hetze ich zum Chef.

»Frau Dr. Plüm. Wie schön, Sie zu sehen!«, begrüßt Professor Astrup mich überschwänglich. Was will er denn jetzt schon wieder?

»Ich weiß nicht, ob Sie es bereits wissen, aber die Notaufnahme ist heute Abend sehr eng besetzt.«

Das ist nichts Neues.

»Die Situation ist so angespannt, dass ausnahmsweise auch die Oberärzte Vordergrunddienste machen müssen.«

Das ist was Neues. Na, die werden sich bedanken.

»Könnten Sie sich vorstellen, sich heute Abend als Rufdienst bereitzuhalten, um gegebenenfalls Dr. Kruppa, der heute Abend dran ist, zu entlasten?«

»Dr. Kruppa macht den Dienst?«

»Das sagte ich bereits.«

Ich werde misstrauisch.

»Wie genau soll denn die Entlastung aussehen?«

»Wenn der Ansturm zu groß ist, kann er Sie zusätzlich reinrufen, und Sie unterstützen ihn.«

»Der Ansturm ist immer groß.«

Professor Astrup seufzt: »Das weiß ich natürlich. Was glauben Sie, was ich hier den ganzen Tag mache? Dr. Kruppa war so nett, für Dr. Dietrich einzuspringen und hat bemerkt, dass er damit einen Dienst leisten muss, den früher zwei Assistenten gemacht haben.«

»Ja, bis vor drei, vier Jahren. Derzeit ist immer nur ein Assistent im Dienst.«

»Sie würden mir einen großen Gefallen tun, wenn Sie ihn unterstützen.«

Seinem Ton nach zu urteilen, wird Astrup sowieso kein Nein dulden.

»Ja klar, ich mach's. Kein Problem. Wie lange wird Dr. Dietrich denn krank sein?«

»Warum sollte Dr. Dietrich krank sein?«

»Na, ich dachte, weil er ausfällt?«

»Dr. Dietrich verlässt uns und geht zusammen mit seiner Frau nach Schweden.«

Jetzt bin ich platt. Familie Dietrich verschwindet mal eben so spontan ins Ausland. Professor Astrup ist sichtlich erleichtert, sein Personalproblem gelöst zu haben.

»Ich wusste, dass ich mich auf Sie verlassen kann.«

»Wo ich Sie schon mal spreche. Ich habe in diesem Jahr bereits hundertsechsundzwanzig Überstunden angesammelt. Wie sieht es denn mit einem Ausgleich dafür aus?«, frage ich ihn schnell, bevor er das Gespräch beenden kann.

»Frau Dr. Plüm!« Seine Augen weiten sich entsetzt, »Sie sprechen hier von der Quadratur des Kreises!«

Es ist mir ehrlich gesagt egal, welche Form seine Kreise haben. Er soll sich etwas einfallen lassen.

Dazu hat er offensichtlich keine Lust: »Frau Plüm, Sie können jetzt gehen. Ich melde mich bei Ihnen.«

Auch jetzt bedeutet sein Tonfall nur eines: Ich sollte nicht weiter mit ihm diskutieren. Also trete ich den Rückzug an. In der Tür stoße ich mit dem Ehepaar Dietrich zusammen.

»Oh, hallo«, stammele ich peinlich berührt. Dietrich geht es angesichts unseres letzten Zusammentreffens offensichtlich ähnlich: »Hallo.«

Nur Frau Dietrich scheint das alles nichts auszumachen, sie reicht mir lächelnd die Hand zur Begrüßung: »Hallo, Frau Plüm. Ich bin Frau Dr. Dietrich.«

»Ich weiß. Wir haben miteinander telefoniert.«

»O ja, das ... Es tut mir wirklich leid. Entschuldigen Sie bitte, dass ich Sie verdächtigt habe. Wir hatten eine etwas angespannte private Situation.«

Dietrich sieht aus, als würde er am liebsten im Boden versinken. Seine Ehefrau fährt strahlend fort: »Aber das ist zum Glück Vergangenheit. Nicht wahr, Bärchen?«

Bärchen glotzt Löcher in den Teppich.

»Wir gehen zusammen nach Schweden und fangen ganz neu an.« Frau Dietrich sieht tatsächlich glücklich aus. Die spinnen doch alle!

»Tja, dann. Herzlichen Glückwunsch zur neuen Stelle. Ich muss ...«

»Danke«, bringt Dietrich mühsam hervor, während ich bereits den Gang hinuntergehe. Mein Magen knurrt, und ich blicke auf die Uhr. Essen kann ich jetzt jedenfalls nicht mehr, da ich zur nachmittäglichen Adipositas-Sprechstunde muss.

Vor den Ambulanzräumen kommt mir ein ausgehfein herausgeputzter Dr. Klemme entgegen.

»Na, Plümchen, alles erledigt?«

Dieser Lackaffe! Wieso hat der eigentlich schon wieder frei? Er scheint meinen Blick richtig zu deuten.

»Tja, wissen Sie, Plümchen, wer strukturiert und konzentriert arbeitet, der kann auch mal früher nach Hause gehen.«

Also bitte. Dr. Klemme und Arbeit. Das ist wie Himmel und Hölle. Und was heißt hier Plümchen. Dem geht's wohl zu gut!

»Für Sie bin ich immer noch Frau Dr. Plüm«, versuche ich zu kontern.

»Na, was sind wir denn heute so angespannt? Warum denn nicht mal Plümchen?«

»Weil ich das nicht möchte.«

Mann, bin ich mal wieder schlagfertig!

»Na gut, Frau Dr. Plüm. Schönen Tag noch.«

Weg ist er. Super! Jetzt bin ich nicht nur die ungebügelte, rotgesichtige Assistentin, die bei der Visite keinen Patienten kennt, sondern auch noch humorlos und spießig.

»Frau Plüm, Sie haben ja richtig schön Farbe bekommen!« Frau Goldstein reicht mir zur Begrüßung einen Kaffee und einen Teller mit belegten Broten. »Sie hatten doch bestimmt wieder keine Zeit fürs Mittagessen. War es schön auf Sylt?«

»Sehr schön. Erzähle ich Ihnen später. Vielen Dank für die Brote. Ich muss ...«, murmele ich entschuldigend mit vollem Mund und begebe mich erst mal in mein Büro. Denner ist schon da.

»Hallo, Frau Plüm, äh, Anna. Na, hast du dich erholt?«

»Hmm. Ich muss nur kurz was essen. Ich musste in der Notaufnahme einspringen. Dann lege ich sofort los.«

»Keine Eile. Das war wirklich toll, wie souverän du Marvin heute behandelt hast. Aber die Arbeit in einer Ambulanz ist doch etwas ganz anderes als die in einer Notaufnahme. Deshalb habe ich beschlossen, dass du heute noch einmal bei mir mit zuschaust. Damit du weißt, wie wir hier arbeiten und wie die Abläufe sind.«

Der Typ scheint mich wirklich für blöd zu halten. Ich hab schon kapiert, was hier zu tun ist. Ich arbeite nur lieber vernünftig, als den Tag mit Gelaber zu vergeuden. Aber wenn er unbedingt will, kann ich auch den Nachmittag rumsitzen und zuhören.

Wir gehen zusammen in Denners Sprechzimmer, und er legt los. Beim dritten Patienten fallen mir vor Langeweile fast schon die Augen zu. Psychologengespräche sind vor allem eines: ermüdend. Frau Goldstein hat Mitleid mit mir und bringt mir noch einen Kaffee und ein paar Schokokekse. Denner, der neidisch auf meine Kekse starrt, bedenkt sie mit dem Kommentar:

»Nun schauen Sie nicht so mürrisch drein, Herr Denner. Sie kennen unsere Abmachung. Wenn Sie Ihre benutzten Tassen in die Spülmaschine stellen, koche ich Ihnen mit Freude wieder mal einen Tee.«

Kurz bevor ich endgültig in den Tiefschlaf falle, kommt Klaus-Ole an die Reihe. Seine Mutter ist eine hervorragend ausgebildete Akademikerin mit einem unaussprechlichen Doppelnamen. Sie ist verzweifelt, weil ihr Sohn trotz ihres Bildungsstandes zu dick ist. Von seinem Umfang her erinnert Klaus-Ole stark an Steve. Nur sind seine Umgangsformen auf den ersten Blick erträglicher.

Nett lächelnd sitzt er vor uns und bekräftigt: »Ich möchte unbedingt abnehmen. Ich bin viel zu dick. Können Sie mir bitte dabei helfen?«

Denner fixiert ihn.

»Du hast die letzten drei Adipositas-Programme abgebrochen. Was war da los?«

»Die haben mich einfach rausgeworfen.« Klaus-Ole guckt ganz traurig, und auch die Mutter nickt betrübt mit dem Kopf.

»Aber es muss doch einen Grund geben, warum du von den Programmen ausgeschlossen wurdest?« Denner lässt nicht locker.

»Na, ich esse so gerne Schokocreme zum Frühstück. Das wollten die mir einfach verbieten.«

»In der Akte steht, dass du während einer Kur regelmäßig zum Frühstück ein ganzes Jumbo-Glas Schokocreme ausgelöffelt hast. Was sagst du denn dazu?«, fragt Denner.

Klaus-Ole grinst: »Ich esse das halt so gerne.«

»Wenn du die Finger nicht von der Schokocreme lassen kannst, wie stellst du dir das hier in unserem Programm vor?«

Die Mutter mischt sich ein.

»Klaus-Ole hatte damals unbeschreibliches Heimweh und war völlig demoralisiert, weil er so viel Salat essen und Sport treiben musste. Er hat die Schokocreme gewiss nur aus Frust gegessen.«

»Was isst er denn bei Ihnen zu Hause zum Frühstück?«, möchte Denner von ihr wissen.

Klaus-Ole grinst noch mehr. Die Mutter kommt ins Schleudern. »Na, Müsli und Obst. Nicht wahr, Klaus-Ole? Wenn er aufsteht, sind mein Mann und ich schon bei der Arbeit. Aber ich sage unserer Haushälterin immer, dass sie auf seine Ernährung achten muss.«

Das scheint nicht zu funktionieren. Denner wendet sich wieder an Klaus-Ole: »Wie fühlst du dich denn jetzt?«

»Zu dick, und ich bin traurig, weil ich es alleine nicht schaffe, abzunehmen. Bitte helfen Sie mir dabei.«

Der Satz kommt mir bekannt vor. Ich blättere noch einmal in Klaus-Oles Akte. Ähnliches hat er zu Beginn der anderen drei Abnehm-Programme auch angegeben. Scheint sein Standardsprüchlein zu sein. Denner interessiert das aber im Moment nicht.

»Gut. Du weißt, dass du hier mitarbeiten musst, wenn du wirklich abnehmen möchtest.«

»Das möchte ich unbedingt.«

»Gut, dann bekommst du einen Termin bei der Ernährungsberaterin und den Sportlehrern, und die werden ein Programm erstellen. Die Eingangsuntersuchung wird Frau Dr. Plüm gleich machen.«

Ich nehme Klaus-Ole mit ins Untersuchungszimmer. Nach der körperlichen Untersuchung, EKG, Blutdruckmessung und Blutentnahme ist er schon so erschöpft, dass er unbedingt was zu essen braucht. Wie durch ein Wunder findet sich in der Handtasche seiner Mutter ein Schokocreme-Snack, den Klaus-Ole in einer Millisekunde verputzt.

»Meinen Sie nicht, dass es Zeit wird, es vielleicht mal mit Obst zu versuchen?«, versuche ich gerade noch einzuwenden.

Klaus-Oles Mutter ist empört: »Der arme Junge. Man kann ihm doch nicht jegliche Freude am Leben nehmen.«

Tja, vielleicht muss man ihm nur zeigen, dass man sich auch über andere Dinge als Schokocreme freuen kann.

Wenig später treffe ich mich mit Denner in unserem Büro zur Nachbesprechung.

»Und, konntest du etwas aus den Gesprächen mitnehmen?«, fragt er selbstzufrieden.

»War ganz interessant.«

»Und, wie nimmst du diese Gespräche wahr?«

Meine diplomatischen Fähigkeiten sind bereits ausgereizt. »Ehrlich gesagt, als Zeitverschwendung. Wir haben eine ganze Stunde mit Klaus-Ole verplempert. Der hat doch gar keine Lust, abzunehmen.«

»Ich glaube, du musst noch mehr Sensibilität für das, was sich zwischen den Zeilen abspielt, entwickeln.«

»Der Junge hat sich nach der Untersuchung einen Schokosnack reingezogen, und die Mama unterstützt ihn dabei.«

»Das heißt noch nichts. Der Junge möchte tatsächlich abnehmen.«

»Glaub mir, der Junge nimmt niemals ab. Wir hätten den Platz jemandem geben sollen, der wirklich motiviert ist.«

»Du gibst diesen Patienten zu früh auf.«

»Wir werden sehen.«

Ich drücke Nils zwei Teetassen, die er auf meinem Tisch abgestellt hat, in die Hand: »Wäre super, wenn du deine Tassensammlung bei dir behalten könntest.«

»Sag mal, hast du immer noch schlechte Laune wegen des Wochenendes?«

»Ich vermische nie Berufliches mit Privatem. Ich möchte nur nicht, dass du deinen Müll auf meinem Tisch abstellst.«

»Das ist kein Müll, das sind Teetassen.«

»Das sehe ich auch. Das macht es aber nicht besser«, fauche ich gereizt.

Kapitel 13

Nach der Arbeit fahre ich in dem kleinen Spa am Strandbad vorbei und besorge für Caro noch schnell einen Massagegutschein. Während ich in der Lobby darauf warte, dass der Gutschein ausgedruckt wird, ruft sie auch schon an.

»Tut mir leid, ich bin etwas spät dran. Ich bin noch in der Stadt. Hast du vielleicht Lust herzukommen, dann können wir vor dem Essen noch ein bisschen Einkaufen gehen.«

»Das klingt gut. Wo bist du denn?«

»In der kleinen Boutique am Markt.«

»Dann treffen wir uns in zehn Minuten da.«

Was für eine phantastische Idee! Es ist nun mal eine Tatsache, dass Shoppen Frauen glücklich macht. Caro, absolute Shopping- und Homeshopping-Expertin, ist dabei die beste Begleitung. Nach den Ereignissen der letzten Tage muss ich mir unbedingt was Schickes kaufen. Die Suche nach den neuesten *must-haves* gestaltet sich im realen Leben leider nicht so problemlos wie bei den shoppingsüchtigen Heldinnen in den Frauenromanen, die ich so gerne lese. Meist finde ich ein Outfit nach einem Blick auf das Preisschild für mich doch nicht mehr so überaus attraktiv. Caro probiert als Erstes ein fliederfarbenes Wickelkleid.

»Und wie findest du das?«, sie dreht und wendet sich wie ein Model hin und her.

»Das sieht klasse aus. Du solltest es nehmen.«

Sie kauft es. Derweil habe ich mich in einen lindgrünen Seidenschal verliebt. Der sprengt zwar bei weitem mein monatliches Shopping-Budget, tut aber meinem Selbstwertgefühl gerade unglaublich gut.

»Möchtest du nicht auch eines der Kleider probieren? Sie sind wirklich gut geschnitten und auch noch um dreißig Prozent reduziert«, hakt Caro nach.

»Gut geschnitten sind die Dinger nur für Idealfiguren. Ich bleibe bei meinem Schal.«

»Du spinnst. Du hast eine tolle Figur.«

Das denke ich bei anderen auch immer.

Caro kauft noch einen zum Kleid passenden Strickbolero und ein Paar cognacfarbene Lederstiefel mit atemberaubenden zehn Zentimeter hohen Absätzen. Die Stiefel werden im Herbst der Hingucker sein. Auch ich habe ein Auge darauf geworfen und spiele ernsthaft mit dem Gedanken, mir ein solches Paar heißer Stiefel in Schwarz anzuschaffen. Bei der Anprobe stoße ich aber auf ein altbekanntes Problem: Die Stiefel sind am Schaft zu eng geschnitten.

»Haben Sie die Stiefel noch eine Nummer größer?«, frage ich die Verkäuferin.

»Welche Schuhgröße haben Sie denn?«

»Eigentlich achtunddreißig.«

»Dann hole ich ihnen eine Siebenunddreißigeinhalb. Die Stiefel fallen sehr groß aus.«

»Ich probiere gerade die achtunddreißig, und da kann ich den Reißverschluss am Schaft nicht schließen.«

Die Verkäuferin wirft einen abschätzigen Blick auf meine Beine.

»Wir haben auch andere, ganz bequeme Modelle.«

»Ich hätte aber gerne dieses.«

Die spinnt wohl. Sehe ich aus wie eine Frau, die bequeme

Modelle braucht? Sie bringt mir die Stiefel in Größe neununddreißig. Auch da kann ich den Reißverschluss am Schaft nicht schließen, dafür sind sie am Fuß bereits viel zu groß.

»Vielleicht zeigen Sie mir doch ein anderes Modell.«

Die Verkäuferin dreht sich um und ruft durch den ganzen Laden: »Ina, wo haben wir denn die Stiefel für Problemwaden?«

Gut, das reicht. Ich habe wohlgeformte Unterschenkel und keine Problemwaden, und die Lust auf neue Schuhe ist mir vergangen.

»Komm, Caro, wir gehen.«

Auch sie ist empört. »Problemwaden. Tss. Komm, lass uns noch mal nach Handtaschen gucken.«

»Gute Idee, die muss man wenigstens nicht anprobieren.« Nachdem sämtliche Kreditlimits erreicht sind, fahren wir zu Caro nach Hause. Das Einkaufen hat uns ziemlich hungrig gemacht.

»Hat Nils dich noch gut heimgebracht?«, möchte Caro wissen, während ich mich in die spätabendliche, zweite Welle des Feierabendverkehrs einfädele.

»Autofahren kann er, auch wenn er einen ziemlich brachialen Fahrstil hat.«

»Und, wie läuft's in der Ambulanz?«

»Er ist kein einfacher Mensch. Aber sag das bitte nicht Ralf.«

»Keine Sorge, ich bin ja keine Klatschbase. Ich bin immer noch davon überzeugt, dass Nils und du auf Dauer gut miteinander auskommen werdet.«

Das glaube ich absolut nicht, habe aber keine Lust, dieses Thema weiter mit Caro auszudiskutieren. Ich versuche einen Themenwechsel.

»Wie kommt denn Julius in der Kinderkrippe zurecht?«

»Oh, großartig. Er fühlt sich dort total wohl. Zum Glück, sonst hätte ich Probleme damit, wieder zu arbeiten.«

»Das freut mich.«

»Sag mal, willst du nicht auch bald mal Kinder bekommen?«

»Tja, prinzipiell schon. Aber vielleicht finde ich erst mal einen Mann, der keine Meise hat?«

»Gibt es wirklich keinen einzigen interessanten Mann in deiner Umgebung?«

»Nicht einen.«

Der Themenwechsel verläuft nicht so, wie ich es mir vorgestellt hatte.

»Hast du mal darüber nachgedacht, dich noch mal in so einem Internetforum anzumelden?«

»Wo sich alle als Superhelden präsentieren und nichts dahintersteckt? Nein, danke. Ich warte einfach, bis mir der Richtige irgendwann in hundert Jahren oder so über den Weg läuft.«

»Aber du kannst doch nicht ewig Single bleiben.«

»Keine Sorge! Ich versuche nur, das Thema entspannt anzugehen. Der Richtige wird mich eines Tages finden.«

Caro wagt einen kleinen Versuch: »Du, ich kenne da einen herzensguten lieben Menschen. Den wollte ich dir schon immer mal vorstellen.«

»Ich möchte keinen herzensguten Menschen, sondern einen Mann«, wiegele ich empört ab.

Manchmal ist Caro echt zu gutmütig für diese Welt. Natürlich vermisse ich einen Menschen, der mich richtig kennt. Einen, der mich anders kennt als die besten Freundinnen. Einen, der mich mit der Intimität kennt, die nur zwischen Liebenden herrscht. Aber ich werde niemals mit einem Mann zusammen sein, nur um nicht allein zu sein.

Irgendwann wird schon der auftauchen, der für mich bestimmt ist.

»Überleg es dir noch mal. Er ist wirklich nett. Ihr könntet euch ja einfach so mal kennenlernen.«

»Und dabei von euch allen beobachtet werden? Wie unverkrampft.«

Zum Glück sind wir schon da. Ich biege in die Einfahrt ein und stelle den Motor ab.

»Sei mir bitte nicht böse. Aber solche Verkupplungsaktionen sind nicht mein Ding.«

»Na gut. Aber wenn du deine Meinung ändern solltest ...«

»... sage ich dir sofort Bescheid.«

Wir schleppen erst mal die ganzen Einkaufstüten ins Haus. Caro kann es gar nicht erwarten, Ralf ihre erbeuteten Schätze zu zeigen.

»Ralf, schau mal, was wir Tolles gefunden haben. Aber in den Schuhladen am Markt gehen wir nie wieder. Du glaubst gar nicht, was diese eingebildete Verkäuferin sich erlaubt hat: Sie hat doch glatt behauptet, Anna hätte Problemwaden. Also so was!«

Als ich um die Ecke gucke, um Ralf hallo zu sagen, bleibt mir vor Schreck fast das Herz stehen: Ralf sitzt zusammen mit Nils Denner auf dem Sofa. Der hält ganz entspannt ein Bier in der Hand, hat sich die Schuhe ausgezogen und die Füße auf einen Hocker gelegt. Dazu grinst er süffisant.

»Hallo, Anna. Problemwaden also. Ihr Frauen habt's echt nicht leicht.«

»Nils«, ich nicke ihm knapp zu.

»Was macht der hier?«, raune ich Caro zu.

»Entschuldige mal, er ist Ralfs Freund und kann kommen, wann er will«, wispert sie zurück. »Ralf, wolltet ihr nicht Fußball spielen gehen?«

»Nee, heute ist Champions League. Wir wollten eigentlich bei Nils gucken, aber sein Fernseher ist kaputt. Wir stören euch doch eh nicht bei eurem Koch-Mädelsabend.«

»Da hast du recht. Wie geht es Julius?«

»Der schläft.« Stolz zeigt er auf den Maxicosi, den er neben Nils vor dem Fernseher geparkt hat. Der schlafende Julius ist mit einem HSV-Schnuller und dazu passendem Body und Lätzchen ausgestattet.

»Das ist gut für die richtige Einstellung zum Spiel.«

Bei einem Säugling. Männer!

»Na, wenn du das sagst.«

»Und guck mal, Schatz, Nils hat für Julius ein HSV-Fläschchen mitgebracht. Ist das nicht toll?«

»Ja, super.«

He, das ist mein Patenkind! Der Denner-Blödmann soll bloß nicht versuchen, sich bei ihm einzuschleimen! Männer und ihr Fußball-Tick. Immerhin weiß Ralf, was sich als anständiger Ehemann gehört. Obwohl er eigentlich Fußball schauen möchte, lässt er geduldig unseren ausgiebigen Shoppingbericht über sich ergehen und sieht sich mit den gebührenden Ohs und Ahs Caros neue Schätze an. Bis sie ihm stolz die neuen Stiefel präsentiert. Seine Stirn legt sich nachdenklich in Falten. Wir sind ratlos. Die Stiefel sind doch klasse.

Ralf geht wortlos aus dem Zimmer. Wir hören ihn ziemlich lange in der Abstellkammer wühlen, die Caro sich als Schuhschrank eingerichtet hat. Nach etwa fünf Minuten kommt er zurück. In der Hand hält er ein Paar cognacfarbene Lederstiefel mit atemberaubenden zehn Zentimeter hohen Absätzen.

»Schatz, die hast du dir schon im Frühjahr aus dem Katalog bestellt.«

Caro schaut ihn mit großen Augen an.

»Na ja, jetzt ist Sommer. So etwas kann passieren«, gebe ich zu bedenken. Ralf kann sich vor Lachen kaum auf den Beinen halten und drückt der verdutzten Caro das zweite Paar Stiefel in die Hand.

»Du solltest deine Frau mal zum Shopping-Entzug schicken.« Denner schlägt sich lachend auf die Schenkel.

»Erst wenn ihr einen Fußball-Entzug macht. Komm, Anna, lass uns in die Küche gehen und was kochen. Ich habe tierischen Hunger.«

»Ich auch. Ihr seid ja gut mit Chips und Bier versorgt.«

Wir lassen die Jungs, die sich immer noch die Lachtränen aus den Augen wischen, links liegen und trinken erst mal ein Glas alkoholfreien Prosecco, während wir Pasta mit Scampi und Kirschtomaten zubereiten.

»Vielen Dank für die Einladung. Ich habe dir übrigens auch eine Kleinigkeit mitgebracht.« Ich überreiche Caro den Gutschein.

»Ach das ist doch gar nicht nötig. Es wurde ja mal wieder Zeit, dass wir etwas zusammen machen. Ich habe das Gefühl, ich renne nur noch zwischen Krippe, Windeln und der Klinik hin und her.«

Sie öffnet den Umschlag, und Tränen steigen ihr in die Augen:

»Oh, danke schön. Ich fürchte, das war doch nötig. Du ahnst gar nicht wie sehr.«

Caro setzt sich auf einen Stuhl und heult in ihren Prosecco. Oje, was ist denn da los?

»Julius wacht nachts alle drei Stunden auf, und ich muss immer raus.«

»Könnt ihr euch nicht abwechseln, wenn das vom Stillen her geht?« Ich setze mich zu ihr.

»Ich stille gar nicht mehr. Ich habe keine Milch mehr. Das ist bestimmt der ganze Stress. Ich bin eine schlechte Mutter.«

»So ein Quatsch. Du bist die tollste Mutter, die ich kenne.« Und aus meinem Freundeskreis auch die Einzige, wie ich zugeben muss.

»Ralf hört es überhaupt nicht, wenn Julius nachts weint. Er schnarcht in Ruhe weiter, während ich die ganze Zeit mit einem pupsenden Kind auf dem Arm herumlaufe und fix und fertig bin. Er lässt sich nur von seinen Kumpels als Superdaddy feiern und steckt den Kleinen in Fußballklamotten.«

Ich reiche Caro ein Taschentuch.

»Tut mir leid«, schnieft sie, »ich wollte uns nicht den Abend verderben.«

»Keine Sorge. Alles in Ordnung. Ich dachte nur immer, bei euch wäre alles so super perfekt.«

»Ich will ja auch, dass es perfekt ist. Aber ich kann nicht mehr. Ich bin eine Rabenmutter.«

»Das bist du nicht. Alle Mütter können irgendwann nicht mehr. Zumindest viele von denen, die ich in der Ambulanz sehe.«

»Wirklich?«

»Ja, wirklich. Manchmal nehmen wir Säuglinge sogar stationär auf, um die Mütter zu entlasten, wenn es nicht mehr geht.«

»Aber ich bringe mein Kind jeden Tag in die Kinderkrippe.«

Die Tränen kullern wieder über Caros Wangen.

»Na und? Ich dachte es gefällt ihm dort?«

»Ja, schon. Die älteren Kinder lieben ihn und betüdeln ihn die ganze Zeit.«

»Na siehst du. Das ist doch eigentlich so, als ob Julius schon viele Geschwister hätte.«

»Meinst du?«

»Na klar. Und da hat er ganz viele Vorbilder, denen er nacheifern kann. Das ist bestimmt gut für seine Entwicklung.«

»Wirklich?«

»Ja. Du bist keine Rabenmutter.«

»Aber die Nächte machen mich so fertig. Er schreit und schreit.«

»Wenn du möchtest, schaue ich ihn mir später mal an.«

Wie auf Kommando hören wir Klein Julius vom Wohnzimmer her krähen. Ralf eilt mit seinem Sohn in die Küche. »Hier, Schatz. Er hat irgendwas.« Er guckt irritiert, als er Caros rotgeweinte Augen sieht. »Was 'n los?«

»Na, genau das«, ich zeige auf Julius, den er Caro hinhält, »wolltest du dich heute nicht um ihn kümmern?«

»Ja, aber er schreit nach seiner Mutter.«

»Du bist der Papa, und die Mama kann grad nicht. Gib mal her.«

Ich lege den kleinen Schreihals auf meine Oberschenkel und schaue mir mal seinen Bauch an. Caro hatte recht. Er hat einen aufgeblähten Pupsbauch.

»So, ich werde eurer kleinen Stinkbombe jetzt mal eine Bauchmassage und einen warmen Wickel angedeihen lassen, du, Ralf, überlegst dir, wie du Caro mal entlasten kannst und du, Caro, kochst weiter. Das hat dich doch schon immer entspannt, und so hungrig, wie wir beide sind, wird die Stimmung hier sonst nicht besser. Morgen kann Ralf bei uns in der Klinik ein paar gute Zäpfchen gegen Blähungen abholen.«

Ich gebe meinen Freunden Anweisungen wie sonst in der Notaufnahme, aber es hilft. Julius hört auf zu schreien und lächelt sogar ein wenig. Caro trocknet ihre Tränen und macht sich daran, die Pastasauce fertigzukochen. Ralf gibt ihr einen Kuss auf die Stirn.

»Du hättest doch mal sagen können, dass du nicht mehr kannst. Dass ihr Frauen immer so perfekt sein wollt.«

»Tja, so sind wir eben. Wollt ihr Jungs gleich mitessen?«

»Nein, danke, wir wollen euch nicht stören. Außerdem läuft das Spiel noch.«

Denner kommt rein: »Ralf, hast du noch Bier?« Er wirft einen Blick auf mich: »Steht dir gut.«

Zu meinem Ärger spüre ich, wie ich rot werde. Ralf holt zwei Bierflaschen aus dem Kühlschrank.

»Stör unsere Super-Patentante nicht. Sie rettet gerade meine Ehe.«

»Du wirst bestimmt mal eine ganz tolle Mutter«, fügt Caro hinzu. Tja, vielleicht. Dem steht bislang nur die eine oder andere Kleinigkeit im Wege.

Auf dem Heimweg lassen mich diese Gedanken nicht mehr los. Ich bin neunundzwanzig Jahre alt und Single. Ich bin noch jung, ich habe Zeit. Allen Unkenrufen zum Trotz tickt meine innere Uhr, was das Kinderkriegen betrifft, noch nicht besonders laut. Ziemlich leise sogar. Wäre ich so alt, wie ich mich fühle, wäre ich so achtzehn oder neunzehn. Ich habe mein ganzes Leben noch vor mir. Aber was, wenn das zu schnell vorbeigeht? Was, wenn es die große Liebe für mich nicht gibt? Irgendwann mal Kinder zu haben wäre schon schön. Ich hätte gerne eine kitschig heile Familie. Allerdings nicht mit irgendwem. Ich habe keine Lust mehr auf Beziehungen mit faulen Kompromissen. Das habe ich alles hinter mir, und es hat mich nicht wirklich glücklich gemacht. Man kann sich zwar das Glück eine Weile einreden, aber es ist nicht echt. Meine Mutter sagt immer, eine Frau müsse in einer Beziehung mehr Kompromisse eingehen als der Mann, das sei ganz normal. Bei meiner letzten Liaison mit Ben habe ich ja mal wieder gesehen, wozu das führt. Der Mann als gehätscheltes ewiges Riesenbaby und ich sein Muttersatz? Auf keinen Fall! Ich brauche eine gleichberechtigte Beziehung.

Aber was, wenn ich doch nie den Richtigen treffe? Es ist für gebildete, gutaussehende Frauen wesentlich schwieriger, den richtigen Partner zu finden als für Männer. Einige Kerle kommen ja nicht mal damit klar, wenn eine Frau bis drei zählen kann.

Den Rest des Abends verbringe ich im Jogginganzug auf meinem Sofa vor dem Fernseher und hoffe inständig, nicht in die Klinik gerufen zu werden. Ich hoffe vergebens. Gegen dreiundzwanzig Uhr klingelt mein Handy.

»Frau Plüm, hier spricht Dr. Kruppa. Die Rettungsleitstelle hat bei uns einen Reisebusunfall mit mehreren verletzten Kindern angemeldet. Bitte beeilen Sie sich.«

Dr. Kruppa klingt ganz schön gestresst.

»Kein Problem, ich bin gleich da.«

Vier Minuten später parke ich, immer noch im Jogger, mein Auto vor der Klinik und flitze in die Notaufnahme. Der Pförtner erkennt mich in diesem Aufzug nicht einmal. So komme ich, inkognito, wenigstens einmal um den Plisch-und-Plum-Spruch herum.

Mein Einsatz dauert sage und schreibe zwölf volle Minuten. Im Bus saßen nur Rentner, eindeutig zu alt für uns, und denen geht es gut. Da hat wohl jemand was falsch verstanden. Dann kann ich ja wieder nach Hause düsen. Vorher gehe ich noch schnell an meinem Büro vorbei, um ein paar Unterlagen für die morgige Sprechstunde rauszulegen, bevor ich das wieder vergesse.

Das ist allerdings ein Fehler. Das Denner'sche Chaos hat das Zimmer übernommen und meinen Schreibtisch geentert. Auf dem stehen nicht nur schon wieder drei Teetassen, sondern es fliegen auch noch Akten und Loseblattsammlungen darauf herum. Am liebsten würde ich Denners Kram als erzieherische Maßnahme im Müll verschwinden lassen. Das kann ich aber bei Patientenakten nicht bringen. Wutentbrannt stopfe ich Akten und Zettel möglichst durcheinander in die Denner'schen Aktenstapel und knalle die Tassen auf seinen Tisch. Dabei zerspringt eine, und eine kleine Teelache rinnt über die auf seinem Tisch verstreuten Papiere. Selbst schuld! Ich habe ihm tausendmal gesagt, dass er seinen Kram bei sich behalten soll.

Ich suche die Unterlagen aus einem meiner Ordner und lege sie mit einem Post-it beschriftet in mein »Erledigen-Fach«. Dann verlasse ich schleunigst Büro und Klinik, bevor ich mich noch mehr über Nervtöt-Denner aufregen kann.

Auf dem Weg zum Parkplatz sehe ich schon von weitem, wie sich eine Politesse an meinem Wagen zu schaffen macht. Ohnehin auf hundertachtzig, sprinte ich auf die Dame zu und frage sie, was das zu bedeuten hat.

»Sie haben die Parkuhr nicht gestellt«, weist sie mich zurecht. So ein Mist, das habe ich in der Eile völlig vergessen.

Was macht sie um diese Uhrzeit überhaupt noch hier? Hat sie für heute denn noch nicht genug Strafzettel verteilt? Ich habe definitiv kein Knöllchen verdient.

»Hören Sie«, versuche ich die Dame von ihrem Irrtum zu überzeugen, »ich arbeite als Kinderärztin in dieser Klinik und hatte einen Notfalleinsatz. Mein Wagen steht hier maximal eine Viertelstunde. Sie können in der Klinik gerne meine Einsatzzeiten erfragen.«

Das interessiert die Politesse nicht. Mit den Worten »Lassen Sie's gut sein, Kindchen«, klemmt sie den Strafzettel hinter meinen Scheibenwischer. Ich traue meinen Augen kaum: fünfundzwanzig Euro! Wutentbrannt steige ich in mein Auto und fahre nach Hause. Fünfundzwanzig Euro! Was soll das sein? Der neue Arzttarif? In der Regel werfe ich diese lästigen Zettel, die ständig grundlos an mein Auto geheftet werden, erst mal weg und warte ab. Aber diesmal werde ich mich beschweren. Meine Güte, fünfundzwanzig Euro für eine Viertelstunde Parken.

Vorsichtig stelle ich meinen Wagen in dritter Reihe auf dem Bürgersteig vor meiner Haustür ab. Hier sieht es mit Parkplätzen nämlich, ehrlich gesagt, nicht besser aus. Kreatives Parken ist halt angesagt.

»Fräulein Plüm! Fräulein Plüm!« Die empört schrille Stimme meiner Nachbarin Frau Beier schreckt mich schon vor der Haustür auf. »Fräulein Plüm! Das geht so nicht!«

Was ist denn nun schon wieder?

»Ich fahre den Wagen morgen um sieben weg. Sie wissen doch, dass es keine anderen Parkplätze gibt.«

»Das Auto ist doch völlig wurscht. Das Fahrrad! Das Fahrrad!«, japst Frau Beier, »Sie können Ihr Fahrrad nicht im Hausflur abstellen! Das dürfen nur Frau Kramer, Frau Mayer und ich! Wir haben eine Sondergenehmigung der Hausverwaltung!«

Hinter der Haustür im Hausflur gibt es eine Nische, in die vier bis fünf Fahrräder passen. Bisher standen dort immer die Räder der drei hausältesten Damen. Da ich ab und zu Rückenprobleme habe und man ein Fahrrad nun mal nicht rückenschonend in den Keller tragen kann, habe ich meins einfach in die riesige Nische dazugestellt.

»Fräulein Plüm! Ihr Fahrrad muss da weg! Nur wir Älteren dürfen unsere Räder dort hinstellen!«

»Die Nische ist doch groß genug für alle Fahrräder, und meins ist mir einfach zu schwer, um es jedes Mal hinunter in den Keller zu tragen.«

Mein Einwand wird ruckzuck abgebügelt: »Nein, nur wir Älteren dürfen das! Wir haben eine Sondergenehmigung von der Hausverwaltung!«

Ich habe keine Lust auf eine längere Diskussion mit der alten Hexe. Es ist kurz vor Mitternacht, und ich bin müde. Wieso ist die überhaupt noch wach?

»Ja, Frau Beier, danke für den Hinweis. Mein Fahrrad kommt woanders hin.«

Aber wohin nur? Fahrradständer haben wir keine vor dem Haus. Mein letztes Rad, das ich immer an den Vorgartenzaun gekettet hatte, wurde mir prompt gestohlen. Am heiligen Sonntag! Am helllichten Tag! Und das, obwohl Frau Beier den ganzen Tag, wenn sie nicht gerade im Hausflur spioniert, vom Fenster aus die Straße beobachtet. Sie müsste damals eigentlich was gesehen haben. Das bestreitet sie allerdings bis heute. Wohin also mit meinem Fahrrad? Ganz runter in den Keller? Unmöglich! Da hebe ich mir einen Bruch. Als halbwegs optimale Lösung bietet sich der Kellervorraum an. Nicht so weit unten, nicht so viele Stufen und viel Platz. Um mir für heute weiteren Ärger vom Hals zu halten, schleppe ich mein Fahrrad dorthin.

Kapitel 14

Eine gute Woche später habe ich endlich wieder meine eigene *Moby-Fit*-Sprechstunde und muss mich nicht bei Denners Gequatsche krampfhaft wach halten. Auf dem Weg von der Notaufnahme in die Ambulanz mache ich mir so meine Gedanken über *Moby Fit*: Till macht sich mittlerweile immer darüber lustig.

»Na, wie war's heute mit den Fettis?«

Fettis! Also bitte! Gut, hundertzweiundzwanzig Kilo auf hundertvierzig Zentimeter, das ist schon moppelig. Adipös halt. Aber Fettis, das ist gemein. Übergewicht bei Jugendlichen ist ein großes Problem. Viele unserer *Moby Dickies* leiden schon unter Folgeerkrankungen wie Altersdiabetes, erhöhten Blutfettwerten, Bluthochdruck, Arterienverkalkung oder Gicht. Die Gelenke sind überlastet, die Gefahr eines Herzinfarktes hoch, die Lebenserwartung gesenkt und die Kosten für das Gesundheitssystem immens. Weil das sogar die Krankenkassen eingesehen haben, unterstützen sie die Adipositas-Schulungsprogramme. Dumm nur, dass in den aktuellen Gruppen im letzten halben Jahr kein einziger Teilnehmer so richtig abgenommen hat.

»Guten Morgen, Frau Plüm«, unterbricht Frau Goldstein meine leicht deprimierende Grübelei, »hier sind Ihre Post und ein Kaffee.« Sie strahlt wie immer.

»Vielen Dank.«

Ich klemme mir die Post unter den Arm und öffne, in der einen Hand den Kaffee, in der anderen meine Tasche, vorsichtig die Tür zu meinem bzw. unserem Büro. Dort wartet eine Überraschung auf mich. Das Zimmer ist ordentlich aufgeräumt. Ich kann das gar nicht glauben und befürchte schon, mich im Raum geirrt zu haben, zumal Denner nicht da ist. Keine einzige Teetasse steht mehr herum, die Oma-Pflanzen sind verschwunden, man kann die Platte von Denners Schreibtisch sehen, und die Aktenstapel sind geschrumpft und stehen auf einem Rollwagen. Auf meinem Schreibtisch liegt eine Packung Jelly Beans. Ratlos nehme ich sie in die Hand und drehe sie hin und her. Was soll das? Wer hat die dahin gelegt? Es ist die gleiche Sorte, mit der Denner mich bei meinem peinlichen Chaoseinkauf erwischt hat. Frau Goldstein kommt herein und bringt mir ein paar Schokokekse.

»Die sind von Dr. Denner«, erklärt sie mit einem Blick auf die Jelly Beans. »Das ist seine Art, sich zu entschuldigen. Auch wenn er seine Eigenheiten hat, im Grunde ist er doch ein wirklich netter Kerl.«

»Entschuldigen wofür?«

»Nun, ich denke für die Unordnung hier und dafür, dass er Ihnen gegenüber zu Beginn etwas skeptisch war und Sie in letzter Zeit zum Hospitieren verdonnert hat.«

»Und dass das nicht die feine englische Art war, ist ihm einfach so von selbst aufgegangen?«

»Natürlich«, sie zwinkert mir verschwörerisch zu, »hier ist übrigens die Liste mit den Patienten, die heute für Ihre Ambulanz anstehen.«

Ich werfe einen flüchtigen Blick darauf. Zwölf kleine Mobys warten darauf, gewogen zu werden und mir zu erzählen, wie ihre Woche so war. Einige müssen danach zu Denner, dann zur Ernährungsberatung, dann wird gesportet, und schließlich kochen sie alle zusammen. Ich mag diese Sprechstunde. Erwachsene sind ab einem Body-Mass-Index über fünfundzwanzig übergewichtig, ab einem Index von dreißig richtig fettleibig. Bei Kindern gibt es dafür altersabhängige Normwerte. Mein Body-Mass-Index beträgt seit Jahren genau zweiundzwanzig. Das ist super. Trotzdem habe ich dank unzureichender sportlicher Aktivität, schlechter Veranlagung, was mein Bindegewebe betrifft, und häufigen Konsums von Süßigkeiten, Chips und anderem Junk-Food meine Problemzonen. Im Vergleich zu dem, was mich gleich erwartet, bin ich jedoch eine asketisch lebende Heilige. Ich sag's ja, ich mag diese Sprechstunde. Sie tut mir gut!

Kevins Mutter, mit einem geschätzten Body-Mass-Index von weit über vierzig, zieht sich in der Wartezone innerhalb von fünf Minuten drei Snickers rein. Ihre einleuchtende Erklärung für das Übergewicht ihres Sohnes: »Dat sin de Drüsen.«

Schon klar.

Pascal kommt, noch mit der leeren Burger-Tüte und einer Super-Size-Cola in den Händen, in die Sprechstunde.

»Nee, ist nicht meins. Gehört 'nem Kumpel. Ich esse nur Salat, gedämpftes Gemüse und Pute und so.«

Sicher. Gewichtsstillstand auf der Waage. Wenigstens hat er nicht weiter zugenommen. So geht es in einem fort. Im Grunde sind wir momentan froh, wenn unsere kleinen Mobys nicht noch schwerer werden. Was nützt die beste Schulung, wenn der Patient eigentlich keine Lust dazu hat und das Umfeld, vor allem die Familie, ihn nicht ernsthaft unterstützt?

In der Mittagspause kommt Vera mit Kaffee und Brötchen vorbei. Weil das Wetter so schön ist, gehen wir in den Park und setzen uns dort auf eine Bank. Vera wirkt etwas bedrückt.

»Was ist los? Hast du Stress auf deiner Station?«

»Nee, das nicht. Eigentlich muss ich ja heute erst zum Spätdienst kommen, aber ich habe noch so viele Arztbriefe zu schreiben. Jetzt wühle ich mich seit heute Morgen um acht durch die Akten, um wenigstens die eiligsten Briefe irgendwie mal zu bearbeiten.«

»Dann bist du ja bis spätabends in der Klinik. Das kann's ja auch nicht sein.«

»Ja, aber die Briefe sind wichtig. Wenn ich die nicht rausschicke, weiß kein Mensch, was ich mit den Patienten gemacht habe. Das Problem ist, dass zwei Sekretärinnen aus dem Schreibbüro krank sind. Jetzt muss ich die Briefe alle selber tippen.«

»Oje, mit Zweifinger-Suchsystem dauert das natürlich Stunden.«

»Aber das ist nicht das Einzige, was mich nervt.«

»Was ist denn los?«

Vera atmet tief durch.

»Ach, ich wollte dir schon die ganze Zeit davon erzählen, weiß aber nicht so ganz, wie ich damit anfangen soll.« Sie kaut nervös auf ihrer Unterlippe.

»Was? Du weißt doch, dass du mir alles sagen kannst.«

»Ja schon, aber ich musste erst mal selbst drüber nachdenken, und jetzt habe ich fast schon Angst, dass du sauer bist, weil ich es dir nicht eher gesagt habe. Aber es kam auch so überraschend.«

Na, wenn sie sich deshalb so sehr quält, kann ich mich darüber ja gar nicht mehr aufregen. Es sei denn ...

»Okay. Das Einzige, was mich ehrlich gesagt extrem aufregen würde, wäre, wenn du mir jetzt gestehst, mit meinem

Ex im Bett gewesen zu sein, was du nie tun würdest, oder mit …«

»… mit Till.«

»Mit Till? Nee, das würde mich eher schocken. Das wäre auch echt zu abgefahren. Ich meine, du und Till, ihr kennt euch schon ewig und liegt euch bei jeder Gelegenheit in den Haaren.«

Vera schaut angestrengt auf ihre Schuhe.

»Das war kein Scherz. Ich war wirklich mit Till im Bett.«

»Oh.«

Vera malt mit ihrer rechten Schuhspitze wirklich spannende Kringel in den Kiesweg. Ich weiß gar nicht, was ich sagen soll. Ich weiß noch nicht mal, was ich davon halten soll. In meinem Gehirn breitet sich ein ratloses Vakuum aus. Krass! Meine beste Freundin war mit meinem besten Freund im Bett! Vera beobachtet mich von der Seite.

»Und, bist du jetzt sauer?«

»Ich bin … überrascht.«

»Das war ich auch.«

Meine beste Freundin, Verfechterin der Frauenrechte, war mit meinem besten Freund, einem Super-Macho, im Bett.

»O Mann.«

»Ist das alles, was du dazu zu sagen hast?«

»Hey, ich war an der Aktion nicht beteiligt. Wie ist es denn überhaupt dazu gekommen?«

»Ist halt passiert.«

»Wie, ist halt passiert? Wann? Wo? Wieso?«

»An dem Abend, an dem du aus Sylt wiedergekommen bist. Wir sind doch noch zusammen weitergezogen, nachdem ihr alle gegangen seid. Da ist es halt passiert.«

»Da lässt man euch einmal allein. Jetzt sag bitte nicht, auf der Toilette in der Disko.«

»Nein. Bei Till zu Hause.«

»Du hast dich in Tills Sex-Paradies von ihm vernaschen lassen? Hat er dir was ins Glas getan, oder was?«

»Jetzt spiel hier mal nicht den Moralapostel. Es ist halt passiert und gut ist. Du hast kein Recht, über mich zu urteilen.«

»Das will ich auch gar nicht. Ich glaube, ich habe eher Angst um unser aller Freundschaft. Wie soll das denn jetzt weitergehen?«

Vera verdreht die Augen.

»Mach dir nicht ständig so viele Sorgen. Nicht jeder ist so hyper-romantisch veranlagt wie du und wittert hinter ein bisschen Sex gleich die große Liebe. Es war nur eine Nacht, mehr nicht ... Okay, es war eine tolle Nacht. Ich hätte nie gedacht, dass Till so ein einfühlsamer Liebhaber ist.«

»Echt jetzt?«

»Ja, aber es war eben nur eine Nacht. Nichts weiter. Till und ich sind erwachsen und können damit umgehen.«

Na hoffentlich. Ich möchte mich nicht zwischen meinen besten Freunden zerteilen müssen, nur weil die ihre Hormone nicht im Griff haben.

Am späten Nachmittag treffe ich mich wie immer mit Denner zur Nachbesprechung im Büro. Der wühlt in seinen Aktenstapeln. »Hallo, Anna, hast du die Akten M. K. und T. P. gesehen? Ich verstehe das nicht. Ich kann sie einfach nicht finden. Wo sind die bloß?«

Bei mir macht sich ein leises schlechtes Gewissen breit. Wenn Denner etwas kann, dann Akten in seinem undurchschaubaren Ablagesystem finden. Vermutlich sucht er jetzt die, die ich einfach querbeet irgendwo reingestopft habe. Dazu sage ich lieber nichts, sondern hole mir schnell noch einen Kaffee.

Eine halbe Stunde später hat er die Akten gefunden, und wir können mit der Besprechung beginnen.

»Anna, ich möchte dir noch etwas Wichtiges sagen. Ich bin darin nicht so gut, aber ... Also, ich versuche gerade, mich bei dir zu entschuldigen. Ich habe dir wohl in einigen Punkten unrecht getan. Frau Goldstein hat bemerkt, dass uns eine straffere Arbeitsorganisation ganz guttäte, und ich glaube, sie hat recht. Was hältst du davon, wenn wir die sehr komplexen Patienten gesondert besprechen und du mir die anderen mit einer kurzen Notiz weiterleitest?«

Frau Goldstein, die gute Seele, ist also für diesen Wandel hier verantwortlich.

»Das klingt gut.«

»Fein, dann hätten wir das ja geklärt.«

Denner atmet tief durch. Er wirkt erleichtert.

»Gut, das ist geklärt. Wie kommst du denn mit der Auswertung der Patienten für deinen Vortrag für das Science Training voran?«

»Damit wollte ich heute anfangen. Ich habe ja noch ein paar Tage Zeit, um den Entwurf zu schreiben.«

Denner hebt eine Augenbraue.

»Na, wenn du meinst, dass das reicht.«

»Klar. Die Akten habe ich mir schon alle besorgt. Ich setze mich gleich dran.«

»Gut. Ich bin noch eine Weile hier. Ich muss ein paar Berichte fertig schreiben. Frag einfach, wenn du etwas brauchst.«

Wir setzen uns an unsere Schreibtische und fangen an zu arbeiten. Doch irgendetwas ist heute komisch. Es ist so ruhig. Ich werfe einen verstohlenen Blick nach hinten und kann mir kaum das Lachen verkneifen. Nils hat sich selbst ein Handtuch unter seine rechte Hand gelegt und trommelt leise darauf herum. Von meinem unterdrückten Kichern aufgeschreckt, dreht er sich um.

»Ist was?«

»Nö, alles gut.«

Ich wende mich wieder meinen Akten zu. Zwei Stunden später bin ich massiv frustriert. Die Ergebnisse meiner Recherche gefallen mir gar nicht. Das darf doch alles nicht wahr sein.

Ich vergrabe das Gesicht in meinen Händen und seufze tief. »So schlimm?«

Nils steht neben mir und hat eine Hand auf meine Schulter gelegt. Ich nicke.

»Lass mal sehen. So furchtbar kann es doch nicht sein.«

»Doch«, ich setze mich wieder auf und zeige Nils meine Ergebnisse. »Das ist eine einzige Katastrophe. Viel zu wenige Patienten nehmen ab, wir haben zu viele, die das Programm abbrechen und eine lückenhafte Datenerfassung. Ich weiß gar nicht, wie ich dieses Desaster auswerten soll.«

»Geh doch noch die vorherigen Jahrgänge durch. Vielleicht ergibt sich dann ein klareres Bild.«

»Dafür bleibt mir keine Zeit mehr. Ich weiß einfach nicht, wie das gehen soll! Am besten sage ich das Training ab.«

Ich bin geliefert. Das Thema für meinen Vortrag soll lauten: Einfluss eines Adipositas-Schulungsprogrammes auf die Gewichtsentwicklung im Jugendalter. Aber, wie schon gesagt, darauf haben wir, so hat es jedenfalls den Anschein, gar keinen so großen Einfluss.

»Mach dir keine Sorgen. Du bist doch sonst eine Kämpfernatur. Das schaffst du schon.«

»Ich kann mir ja keine Ergebnisse aus der Nase ziehen.«

»Das sollst du ja auch gar nicht. Wann genau ist Abgabeschluss für den Vortrag?«

»In drei Tagen.«

»Das ist wirklich nicht viel Zeit. Aber unter Druck arbeitet es sich ja bekanntlich am besten. Wenn du magst, helfe ich dir. Ich habe solche Auswertungen schon öfter gemacht, man kann das sicher noch retten.«

Ich kann es gar nicht fassen, dass Nils so nett sein kann! Caro hatte wohl doch recht damit, dass wir einfach einen schlechten Start hatten. Gegen neunzehn Uhr ist Nils mit einer Kiste voller Akten und Fachzeitschriften unter dem Arm bei mir zu Hause aufgelaufen, und wir haben es innerhalb von knapp drei Stunden geschafft, die Daten so auszuwerten, dass man daraus einen annehmbaren Vortrag zusammenstellen kann. Da die Ergebnisse tatsächlich nicht so berauschend sind, haben wir uns auf Verbesserungsvorschläge konzentriert. Auch aus negativen Ergebnissen kann man schließlich einen Nutzen ziehen. Der Entwurf für den Vortrag ist so gut wie fertig. Ich muss ihn nur noch einmal in Ruhe auf Rechtschreibfehler überprüfen.

Sehr zufrieden mit unserer Arbeit sitzen wir auf meinem Sofa und trinken zum Abschluss noch ein Glas Rotwein.

»Wie ich sehe, hattest du inzwischen Zeit, dir eine neue Brille zu besorgen. Steht dir wirklich gut«, bemerkt Nils mit einem Blick auf meine hellblaue Brille.

»Ehrlich gesagt, ist das meine alte Ersatzbrille. Du hattest schon recht. Ich habe im Moment einfach keine Lust, zu diesem blöden Optiker zu gehen, auch wenn er der Beste ist.«

»Das hat man gemerkt. Du bist ja ganz schön in die Luft gegangen, als ich dich darauf angesprochen habe.«

»Das ist ja wohl normal. Das war ganz schön fies von dir. Es ist wirklich unangenehm, von Fremden auf solche persönlichen Dinge angesprochen zu werden.«

»Ich bin also ein Fremder für dich?« Nils lächelt amüsiert.

»Na, teilweise schon. Wir sind schließlich Kollegen und keine besten Freunde. Außerdem scheinst du jedenfalls wesentlich mehr über mich zu wissen als ich über dich.«

»Und deshalb bin ich als Nur-Kollege ein Fremder?«

»Hab ich doch gesagt, teilweise. Es herrscht einfach ein ungleiches Verhältnis.«

»Weil Wissen angeblich Macht bedeutet? Oder worauf willst du hinaus?«

»Nein, weil es mich interessieren würde, was du in deinem Leben außerhalb der Arbeit so machst.«

»Wo soll ich da anfangen? Bei meiner Zeugung oder meiner Geburt?«

»Ich meine nicht deine ganze Lebensgeschichte, sondern dein jetziges Leben. Du weißt immerhin schon eine ganze Menge über mich. Da könntest du ruhig ein wenig von dir preisgeben.«

»Ach Anna, so spannend ist das alles gar nicht. Ich arbeite viel. Was ich da mache, weißt du ja. Und in meiner Freizeit treffe ich mich mit meinen Freunden zum Fußballspielen oder auf ein Bierchen oder gehe mit ihnen ins Kino. Nichts Besonderes.«

Ich bin fest davon überzeugt, dass gerade die Menschen, die von sich behaupten, nichts Besonderes zu machen, noch irgendetwas zu bieten haben. Eine Frau scheint es in seinem Leben jedenfalls nicht zu geben.

»Sag mal, was sind das eigentlich für Ratgeber? Hast du die ernsthaft alle gelesen?« Nils mustert mein Bücherregal. Oh, Mist. Ich hätte die Dinger in Anbetracht eines Psychologenhausbesuches im Schlafzimmer verstecken sollen. »Ach die. Tja, die haben mir wohlmeinende Freunde und Bekannte geschenkt.«

»Und sind sie hilfreich?«

»Keine Ahnung. Ich habe mich nicht so richtig damit beschäftigt.«

»Dafür kleben aber ganz schön viele Post-its in den Büchern.«

Psychologen können echt penetrant sein.

»Na, reingeschaut habe ich schon. Aber eigentlich wollte ich die Dinger schon längst entsorgen.«

»Und, was hält dich davon ab?«

»Schlechtes Gewissen. Es sind ja schließlich Geschenke.«

Darüber, dass ich mir die Ratgeber zu achtundneunzig Prozent selbst gekauft und sie natürlich akribisch durchgelesen habe, erwähne ich lieber kein Wort. Gerade hatte ich das Gefühl, zu Nils ein normales Verhältnis aufbauen zu können. Jetzt hält er mich bestimmt für eine labile Persönlichkeit.

»Das brave wohlerzogene Mädchen in dir verbietet dir also, dich von Sachen zu trennen, die du nicht haben möchtest?«

»Ein wenig vielleicht. Wirfst du immer alle schrecklichen Geschenke weg?«

»Ehrlich gesagt, nein. Nicht alle. Kommt darauf an, von wem das Geschenk ist.«

»Na, siehst du.«

»Aber jetzt mal ehrlich. Du brauchst solche Ratgeber nicht. Das hast du doch nicht nötig. Also musst du auch gar kein schlechtes Gewissen haben, wenn du sie weggibst.«

Das schmeichelt mir natürlich, und ich spüre zu meinem Ärger, dass sich meine Wangen mal wieder verdächtig röten.

Nils beobachtet mich: »Wie du mit der Baby-Krise bei Ralf und Caro umgegangen bist, war übrigens toll. Das hast du super gemacht.«

Mist. Mein Gesicht wird immer heißer.

»Ach, das war doch halb so wild.«

»Doch, das war klasse. Ich muss zugeben, für eine oberflächliche arrogante Mediziner-Tussi hast du einen erstaunlich sensiblen Kern.«

»Was soll das denn schon wieder heißen?«

Ich muss schleunigst meine Gesichtsfarbe wieder unter Kontrolle bringen. Nils schmunzelt.

»Das soll heißen, dass ich mich in meinem ersten Urteil über dich anscheinend gehörig getäuscht habe. Ich bin positiv überrascht.«

»Ist das deine Art, dich dafür zu entschuldigen, dass du mich bei unserem ersten Zusammentreffen so übel beschimpft hast?«

»Vielleicht.«

»Mir tut's auch leid, dass unsere erste Begegnung gleich so verlaufen ist und ich so patzig war. Aber du warst auch echt fies, und außerdem kam ich gerade aus dem Nachtdienst.«

»Kannst du eigentlich eine Entschuldigung von dir geben, ohne sie gleich durch ein Aber einzuschränken?«

»Klar, ab... in diesem Fall nicht.«

Wir müssen beide lachen. Nils stellt sein leeres Glas ab. »Der Wein ist wirklich hervorragend.«

»Echt? Findest du? Ist mein Lieblingswein. Ich kaufe ihn immer in dem kleinen Weinladen an der Ecke.«

»Das ist ja witzig. Da gehe ich auch immer hin. Ist der netteste Weinhändler, den ich kenne.«

»Möchtest du noch einen Schluck?«

Ich greife nach der Flasche. Nils winkt ab.

»Vielen Dank, aber ich muss langsam mal los. Meine Unterlagen kannst du gerne noch eine Weile behalten.«

Ich bringe Nils zur Tür.

»Vielen Dank für deine Hilfe. Ohne dich hätte ich den Vortrag nicht hinbekommen.«

»Natürlich hättest du das. Danke für den schönen Abend.«

Nils beugt sich vor und gibt mir einen Kuss auf die rechte Wange und dann einen halb auf die linke Wange und halb auf meinen Mund. Seine Lippen fühlen sich ganz weich und warm an und scheinen ewig auf meinen zu verweilen. Dann dreht er sich um und geht ohne ein weiteres Wort.

O mein Gott!! Was gibt es bitte schön Peinlicheres als ein verrutschtes Bussibussi? Nichts! Gar nichts! Noch dazu von einem Arbeitskollegen. Langsam löse ich mich aus meiner Schockstarre und gerate in Panik. War das meine Schuld? Vielleicht hätte ich den Kopf mehr zur Seite drehen müssen, ich Dummkopf. Tief durchatmen. Jetzt mal ganz rational gesehen: Wir sind erwachsene Menschen, und so etwas kann schon mal passieren. Das ist doch kein Beinbruch, oder?

Um mich abzureagieren, mache ich mich tatsächlich daran, meine Sammlung an Ratgebern auszumisten. Das wird mein nächster Schritt in Richtung selbstbewusst und Erwachsenwerden. Diätratgeber, Ernährungsratgeber, Fitnessratgeber, Besser-Leben-Ratgeber, Harmonischer-Leben-Ratgeber, Positiv-Denken-Ratgeber, So-finden-Sie-den-Mann-fürs-Leben-Ratgeber und Beziehungsratgeber landen in einem alten Umzugskarton. Den Frauen-Karriereratgeber behalte ich. Der ist eindeutig wichtig, da wir alle keinen richtigen Mentor haben, der uns beruflich Tipps geben kann.

Da morgen Sperrmüll abgeholt wird, schleppe ich den schweren Karton mit den Ratgebern nach unten und gehe noch schnell in den Keller, um Felix' Überbleibsel auf die Straße zu stellen und aus meinem Leben zu schaffen. Als ich mit der letzten Kiste aus dem Keller komme, bemerke ich an meinem Fahrrad im Kellervorraum einen Zettel:

Ihr Fahrad muss hier weg.
Wenn ich mein Rad nicht oben abstelle
dann ist das hier mein Platz!!!
Frau Beier

Die spinnt ja wohl total! Dieses alte Biest! Mit der Rechtschreibung hat sie's auch nicht gerade. Was glaubt sie, wer sie ist? Die allmächtige Herrscherin über dieses Haus? Ich stelle mein Fahrrad wieder zurück in die Nische im Hausflur. Wenn Frau Beier Krieg will, dann kann sie den locker haben.

Nach diesem anstrengenden Tag mit seinen ärgerlichen und verwirrenden Ereignissen gehe ich hundemüde ins Bett. Und kann nicht einschlafen. Wie soll ich Nils bloß jemals wieder in die Augen schauen, ohne Schnappatmung und hektische Flecken zu bekommen? Ich rufe Vera an.

»Hmm. Was 'n los?«, begrüßt sie mich verschlafen.

»Oh, tut mir leid. Habe ich dich geweckt?« Blöde Frage.

»Weißt du eigentlich, wie spät es ist? Ich habe morgen Frühdienst.«

»Ich auch. Aber ich brauche dringend deinen Rat.«

»Was 'n passiert?«

Vera klingt alles andere als interessiert.

»Nils war heute Abend bei mir und hat mir bei dem Vortrag geholfen.«

»Ist doch nett von ihm.«

»Ja, das ist auch nicht das Problem. Also, eigentlich verlief der Abend ganz gut, aber dann, als er gegangen ist, hat er mich aus Versehen geküsst.«

»Was meinst du mit aus Versehen geküsst? Entweder küsst man jemanden oder nicht.«

»Na ja, er hat mir ein Küsschen rechts und dann eins halb auf die linke Wange und halb auf den Mund gegeben. Eigentlich so zu achtzig Prozent auf den Mund, wenn ich genauer darüber nachdenke.«

»Und, war es schön?«

»Spinnst du? Ich spreche hier von Nervtöt-Mister Pullunder-Denner. Außerdem küsse ich keine Kollegen.«

»Warum nicht?«

»Das ist 'ne ernste Sache. Ich stehe immer noch unter Schock. Mein ganzer Körper fühlt sich an wie elektrisiert, wenn ich nur daran denke.«

»Also war es gut, ja?«

»War es nicht.«

»Ist doch ganz süß, dein Pullunderträger. Was ist denn jetzt das Problem?«

»Dass ich weiter mit ihm zusammenarbeiten muss? Außerdem war dieser halbe Kuss bestimmt nur ein Versehen.«

»Klar, wer's glaubt ... Mach doch mal die Augen auf. Versehen! Dass ich nicht lache!«

»Natürlich war es das. Hoffentlich. Es ist nur so ... so schrecklich peinlich.«

»Na, wenn du meinst. Dann ist doch alles in Ordnung. Du hast schon peinlichere Sachen erlebt. Du, sei mir nicht böse, aber ...«

»Schon gut, gute Nacht.«

Dieses Gespräch hat mir überhaupt nicht weitergeholfen. Vera muss sich irren! Nils würde mich doch niemals absichtlich ... Oder doch? Das darf einfach nicht sein! Vielleicht hat mein Frauen-Karriereratgeber eine Lösung für so eine verzwickte Situation? Ich schaue gleich mal nach. Hat er natürlich nicht! Ich werde mich wohl auf einen anderen Tipp konzentrieren müssen. Das lenkt mich bestimmt ab. Mein neues Erfolgsziel für morgen: *Frauen neigen dazu, zu viel zu arbeiten. Gönnen Sie sich eine Pause!* Das klingt gar nicht so schwierig.

Kapitel 15

Nach einer unruhigen Nacht gönne ich mir zu Beginn meines Tagdienstes auf der Station, für die ich eingeteilt bin, erst mal einen Kaffee, ein Schokobrötchen und einen kleinen Plausch mit den Schwestern. Ich muss mich stärken. Heute ist Chefvisite mit Professor Astrup. Da muss ich ein paar Stunden durchhalten.

Die Chefvisite verläuft bei uns üblicherweise, ähnlich wie ein Theaterstück, in mehreren Akten. Vera bezeichnet sie lieber als Phasen des hierarchischen Terrors. Einmal die Woche ist es so weit.

Phase eins ist bereits in vollem Gange: Die Patienten sitzen frisch gewaschen in den Betten, die Mütter, meist maximal aufgedonnert, mit dem schönsten Lächeln auf den Lippen, daneben. Die Zimmertür öffnet sich und herein kommt – eine Kinderpflegerin. Die Mundwinkel sacken herunter, Schminkspiegelchen werden gezückt und der Lippenstift zum mindestens dritten Mal nachgezogen. Die letzte störrische Kinderhaarsträhne wird mit Kinder-Kölnisch-Wasser vom akkurat gezogenen Scheitel aus am Kopf festgeklebt.

Auf Phase zwei warten wir noch. Die verläuft in der Regel folgendermaßen: Nach einem lauten Klopfen, öffnet sich schwungvoll die Tür des Patientenzimmers und herein schreitet der Chefarzt, der Herr Professor. Hinter ihm, mit ehrfurchtsvollem Abstand, drängelt sich der Rest des Personals ins Zimmer. Professor Astrups Gefolge wird heute nur aus Oberschwester Marie und mir bestehen. Es gibt auf dieser Station zurzeit keinen Oberarzt und auch keine Praktikanten. Mit dem Eintreten des älteren Herrn im weißen Kittel wird der kleine Patient misstrauisch, und die Mutter glaubt ihr Kind umgehend geheilt. Wenige Minuten Entertainment, dann rauschen Chef und Gefolge in festgelegter Reihenfolge wieder hinaus.

Nach einer kurzen Pause folgt dann für gewöhnlich Phase drei: Die Patientenmutter bemerkt, dass sie dem Chef vor lauter Ehrfurcht gar keine Fragen gestellt hat. Da einiges unklar geblieben ist, klingelt sie. Das müssen wir dann ausbaden.

Wo bleibt nur Professor Astrup heute? Die eine oder andere alleinerziehende junge Mutter schlendert bereits herausgeputzt mit engem Blüschen, Miniröckchen und Pumps ungeduldig über den Flur. So ein Chefarzt als Familienernährer wäre ja schon was Feines.

Das wird aber wohl nichts, denn Professor Astrups Sekretärin ruft an. Der Herr Professor habe heute wichtige Termine und keine Zeit für die Chefvisite. Da kann man nichts machen.

Marie und ich ziehen alleine los. Den Müttern teile ich mit, dass die Chefvisite leider ausfallen muss, der Herr Professor sie jedoch herzlich grüßen lässt. Sofort fühlen sich alle ein bisschen besser. Aber nur ein wenig. Sie sind enttäuscht. Wenn der Herr Professor schon nicht vorbeikommt, dann doch bitte der Herr Oberarzt. Wenn nicht der Herr Oberarzt, dann wenigstens ein anderer männlicher Sympathieträger im weißen Kittel. Stattdessen bekommen sie – mich. Einer der wenigen Väter beschwert sich auch sogleich. »Jetzt sind wir schon seit zwei Wochen hier und haben noch keinen Arzt gesehen. Wann kommt denn hier mal ein Arzt?«

»Steht vor Ihnen, die Frau Doktor, die Stationsärztin!«, versuche ich ihn zu beruhigen.

»Aber Sie sehen so jung aus. Können Sie das hier denn überhaupt schon? Wie alt sind Sie denn? Wann kommt denn der Arzt?«

Ich kann es nicht mehr hören! Zum Glück gibt es während der Visite auch nette Begegnungen. Besonders ans Herz gewachsen ist mir die vierjährige Emma, die wegen einer Lungenentzündung behandelt wird. Akkurat gescheitelt, die blonden Löckchen mit rosa Bärchen-Haargummis zu zwei Zöpfen gefasst, sitzt sie in ihrem Bett. Das Gesichtchen glänzt frisch gecremt, der rosafarbene Pyjama ist noch glattgebügelt und das halbe Bett mit Barbies bevölkert. Sie strahlt mich mit ihren riesigen babyblauen Augen an: »Guten Morgen, Tante Doktor!«

»Guten Morgen, Emma.«

Arztgespräche erledigt Emma stets selbst. Da hat ihre Großmutter, die sie betreut, nichts zu melden.

»Wie geht es dir heute?«

»Sehr gut«, strahlt Emma.

»Was macht denn dein Husten?«

»O ja, der hustet die ganze Zeit.« Wie zur Bestätigung hustet sie gleich mal.

»Was hältst du davon, wenn ich dich jetzt einmal abhorche?«

Ruck, zuck hat Emma ihr Pyjamaoberteil hochgezogen und atmet fleißig ein und aus. Dann hat sie eine Frage.

»Tante Doktor, wann kann ich nach Hause gehen?«

»Noch fünfmal schlafen, Emma.« Damit ist sie einverstanden. Schade, dass ich sie nur kurz betreue. Morgen bin ich für die Notaufnahme eingeteilt. Als ich mich zur Tür drehe, bemerke ich, dass Nils mich vom Gang aus durch das Glasfenster versonnen lächelnd beobachtet. Was will der denn hier? Und warum guckt der so komisch? Plötzlich fällt es mir wie Schuppen von den Augen: Die Jelly Beans die Nils mir mitgebracht hat, das neuerdings superaufgeräumte Büro, seine unermüdliche Hilfe bei meinem Vortrag, dann auch noch dieser komische Kuss ... Vera hatte recht. Das war kein Zufall. Mit klopfendem Herzen trete ich aus dem Zimmer. Nils unterbricht seine Unterhaltung mit einem der Pfleger und lächelt mir zu. »Guten Morgen. Kann ich dich gleich noch sprechen?«

»Heute ist viel zu tun. Vielleicht später, ja?«, rede ich mich raus, eile in das Stationszimmer und gehe hektisch irgendwelche Befunde durch. Nils kommt rein und berührt mich am Arm: »Gib mir nur zwei Minuten ...«

Das Telefon klingelt. Ich schnappe mir den Hörer. Es ist Professor Astrup.

»Tut mir leid«, flüstere ich Nils zu, »es ist der Chef.«

»Dann melde dich nachher einfach in der Ambulanz. Okay?«

Ich nicke und wende mich dem Telefonat zu. »Frau Plüm, gab es bei der Visite etwas Besonderes? Ist noch etwas zu klären?«, möchte Professor Astrup wissen.

»Nein. Es ist alles in Ordnung.«

»Tut mir leid, dass die Visite ausfallen musste, aber wir hatten eine außerordentliche Sitzung. Es gab da ja einige unschöne Gerüchte über Dr. Mösli und Schwester Gisela aus dem OP. Das hat sich ja bereits herumgesprochen.«

»Nein, davon wusste ich nichts.« Ich stelle mich lieber ahnungslos.

»Nun ja. Schwester Gisela wird uns jedenfalls verlassen

und sich einer neuen Aufgabe in einer anderen Klinik zuwenden. Wissen Sie, ich verstehe einfach nicht, warum einige Kollegen Berufliches und Privates nicht trennen können. Das ist so unprofessionell. Aber bei Ihnen muss ich mir da ja zum Glück keine Sorgen machen, oder?«

»Natürlich nicht, da besteht überhaupt keine Gefahr.«

»Nun, dann ist es ja gut.« Damit verabschiedet er sich.

Gegen Mittag erfahre ich, dass unsere EDV-Abteilung heute, und zwar jetzt sofort, ein spontanes Update fährt. Das wird bis zum Abend dauern. Für den Rest des Tages fällt das gesamte Computersystem aus. Ein arbeitstechnischer Super-GAU! Ich werde keine Laborergebnisse erhalten. Ich bekomme keine Befunde von weitergehenden Untersuchungen, wie zum Beispiel eines EKGs. Ich kann keine elektronischen Akten einsehen und keine Arztbriefe schreiben. Eigentlich wollte ich gerade mittagessen gehen. Aber nun stapfe ich maximal erbost in Richtung EDV-Abteilung. Auf dem Weg dorthin spricht mich eine Mutter an: »Schwester, wo bekomme ich denn hier Stillhütchen?«

»Was weiß ich?! Fragen Sie die Schwestern!«

Frau Müller, die Leiterin der EDV-Abteilung, betrachtet mich, als wäre ich ein ekliges Insekt, das ihr Büro betritt. Sie hasst Ärzte. Für sie sind wir nur unnütze Kostenverursacher, die die Klinik noch mal in den Ruin treiben werden. Ihre Abteilung hält sie dagegen für unentbehrlich. Das wird durch die Krankenhausverwaltung bewusst gefördert. Wo bei uns altes stinkendes Linoleum das Einrichtungsbild prägt, liegt im Verwaltungsbereich Parkett. Die EDVler werden gratis mit Kaffee, Kuchen und Tageszeitungen versorgt. Wir Ärzte und das Pflegepersonal werden hingegen fast abgemahnt, wenn wir den Spülstopp auf der Toilette nicht betätigen.

»Können Sie so ein Update nicht mal nachts machen? Das geht in anderen großen Firmen ja schließlich auch«, frage ich Frau Müller ungehalten.

Sie erdolcht mich mit ihrem Blick. »Sie können sich ja gar nicht vorstellen, wie viel wir hier zu tun haben. Wir werden heute wegen des Updates Überstunden machen müssen«, pampt sie zurück.

Ach was! Die und arbeiten. Diese Sesselpupser! Kommen um neun und lassen um fünfzehn Uhr den Stift fallen. Hier helfen auch logische Argumente nicht weiter. Den Weg hätte ich mir sparen können. Ich streiche meine Pause und gehe eine Runde durch die EKG-Abteilung, das Labor und die Röntgenabteilung, um wenigstens die Befunde abzufragen, die schon fertig sind. Zurück auf der Station, erwartet mich eine Traube wütender Eltern. Sie wollen wissen, was mit ihren lieben Kleinen los ist. Das wüsste ich auch gerne. Höflich versuche ich, ihnen die Situation zu erklären.

»Die Akutbehandlung Ihrer Kinder erfolgt weiterhin reibungslos, aber bis zum Eingang aller weiteren Befunde müssen Sie sich wegen des EDV-Updates bis morgen gedulden.«

»Das glaubt Ihnen doch niemand!«, brüllt eine Mutter cholerisch. »Ein EDV-Update! So ein Quatsch! In jeder vernünftigen Firma wird so was nachts gemacht. Sonst würde hier doch alles zusammenbrechen!«

Da hat sie recht! Das tut es ja auch.

»Sie können gerne eine schriftliche Beschwerde in den Patientenkummerkasten werfen«, empfehle ich ihr.

Ich ziehe mich ins Stationszimmer zurück und nehme mir einen der Schokoküsse, die dort auf dem Tisch herumliegen. In dem Moment kommt Oberschwester Marie rein: »Tut mir leid, dass ich dich störe, aber die Beschwerdezettel sind ausgegangen.«

»Und?«

»Wir brauchen neue.«

»Und?« Der Schokokuss in meiner Hand schmilzt langsam.

»Die Stationssekretärin ist seit Stunden im Archiv, die Schwesternschülerin läuft durchs Haus, um alle Proben zu verteilen, weil die Rohrpost ausgefallen ist, und wir müssen uns um die Patienten kümmern.«

»Haben die Zettel nicht noch eine Weile Zeit?«

»Du hast doch die Meute da draußen gesehen. Wir haben Mühe, sie einigermaßen im Zaum zu halten.«

»Okay, ich hole welche.«

Genervt werfe ich den zermatschten Schokokuss in den Müll, wasche mir kurz die Hände und mache mich mit knurrendem Magen auf die Suche nach neuen Beschwerdezetteln. Drei Stationen später schaffe ich es, wenigstens noch eine Kopiervorlage zu ergattern. Der Kopierer funktioniert immerhin. Das ist doch schon mal was. Zurück auf der Station, bahne ich mir mühsam den Weg durch die aufgebrachten Eltern und verteile Beschwerdezettel. Dann schleiche ich mich mit einem Kaffee und ein paar Gummibärchen ins Arztzimmer. Wenn keiner weiß, dass ich hier bin, kann ich endlich meine Pause machen. Ich trinke gerade den ersten Schluck Kaffee, als Marie hereinkommt.

»Ach, da bist du ja. Die Entlassungen warten noch.«

»Wieso? Die Briefe habe ich heute Vormittag geschrieben und gesprochen habe ich auch schon mit allen.«

»Wir konnten die Briefe nicht mehr ausdrucken. Das Update.«

»Ach Mist. Können die nicht mal so gehen? Gib ihnen doch einen Zettel mit ihren Medikamenten mit. Wir schicken die Briefe morgen nach.«

»Wir dürfen keine Patienten ohne Brief entlassen. Anweisung vom Chef.«

Dagegen kann man nichts machen. Ich schreibe neun Arztbriefe noch einmal per Hand und esse dabei Gummibärchen. Dazu trinke ich meinen inzwischen kalten Kaffee.

Am Ende dieses extrem unergiebigen Tages habe ich Schreibkrämpfe in meiner Hand, und die wütende Elterntraube füllt fast den gesamten Flur vor dem Arztzimmer aus. Sie ist, bildlich gesprochen, zu einer ausgewachsenen Rebe geworden. Zu den Müttern sind nun, nach der Arbeit, die jeweiligen Väter hinzugekommen, zuzüglich Oma, Opa, Tante, Onkel und wem auch immer. Ich möchte nach Hause. Ich habe seit über einer Stunde Feierabend und muss meinen Vortrag fertigmachen.

Ich öffne die Zimmertür einen Spaltbreit und werfe vorsichtig einen Blick in den Gang. Das sind einfach zu viele. Wenn ich jetzt da rausgehe, wird mich die Meute mindestens zwei Stunden beschäftigen und im Zweifelsfall sogar lynchen. Da wird auch patientenorientierte Kommunikation nichts nützen. Ich setze mich wieder an meinen Schreibtisch und starre ratlos aus dem Fenster. Ewig zu warten, bis sich die Aufregung da draußen von selbst gelegt hat, wird mir auch nichts bringen.

Da fällt mein Blick auf den schmalen Balkon, der als Fluchtweg das gesamte Stockwerk umschließt. Etwa zwei Meter von meiner Balkontür entfernt, noch auf Höhe des Schwesternzimmers, führt eine Feuerleiter nach unten. Das ist es! Um die Meute kann sich genauso gut der Diensthabende kümmern.

Geduckt schleiche ich über den Balkon und klettere die Feuerleiter hinunter. Die endet jedoch leider viel zu weit über dem Boden. Das letzte Stück, das hochgezogen wurde, damit keine Einbrecher hochklettern, lässt sich nicht ausfahren. Irgendetwas klemmt da. Verzweifelt rüttele ich an dem Riegel, der das Endstück festhält. Bei der Feuerübung haben sie uns doch extra erklärt, wie das geht. Der Riegel rührt sich kein Stück. Ich müsste springen. Das ist aber nicht mein Ding. Ich bin nicht so ganz höhentauglich. Ich klettere weiter runter, bis ich an der letzten Sprosse der Leiter hänge. O nein, ich habe mich verschätzt! Der Boden ist immer noch viel zu weit weg. Hochziehen kann ich mich jetzt auch nicht mehr. Ich muss springen, da hilft nichts. Unschlüssig hänge ich an der Feuerleiter. Meine Beine baumeln mehr als einen Meter über der Wiese.

»Anna, was machst du denn da?« Nils kommt den Weg in Richtung Parkplatz entlang.

»Betriebssport, was sonst.«

»Und wie nennt sich diese Disziplin?«

»Das ist nicht witzig. Auf der Station boxt der Papst, und ich muss hier weg. Jetzt hilf mir bitte mal.«

»Gut, lass einfach los. Ich hab dich schon.«

Nils fängt mich erstaunlich sicher auf und setzt mich sanft auf der Wiese ab. »Was ist denn bei euch los?«

»Die Hölle! Die EDV fährt ein Update, es gibt keine Befunde, man kann nichts machen, und die Eltern sind außer Rand und Band.«

»Und da hast du dich entschlossen, klammheimlich zu verschwinden?«

»Ich kann eh nichts mehr tun und muss heute Abend noch den Vortrag korrigieren und abschicken. Der Abgabetermin ist um Mitternacht«, zucke ich entschuldigend mit den Schultern.

»Du hättest einfach sagen können, dass du dringend in die Ambulanz musst. Ich habe auf dich gewartet.«

Siedend heiß durchfährt es mich.

»Tut mir leid. Das habe ich völlig vergessen. Tut mir total leid. Es war einfach so viel los.«

»Schon gut.« Nils hält mich immer noch fest. Ich löse seine Hände von meiner Taille und trete einen halben Schritt zurück:

»Vielen Dank für deine Hilfe. Ich hätte mich nicht mehr lange halten können.«

»Kein Problem.«

Verlegen streiche ich mir eine Haarsträhne aus dem Gesicht. Irgendwie muss ich Nils klarmachen, dass zwischen uns nie, niemals was laufen wird, so unangenehm das auch ist.

»Hast du schon gehört, dass Schwester Gisela die Klinik verlässt?«

»Ja, natürlich.«

Ach so, natürlich weiß er das als Mitglied der Mitarbeitervertretung schon längst. Trotzdem greife ich den Faden wieder auf: »Da sieht man mal wieder, wie leicht unsinnige Affären mit Kollegen einen den Job kosten können.«

»Das, was zwischen Mösli und Gisela passiert ist, war eigentlich mehr eine Intrige als eine Affäre«, gibt Nils zu bedenken.

»Trotzdem. Die Geschichte beweist einmal mehr, dass Kollegen die Finger voneinander lassen sollten.«

»Ich glaube, es gibt da auch Ausnahmen.«

»Da fallen mir, ehrlich gesagt, keine ein. Beruf ist und bleibt nun mal Beruf, und den sollte man streng von Privatem trennen.«

Schweigen. Ich hoffe, ich war deutlich genug. Nils runzelt die Stirn.

»Und was machst du, wenn du dich mal in einen Kollegen verliebst?«

»Das wird mir hoffentlich niemals passieren. In wen man sich verliebt, kann man ja bis zu einem gewissen Grad beeinflussen.«

»So, kann man das?«

»Natürlich. Ich verliebe mich ja auch nicht in einen Massenmörder. Jedenfalls nicht, wenn ich weiß, dass er einer ist.«

Mir sind auch schon mal bessere Argumente eingefallen.

Nils' Gesichtsausdruck spiegelt eine Mischung aus Ratlosigkeit und Belustigung wider. Er drückt mir eine Tüte Jelly Beans in die Hand.

»Na, du Meisterin der Selbstbeherrschung, dann will ich dich nicht länger aufhalten. Ich drück dir die Daumen für den Vortrag. Hier, die brauchst du bestimmt dringender als ich.«

Ziemlich erleichtert mache ich mich auf den Heimweg. Das wäre wohl geklärt.

Während ich mein Fahrrad in der Nische in unserem Hausflur abstelle, stürzt Frau Beier schrill keifend auf mich zu: »Fräulein Plüm! Fräulein Plüm! Ihr Fahrrad kann nicht im Hausflur stehen! Dazu brauchen Sie eine Genehmigung von der Hausverwaltung! Wir älteren Damen haben eine Genehmigung! Das war schon immer so! Ihr Fahrrad muss da weg!«

Natürlich lasse ich mein Rad dort.

»Frau Beier, machen Sie sich keine Sorgen. Ich werde das mit der Hausverwaltung klären.«

Gut, dass ich mich sofort darum kümmern kann. Der Hausverwalter hat heute nämlich schon drei Anrufe von der Furie erhalten. Ausführlich erläutere ich ihm meine Sicht der Dinge und berichte über Frau Beiers Zettel-Belästigung. Natürlich setze ich ihn auch genauestens über ihre Bespitzelungen in Kenntnis. Am Ende ist er richtig genervt.

»Frau Plüm, von einer Sondergenehmigung für Fahrräder in einer Nische im Hausflur weiß ich nichts. Ich komme gleich vorbei, um mir persönlich ein Bild zu machen. Wenn die Nische groß genug ist, kann Ihr Rad da stehen bleiben.«

Eine halbe Stunde später ist der Hausverwalter da und misst doch tatsächlich unter kritischer Beobachtung von Frau Beier und mir die Nische aus.

»So, Frau Beier, Frau Plüm, meine Messungen ergeben Folgendes: Es können sicher bis zu fünf Fahrräder dort abgestellt werden. Sie, Frau Plüm, können Ihr Rad also dort stehen lassen. Von Ihnen, Frau Beier, erwarte ich, dass Sie sich in Zukunft so verhalten, dass Sie friedlich mit den anderen Hausbewohnern zusammenleben können.«

Ja! Wusste ich's doch.

Noch völlig euphorisch durch meinen Sieg im Fahrradkrieg mache ich mich daran, meinen Vortrag ein letztes Mal zu überarbeiten. Mit einer Jumbotasse Eiskaffee und fettfreien Gummibärchen sitze ich in der Abendsonne an meinem Terrassentisch vor meinem Laptop und bin richtig stolz auf mich. Der Vortrag ist echt gut geworden, was ich natürlich zu einem Großteil Nils zu verdanken habe. Mhmmm! Diese Gummibärchen sind einfach zu lecker! Auf einem der unzähligen gedankenlosen Wege meiner Hand von der Gummibärchentüte zu meinem Mund passiert es: Die Kaffeetasse fällt um und gefühlte tausend Liter brauner Flüssigkeit ergießen sich über die Tastatur meines Laptops. Der Computer gibt ein finales Röcheln von sich, und der Bildschirm wird schwarz. Eine Katastrophe! Alles ist weg! Alles! Hektisch hole ich ein Tuch aus der Küche, wische Tisch und Laptop trocken und versuche den Computer neu zu starten. Nichts. Das darf doch nicht wahr sein. Mein Vortrag! In drei Stunden muss er eingereicht sein. Das schaffe ich niemals mehr! Fluchend, heulend und Haare raufend, laufe ich durch meine Wohnung, wie ein Tiger im Käfig. Ich bin verloren. Vorbei die Chance auf eine erfolgreiche Karriere! Ich werde für immer eine kleine Dödel-Assistentin bleiben. Es ist alles aus!

Irgendwann habe ich keine Kraft mehr zu toben und überlege mir, welche Möglichkeiten mir noch bleiben. Till könnte mir vielleicht helfen, wenn er nicht gerade wieder ein heißes Date hat. Ich rufe ihn an und habe Glück: Er kommt sofort vorbei. Mit einem ungläubigen Blick auf meine rotgeweinten Augen macht er sich daran, das Laptop auseinanderzubauen und trocken zu föhnen.

»Jetzt mach mal nicht so einen Aufstand. Das krieg ich schon wieder hin. Das, woran du zuletzt gearbeitet hast, wird aber wahrscheinlich nicht zu retten sein.«

Ich fange wieder an zu schluchzen. Weinende Frauen kann Till nicht ertragen.

»Jetzt stell dich nicht so an. Was auch immer du da gemacht hast, wird ja wohl nicht so dramatisch wichtig gewesen sein. Stell dir mal vor, du hättest an einer Doktorarbeit oder so gearbeitet«, versucht er mich zu beruhigen.

»Ach! Das brauche ich mir nicht vorzustellen! Das war der vielleicht wichtigste Vortrag meiner Karriere, und ich muss ihn in zweieinhalb Stunden einreichen. Wenn ich das nicht schaffe, bin ich erledigt.«

»Oh, jetzt fang bitte nicht schon wieder an zu flennen. Ich habe mein Laptop mitgebracht. Gib mir doch mal deinen Memorystick. Ich werde jetzt deinen Rechner retten, und du kannst solange auf meinem die verlorengegangenen Teile deines Vortrages ergänzen. Viel wird das ja nicht sein. Das schaffst du sicher bis zur Deadline.«

»Was für ein Stick?«, schniefe ich.

»Na, die Sicherheitskopie deines Vortrages. Hast du die etwa extra auf eine CD gebrannt?«

Jetzt muss ich doch wieder weinen.

»Nein, das habe ich natürlich nicht! Es gibt keine Sicherheitskopie, weder auf CD noch auf einem blöden Stick. Das mache ich nie! Das vergesse ich immer.«

Till verdreht die Augen und sieht gar nicht mehr so optimistisch aus.

»Anna, in welchem Jahrhundert lebst du eigentlich? Du musst von allem eine Sicherheitskopie machen. Verdammt, das wird knapp!«

»Jetzt schimpf nicht auch noch mit mir. Dass es keine Kopie gibt, kann ich jetzt auch nicht mehr ändern.«

»Stimmt. Ich versuche jetzt diesen blöden Vortrag zu retten. Das kann ich aber nur, wenn du endlich aufhörst zu heulen. Lass mich am besten mit dem Rechner allein.«

Schniefend verziehe ich mich ins Wohnzimmer und zappe durch meine Lieblings-Tratsch-Kanäle. So richtig kann ich mich dabei auf nichts konzentrieren. Nervös kaue ich auf meiner Unterlippe herum und hoffe das Unmögliche. Vielleicht ist der Vortrag ja doch irgendwie zu retten. Denner wäre bestimmt stinksauer, wenn mein Science Training an purer Schusseligkeit scheitern würde.

Zwei Stunden und mehrere Panikattacken später hat Till es tatsächlich geschafft: Er hat mein Laptop gerettet und ist damit mein Held! Er hat sogar meinen Vortrag gerettet! Er ist der Größte! Was bin ich für ein Glückspilz! Gerade noch rechtzeitig, fünf Minuten vor Mitternacht, schicke ich den Vortrag ab. Puuh, das war knapp!

»Danke, danke, hunderttausendmal danke!« Ich falle Till um den Hals, »du hast mir das Leben gerettet.«

»Das war das letzte Mal. In Zukunft machst du Sicherheitskopien.«

»Ach, jetzt sei doch nicht so streng mit mir.«

»Doch, so etwas passiert immer nur dir. Du bist doch sonst so organisiert. Ich versteh das einfach nicht. Wie kann man nur so leichtsinnig sein?«

»Vielleicht habe ich einfach eine Technik-Allergie?«

Till stöhnt: »Na klar. Wie hat jemand wie du es überhaupt geschafft, zu promovieren?«

»Ähmm ...«

Die Antwort gibt Till sich gleich selbst.

»Ach ja, da musste ich ja auch schon mal einen abgestürzten Computer retten, weil du keine Sicherheitskopien gemacht hattest.«

»Ist ja gut, ich hab's kapiert.«

»Das hast du die letzten achtunddreißig Male auch gesagt.«

»Halloho! Die Nachricht ist angekommen. Ich hab morgen Spätdienst. Was hältst du davon, wenn ich dich als Dankeschön morgen zum Mittagessen einlade?«, versuche ich die Situation zu retten.

»Das ist ja wohl das mindeste nach diesem Psychoterror«, Till verzieht das Gesicht und äfft mich mit einer schlecht imitierten schluchzenden Mädchenstimme nach: »O nein! Hhhhh ... Mein Leben ist vorbei ... Das Laptop ist kaputt ... hhhhh!« Er sieht so komisch aus, dass ich lachen muss.

»Nächstes Mal reiße ich mich zusammen, versprochen.«

»Es wird kein nächstes Mal geben.«

Natürlich wird Till mir wieder helfen. Das weiß ich genau.

Kapitel 16

Vor besagtem Spätdienst schlafe ich erst mal aus. Schichtdienst ist wirklich der einzige Nachteil an meinem Job. Alle, die das nicht aus eigener Erfahrung kennen, behaupten ständig, wir würden so wenig arbeiten und hätten so viel frei. Das Problem ist dabei, zu welchen Zeiten man freihat. Immerhin zähle ich, dank meiner *Moby-Fit*-Ambulanztätigkeit, inzwischen zu den privilegierten Assistenten, die kaum noch Nachtdienste machen müssen. Habe ich Spätdienst, muss ich zu diesem Tag ab fünfzehn Uhr arbeiten. Das klingt im ersten Moment gut. Ist nur für das soziale Leben meist völlig unverträglich. Wer aus dem Freundeskreis hat denn da schon Zeit? Wie gut, dass ich genügend solcher Tagediebe kenne.

Am späten Vormittag gehe ich mit Vera, die heute einen freien Tag hat, nach Ewigkeiten mal wieder ins Fitness-Studio zum Rückentraining. Das wird normalerweise von Chrístos, einem äußerst ansehnlichen griechischen Fitnesstrainer geleitet. Der Kurs ist dementsprechend gut besucht. Sollte ich jemals ein Verhältnis mit einem Fitnesstrainer eingehen, dann mit Chrístos. Dummerweise ist Chrístos heute nicht da, und eine kleine zierliche, aber drahtige Brünette vertritt ihn. Sie bereitet Stepper und Hanteln vor. Nach Rückenkurs sieht das nicht aus. Schade! Na, dann machen wir halt einen Aerobic-Stepp-Kurs mit. Bei so etwas bin ich immer furchtbar unkoordiniert und stolpere ständig über meine eigenen Füße, aber es wird schon irgendwie gehen.

»Hi, I'm Bea, I'm from Canada and I teach Body-pump«, begrüßt uns die kleine drahtige Fitnesstrainerin.

Oha! Die Kanadier müssen Aerobic-Training mit einem Bootcamp verwechseln. Bereits beim ersten Versuch, auf Hanteln gestützt Liegestütze zu machen (als ob ich in meinem Leben je einen einzigen normalen Liegestütz geschafft hätte), gebe ich kläglich auf. Vera schafft immerhin zwei Stück. Was für eine Plackerei! Dieser Kurs macht mich so fertig, dass ich in Zukunft einen riesigen Bogen um Bea from Canada machen werde. Ich sollte es wohl lieber mal mit Yoga versuchen.

Nach diesem anstrengenden Training sind Vera und ich fast nicht mehr in der Lage, uns zu unterhalten. Das ist uns noch nie passiert. Völlig verschwitzt, mit hochroten Köpfen sitzen wir in der Umkleide.

»Machst du heute noch was Schönes?«, japse ich außer Atem.

»Lesen, ausruhen, in der Sonne rumliegen.«

Im Schneckentempo ziehen wir uns aus und schlurfen unter die Dusche.

»Klingt perfekt.«

»Und du?«

»Nicht viel, hab ja nachher Spätdienst. Ich gehe gleich noch mit Till mittagessen.«

»Ach so.«

»Willst du mitkommen?«

»Danke, nein. Ich bin sogar zu platt zum Essen.«

»Darf ich ihn auf ... na ja, du weißt schon ... darauf ansprechen?«

Vera schmunzelt: »Klar, warum denn nicht? Ist doch kein Geheimnis. Grüß ihn von mir.«

Nach einer ausgiebigen Dusche fühle ich mich wieder ein bisschen lebendiger. Mühsam quetsche ich meinen Hintern in eine Größe-achtunddreißig-Hose. Dann packe ich meine klitschnassen Sportklamotten ein und eile zum Mittagessen.

Im Schatten der Kirschbäume sitzen wir auf der Terrasse des besten Italieners unseres Viertels und genießen Salat, Spaghetti Vongole und, da wir beide noch arbeiten müssen, Wasser. Zu meinem Befremden ist Till mit Baseball-Kappe, Hawaiihemd und einem aufgeklebten Schnurrbart erschienen. Ich verschlucke mich vor lauter Lachen ständig an meinem Essen. »Hast du vor, eine zweite Karriere als Geheimagent zu starten?«, kichere ich.

»Das ist nicht lustig. Was soll ich denn machen? Theresa ist wieder hinter mir her.«

»Och, nicht schon wieder. So langsam glaube ich, du leidest unter Verfolgungswahn.«

»Ach ja? Ich treffe sie jeden Morgen in dem kleinen Bistro, in dem ich mir meinen Frühstückskaffee hole. Jeden Morgen. Egal, zu welcher Uhrzeit ich dort auftauche. Die wartet da auf mich. Das ist doch kein Zufall.«

»Vielleicht hast du recht. Aber bist du heute ernsthaft so in die Agentur gegangen?«

»Natürlich nicht. Ich wollte nur eine ruhige Mittagspause haben. Diese Geschmacksverirrung von einem Hemd und die Kappe habe ich mir von einem Kollegen geliehen.«

»Und der Bart? Wo kommt der her?«

»Der flog noch in meinem Schreibtisch rum. Von der letzten Miami-Vice-Party der Agentur.«

»Na, wie praktisch. Jetzt fehlt nur noch ein Blazer mit Schulterpolstern.«

»Haha, sehr witzig.«

»Willst du jetzt ewig vor dieser Theresa auf der Flucht sein? Rede doch mal Klartext mit ihr.«

»Das habe ich schon längst.«

»Du weißt aber schon, dass manches, das du einer Frau sagst, nicht zwingend so ankommt, wie du es gemeint hast?«

»Ich war deutlich.«

»Was hast du denn gesagt?«

»Na, das Übliche halt: dass die Zeit mit ihr sehr schön war, aber ich für eine Beziehung nicht geeignet bin und sie etwas Besseres als mich verdient hat.«

»Mann, Till. Damit hast du bloß das weibliche Helfersyndrom angestachelt. Jetzt will sie dir beweisen, dass du doch gut genug für sie bist.«

»Ach, und was hätte ich deiner Meinung nach sagen sollen?«

»Liebe Theresa, du bist eine tolle Frau, und ich bin ein sexsüchtiger Schuft, der dich nur ausgenutzt hat. Wie wär's damit?«

»Vergiss es.«

Ich fische eine störrische Muschel aus meiner Pasta.

»Schöne Grüße von Vera, übrigens. Ich war eben mit ihr beim Sport.«

»Ach ja?«

»Ach ja.«

Ich beobachte Till prüfend. Sieht nicht so aus, als würde er freiwillig was zu der Nacht mit Vera sagen.

»Ich weiß Bescheid.«

»Du weißt was?« Till sieht mich entsetzt an.

»Na, dass ihr beide miteinander im Bett wart.«

Er atmet tief durch.

»Und was hat sie so gesagt?«

»Nichts weiter. Willst du 'ne Wertung haben?«

»Nein. Natürlich nicht. Es ist nur ...«

»Hast du Angst, doch nicht so gut abzuschneiden?«

»Quatsch, ich weiß, was ich kann.«

»Da spricht die wahre Bescheidenheit.«

»Ich meine, was hat sie überhaupt gesagt?«

»Was soll sie dazu sagen? Ihr beide habt doch miteinander abgemacht, dass es nur eine einmalige Sache war. Ihr seid erwachsene Menschen, die damit umgehen können, oder nicht?«

»Klar, was denn sonst?«

»Dann ist ja gut.«

Till stochert in seiner Pasta herum und wird ungewöhnlich schweigsam. Langsam mache ich mir Sorgen: »Till? Ihr könnt tun und lassen, was ihr wollt, das macht ihr ja sowieso, aber bitte macht unsere Freundschaft nicht kaputt, okay? Das fände ich schrecklich.«

»Was du dir wieder für Gedanken machst. Alles cool.«

Eine Dreiviertelstunde vor Antritt meines Dienstes in der Notaufnahme betrete ich, zugegebenermaßen ziemlich lustlos, die *Moby-Fit*-Ambulanz. Es ist ein traumhafter Sommertag, und ich würde lieber an den Badesee fahren, als in der Klinik Spätdienst zu schieben. Nils sitzt an seinem Schreibtisch, auf dem sich schon wieder fünf Teetassen tummeln, und wirkt sehr beschäftigt.

»Hallo, Nils.«

»Hallo, hast du heute nicht Notaufnahmedienst?«

»Ja, ich habe Spätdienst. Ich muss noch ein paar Briefe diktieren und wollte dir die Unterlagen, die du mir für die Auswertung unserer Patientendaten geliehen hast, zurückgeben.«

Nils blickt angestrengt auf seinen Computer.

»Leg sie einfach auf den Stapel.«

Das mache ich, setze mich leise an meinen Schreibtisch, um Nils nicht unnötig zu stören und nehme mir die erste Akte vor. Weiter komme ich erst mal nicht. Das Telefon klingelt. Nils und ich teilen uns einen Apparat. Er hebt ab. Dann reicht er mir den Hörer: »Die Pforte, deine Mutter ist in der Leitung. Mach nicht so lange, ich erwarte einen wichtigen Anruf.«

Mir läuft es kalt den Rücken runter. Meine Mutter ist dabei, in mein letztes eigenes Refugium einzudringen. Die Klinik. Wie konnte das passieren? Stirnrunzelnd nehme ich das Gespräch an: »Hallo?«

»Anna-Isabella-Felicitas!«

Na klasse. Wenn sie mich mit allen Namen, die ihr bei meiner Geburt, nur um mich zu quälen, eingefallen sind, anredet, ist sie sauer. Warum auch immer. Eigentlich findet sie fast immer einen Grund.

»Was gibt's?«

»Wie kannst du es wagen?!«

»Was?«

»Wie kannst du es wagen, Frau Beier so zu behandeln und mich vor meiner Kegelgruppe so zu blamieren.«

Denner wirft mir einen bösen Blick zu.

»Ich kann jetzt nicht telefonieren. Wir erwarten einen wichtigen Anruf.«

Das ist meiner Mutter egal.

»Wie konntest du nur so mit Frau Beier umgehen, ihr den Fahrradstellplatz wegnehmen und sie dann auch noch vor der Hausverwaltung bloßstellen?«

»Ich habe nichts von alledem getan und bloßgestellt hat sie sich selbst.«

»Jetzt lüg mich nicht an.«

Wie schön, dass meine Mutter immer den anderen glaubt. Das war schon im Kindergarten so. Wenn mir einer der Jungs die Sandschaufel klaute, war ich natürlich schuld, und der Bengel bekam von ihr noch ein Bonbon zugesteckt.

»Tu ich nicht.«

»Darüber reden wir später.«

Nur über meine Leiche. Sie lässt nicht locker: »Hast du Spätdienst? Dann rufe ich dich gegen sechs noch mal an.« Schwupps, ich bin eine Leiche – so schnell geht das. Denner räuspert sich.

»Ich muss jetzt wirklich aufhören. Mach's gut. Frau Beier und deine Kegelfreundinnen beruhigen sich schon wieder.«

»Ach, was ich nicht alles ertragen muss! Womit habe ich so etwas verdient?« Ich lege auf.

»Wolltest du Beruf und Privates nicht trennen?«

»Du hättest sie ja gern für mich abwimmeln können.«

»Das ist nicht meine Aufgabe. Abgrenzen musst du dich schon selbst.«

Ich wende mich wieder der Akte zu. Das Diktiergerät piepst kurz schrill, als ich es anschalte, und Nils stöhnt entnervt. So leise wie möglich spreche ich meinen Text in das Gerät.

»Guten Tag, Diktat Plüm, es folgt der Entlassbrief von Marvin Eckert ...«

Hinter mir ertönt ein weiteres schrilles Piepen. Das ist Nils' Diktiergerät.

»Fortsetzung des Ambulanzberichtes von Klaus-Ole ...«, brüllt er in den Apparat.

Oh, Mist. So wie der heute drauf ist, bitte ich ihn lieber nicht, seine Briefe erst zu diktieren, wenn ich in der Notaufnahme bin. Ich halte mir das linke Ohr zu, drehe mich so weit wie möglich von Nils weg und diktiere weiter: »Also, es geht um den Entlassbrief von Marvin Eckert, stationärer Aufenthalt vom sechzehnten achten bis zum dreiundzwanzigsten achten …«

Nils wird immer lauter: »ambulante Vorstellung am fünfundzwanzigsten achten …«

Ich fahre fort: »Diagnosen: Adipositas, aggressive Verhaltensstörung, Hypercholesterinämie …«

»Diagnosen – Adipositas, Störung des Sozialverhaltens …«, poltert Nils.

»… Störung des Sozialverhaltens …«, murmele ich.

Mist, das hat doch Denner gerade diktiert. Jetzt fange ich schon an, ihm alles nachzuquatschen. Sein Verhalten macht mich wahnsinnig. Ich kann mir ja schlecht beide Ohren zuhalten. Da fällt mir eine Lösung ein: Ohrstöpsel. Gut, dass ich davon immer ein paar in meiner Handtasche habe. Schnell stopfe ich mir die gelben Schaumstoffstöpsel in beide Ohren. Jetzt ist Nils schön leise. Meine Stimme hört sich auch seltsam gedämpft an, dafür ist mein Atem wahnsinnig laut.

»Die ausführliche Anamnese dürfen wir freundlicherweise als bekannt voraussetzen und verweisen hierfür auf …«, spreche ich nun ebenfalls ziemlich laut in mein Diktiergerät.

Ich kann meine Stimme nicht mehr richtig einschätzen.

Denner wird noch lauter: »Die Anamnese ist Ihnen bekannt, für unsere Unterlagen fassen wir …«

Ich nehme einen Ohrstöpsel heraus, um mir meinen zuletzt diktierten Satz anzuhören. Der ist kaum zu verstehen. Das ganze Diktat ist ein Mischmasch aus Denners und meinen Sätzen.

»Ignorieren Sie bitte einfach diese unverschämt laute Stimme aus dem Hintergrund«, diktiere ich weiter. Frau

Goldstein kommt herein: »Was ist das denn für ein Lärm? Was ist denn hier los?«

»Nichts«, sagt Nils.

»Wir diktieren Briefe«, antworte ich.

Frau Goldstein seufzt tief und verlässt das Zimmer. Sie sieht aus, als hielte sie uns für völlig bescheuert. Vermutlich hat sie recht. Das bringt doch nichts. Ich diktiere lieber ein andermal weiter. So langsam muss ich sowieso in die Notaufnahme. Ich schalte mein fiepsendes Diktiergerät wieder aus und lege die Akte weg. Auch Denner macht eine Pause. Wir sollten uns endlich wieder wie normale Menschen benehmen. Ich drehe mich auf meinem Schreibtischstuhl zu ihm um.

»Vielen Dank noch mal, dass du mir so großartig geholfen hast. Ohne dich hätte ich den Vortrag niemals so gut hinbekommen. Das war wirklich toll von dir.«

»Schon gut.«

»Du wirst nicht glauben, was mir kurz vor dem Abschicken des Vortrages passiert ist. Ich habe aus Versehen Kaffee auf mein Laptop gekippt und ...«

»Anna, ich muss arbeiten. Hast du den Vortrag jetzt eingereicht?«

»Ja, und ich habe heute früh die Bestätigungsmail erhalten.«

»Dann ist ja alles in Ordnung. Würdest du bitte ...«, er deutet unmissverständlich Richtung Tür.

Nils scheint einen miserablen Tag zu haben. Mich aus unserem Büro zu werfen ist schon frech.

»Was ist denn eigentlich mit dir los? Kann ich irgendetwas für dich tun?«

»Ja, geh, und lass mich arbeiten.«

Hinter seinem Rücken ziehe ich die fieseste Grimasse, die ich zustande bringe, stehe auf und gehe.

»Ich kann dein Spiegelbild in meinem Bildschirm sehen«, ruft er mir hinterher.

Ab neunzehn Uhr beginnt in der Notaufnahme die Polonaise der besoffenen Jugendlichen. Fünf an der Zahl sind es heute. Vollgekotzt und völlig desorientiert werden sie bei uns eingeliefert. Wir ziehen sie um, versorgen sie über eine Infusion mit Flüssigkeit, und sie pinkeln uns die Betten voll. Am nächsten Morgen werden die Eltern ihre saufwütigen Halbstarken frisch ausgeruht und, dank der Infusion, ohne Kater wieder abholen. So habe ich mir meine Arbeit als Kinderärztin nie vorgestellt. Der einen oder anderen Party bin ich ja auch nicht abgeneigt, aber das geht echt zu weit.

Einen vierzehnjährigen Austauschschüler aus England hat es besonders schlimm erwischt. Er glaubte, seine Männlichkeit mit dem Trinken einer ganzen Flasche Branntwein unter Beweis stellen zu müssen. Jetzt fällt er fast ins Koma. Immer wieder schreie ich ihn an und setze heftige Schmerzreize, um von ihm eine Reaktion zu erhalten. Nach einer halben Stunde öffnet er die Augen und haucht mir mit glasigem Blick seine Fahne entgegen: »You've got an annoying voice, fuck off!«

Das reicht! Und um den Burschen habe ich mir eben noch Sorgen gemacht! Plötzlich piept der Wecker meiner Armbanduhr. Die Parkuhr ist abgelaufen. Ich melde mich bei Schwester Petra kurz ab und renne mit fliegendem Stethoskop zum Parkplatz. Die Politesse steht bereits an meinem Auto und hat ihren Stift gezückt.

»Stopp! Halt! Warten Sie! Ich hab noch zwei Minuten.«

Völlig außer Atem erreiche ich meinen Wagen, schließe ihn auf und stelle die Parkuhr um.

»Da haben Sie ja noch mal Glück gehabt«, brummelt die Politesse und wendet sich dem nächsten Auto zu. Das ist Klemmes Auto.

»Stopp! Moment! Nicht!«, ruft eine Frauenstimme von der Klinik herüber. Eine der OP-Schwestern kommt angeflitzt und stellt sich schützend vor Klemmes Wagen.

»Bitte warten Sie. Der Herr Doktor ist gerade in einer wichtigen OP. Ich stelle die Parkuhr sofort um.«

Die Politesse steckt ihren kleinen fiesen Computer und ihren Stift ein und geht weiter. »Halt! Stopp!« Diesmal ist es eine Männerstimme. »Ich fahre sofort weg!«

Das ist Nils. Auch er hetzt zu seinem Auto und öffnet die Tür. Der hat aber lange gearbeitet.

»Was machst du denn hier? Du scheinst deinen Dienst ja sehr ernst zu nehmen«, pampt er mich an.

»Lass deine schlechte Laune nicht an mir aus. Du kannst ja nächstes Mal für mich die Uhr nachstellen«, fauche ich zurück.

In einem Punkt hat er allerdings recht. Ich muss so schnell wie möglich zurück in die Notaufnahme.

Am späten Abend stehe ich vor einem für mich unlösbaren Problem: Die Röntgenanlage ist überhitzt, kein Wunder bei den Temperaturen, und muss für ein paar Stunden ausgeschaltet werden. Solange müssen wir unsere Patienten mit dem kleinen fahrbaren Gerät selbst röntgen. Ich versuche, ein kleines Mädchen mit Verdacht auf eine Lungenentzündung zu röntgen. Die Einweisung in das Gerät ist schon eine Weile her, aber ich schaffe es, alles korrekt einzustellen. Nur geht das störrische Gerät nicht an! Egal, wie oft ich den Einschaltknopf drücke, es tut sich nichts. Ist die Maschine vielleicht auch überhitzt? Verzweifelt rufe ich meinen diensthabenden Oberarzt Dr. Kruppa an. Dr. Kruppa ist noch in der

Klinik und von daher nicht ganz so genervt, weil er vorbeikommen muss.

In einer Zehntelsekunde hat Dr. Kruppa das Problem gelöst.

»Frau Plüm, wenn Sie den Stecker des Röntgengerätes in die Steckdose stecken würden, dann könnte das eventuell helfen.«

Jetzt ist er genervt! Das ist mir ehrlich unangenehm.

Den Rest meines Dienstes verbringe ich mit einer sinnlosen Diskussion mit einem Kiffer und seiner betrunkenen Mutter. Der Siebzehnjährige wurde uns von seiner Mutter gebracht, weil sie einen Drogentest haben möchte.

»Ich möchte wissen, ob mein Sohn Gras geraucht hat«, fordert sie leicht lallend.

»Klar hab ich gekifft«, gibt ihr Sohn zu. Folglich braucht er keinen Test.

»Ich werd damit auch nicht aufhören, das sag ich Ihnen gleich«, fährt er fort.

Also kommt für ihn auch kein Drogenentzug in Frage.

Seine eigene Logik zu dem Thema lautet: »So lange die Alte säuft, kann ich auch kiffen.«

Seine Mutter ist in der Tat ziemlich angetrunken. »Es waren nur zwei Flaschen Rotwein zum Abendessen«, wiegelt sie ab.

»Die hat sie ganz alleine getrunken. Papa ist auf Geschäftsreise in Hongkong«, merkt ihr Sohn an.

»Hören Sie. Nicht ich bin das Problem, sondern mein Sohn. Ich möchte wissen, ob er gekifft hat«, versucht die Mutter erneut, mir die Lage zu erklären.

»Hat er! Das hat er doch gerade selbst gesagt!«

Dieses Duo infernale treibt mich in den Wahnsinn. Ich melde die beiden dem Jugendamt und rufe ihnen ein Taxi.

Als ich gegen Mitternacht abgelöst werde, bin ich heilfroh, dass ich dieses Irrenhaus verlassen kann. Was für ein Abend!

Hinter dem Scheibenwischer meines Autos klemmt ein Knöllchen. Mist! Ich hatte keine Zeit, die Parkuhr noch einmal nachzustellen. Seufzend stopfe ich es zu den anderen ins Handschuhfach und fahre heim.

Zu Hause höre ich als Erstes meinen Anrufbeantworter ab. Vera und Caro wollen wissen, ob ich mich nach der Arbeit noch mit ihnen im Carlssons treffen möchte. Ich weiß nicht. Prinzipiell hätte ich schon Lust auszugehen. Die Jägermeister-, Wodka-Red-Bull-, Wodka-Grapefruit-, Asbach-Cola- und Kornfahnen, die mir heute im Dienst entgegenwehten, haben mir den Appetit auf Cocktails allerdings gründlich verdorben. Für heute reicht's mir, und der Stress mit Nils schlaucht mich zusätzlich. Was ist bloß mit dem los? Irgendwie werde ich nicht schlau aus ihm. Mal ist er supernett und dann wieder total herablassend. Männer!

Kapitel 17

In der *Moby-Fit*-Ambulanz wartet einige Tage später eine Überraschung auf mich: An meinem Schreibtisch sitzt eine mir unbekannte junge Frau. Sie kann nicht älter als Anfang zwanzig sein, hat kurze schwarze Haare, große blaue Augen und feine Gesichtszüge. Trotz ihres burschikosen Haarschnittes ist sie bildhübsch. Wie kann man nur so einen ebenmäßigen Teint haben?

Darum geht es jetzt aber gar nicht! Ich habe mich den ganzen Vormittag durch die Notaufnahme gekämpft, bin von den letzten anstrengenden Diensten pauschal genervt und jetzt das: Die Tussi sitzt an meinem Platz und hat dort irgendwelche Unterlagen ausgebreitet. Meinen Stifteständer und den Locher hat sie einfach auf die Fensterbank gestellt.

»Entschuldigung, darf ich fragen, wer Sie sind und was Sie an meinem Schreibtisch machen?«

Am liebsten würde ich sie ohne große Worte an den Ohren aus dem Zimmer schleifen.

»Oh, hallo, Sie müssen Frau Dr. Plüm sein. Ich bin Katharina Heck, die Psychologiestudentin.«

Ich blicke sie verständnislos an.

»Ich schreibe meine Semesterabschluss-Arbeit über das *Moby-Fit*-Programm. Nils meinte, es sei kein Problem, dass ich Ihren Schreibtisch benutze, wenn Sie nicht da sind.«

»So, sagte er das?«

»Ja. Er hat Ihnen doch bestimmt erzählt, dass ich ab heute für fünf Wochen hier mitarbeite.«

»Das muss ich wohl vergessen haben. Ich habe viel zu tun.«

»Das glaube ich sofort. Sie können sich gar nicht vorstellen, wie froh ich bin, meine Arbeit zusammen mit Nils schreiben zu können. Er ist auf dem Gebiet der patientenorientierten Kommunikation mein absolutes Vorbild. Er ist ...«

Zum Glück endet das Loblied auf Nils mit dessen Erscheinen. Die Studentin springt auf und fällt ihm fast um den Hals.

»Oh, Nils, schön, dich zu sehen. Ich bin die Artikel, die du mir empfohlen hast, schon alle durchgegangen. Vielen Dank für den Hinweis. Allerdings habe ich noch einige Fragen. Kannst du die nachher mit mir durchsprechen?«

»Natürlich. Ich möchte ja, dass du hier möglichst viel lernst.«

Nils ist sichtlich geschmeichelt. Mir kommt's gleich hoch. Katharina ist ein richtiger Schleimbeutel. Was mich aber wirklich wütend macht, ist die Tatsache, dass Nils mich nicht über ihr Kommen informiert hat und ihr allen Ernstes meinen Schreibtisch angeboten hat. Und gerade eben hat er mich nicht einmal gegrüßt. Er tut glatt so, als wäre ich Luft. Ich versuche möglichst gelassen zu klingen, als ich ihn frage: »Kann ich dich kurz sprechen?« Er weicht mir einfach aus: »Jetzt ist es ungünstig. Ich muss Katharina vor der Sprechstunde noch einweisen.«

Die strahlt ihn mit ihren dämlichen babyblauen Augen an.

»Gut dann eben später.«

Mit nur mühsam unterdrücktem Zorn gehe ich in mein Ambulanzzimmer und beginne mit meiner Sprechstunde. Darauf kann ich mich gar nicht richtig konzentrieren, da mich ständig die Frage umtreibt, was eigentlich mit Nils los ist. Ich habe ihm nichts getan. Im Gegenteil, ich habe rechtzeitig die Grenzen abgesteckt. Also was soll dieses Theater?

Der nächste Patient kommt herein: Es ist Marvin. Marvin krümmt sich vor Bauchschmerzen und kann kaum gehen. Was hat er denn nun wieder? Der Junge scheint Probleme magisch anzuziehen. Nach einigen bohrenden Fragen berichtet er, welchen Unfug er diesmal angestellt hat. Er hat in den letzten drei Tagen nichts getrunken, um so Gewicht für den heutigen Wiegetermin zu sparen. Chips, Schokolade und Burger hat er dagegen weiter in sich hineingeschaufelt. Jetzt ist er schlichtweg verstopft.

Ich bringe Marvin kurzerhand in die Notaufnahme, damit meine Lieblingsschwester Petra ihm einen Einlauf macht.

Petra ist knapp dreißig, einen Kopf größer als ich, hat einen drahtigen Körper und kurze hellblonde Haare. Sie ist fachlich und menschlich wirklich auf Zack. Mit ihrem schier unerschütterlichen Humor macht sie selbst die stressigsten Dienste erträglich. Außerdem ist sie mein großes Vorbild, was Schlagfertigkeit betrifft. Von ihr kann ich da eine Menge lernen. Das mache ich nur leider nicht. Marvin hat große Angst vor dem Einlauf und weigert sich, sich auf die Liege zu legen. Geduldig versuchen wir, ihn von der Harmlosigkeit dieser Prozedur zu überzeugen, bis sich sein Vater, der ihn heute begleitet, einmischt.

»Marvin, soll der Papa sich auch die Hose runterziehen und sich mit dir auf die Liege legen?«

»Nein, das soll der Papa nicht!«, schreitet Schwester Petra ein. Ich kann mir kaum das Lachen verkneifen und flüchte prustend aus dem Zimmer.

Bei der nachmittäglichen Ambulanz-Nachbesprechung geht Katharinas Schleimshow weiter.

»Nils, es ist wirklich unglaublich, wie gut du mit diesen Jugendlichen zurechtkommst.«

Wenn das nicht zu peinlich wäre, würde sie ihm glatt die Füße küssen. Während Nils sich rührend um die schleimige Katharina kümmert, ignoriert er mich, so weit ihm das möglich ist. Das geht so nicht weiter. Ich muss mit ihm unbedingt ein Gespräch unter vier Augen führen. »Nils, könnte ich dich vielleicht kurz sprechen?«, wage ich erneut einen Versuch.

»Hast du Probleme mit einem deiner Patienten? Das können wir ruhig hier besprechen. Katharina soll in alles, was die Ambulanz betrifft, einbezogen werden.«

»Ehrlich gesagt, würde ich gerne etwas Privates mit dir klären.«

»Gibt es doch wieder Probleme mit deinem Vortrag?«

»Nein, der ist angenommen worden.«

»Na, dann ist doch alles bestens.«

Das Telefon klingelt. Klingt nach einem externen Anruf.

»Ich geh schon ran!«, ruft Katharina und springt von ihrem Stuhl auf. Na klasse! Jetzt hat Nils anscheinend auch seine eigene Telefonistin.

»Ist für Sie, Ihre Mutter.« Sie reicht mir den Hörer.

»Das kann gar nicht sein. Sie hat diese Durchwahl nicht«, winke ich ab.

»Doch. Ich habe sie ihr gegeben. Sie hat heute schon fünfmal angerufen und sich Sorgen gemacht, weil sie Sie nicht erreichen konnte.«

Ich starre das Telefon an, als wäre es eine Bombe, die kurz davor ist zu explodieren. Nils grinst.

»Na großartig. Gehen Sie immer an fremde Telefone?«, blaffe ich Katharina an.

Sie sieht verwirrt aus: »Habe ich etwas falsch gemacht? Ich wollte nur helfen.«

Glitzern da tatsächlich Tränen in ihren Augen? Die soll sich hüten, jetzt hier eine Mitleidsshow abzuziehen. Nils springt ihr auch noch bei.

»Ich habe sie darum gebeten, den Telefondienst zu übernehmen.«

Ich nehme den Hörer und bedenke Nils mit einem bösen Blick, von dem ich ernsthaft hoffe, dass er tödlich sein könnte. Aber natürlich passiert ihm nichts. Sein Grinsen wird lediglich breiter.

»Mutter!«

»Endlich erreiche ich dich. Ich habe mir solche Sorgen gemacht ...« Ich warte, bis sie ihre übliche Sorgen- und Kummer-Tirade losgeworden ist. Derweil packt Nils seine Sachen zusammen.

»Mutter, warte mal kurz ... Nils, kann ich dich gleich noch sprechen?«

»Heute sieht es schlecht aus. Katharina hat noch einige fachliche Fragen an mich. Entschuldige uns bitte. Katharina, was hältst du davon, wenn wir für diese kleine Nachhilfestunde in ein Café gehen? Das Wetter ist viel zu schön, um hier drin zu bleiben. Außerdem kann Anna dann in Ruhe arbeiten.«

Katharina platzt fast vor Freude über diesen Vorschlag. Bevor sie den Raum verlässt, wendet sie sich noch kurz an mich: »Ich habe gemerkt, dass sich hier in der Abteilung außer Frau Goldstein alle duzen. Ich bin übrigens Katharina.«

Sie streckt mir die Hand entgegen. Völlig perplex ergreife ich diese und stammele: »Freut mich, Anna.«

Ich halte den Telefonhörer wieder ans Ohr und merke gerade rechtzeitig, dass Mutter mit ihren üblichen Vorwürfen einfach weitergemacht hat und gerade am Ende angekommen ist. »Du könntest eines Tages tot sein, und ich würde es nicht einmal erfahren.«

»Gibt's, abgesehen von den üblichen Sorgen, die du Arme durch deine heiratsunwillige Tochter erleiden musst, noch was Dringendes? Ich muss arbeiten. Ich habe einen Job, falls du das vergessen haben solltest.«

»Natürlich habe ich das nicht vergessen. Wie könnte ich. Der Gedanke quält mich jeden Tag. Du solltest endlich ...«

»... heiraten?«

»Ja! Und sei nicht immer so frech. Das geht doch nicht, ein Leben ohne Mann. Was ist denn mit deinem Kollegen, diesem, wie heißt er noch?«

»Dr. Denner?«

»Ja, genau der. Der hört sich am Telefon immer so nett an.« Immer? Meine Güte, wie oft hat sie denn schon hier angerufen und Denner terrorisiert? Vielleicht ist er deshalb so schräg drauf.

»Könntest du bitte aufhören, meine Kollegen zu belästigen?«

»Ich belästige niemanden. Alle sind immer sehr freundlich zu mir. Nur du weißt mich nicht zu schätzen.«

»Ich muss jetzt wirklich arbeiten.«

Die Botschaft kommt bei ihr einfach nicht an.

»Du musst mir helfen. Ich habe auf meinem Handy-Display seit einer Woche so einen komischen Briefumschlag. Weißt du, was das zu bedeuten hat?«

»Du hast 'ne Nachricht bekommen.«

»Wie, eine Nachricht?«

»Jemand hat dir eine Nachricht geschrieben.«

»Und wer?«

»Das weißt du, wenn du sie liest. Frag Papa, wie das geht.«

»Deinen Vater werde ich auf keinen Fall fragen. Der denkt

nur wieder, ich hätte keine Ahnung von diesen neumodischen Telefonen.«

»Das hast du auch nicht.«

»Jetzt werd nicht frech. Was soll ich denn jetzt machen? ... Huch ... Was ist denn ... tuuut ... komisch, hörst du das auch?«

»Ja, entweder klopft jemand an, oder der Akku ist gleich alle.«

»Es klopft jemand? Also ...«

»Schau mal aufs Display.«

»Komisch, da steht L-O-W-B-A-T.«

»Dann ist der Akku gleich alle. Du musst das Handy aufladen. Frag Papa ...«

»Tuuut ...« Das Gespräch bricht ab. Wenn ich ganz viel Glück habe, findet sie nie raus, wie man das Ding wieder auflädt. Meine Mutter hat einfach ein Talent dafür, in den unmöglichsten Momenten anzurufen. Warum war Katharina bloß so blöd, ihr diese Nummer zu geben? Das sagt einem doch schon der normale Menschenverstand, dass man so was nicht macht. Und wie kann Nils sie da auch noch verteidigen? Sie ist so eine dreiste Person. Jetzt hat sie mir auch noch das Du aufgezwungen!

Während der nächsten Ambulanztage verhält sich Nils mir gegenüber keinen Deut besser. Katharina himmelt ihn an, und er genießt es in vollen Zügen. Mich bedenkt er hingegen lediglich mit biestigen Kommentaren. Schließlich halte ich diese eisige Stimmung nicht mehr aus. Ich muss endlich mit ihm reden. Das ist allerdings nicht so leicht, da Madame-Übereifrig wie Kaugummi an ihm klebt. Ich warte am Empfangstresen der Ambulanz auf ihn und tue derweil so, als würde ich die Post sichten. Da kommt er den Gang runter, die plappernde Katharina neben sich. Jetzt biegt er ab und geht auf die Herrentoilette. Katharina wartet, an die gegenüberliegende Wand gelehnt, auf ihn. Das ist meine Chance. Ich gebe ihm zwei Minuten, dann stürme ich in die Herrentoilette und fange Nils, der sich gerade die Hände wäscht, ab.

»Kannst du mir mal sagen, was mit dir los ist?«

»Das hier ist die Herrentoilette. Du hast dich in der Tür geirrt.«

»Keineswegs. Du gehst mir nur ständig aus dem Weg oder versteckst dich hinter deiner kleinen Studentin.«

»Was ist dein Problem?«

»Nein, was ist dein Problem? Wieso behandelst du mich wie den letzten Dreck?«

»Ich weiß nicht, was du meinst. Ich behandele dich lediglich beruflich neutral.«

»Du weißt genau, dass das nicht stimmt.«

»Stört es dich, dass du wegen Katharina hier jetzt nicht mehr meine volle Aufmerksamkeit genießt?«

»So ein Quatsch. Um Katharina geht es doch gar nicht.«

»Gut, denn ich finde, du kannst dich nicht beklagen. Du bekommst in deinem Leben doch schon genug Beachtung.«

»Nils, was soll das? Hast du 'ne gespaltene Persönlichkeit, oder was? Erst hilfst du mir bei dem Vortrag und bist total nett, dann tust du wieder so, als könntest du meine Anwesenheit keine zwei Minuten ertragen.«

»Du sagst es. Ich habe dir geholfen. Der Vortrag ist fertig. Dann brauchst du mich ja jetzt nicht mehr.«

»Du sprichst in Rätseln.«

Nils fährt völlig aus der Haut: »Du spielst doch nur mit anderen Menschen. Wenn sie dir nützlich sind, bist du zuckersüß, und das war's dann. Du hast doch an jedem Finger einen Kerl für alles. Einen Deppen wie mich. Einen zum Ausgehen …«

»Wovon redest du? Der einzige Mann, mit dem ich in letzter Zeit aus war, ist mein bester Freund Till.«

»Hör auf, mir was vorzumachen! Du bist, wie du bist! Ich kapiere zwar nicht, warum du auf so ’nen schmierigen Typen mit Schnurrbart stehst, aber das soll mir auch egal sein.«

»Der schmierige Typ war Till. Du bist doch nicht etwa sauer, weil ich mit meinem besten Freund zu Mittag gegessen habe?«

Nils sieht aus, als hätte ich ihn beim Eierklauen erwischt. Ich fasse das nicht!

»Woher weißt du überhaupt, mit wem ich essen gehe? Spionierst du mir nach?«

Nils geht zum Angriff über: »Da sieht man wieder, wie egozentrisch du bist. Du bist nicht der Nabel der Welt. Du kannst essen gehen, mit wem du willst. Das geht mich nichts an, und es interessiert mich auch nicht.«

»Du hast meine Frage nicht beantwortet. Also?«

»Bilde dir mal bloß nichts ein. Ich habe euch zufällig gesehen. Ich wohne dort um die Ecke, falls du es vergessen hast, und musste mittags nach Hause, um einen Handwerker reinzulassen.«

»Nils. Till ist mein bester Freund. Du kennst ihn von dem Abend im Carlssons, wo er, zugegeben, etwas anders aussah. Er war auch derjenige, der meinen Vortrag gerettet hat, als mir der PC vor dem Einreichen abgestürzt ist. Das wollte ich dir schon die ganze Zeit erzählen, aber du hörst mir ja nicht mehr zu.«

»Das ist auch egal, es geht hier ums Prinzip. Darum, wie abfällig jemand wie du andere behandelt.«

Langsam kapiere ich seine Logik nicht mehr.

»Ich habe niemanden abfällig behandelt. Komm mal wieder runter. Till ist mein bester Freund. Weiter nichts. Und weißt du was? Du hast recht. Selbst wenn es nicht so wäre. Es geht dich nichts an, denn wir beide sind nur Kollegen. Aber als Kollegin erwarte ich von dir ein Mindestmaß an Respekt.«

Mein Pieper fängt an zu fiepen: »Frau Dr. Plüm, bitte dringend in die Notaufnahme«, rauscht es knackend aus dem kleinen schwarzen Kasten an meinem Gürtel.

Nils schiebt sich an mir vorbei.

»Du solltest dich lieber beeilen. Wir kommen hier schon ohne dich klar.«

»Kannst du nachher wenigstens mit mir zusammen den neuen Patienten auf der Jugendstation visitieren? Er ist privat, und die Eltern möchten, dass er von dir mitbetreut wird.«

Nils zieht eine Augenbraue hoch.

»Hey, ich habe mir das nicht ausgedacht. Du kannst auch gerne alleine hingehen, dann müsste ich ihn dir allerdings noch vorstellen«, entschuldigend hebe ich die Hände. Nils atmet tief durch.

»Schon gut. Melde dich einfach bei mir, wenn du in der Notaufnahme fertig bist.«

Dr. Klemme betritt die Toilette und hält verdutzt inne:

»Frau Plüm!« Er blickt Nils hinterher, der an ihm vorbei den Gang hinuntereilt, die aufgeschreckte Katharina einen halben Meter hinter sich im Schlepptau.

Dann wendet er sich mir wieder zu und schüttelt den Kopf. »Frau Plüm, Frau Plüm, Frau Plüm! Was soll ich denn davon halten? Halten Sie hier drin etwa Ihre abteilungsinternen Besprechungen ab?«

Bei dem Wort Besprechung imitiert er mit seinen Zeigefingern Gänsefüßchen.

»Nein. Die, ähm, Damentoilette ist defekt. Tut mir leid. War eilig.«

Professor Astrup scheint zu befürchten, dass ich mich bei *Moby Fit* langweilen könnte, so häufig, wie er mich in die Notaufnahme rufen lässt. Ab einer Wartezeit von zwei Stunden muss dort ein zweiter Assistenzarzt einspringen.

Ein zwölfjähriger Junge, der ein wenig Nasenbluten hatte, erwartet mich mit seiner besorgten Tante.

»Ich habe nicht in der Nase gebohrt, sondern einfach nur so Nasenbluten bekommen«, versucht er mir weiszumachen.

»Da muss man den Jungen doch mal genau anschauen«, fordert die Tante. Das tue ich auch. Unter dem Nagel seines rechten Zeigefingers entdecke ich einen eindeutigen Nasenpopeln-Blutkrustenrand. Nachdem ich ihn überführt habe, gibt er es endlich zu. Natürlich hat er ausführlich in der Nase gepopelt. Dann blutet es halt auch mal.

Während der nächsten Stunden arbeite ich zusammen mit Schwester Petra die Warteliste rasch ab. Zügig behandle ich an die fünfundzwanzig Kinder mit Husten, Schnupfen, Ohrenschmerzen und Verstopfungen. Für die Entfernung einer Zecke, die sich an einer delikaten Stelle festgesaugt hat, brauche jedoch selbst ich ein wenig länger. Die kleine freche Zecke hat sich am Hoden eines fünfjährigen Jungen festgesaugt. Oder, wie er es ausdrückt: »Unterm Swänzchen.«

In der Tat, da sitzt sie. Nun kämpfe ich gegen die mächtigste männliche Urangst überhaupt an. Der Junge hat wirklich panische Angst, das ewig penisneidische Weib könnte ihm mit der Zeckenzange sein bestes Stück abknipsen. Es bedarf einiger Geduld und Überredungskunst, dann ist der Störenfried entfernt. Die Zecke natürlich. Ich bin sehr zufrieden. Gute Behandlungsergebnisse machen eine ambitionierte Ärztin glücklich. Heute scheint, abgesehen von dem durchgedrehten Nils, ein guter Tag zu sein.

Als Nächstes folgt die Behandlung einer Chassaignac-

Lähmung. Ein kleines Mädchen, das seinen linken Arm nicht mehr bewegen kann, wird eingeliefert. Zuvor war sie an der Hand der Mutter gestolpert und diese hatte sie gut festgehalten. Dabei kann bei kleinen Kindern einer der Unterarmknochen im Ellenbogengelenk verrutschen. Da sitzt das Mädchen nun, mit bewegungslos herunterhängendem, leicht nach innen gedrehtem Arm. Während ich mich noch mit der völlig aufgelösten Mutter unterhalte, habe ich den Arm auch schon wieder eingerenkt. Das löst im Nachhinein ein massives Protestgeschrei der kleinen Lea aus. Sie hat damit nicht gerechnet, es hat ein bisschen weh getan, und sie hat sich erschrocken. Ich bitte die Mutter, mit Lea in unser Spielzimmer zu gehen, um zu beobachten, ob sie den Arm wieder bewegen kann.

Eine halbe Stunde später schaue ich nach. Lea spielt konzentriert mit einigen Bauklötzchen. Sie schaut hoch und winkt mir lachend mit beiden Händen zu. Perfekt! Dann springt sie auf, läuft auf mich zu und gibt mir zum Dank ein Küsschen auf die Wange. Mir kommen gleich vor Rührung die Tränen! Mutter und Kind verlassen freudestrahlend die Klinik. So fühlt sich Medizin richtig gut an. So sollte sie sich immer anfühlen!

Gegen achtzehn Uhr ist die Warteliste so weit reduziert, dass der Kollege vom Frühdienst und ich den Spätdienst-Kollegen mit gutem Gewissen alleine lassen können. Ich rufe Nils von der Notaufnahme aus in unserem Zimmer an. Er geht gleich selbst ran, also scheint sein nerviger Schleimschatten schon Feierabend zu haben.

»Ich bin in der Notaufnahme jetzt fertig. Wenn du Zeit hast, können wir uns auf der Jugendstation zur Visite der Neuaufnahme treffen.«

»Es ist ganz schön spät geworden.«

»Wenn du keine Zeit hast, weil du wieder in irgendwelche Cafés musst, verlegen wir es auf morgen. Ich kann die Eltern heute auch einfach von dir grüßen. Das wird schon klappen.«

»Nein. Ist schon gut. Wir sehen uns oben.«

Wir treffen uns im Schwesternzimmer, damit ich Nils die nötigen Informationen geben kann.

»Wo ist denn dein Schatten abgeblieben?«, begrüße ich ihn.

»Was sollen diese sinnlosen Kommentare, Anna? Das verbitte ich mir. Katharina ist eine engagierte Studentin, die hier hervorragenden Einsatz zeigt.«

»Ich verbitte mir hier auch einiges. Zum Beispiel die schlechte Laune, die du in letzter Zeit verbreitest.«

»Mit deinen provokanten Sprüchen machst du es nicht besser.«

»Können wir uns jetzt um den Patienten kümmern?«

»Dann schieß mal los.«

»Also Connor, jetzt fünfzehn drei-zwölftel Jahre alt, war schon mal bei dir in der *Moby*-Fit-Ambulanz. Dann hat er das Programm abgebrochen. Er hat danach dreizehn Kilo zugenommen und wiegt jetzt knapp achtundneunzig Kilo. Aktuell wurde er vom Hausarzt wegen linksseitiger Schmerzen in der Brust mit Verdacht auf einen Herzinfarkt bei uns eingewiesen. Den haben wir ausgeschlossen. Hier sind EKG, Echo und Laborwerte. Alles unauffällig. Wir beobachten ihn noch für eine Nacht und machen dabei gleich den Adipositas-Check-up.«

»Ist dabei schon was rausgekommen?«

»Blutfette und Harnsäure sind zu hoch, was uns bei seiner Ernährung, die hauptsächlich aus Pizza mit doppelt Käse und Bratwurst besteht, nicht wundert. Die Langzeitblutdruckmessung läuft noch. Zuckerwerte waren bislang in Ordnung.«

»Gut. Dann lass uns mal bei ihm vorbeischauen.«

Connor thront in seinem Krankenbett, umringt von seinen Eltern und seiner kleinen fünfjährigen Schwester. Er mampft gerade eine Currywurst mit Pommes rotweiß.

»Oh, guten Tag, Herr Doktor. Schön, Sie zu sehen!«

Connors ebenfalls adipöse Eltern erheben sich mühsam und begrüßen Nils freudestrahlend.

»Guten Tag. Wie geht es Ihnen?«

»Gut, jetzt wo wir wissen, dass mit Connors Herz alles in Ordnung ist. Ihre Oberärztin hat sich so gut um uns gekümmert.« Mama-Connor lächelt mich mütterlich an.

Denner zieht die Augenbraue hoch.

»Das mit der Oberärztin stammt nicht von mir«, flüstere ich ihm zu. Er wendet sich Connor zu, der sich schnell noch ein paar Pommes in den Mund stopft.

»Und wie geht es dir?«

»Gut«, Connor grinst.

»Hast du noch Schmerzen?«

»Nö.«

Ach ja. Diese Gespräche mit pubertierenden wortkargen Jungs sind doch immer wieder eine Freude.

»Hältst du noch Diät?« Denner lässt nicht locker. Die Frage hätte er sich aber auch sparen können.

»Meistens. Wir haben ihm jetzt nur sein Lieblingsessen gebracht, weil er krank ist«, mischt die Mutter sich ein.

Wenn ich mir Connor so ansehe, scheint er sehr oft krank zu sein.

»Hat sich dein Gewicht in den letzten Monaten verändert?«, fragt Denner den jetzt etwas bedröppelt dreinschauenden Connor.

»Ich habe ein wenig zugenommen.«

»Vielleicht sollten wir wieder zu Ihnen in die Ambulanz kommen?«, schlägt seine Mutter vor.

»Gerne. Das geht aber nur, wenn Connor auch vorhat, bei der Therapie mitzuarbeiten«, gibt Denner zu bedenken und wendet sich wieder an Connor: »Vielleicht denkst du noch mal darüber nach. Wenn du es wirklich versuchen möchtest, bist du bei uns jederzeit willkommen.«

»Kommen denn Connors Schmerzen von seinen Rippen?«, fragt der bislang schweigsame Vater.

Denner dreht sich zu mir um: »Nun, da fragen wir doch am besten die Kollegin.«

Ich untersuche Connor noch einmal. Als ich auf die Gelenke zwischen der vierten und fünften Rippe links und dem Brustbein drücke, verzieht er schmerzhaft das Gesicht:

»Aua.«

Ansonsten ist alles in Ordnung.

»Es sind die Rippen. Wie genau das passiert ist, kann ich Ihnen nicht sagen. Vermutlich hat er falsch gelegen oder schief gesessen. Er ist insgesamt zu inaktiv und sollte mehr Sport treiben, um Muskulatur aufzubauen.«

»Vielen Dank, Frau Doktor. Wir sind ja so froh, dass es nicht das Herz ist.«

Mama-Connor ist sichtlich erleichtert. Seine kleine Schwester, die uns bislang neugierig beobachtet hat, kommt auf Nils zu.

»Na, junge Dame, kann ich etwas für dich tun?« Nils beugt sich zu ihr herunter.

»Du liebst sie, stimmt's?«, sagt sie und zeigt dabei mit dem Zeigefinger auf mich. Denner ist sprachlos.

»Charlene, du sollst doch nicht mit dem Finger auf andere Leute zeigen.« Die Mutter nimmt sie auf den Arm.

»Entschuldigen Sie, sie ist immer ein wenig vorlaut.«

»Schon gut«, stammele ich und bemerke zu meinem Entsetzen, dass ich puterrot angelaufen bin.

Mein Gesicht glüht. O nein, nicht schon wieder. Normalerweise habe ich meine vegetativen Reaktionen einigermaßen im Griff, aber in letzter Zeit gelingt mir das nicht mehr so gut. Vermutlich bin ich einfach zu gestresst. Denner und ich verlassen peinlich berührt das Patientenzimmer.

»Gib der Familie bei der Entlassung doch zur Sicherheit noch mal die Nummer unserer Ambulanz mit. Ich denke, das war's so weit. Bis morgen dann«, verabschiedet Nils sich auf dem Flur.

Meine Wangen fühlen sich noch immer viel zu warm an.

Zu Hause finde ich nach diesem langen Arbeitstag Till in einer selbst für ihn äußerst ungewöhnlichen Lebenslage vor: Er liegt nackt auf einer Boxershorts vor meiner Wohnung und schläft tief und fest. Mühsam rüttele ich ihn wach. Er ist total betrunken. Und das um neunzehn Uhr.

»Till, Till, steh auf!« Er schreckt hoch, sieht sich verwirrt um und dann an sich herunter. Schließlich blickt er mich ratlos an, als könnte ich ihm seinen Zustand erklären.

»Till, steh auf! Was machst du denn hier!«

Ich schließe die Wohnungstür auf, ziehe Till vom Boden hoch und schleppe ihn in die Küche. Dort platziere ich meinen splitterfasernackten Freund möglichst kippsicher auf einem Stuhl und sammele seine Boxershorts ein.

»Hier, zieh dich lieber mal wieder an.«

Till scheint nicht zu verstehen, was er mit dem Höschen soll. Er hält es mit fragendem Blick in den Händen.

»Anziehen. Du bist nackt. Wo sind denn deine anderen Klamotten?«

»Hmmm?«

»Deine Kleidung? Wo ist das alles?«

So komme ich mit Till nicht weiter. Ich schalte die Kaffeemaschine an und suche meine Wohnung nach Tills Kleidungsstücken ab. Im Wohnzimmer werde ich fündig. Eine Spur aus Hemd, T-Shirt, Schuhen, Jeans und Socken führt Richtung Sofa. Ich nehme das T-Shirt mit.

»So, am besten ziehst du das auch an.«

Ich muss Till stützen, da sich das Anziehen der Boxershorts als äußerst wackelige Angelegenheit entpuppt. Dann flöße ich ihm so viel Kaffee und Wasser ein, wie möglich. Ich möchte unbedingt wissen, was hier los ist.

»Wieso liegst du nackt vor meiner Haustür?«

»Hmm?«

»Wo kommst du überhaupt her?«

»Von der Arbeit. Woher denn sonst?«

»Klar, woher denn sonst. Ich liege nach der Arbeit auch manchmal einfach nur so betrunken und nackt in der Gegend rum. Was ist denn passiert?«

»Nix. Wir hatten ein Brainstorming.«

Das erklärt so einiges. Brainstormings in Tills Agentur sehen so aus: Alle setzen sich zusammen an einen Tisch, um nachzudenken. So weit, so gut. Auf dem Tisch stehen jedoch weder Kaffee noch Wasser, sondern literweise Whiskey und Bier. Zur zusätzlichen Förderung des Gedankenflusses gibt es einen Joint nach dem anderen. Bei dem, was die kreativen Köpfe da konsumieren, müssen sie ja nach wenigen Jahren ein Burn-out haben.

»Hast du nur gesoffen oder auch gekifft?«

»Ich kiffe doch nicht!«

Till blickt mich vorwurfsvoll an. So generell kann man das nicht sagen, aber so lange er heute nichts geraucht hat, ist ja schon mal gut. Mann, ist der knülle! Der kann ja kaum reden! Ungeduldig schenke ich ihm noch ein Glas Wasser ein. Till trinkt es brav aus.

»Kannst du mir mal erklären, wieso du nackt vor meiner Wohnung rumliegst – auf deiner Unterhose?«

»Ich habe auf deinem Sofa geschlafen und musste irgendwann auf die Toilette. Ich habe mich einfach in der Tür geirrt«, er zuckt hilflos mit den Schultern, »und da ist die Tür zugefallen, und ich stand draußen.«

»Und warum hast du deine Shorts ausgezogen?«

»Na, ich hab auf dich gewartet und saß auf dem kalten Boden. Ich wusste ja nicht, wann du kommst. Weil ich so müde war, hab ich mich hingelegt.«

»Auf den Boden?«

»Genau, aber der war so kalt, dass ich die Hose ausgezogen und mich draufgelegt habe, um mich vor der Kälte zu schützen.«

Das klingt ja nach einem Super-Plan!

»Wie bist du überhaupt hierhergekommen?«

»Taxi.«

»Und warum bist zu hierhergefahren und nicht nach Hause?«

»Theresa.«

»Mann, Till. Geht das auch in ganzen Sätzen? Dieses Gespräch wird echt mühsam.«

»Ich will mich nicht unterhalten.«

»Dann schlaf zu Hause.«

»Geht nicht.«

»Und warum nicht?«

»Ich bin betrunken.«

»Das sehe ich.«

»Stell dir mal vor, Theresa lauert mir auf und ich bin betrunken. Dann verführt sie mich sozusagen gegen meinen Willen, weil ich wehrlos bin und dann ...«

»Und dann? Ist doch alles wie immer.«

Till schüttelt empört den Kopf.

»Ist es nicht. Nachher passiert noch was, und dann kriegt Vera das raus und hasst mich.«

»Ich denke, ihr habt das geklärt?«

Tills Stimme wird weinerlich. »Ich will nicht, dass Vera mich hasst. Die Frau ist einfach toll ...«

»Hast du dich etwa in sie verliebt?«

Till guckt, als hätte er schlimme Zahnschmerzen.

»Ich und verlieben? Niemals! Aber Vera ist einfach ein Kracher. Sie ist schön, schlau, und du hast ja keine Ahnung, was sie mit ihrer Zunge so alles anstellen kann.«

»Okay, stopp, sofort! Keine Details, bitte. Genieße und schweig.«

»Stell dich nicht so an. Sex ist was ganz Natürliches.«

»Sex zwischen meinen besten Freunden nicht.«

»Du spinnst. Jeder hat Sex ... Außer dir.«

Das trifft es leider genau. Ich hatte seit Monaten keinen Sex mehr! Da kann ich die amourösen Eskapaden meines besten Freundes mit meiner besten Freundin gerade nicht ertragen. Bevor ich mehr Klarheit bezüglich der Frage, ob Till sich vielleicht doch ausnahmsweise mal verliebt hat, bekomme, schläft er am Tisch ein. Mit viel Mühe schaffe ich es, ihn zu meinem Sofa zu bugsieren. Da liegt er nun – und schnarcht.

Tja, was mache ich jetzt mit dem angebrochenen Abend? Und was mache ich in Zukunft mit Nils, der völlig den Verstand verloren zu haben scheint? Was ist, wenn Till sich doch in Vera verliebt hat? Fragen über Fragen wirbeln in meinem Kopf durcheinander.

Ich setze mich mit einem Glas Wein in meinen Liegestuhl auf der Terrasse und versuche etwas Klarheit in mein Leben zu bekommen. Kaum habe ich es mir gemütlich gemacht, klingelt es Sturm. Hoffentlich ist das nicht die Beier-Ziege mit neuen Schikanen. Ich öffne die Tür und bin sofort erleichtert. Es ist Vera. Das geht hier ja zu wie im Taubenschlag.

»Was ist passiert? Die Klingel ist fast durchgebrannt«, begrüße ich sie.

Vera lässt einen Haufen Tüten im Flur fallen und rennt an mir vorbei Richtung Bad.

»Sorry, ich war noch in der Stadt und muss total dringend.« Nach zwei Minuten kommt sie erleichtert wieder raus.

»Puh! Das war knapp.«

»Na gut, dass ich zu Hause bin. Was hättest du denn sonst wohl gemacht?«, grinse ich.

»Keine Ahnung. Bis zu mir hätte ich es jedenfalls nicht mehr geschafft.«

»Ich sollte wohl langsam ein Hotel mit integriertem Toilettenhäuschen eröffnen.«

»Wieso?«

Ich zeige in Richtung Wohnzimmer.

»Was macht Till denn hier?« Vera beäugt ihn misstrauisch durch die Tür, wie er da so schnarchend und sabbernd auf meinem Sofa schläft.

»Er hatte ein Brainstorming in der Firma.«

»Hat er gekifft?«

»Nein, zum Glück nicht. Danach spuckt er doch immer.«

»Dann musst du dir immerhin keine Sorgen um dein Sofa machen.«

»Leider schon. Mit seiner Sabberei versaut er mir ein Sofakissen nach dem anderen.«

»Dann gib ihm doch ein Kopfkissen.«

Ich verdrehe die Augen: »Du weißt doch, Till kann ...«

»... auf normaler Bettwäsche nicht schlafen. Ich weiß. Irgendwie sieht er ja ganz süß aus.«

Ich schließe die Wohnzimmertür.

»Komm, lass uns auf die Terrasse gehen. Ich glaube nicht, dass er es so toll findet, wenn er rauskriegt, dass du ihn in dem Zustand gesehen hast.«

»Also hör mal, ich habe ihn schon in ganz anderen Zuständen gesehen.« Vera grinst anzüglich.

Sie ist die einzige Frau, die ich kenne, die so anzüglich grinsen kann.

»Oh, bitte keine Details.«

Warum sind denn heute alle so auskunftsfreudig? Können die nicht mal was für sich behalten?

»Schade. Ich muss gestehen, ich kann über die Nacht mit Till nur Gutes berichten. Er ist ein toller Liebhaber. Das hat mich echt überrascht.«

»Tatsächlich? Bei seinem Lebenswandel würde ich sagen, er hat viel Übung. Ich habe langsam das Gefühl, dass diese Nacht etwas zwischen euch verändert hat.«

»So ein Quatsch. Es war schön, aber das war auch alles. Hat er selbst gesagt. Er wird weiter seine kleinen blonden Doppel-D-Praktikantinnen vögeln.«

»Na, ich weiß nicht.«

»Ist doch klar, der Kater lässt das Mausen nicht.«

»Das klingt fast schon frustriert. Ich dachte, Till und du, ihr wart euch einig.«

»Vielleicht bin ich es einfach nur leid, ständig mit blutjungen Superweibern verglichen zu werden.«

»Verglichen oder abserviert? Den Vergleich brauchst du ja nun nicht zu scheuen.«

Vera ist eine tolle Frau. Sie ist groß, schlank, hat haselnussbraune, etwa kinnlange Locken, einen perfekten, leicht südländischen Teint und bernsteinbraun-grüne Augen.

»Ich hätte lieber nichts mit Till anfangen sollen. Aber hinterher ist man ja immer schlauer.«

Vera wirft einen misstrauischen Blick Richtung Wohnzimmer.

»Keine Sorge, er kann uns nicht hören. Der schläft wie ein Stein«, beruhige ich sie.

»Weißt du, ich bin mir nicht mehr so sicher, ob mich nur mein verletzter Stolz quält, oder ob ich vielleicht doch insgeheim auf der Suche nach dem Mann fürs Leben bin«, gibt sie zu.

Oje! Ich gehe in die Küche, hole eine beschlagene Flasche Prosecco aus dem Kühlschrank und lege vorsichtshalber gleich eine neue nach. Sind wir das nicht alle? Arbeit, Karriere, Freundinnen ... Alles gut und schön. Aber soll das alles gewesen sein? Da muss es doch noch etwas geben. Etwas, das unser Leben bereichert. Jemanden, mit dem wir unser ganzes Leben teilen können. Jemanden zum Altwerden.

»Tja, wo könntest du, beziehungsweise wir, unseren Traummann bloß finden?«, überlege ich laut, »in dieser Stadt scheint es keine verfügbaren Traumprinzen zu geben. Zumindest sind sie nie da, wo wir uns so herumtreiben.«

»Hmmm«, grübelt auch Vera, »wo findet Frau den Mann fürs Leben? Auf Fisch-sucht-Fahrrad- oder Hin-und-mit-Ü-30-Partys?«

»Auf keinen Fall. Wir haben immer noch unseren Stolz.«

»Eine Single-Börse im Internet?«

»Das hatte ich schon. Das kommt nicht mehr in Frage. Wir sollten den Traummann einfach auf uns zukommen lassen.«

Diese Überlegungen führen zu nichts. Wir sind jung. Wir haben unser ganzes Leben noch vor uns und wir sind definitiv noch nicht verzweifelt oder möchten uns das noch nicht eingestehen. Auch wenn man sich bei den zwischenmenschlichen Problemen anderer nicht so doll einmischen sollte, wage ich einen kleinen Versuch.

»Vera, weißt du, vielleicht ist es ja Schicksal, dass das jetzt so gelaufen ist. Vielleicht ist Till doch der Richtige für dich, und du bist die Richtige für ihn. Vielleicht wollt ihr das bloß noch nicht wahrhaben.«

»Vielleicht passen wir einfach nicht zusammen. Das Ganze war eine Schnapsidee. Im wahrsten Sinne des Wortes.«

»Immerhin hattest du deinen Spaß.«

»Allerdings. Aber es frustriert mich trotzdem, dass er so einfach sofort zur Tagesordnung übergehen kann. Früher hätte mir so etwas gar nichts ausgemacht. Ich wäre einfach losgezogen und hätte mit dem nächsten heißen Typen geflirtet. Aber selbst das wird immer schwieriger.«

»Vielleicht kann er ja doch nicht so weitermachen wie bisher. Vielleicht solltet ihr einfach mal reden? Falls er jemals wieder nüchtern wird.«

»Keine Ahnung. Ich sag's dir. Die Männer werden immer komischer. Das liegt gar nicht an uns.«

»Damit könntest du recht haben. Männer sind echt seltsam. Das beste Beispiel dafür ist Nils.«

»Wieso? Ich dachte, der ist inzwischen doch ganz nett und hat dir bei deinem Vortrag geholfen.«

»Das hat er ja auch. Aber seit einigen Tagen, genauer gesagt, seit dem Tag, an dem er mich anscheinend mit Till beim Italiener gesehen hat, ist Eiszeit angesagt.«

»Ist er eifersüchtig?«

»Auf Till? Das ist völlig irrsinnig!«

»Das weiß Nils doch nicht.«

»Doch, ich hab's ihm gesagt. Ich glaube auch nicht, dass

Nils immer noch was von mir will. Der hält mich eher für eine egoistische, emotional inkompetente Ziege.«

»Ich sag nur: So wie er dich an dem Abend im Carlssons angesehen hat, ist er bis über beide Ohren in dich verschossen.«

»O bitte nicht.«

»O ja.«

»Niemals. Er behandelt mich so mies, dass ich kurz davor bin, die Ambulanz abzugeben. Das passt doch nicht zusammen.«

»Vielleicht ist dein Psychologe ja, was seine eigenen Gefühle angeht, nicht so kompetent, wie er vorgibt.«

Kapitel 18

Während ich unter der Dusche versuche, langsam wach zu werden, klingelt es an der Tür. Es ist zehn Uhr morgens, das muss die Post sein. Frau Beier macht bestimmt schon auf. Ich bin so froh, dass ich heute Spätdienst habe und, nachdem ich mit Vera noch lange auf meiner Terrasse gesessen habe, ausschlafen konnte. Till ist auch wieder nüchtern. Es klingelt wieder, diesmal an der Wohnungstür. Vielleicht hat der Briefträger heute ein Paket für mich.

»Soll ich aufmachen?«, ruft Till aus dem Wohnzimmer.

»Nein, ich geh schon. Du kannst jetzt ins Bad.« Ich trockne mich flüchtig ab und binde mir ein Handtuch um. Das muss reichen. In der Tür steht allerdings nicht der Briefträger, sondern Nils. Ich glaube, ich habe Halluzinationen. Aber es ist tatsächlich Nils mit einer Brötchentüte und zwei Kaffeepappbechern in den Händen. »Nils?«

»Guten Morgen. Tut mir leid, dass ich dich so überfalle. Ich hätte ja vorher angerufen, aber ich hatte deine Nummer nicht. Einer meiner Ambulanzpatienten hat kurzfristig abgesagt, und da dachte ich, wir trinken vielleicht einen Kaffee und reden einfach mal in Ruhe ...«, druckst er herum.

Genau in diesem Moment kommt Till, nur mit einem Handtuch um die Hüften, aus dem Bad.

»Hast du noch neues Shampoo?«

Nils' Miene verfinstert sich.

»Neues Shampoo ist im Badezimmerschränkchen ... Nils, komm doch ...«

Ich trete zur Seite, um Nils reinzulassen.

»Ach, hallo«, grüßt Till Nils mit einem angedeuteten Winken und verschwindet wieder im Bad.

»Weißt du, Anna, ich glaube, wir lassen das lieber. Entschuldige die Störung.«

Nils dreht sich auf dem Absatz um und stürmt die Treppe hinunter.

»Nils!«

Mist! Nur mit einem Handtuch bekleidet, kann ich ihm schlecht hinterherlaufen. »Nils! Du störst doch gar nicht«, rufe ich ihm verzweifelt hinterher.

So ein Mist. Schon klar, was er sich jetzt denkt. Oje, ich hoffe, ich kann das irgendwie mit Nils klären, sonst stehen mir harte Zeiten in der Ambulanz bevor. Vielleicht sollte ich besser gar nicht mehr hingehen.

Nachdem Till zur Arbeit gegangen ist, verbringe ich den Rest des Vormittags damit, mir Sorgen zu machen und Horrorszenarien über Nils und meine weitere Zusammenarbeit auszumalen. Gegen Mittag klingelt das Telefon mit dem penetranten Warnsignal für Anrufe aus der Klinik. Die oberste Regel für überarbeitete und ausgebeutete Assistenzärzte lautet: Geh niemals ans Telefon, wenn die Klinik anruft. Da die Personalleiter nämlich lieber Geld sparen, anstatt alle offenen Stellen zu besetzen, musst du noch mehr arbeiten, weil entweder jemand krank ist oder sie schlicht vergessen haben, dass sie die Schichten nicht mehr alle besetzen können.

Aber dann nehme ich doch den Hörer ab – vielleicht ist es ja Nils, der sich wieder beruhigt hat – oder schlimmer, mich aus der Ambulanz rauswerfen wird.

»Frau Plüm, Astrup hier.«

»Guten Tag, Professor Astrup«, grüße ich ihn überrascht und weiß sofort, dass es ein riesiger Fehler war, ans Telefon zu gehen. Wenn der schon persönlich anruft, waren alle außer mir so schlau, nicht erreichbar zu sein.

»Frau Plüm, wir haben einen kleinen Notfall. Der Kollege vom Nachtdienst ist krank geworden. Sie wissen ja, wie eng wir personaltechnisch aufgestellt sind.«

Ich kann es nicht mehr hören.

»Ja, Herr Professor, das weiß ich.«

»Ich habe mir diesbezüglich schon eine Lösung ausgedacht. Sie arbeiten ab heute einfach in Zwölf-Stunden-Schichten. Ihre Kollegin vom Frühdienst, die Frau Weber ...«, also die arme Vera, »... ist so nett, bis zwanzig Uhr zu arbeiten. Sie lösen sie dann ab und arbeiten bis morgen früh. Sozusagen als verlängerte Nachtschicht. Sind Sie damit einverstanden?«

Was für eine rhetorische Frage! Als ob ich eine Wahl hätte! Vielleicht sollte ich nur zum Spaß mal nein sagen?

»Natürlich, Herr Professor.«

»Dann machen Sie's gut. Ich wünsche Ihnen einen angenehmen Dienst.«

Immerhin bleibt mir so eine erneute Konfrontation mit Nils fürs Erste erspart. Ich versuche noch ein bisschen zu schlafen, um heute Nacht fit zu sein. Vor Nachtdiensten muss ich mich immer ausruhen. Das ist so eine Kopfsache. Mit weit aufgerissenen Augen und rasendem Herzschlag liege ich auf meinem Sofa und versuche krampfhaft, mich zu entspannen. Das Teufelchen in mir will aber nicht. Es will raus in den Sommer, zum See, in einen Biergarten und Spaß haben. Das Engelchen mahnt: »Nein, du musst dich ausruhen, sonst kannst du heute Nacht nicht vernünftig arbeiten.«

Mein Körper liegt völlig gestresst vor lauter Entspannungsversuchen auf dem Sofa rum.

Till rettet mich schließlich am späten Nachmittag, diesmal nüchtern, aus meinem Schlaflosigkeits-Dilemma. Er schleppt ein riesiges Paket auf meine Terrasse.

»Ich dachte, ich bedanke mich mal dafür, dass du mich hin und wieder als schnarchenden Mitbewohner erträgst.«

»Was ist das? Ein Gästebett?«

»Jetzt, wo du es sagst, wäre das bestimmt auch eine gute Idee gewesen.«

Till reißt den Karton auf. »Tataaa!« Stolz präsentiert er sein Geschenk. Es ist eine Hängematte für meine Terrasse. Eine von den bunten Stoffhängematten, die in einem Holzgestell aufgehängt werden.

»O Till, die ist wunderschön. Ich weiß gar nicht, was ich sagen soll.«

»Danke, bester Mitbewohner der Welt, würde vorerst reichen. Die Füße kannst du mir später küssen.«

Die Hängematte ist der Kracher! Till hat sie erstaunlich schnell aufgebaut und probiert sie gleich mal selbst aus.

»Ab sofort werde ich diesen Sommer jede freie Minute hier verbringen. Ich kann die Hängematte tatsächlich als Gästebett benutzen.«

Ich setze mich in meinen Klapp-Liegestuhl und gebe zu bedenken: »Es könnte sein, dass Vera und ich dir den Platz ab und zu mal streitig machen.«

Till schaukelt munter hin und her. »Ich würde vielleicht mit euch teilen. Hier ist Platz genug für zwei. Vor allem für Vera.« Till grinst anzüglich.

»Na vielen Dank. Eines sag ich dir: Keine Sexspielchen in meiner Hängematte! Denk nicht mal dran.«

»Ist ja gut. Ich glaube auch nicht, dass sie mich ein zweites Mal ranlassen würde.«

»Na, das hast du ja liebevoll gesagt. Vielleicht wirst du dir erst mal selbst über deine Gefühle klar.«

»Gefühle!«, Till atmet schnaubend aus. »Echte Männer brauchen keine Gefühle.« Ach so!

»Na, falls du doch mal welche entdecken solltest, klärst du das am besten mit der, die es betrifft.«

Till schaukelt weiter. »Hat sich dein Weichei-Psychologe eigentlich wieder beruhigt?«

»Keine Ahnung. Ich habe langsam aber auch keine Lust mehr, mir ständig Gedanken darüber zu machen, wo ihn jetzt schon wieder der Schuh drückt.«

»Ich habe es jedenfalls noch nie geschafft, einen anderen Mann so schnell in die Flucht zu schlagen. Scheint ein bisschen empfindlich zu sein, der Gute. Schade eigentlich. Hat sonst 'nen netten Eindruck gemacht.«

»Der Typ ist total kompliziert.«

»Das sind wir beide auch. Du quatschst doch die ganze Zeit rum, dass man miteinander reden soll. Dann fang du doch mal damit an.«

»Vergiss es.«

»Feigling, Feigling.« Till streckt mir die Zunge raus.

»Also gut. Vielleicht schaue ich morgen früh kurz in der Ambulanz vorbei und spreche noch mal mit Nils. Aber nur vielleicht. Außerdem wird das schwierig, weil die blöde Studentin ihn keine fünf Sekunden aus den Augen lässt.«

»Wie auch immer.« Till klettert aus der Hängematte. »Ich muss wieder los. Ich wünsch dir einen ruhigen Dienst.«

»Was machst du denn heute noch?«

»Ach, alles Mögliche. Hab noch was zu erledigen. Bleib ruhig sitzen. Ich finde selber raus.«

Till klemmt sich den Verpackungsmüll unter den Arm und verschwindet. Ich bin ein bisschen neidisch. Auch wenn ich den ganzen Tag freihatte, Feierabend hätte ich jetzt auch gerne.

Kurz vor zwanzig Uhr wartet Vera in der Klinik bereits ungeduldig auf ihre Ablösung.

»Schön, dass du kommst. Ich hab's ein bisschen eilig. Till hat mich vorhin angerufen. Ich bin mit ihm zum Essen verabredet«, berichtet sie, während sie sich in der Umkleide bereits ausgehfein macht.

»Mit Till?« Da falle ich wirklich aus allen Wolken.

»War so 'ne spontane Idee. Ist nur ein Essen. Nichts Wildes. Wir wollen unser Verhältnis zueinander wieder normalisieren.«

»Ihr hattet nie ein normales Verhältnis zueinander. Entweder habt ihr euch bis aufs Blut gestritten oder ... nun ja.«

»Vielleicht können wir ja jetzt so was wie Freunde werden.«

»Warum habt ihr mir denn nichts gesagt? Ich hätte dich doch früher ablösen können.«

»Ach, wir treffen uns eh erst in einer halben Stunde, aber ich wollte mich noch zurechtmachen.«

Ich muss zugeben, dass ich ein bisschen enttäuscht bin, weil Till mir nichts davon erzählt hat. Gut, die beiden sind mir keine Rechenschaft schuldig. Trotzdem hätte er ja mal was sagen können. Der alte Heimlichtuer. Das ist mal wieder typisch!

»Du siehst umwerfend aus. Und das sogar nach einem so langen Arbeitstag«, versuche ich Vera aufzumuntern.

Das ist noch nicht einmal gelogen. Vera ist eine der wenigen Frauen, die nach einem Dienst noch wie das blühende Leben aussehen.

»Danke, auch wenn ich mich nicht so fühle. Ich bin total genervt von den vielen jugendlichen Alkoholleichen. Vier Stück hatte ich heute schon vor sieben Uhr. Alle hatten sich schön vollgekotzt oder in die Hose gepinkelt. Ich werde den Geruch schon gar nicht mehr los. Deshalb müsste ich eigentlich noch mal schnell nach Hause, um zu duschen.«

»Na, dann beeil dich. Viel Spaß euch beiden«, wünsche ich ihr, obwohl ich ein bisschen traurig bin, dass sich alle anderen vergnügen können, während ich heute Nacht arbeiten muss. Aber so ist das eben.

Schwester Petra hat heute leider frei, sie kann ja schließlich nicht immer im Dienst sein. Dafür werde ich von Pfleger Johannes unterstützt. Einen Meter achtzig groß, schlank, aber muskulös, mit braunen Locken und eisblauen Augen ist er der Poolboy-Traum aller Frauen. Er jedoch träumt lieber von jemandem wie Till oder Nils. Johannes ist ein guter Ersatz für Petra. Er schafft es, mich trotz meiner Müdigkeit bei Laune zu halten, was nicht leicht ist. Ohrenschmerzen, Husten, Fieber, geprellte Knöchel, in die Nase gestopfte Murmeln und Schürfwunden behandeln wir in Rekordzeit.

Kurz vor Mitternacht stapft eine kleine vierjährige Dame in das Behandlungszimmer. Rosa Kleidchen, rosa Lackschühchen, rosa Söckchen und rosa Handtasche. Das könnte glatt mein Kind sein! Sie lässt sich von ihrem Papa auf die Untersuchungsliege heben und packt erst mal sorgfältig ihr Handtäschchen aus. Ein Nuckelfläschchen mit Wasser, eine kleine Puppe, ein Schnuller und ein Schnuffeltuch werden von ihr auf der Liege ausgebreitet.

»Sie hatte solche Bauchschmerzen und wollte unbedingt zum Arzt, damit der mal guckt. Wir glauben, die Schmerzen sind nicht so schlimm, aber sie hat keine Ruhe gegeben«, erzählt die Mutter.

Ein Kind, das freiwillig zum Arzt möchte. Das haben wir nicht oft. Problematisch wird es erst, als ich die junge Dame untersuchen möchte. Ich soll nämlich nur gucken. Von weitem. Das reicht ihr völlig.

»Die Bauchschmerzen hat sie schon seit ein paar Tagen, vor allem nachts, so um diese Zeit«, fährt die Mutter fort, »außerdem sagt sie jetzt öfter, dass ihr Po juckt.«

Ich untersuche die junge Dame, die nur aus der Ferne beguckt werden möchte, unter einigem Protest. Sie kommt nicht umhin, sich auch eine rektale Untersuchung gefallen zu lassen. Als ich meinen behandschuhten kleinen Finger aus ihrem Po herausziehe, sehe ich die Ursache ihrer Bauchschmerzen klar und deutlich vor mir: Sie hat Würmer, und einer von ihnen sitzt auf meinem Finger. Das ist zwar nicht so ungewöhnlich, aber trotzdem eklig! Zur Sicherheit in drei Abfalltüten verpackt, fliegt das fiese Kerlchen in den Müll. Bah! Eltern und Kind sind auch nicht erfreut. Ich verschreibe allen ein Entwurmungsmittel und bitte sie, auch den Familienhund behandeln zu lassen.

Eigentlich wollte ich jetzt mal was essen. Das Würmchen hat mir aber den Appetit verdorben.

Im Aufenthaltsraum trinken Johannes und ich erst mal einen Kaffee. Ein kleiner Schokokeks dazu geht immer! Unsere Pause wird nach zwei Minuten von panischen Schreien jäh unterbrochen.

»Hilfe! Wir brauchen einen Arzt! Wir brauchen sofort einen Arzt!«, stürmt ein Ehepaar, den Säugling im Arm des Vaters, in die Notaufnahme.

Pfleger Johannes gibt mir ein Zeichen sitzen zu bleiben und eilt ihnen zu Hilfe.

»Unserem Kind kommen Blasen aus der Nase! Wir brauchen einen Arzt!« Die Mutter ist außer sich. Johannes wirft einen prüfenden Blick auf den Säugling und bewahrt Ruhe.

»Machen Sie sich keine Sorgen. Ihrem Kind geht es gut. Es hat einen Schnupfen. Darum kümmern wir uns gleich.« Er drückt ihr das Anmeldeformular in die Hand. »Sie können dort im Wartezimmer Platz nehmen. Füllen Sie bitte die Anmeldung aus, und bringen Sie sie mir dann zusammen mit der Versicherungskarte wieder.«

»Einen Arzt! Wir brauchen sofort einen Arzt!« Die Stimme der Mutter wird schrill.

Johannes bleibt professionell und ruhig:

»Füllen Sie bitte zuerst das Formular aus. Wenn Sie dran sind, kommt die Ärztin zu Ihnen. Ihrem Kind geht es gut.«

Er hat recht. Das Problem des neun Monate alten Babys ist ein leichter Schnupfen, der ab und zu kleine Bläschen aus der Nase wirft. Wir putzen die Nase – Patient geheilt!

Um zwei Uhr wird ein verspäteter Betrunkener eingeliefert. So lange halten die Flatrate-Säufer in der Regel nicht durch.

Der Dreizehnjährige war auf einer Pyjamaparty seiner katholischen Jugendgruppe im Gemeindehaus und hat den Messwein entdeckt. Hat ihm nicht gutgetan.

»Weißt du, wo du bist?«, brülle ich ihn an.

»Auf der Party im Gemeindehaus«, murmelt er im Halbschlaf.

»Na, dann feier mal schön weiter«, lautet Pfleger Johannes' nüchterne Antwort.

Die Eltern des Jungen wurden bereits vom Priester informiert und werden ihn morgen abholen.

Leider können wir seine Daten nicht aufnehmen. Mit dem Computer stimmt etwas nicht. Ohne seine erfassten Daten existiert ein Patient bei uns praktisch nicht. Es gibt kein Zimmer, kein Labor, kein Nichts. Der dumme PC hat sich aufgehängt. Er gibt uns nur noch eine Meldung: Die italienischen Autokorrektureinträge müssen installiert werden. Wozu? So ein Mist! Doch auch dafür gibt es eine Lösung. Den Notdienst unserer EDV-Abteilung. Ich rufe den Fachmann an. Er muss in die Klinik kommen und das Problem beheben. Das ist sein Job. Er ist dafür eingeteilt und wird dafür bezahlt. Geschlagene zwölf Mal wähle ich die Notfallnummer, bis ich den EDV-Notdienst endlich erreiche. Er ist betrunken!

»Schonschd ischd ja nie wasch losch im Noddienschd«, lallt er ins Telefon, »isch hab nisch damid gereschned, dasch mal wasch paschierd.«

Das ist für jemanden, der in einem Krankenhaus arbeitet und einen Notdienst übernimmt, mal eine mutige Einstellung!

Den Rest der Nacht arbeiten wir offiziell gar nicht mehr. Keine Daten gleich keine Patienten gleich keine Arbeit.

Auch dem zähesten Nachtdienst folgt ein Freizeitausgleich, und ich bin heilfroh, dass ich bald nach Hause kann. Ich bin hundemüde! Ich könnte gleich nach der Übergabe nach Hause fahren, wenn ich nicht in der Ambulanz vorbeigehen müsste, um nachzusehen, ob Frau Goldstein meine heutigen Termine verlegt hat und um herauszufinden, wie Denner inzwischen so drauf ist.

»Guten Morgen«, begrüßt Frau Goldstein mich mit ihrem strahlenden Lächeln, »Kaffee ist gleich fertig.«

»Das ist klasse. Den kann ich gut gebrauchen, auch wenn ich fürchte, dass das ganze Koffein gar nicht mehr wirkt. Ich wollte eigentlich nur kurz schauen, was meine Termine machen.«

»Ihre Patiententermine konnte ich verschieben, aber Herr Denner hat für heute Mittag eine Ambulanzbesprechung angesetzt. Am besten klären Sie selbst mit ihm, ob er Sie dabei dringend braucht.«

Klingt nicht so, als ob er heute gut drauf wäre. Am liebsten würde ich gar nicht mit ihm sprechen und ihn auch gar nie mehr sehen müssen. Aber es hilft ja nichts. Außerdem habe ich ja gar nichts gemacht. Nervös wie vor einer Prüfung betrete ich unser Büro. Nils sitzt an seinem Schreibtisch und wühlt mal wieder in irgendwelchen Zetteln.

»Guten Morgen. Tut mir leid, dass ich wegen des Nachtdienstes heute ausfalle.«

Er dreht sich zu mir um und mustert mich kühl. O Mann, ich dachte bislang, nur Bösewichte mit eisblauen Augen aus irgendwelchen Horrorfilmen können einen so ansehen. Jetzt werde ich eines Besseren belehrt.

»Morgen, jetzt bist du ja hier.«

»Ich wollte nur kurz fragen, was ansteht.«

»Setz dich doch.«

Das tue ich nur äußerst ungern. Alle meine Fluchtreflexe sind unter Nils' Killerblick aktiviert. Seufzend lasse ich mich auf meinen Stuhl fallen und versuche dabei vergeblich, noch einen Rest von Haltung zu bewahren.

»Was gibt's denn?«

»Wir werden hier einiges umstrukturieren müssen. Ich habe deshalb für heute Mittag eine Teambesprechung angesetzt und erwarte, dass du daran teilnimmst.«

Seinem Tonfall nach zu urteilen, duldet er in diesem Punkt keine Widerrede. Ich versuche es trotzdem: »Sei mir bitte nicht böse, aber ich muss irgendwann auch mal schlafen. Reicht es nicht, wenn ich ein Protokoll der Besprechung bekomme?«

Plötzlich steht Frau Goldstein in der Tür und kommt mir zu Hilfe: »Ach Herr Denner, seien Sie doch nicht so hart. Sie sehen doch, dass Frau Plüm fast schon im Sitzen einschläft.«

Sie reicht mir einen Kaffee.

»Vielen Dank«, murmele ich, trinke einen großen Schluck und beobachte Denner ängstlich. Auch Frau Goldstein sieht ihn erwartungsvoll an.

»Danke für Ihr Engagement, Frau Goldstein, aber ich glaube, Frau Plüm kommt gut ohne Ihre mütterliche Unterstützung zurecht.«

Frau Goldstein zieht sich empört zurück. Nun wendet Nils sich leider wieder mir zu: »Und du solltest dich fragen, ob dein Engagement für die Ambulanz ausreichend ist, wenn du es noch nicht einmal zu einer essentiellen Besprechung schaffst. Wenn du keine Lust hast, musst du natürlich nicht daran teilnehmen. Dann solltest du dich allerdings fragen, ob du überhaupt noch hier arbeiten möchtest.«

»Warum findet die Besprechung denn nicht am Nachmittag statt, wie sonst auch?«

»Da habe ich einen wichtigen Termin.«

Klar, bestimmt im Café mit Schleim-Katharina, bei irgendwelchen Pseudo-Nachhilfestunden.

»Du weißt schon, dass ich offiziell eine Ruhepause einlegen muss?«

»Wie gesagt, du solltest deine Motivation zur Arbeit in dieser Ambulanz noch mal überprüfen. Es dreht sich nicht immer nur alles um dich.«

»Darum geht es hier doch gar nicht. Ich hatte Nachtdienst und bin dementsprechend fertig.«

»Es dreht sich also doch wieder um dich.«

»Du hast dir ja nicht die ganze Nacht in der Klinik um die Ohren geschlagen.«

Wenn ich genauer hinschaue, könnte das allerdings doch der Fall gewesen sein. Nils' Augenringe können es mit meinen locker aufnehmen. Das sollte allerdings nicht mein Problem sein.

»Und immer noch geht es nur um deine Befindlichkeiten.«

So langsam weicht meine Aufregung einer bleiernen Müdigkeit. »Pass auf, Nils. Zum einen tut es mir leid, dass du die Situation gestern Morgen bei mir zu Hause missverstanden hast. Zum anderen habe ich aber auch keine Lust mehr, mich ständig vor dir rechtfertigen zu müssen. Wenn du nicht sofort weggelaufen wärst ...«

Nils hebt abwehrend die Hand: »Dein Privatleben ist deine Sache. Hier geht es um die Ambulanz, und da sollten wir einige Arbeitsabläufe ändern und optimieren.«

»Okay. Dann werde ich jetzt mal nach Hause fahren und mich ein paar Stunden aufs Ohr legen. Wann genau ist die Besprechung?«

»Um zwei.«

»Gut, dann bis nachher.«

Ich verlasse das Büro und bringe Frau Goldstein die leere Kaffeetasse.

»Und?«, sie schaut mich mitfühlend an.

»Wir sehen uns heute Mittag wieder.« Auf ihrer Stirn bildet sich eine Sorgenfalte: »Also nein, das kann er doch nicht machen. Das verstehe ich gar nicht. Sonst ist der Herr Denner doch immer so ein verständnisvoller Mann.«

Unter dem Goldstein'schen Mitleidsblick fühle ich mich gleich noch viel schrecklicher. Ich versuche mich zusammenzureißen: »Ach, das wird schon gehen. Es scheint ja wichtig zu sein.«

»Hmm, aber Sie sehen ganz schön blass aus.«

Wenn sie so weitermacht, fange ich gleich an zu heulen. Ich finde eigentlich, es geht heute. Schließlich habe ich gestern Abend eine ganze Menge Make-up und Rouge aufgelegt. Ich möchte gar nicht wissen, wie es unter dieser Schicht aussieht.

»Machen Sie sich keine Sorgen. Nach ein, zwei Stunden Schlaf bin ich wieder topfit«, versuche ich mich eigentlich mehr selbst aufzumuntern.

Frau Goldstein wühlt in ihrer riesigen Handtasche: »Warten Sie, da muss man doch unbedingt was machen ... Ich hab da noch ... Ach, hier ist sie ja.« Ihre Miene hellt sich auf, und sie drückt mir eine kleine Plastiktube in die Hand: »Hier, probieren Sie die mal aus. Mit einer getönten Tagescreme werden Sie gleich viel frischer aussehen.«

»Ja super, vielen Dank.«

Jetzt, wo ich weiß, wie schrecklich ich aussehe, fühle ich mich noch viel, viel schlechter. Ich verabschiede mich mit zitternder Stimme und schleppe mich, gefühlt kurz vor einem Schwächeanfall, aus der Klinik.

Auf dem Heimweg fange ich langsam an, mir wegen der anstehenden Ambulanzbesprechung Sorgen zu machen. Was meint Nils denn bloß mit Arbeitsabläufe ändern? Ich muss bloß aufpassen, dass er mich nicht ausbootet und mir nur noch Deppenaufgaben zuschustert. Hoffentlich will er mich nicht durch seine blöde Studentin ersetzen. So ein Mist! Konnte er nicht unangemeldet bei irgendjemand anderem vor der Tür stehen? Wie soll ich mich bei dem Stress bloß ausruhen? Na ja, vielleicht ist es ganz gut, wenn ich heute nicht so lange schlafen kann. Zwei, drei Stündchen müssen wohl reichen ... Nach einem einzelnen oder dem letzten Dienst einer Nachtdienstwoche muss ich mich ohnehin immer wach halten. Sonst kann ich heute Nacht nicht schlafen und leide unter einer Art Jetlag. Das ist das Schlimmste: der Jetlag nach dem Nachtdienst. Nach der letzten Nachtdienstwoche konnte ich ab meinem zweiten freien Tag nicht mehr schlafen. Als ich morgens um vier immer noch kein Auge zugemacht hatte, beschloss ich, die ohnehin schlaflose Zeit zu nutzen. Gegen zehn Uhr hatte ich bereits meine Wohnung geputzt, das Bett neu bezogen, die Wäsche gewaschen, das Silber poliert, diverse Näharbeiten zumindest versucht und meine Einkäufe erledigt. Wenn das Frau Beier gesehen hätte! So ein anständiges Fräulein, das Fräulein Plüm. Danach war ich völlig fertig. Apropos Frau Beier. Die fängt mich vor der Haustür, mal wieder außer sich vor Aufregung, ab. Was hab ich denn diesmal verbrochen?

»Frau Plüm! Frau Plüm! Die Fahrräder! Das geht so nicht!« Sie ist völlig außer Atem. »Frau Plüm! Das geht nicht, dass die jungen Männer ihre Fahrräder in den Hausflur stellen!«

In der Tat. Das Mountainbike eines meiner Nachbarn steht neben Frau Beiers Hollandrad in der Nische.

»Frau Plüm! Das geht so nicht! Sie, die Frau Kramer, die Frau Mayer und ich, wir haben eine Genehmigung. Die jungen Männer nicht!«, ereifert sich Frau Beier. »Frau Plüm! Wir müssen etwas tun!«

Hab ich richtig gehört? Wir? Seit wann sind die Beier-Ziege und ich bitte schön ein Team?

»Wissen Sie, Frau Beier, ich komme gerade vom Nachtdienst und bin sehr müde. Ich gehe jetzt in meine Wohnung und werde erst mal ein paar Stunden schlafen«, wimmele ich sie ab und schleppe mich die Treppen hoch.

Als ich an der Wohnungstür meines Nachbarn vorbeikomme, öffnet sich diese kurz, und er zwinkert mir grinsend zu. Da hat er sich ja auf was eingelassen. Frau Beier wird ihm das Leben zur Hölle machen. Hmm, aber vielleicht ist das gar nicht so schlecht. Dann hat sie weniger Zeit, mich zu piesacken.

Oben ziehe ich mir schnell meinen Pyjama an, um mich endlich ins Bett zu legen. Daraus wird nichts. An der Haustür klingelt es Sturm. Es ist Frau Beier. Widerwillig öffne ich die Tür: »Frau Beier, ich kann in der Fahrradsache leider nichts für Sie tun.«

»Das ist wirklich bedauerlich. Ihre Frau Mutter legt doch immer so viel Wert auf gute Nachbarschaft.«

»Sie legt sicher ebenso viel Wert darauf, dass ich mich nach der Arbeit erholen kann …« Das tut sie zwar nicht, aber vielleicht weiß die Beier-Ziege das nicht. »Regeln Sie das bitte selbst.«

»Das ist wirklich überaus bedauerlich.« Sie funkelt mich bedrohlich an. Die soll sich gefälligst an meinem Nachbarn austoben. »Guten Tag noch.«

Ich schlage Frau Beier die Tür vor der Nase zu und möchte endlich ins Bett. Noch bevor ich die Schlafzimmertür erreicht habe, klingelt es erneut Sturm. Es ist Frau Beier. Wer sonst. »Frau Beier, Sie hier, schon wieder.«

»Denken Sie daran, dass Sie nach der neuen Hausordnung den Müll streng in Bio-, Verpackungs- und Restmüll trennen müssen?«

»Ich würde jetzt gerne schlafen.«

»Als ältestes Mitglied dieser Mietergemeinschaft ist es meine Pflicht …«

»Schon gut. Natürlich trenne ich meinen Müll vorschriftsmäßig.«

Natürlich mache ich das nicht. Ich sortiere ihn so über den Daumen gepeilt. Der Sinn des Ganzen hat sich mir noch nicht erschlossen. Wird doch eh fast alles verbrannt.

Ich knalle die Tür zu, flitze ins Schlafzimmer und kuschele mich in mein Bett. Endlich schlafen. Doch das soll wohl einfach nicht sein. Es klingelt. Das könnte schon wieder die Beier sein, also stelle ich mich lieber tot, beziehungsweise schlafend. Es klingelt und klingelt. Ich traue mich kaum zu atmen, bis es endlich ruhig wird.

Durch den Beier-Terror hat sich meine Schlafzeit von satten drei auf knapp zwei Stunden reduziert. Auch eine kalte Dusche bringt mich nicht wieder in Form. Mit bleischweren Gliedern schleppe ich mich kurz vor zwei aus dem Haus, um halbwegs pünktlich zu der blöden Ambulanzbesprechung zu kommen. Mühsam versuche ich mein altes, klappriges Auto aus der viel zu kleinen Parklücke zu bugsieren. Das ist ohne Servolenkung gar nicht so einfach, aber nach etwa zwanzig Minuten schweißtreibenden Rangierens kann ich, sobald die Straße frei ist, endlich losfahren. Beim Blick über die Schulter entdecke ich einen überaus attraktiven jungen Mann, der aus dem Haus gegenüber kommt. Sollte dieses heiße Schnittchen etwa ein neuer Nachbar sein? Das heiße Schnittchen deutet mir winkend an, dass ich losfahren kann. Hochmotiviert drücke ich den Fuß aufs Gaspedal, um ihm mit meiner schnittigen Fahrweise zu imponieren. Äußerst schwungvoll rast der Wagen los, allerdings nicht nach vorn, sondern nach hinten, direkt in den nächsten Pfeiler, der den Parkplatz begrenzt. Ich habe vergessen, dass der Rückwärtsgang noch eingelegt war. Noch bevor ich die Lage vollends erfasse, steht der hübsche junge Mann an meinem Fenster: »Geht es Ihnen gut? Ist Ihnen was passiert?«

»Nein, danke, geht schon.«

Ich fühle, wie mein Gesicht hochrot anläuft. Es war eindeutig eine blöde Idee, mit dem Auto zur Arbeit fahren zu wollen. Zitternd steige ich aus dem Wagen und begutachte den Schaden. Ich habe Glück gehabt. Auto und Pfeiler haben nur einen kleinen Kratzer. Allerdings spüre ich langsam, dass ich mir wohl ein Schleudertrauma zugezogen habe. Meine Nackenmuskulatur zieht sich schmerzhaft zusammen. Immerhin ist der Wagen noch fahrtüchtig, und so fahre ich langsam zur Klinik. Ich komme mir vor, wie ein verunsicherter Fahranfänger.

Nachdem ich Frau Goldstein telefonisch kurz über meinen Unfall informiert habe, stelle ich mich erst mal in unserer chirurgischen Notaufnahme vor. Meinen Hals kann ich genau null Grad in gar keine Richtung bewegen. Die Schmerzen sind unerträglich. Es ist mir zwar furchtbar peinlich, aber ich werde mich wohl oder übel schon wieder von einem meiner Kollegen behandeln lassen müssen. Noch schlimmer: Klemme hat Dienst und, oh Wunder, gerade nichts zu tun.

»Na, ich möchte ja gar nicht wissen, wer Sie heute Nacht so zugerichtet hat, Plümchen«, lästert Dr. Klemme, während er mir eine Halskrause verpasst.

»Das war ein Autounfall«, widerspreche ich ihm vehement. Hätte ich ihn mal lieber nicht um Hilfe gebeten.

»Wie auch immer. Sie haben Glück, dass Sie jedes Mal bei einem Profi wie mir landen.« Nachdenklich sieht er mich von der Seite an: »Ich sehe ja jetzt erst, dass Sie da ein Grübchen auf Ihrer Wange haben. Niedlich, Plümchen.«

»War's das jetzt?«

»Ich hole Ihnen noch ein paar Schmerzmittel.«

Das Grübchen in meiner rechten Wange ist kein Grübchen. Es ist eine Narbe. Während ich auf Klemme warte, betrachte ich sie ausführlich im Spiegel über dem Waschbecken. Vor vielen Jahren habe ich mir von meinem Hautarzt an der Stelle ein Muttermal entfernen lassen. Klemme hat recht. Sieht wirklich ein bisschen wie ein Grübchen aus. Ich weiß nur nicht, ob ich das gut finden soll. Niedliche Grübchen werden nicht zwingend ernst genommen.

Klemme kommt wieder rein und drückt mir ein paar Pillen in die Hand: »Hier, Sie wissen ja, wie Sie die einnehmen müssen. Ich werde Ihnen zur Sicherheit noch ein Rezept ausstellen. Nur für alle Fälle.« Wir gehen gemeinsam zum Empfangstresen der Notaufnahme, wo die Rezeptblöcke verwahrt werden. Beim Ausfüllen des Rezeptes hält Klemme inne und beobachtet nachdenklich unsere neue OP-Schwester Doris, die gerade frische Nahtsets bringt. Das Gerücht, dass sie lesbisch sei, hat sie ihm vor einiger Zeit frank und frei bestätigt. Ausgerechnet ihm, Dr. Klemme, der sie alle haben kann.

»Wissen Sie, Plümchen«, murmelt er mit einem verstohlenen Blick in ihre Richtung, »das ist doch unmöglich. Zwei Frauen im Bett ohne einen Mann. Wie soll das denn gehen? So sexuell gesehen, meine ich. Die haben doch keinen ... Sie wissen schon.«

Oje, Dr. Klemme! Wenn er wirklich denkt, Frauen könnten nur mit einem Penis guten Sex haben, lebt er wirklich hinter dem Mond. Das bestätigt allerdings, was man sich im OP erzählt.

Dr. Klemme soll im Bett eine egomanische Niete sein. Ich werde ihm die Geheimnisse des weiblichen Körpers sicherlich nicht näherbringen.

»Wissen Sie, ich glaube, ich bin für dieses Thema die falsche Ansprechpartnerin.«

»Hmm, ja ... Hier Ihr Rezept. Gute Besserung wünsche ich Ihnen. Die Halskrause steht Ihnen übrigens gut.«

»Haha, sehr witzig.«

»Ach ja, der Unfall ist doch auf dem Weg zur Arbeit passiert. Dann müssen Sie noch ...«

»... das Unfallprotokoll ausfüllen.«

Klemme grinst, greift über den Tresen und reicht mir eins. Da fällt mir siedend heiß ein: Wir haben ein riesiges Problem.

»Ähm, Dr. Klemme«, raune ich ihm leise zu und deute ihm an, doch etwas näher zu kommen. Das tut er gern. »Das geht nicht. Ich meine das Protokoll. Ich hatte bis neun Uhr Nachtdienst. Jetzt ist es halb drei.«

»Sie haben die Ruhezeiten nicht eingehalten.« Ich nicke schuldbewusst. »Mensch, Plümchen! Wie kann man denn so bescheuert sein und dann einen Unfall bauen.«

»Das hätte jedem passieren können.«

»Ganz ehrlich? Nein. Niemand hier kann sich an die Ruhezeiten halten, aber Sie sind die Einzige, die dann so etwas veranstaltet.«

»Und jetzt?«

»Ihre Medikamente kaufen Sie privat. Alles andere erledige ich. Wagen Sie es bloß nicht, mit irgendwelchen Komplikationen anzukommen.«

Ich nicke schuldbewusst und gehe ziemlich geknickt zur Ambulanz.

»Tach, Gottfried Wendehals!«, grüßt mich unterwegs der stets gutgelaunte Pförtner, der gerade auf dem Weg zu seiner Raucherpause ist. Witzig, witzig.

Nachdem ich die zulässige Höchstdosis sämtlicher, nicht dem Betäubungsmittelgesetz unterliegender Schmerzmittel voll ausgereizt habe, fühle ich mich weitgehend arbeitsfähig. Die *Moby-Fit*-Ambulanz-Besprechung habe ich zwar verpasst, aber ich habe noch eine Menge Papierkram zu erledigen.

In unserem Büro sitzt Nils an seinem Schreibtisch. Von der Studentin ist weit und breit nichts zu sehen.

»Nils, tut mir leid, dass ich die Besprechung verpasst habe, aber ich …«

»Ich weiß Bescheid. Frau Goldstein hat mich bereits informiert. Ich schreibe gerade das Protokoll der Besprechung und maile es dir dann.«

»Danke, muss ich noch was wissen?«

»Nein, ich habe bereits alles mit Katharina geklärt.«

Na super, dann bin ich jetzt anscheinend völlig raus aus dem Ambulanzgeschehen.

»Wo ist Katharina überhaupt?«, möchte ich wissen.

»In der Bibliothek. Sie unterstützt mich bei einer Recherche.«

Das hätte ich mir ja denken können, dass die ach so engagierte Katharina solche Hiwi-Jobs auch übernimmt. Ich schiebe die Akten, die sie auf meinem Schreibtisch ausgebreitet hat, zur Seite und fahre meinen Computer hoch.

»Sind die Anträge für die Ausweitung des Sportunterrichts fertig?«, möchte Nils wissen.

»Mach ich sofort. Die können heute noch raus.«

»Das wird auch Zeit. Das hättest du bereits gestern erledigen sollen.«

»Weiß ich. Ich hatte Nachtdienst. Schon vergessen?«

»Ja klar, du, du, du. Immer nur du.« Nils tippt laut klappernd auf seiner Tastatur herum.

»Nils …«

»Anna, ich muss mich konzentrieren. Ich habe bei der Krankenhausleitung nachgefragt, ob wir irgendeine Chance haben, ein zweites Büro zu bekommen. Dann kannst du dein eigenes Reich haben. Ich halte es sowieso für besser, wenn wir unsere Arbeitsbereiche strenger trennen.«

Das klingt nicht so, als würde sich die Lage bald entspannen.

Es klopft.

»Ja, herein!«, ruft Nils entnervt eine Spur zu laut.

Frau Goldstein bringt mir einen Kaffee mit den üblichen Schokokeksen: »Frau Plüm, wie geht es Ihnen denn? Sie sind ja noch blasser als heute Morgen.«

»Danke, es geht schon. Aber diese Nackenschmerzen sind nicht gerade angenehm.«

Wenn ich könnte, würde ich mich jetzt demonstrativ zu Nils umdrehen und ihm einen bösen Blick zuwenden.

»Dr. Denner, vielleicht sollte Frau Plüm heute freibekommen, meinen Sie nicht?«

»Wenn sie sich nicht gut fühlt, kann sie jederzeit gehen. Ich zwinge niemanden dazu, hierzubleiben«, gibt Nils patzig zurück.

»Nein, das ist hier heute mal wieder eine Stimmung. Das wird ja schon zur Gewohnheit«, seufzt Frau Goldstein, »vielleicht heitert Sie ein wenig Musik auf?«

Nils schaltet kommentarlos das Radio ein, und Frau Goldstein verlässt achselzuckend das Büro. Die Musik heitert mich leider gar nicht auf, sondern verschlimmert nur meine Kopfschmerzen.

»Nils, es tut mir leid …«

»Du brauchst dich nicht bei mir zu entschuldigen. Du kannst in deiner Freizeit machen, was du willst. Jetzt lass mich bitte arbeiten.«

»Ich meine die Musik. Meine Kopfschmerzen werden dadurch schlimmer.«

Nils schaltet das Radio so heftig aus, dass der Schalter abbricht. Davon wird die Stimmung auch nicht besser. Vielleicht sollte ich wirklich nach Hause gehen. Diese emotionale Anspannung ist kaum auszuhalten. Lange hört man nichts, außer dem leisen Klappern der Computertastaturen.

Meine Halskrause fängt an zu jucken. Ausgiebiges Kratzen hilft da auch nicht. Ich mache noch die Anschreiben für den Sportunterricht fertig und schicke sie per Mail ab. Konzentrieren kann ich mich auf gar nichts. Weiter hierzubleiben hat keinen Wert. Nils und ich stehen beide gleichzeitig auf.

»Die Sportsachen sind raus. Ich hab's dir CC geschickt.«

»Danke. Das Protokoll der Besprechung schicke ich dir morgen. Ich muss jetzt los.«

»Ich auch.«

Unschlüssig stehen wir voreinander und versuchen geflissentlich uns nicht direkt anzuschauen. Dabei ist mein Wegschauradius deutlich eingeschränkt. Ich kriege davon einen Krampf im Nacken und verziehe schmerzhaft das Gesicht. Reflektorisch greife ich nach dem Röhrchen mit den Pillen und einer kleinen Wasserflasche in meiner Tasche und nehme noch eine Ladung Schmerzmittel. Nils wirkt nachdenklich, während wir mit möglichst größtem Abstand nebeneinanderher Richtung Ausgang gehen.

»Was nimmst du da überhaupt?«

»Ibuprofen, Paracetamol, Tramadol ... Aber es hilft nicht so richtig.«

»So schlimm?«

»So schlimm.«

»Lass dich doch heute Abend von deinem besten Freund pflegen.«

In der Auffahrt bleiben wir beide wie angewurzelt stehen. Vera und Till stehen eng umschlungen neben einem Rettungswagen und knutschen völlig selbstvergessen und ungeniert herum. Erstaunlich, wie schnell sich ihr Verhältnis normalisiert hat.

»Sieht aus, als hätte mein bester Freund im Moment Wichtigeres zu tun. Aber keine Sorge, ich komme schon klar.«

Nils beobachtet Till und Vera verblüfft. »Die beiden sind zusammen?«

»Sieht so aus, oder?«

»Seit wann?«

»Ich denke, du wühlst nicht in anderer Leute Privatleben herum! Aber wenn du es wirklich wissen willst: Das hat sich schon 'ne ganze Weile angebahnt.«

»Und Till und du?«

»Gute Freunde? So was soll's geben.«

»Soll ich dich nach Hause bringen? Du kannst doch so nicht fahren.«

»Nein, danke. Ich kann ja auch zu Fuß gehen. Ist nicht weit.«

»Wirklich?«

»Wirklich.«

Nils biegt zu den Parkplätzen ab und dreht sich noch einmal zu mir um: »Es gibt da eine gute Therapie, um die Muskulatur zu entspannen. Nimm doch einfach mal Tetrazepam.«

»Ich habe so ein Beruhigungsmittel noch nie eingenommen. Da falle ich doch um wie ein Stein.«

»So stark ist das gar nicht. Du sollst es ja auch nur einmal vor dem Schlafengehen nehmen, damit sich die Muskulatur über Nacht wieder entspannt.«

»Ich weiß nicht.«

»Ich habe noch etwas davon zu Hause. Wenn du möchtest, bringe ich es dir heute Abend vorbei.«

»Oh, womit habe ich denn dein gnädiges Mitleid verdient?«

»Ich kann es auch lassen, aber ich wäre entzückt, wenn du hier rasch wieder voll arbeitsfähig wärst.«

Meine Schmerzen überwiegen eindeutig meine Abneigung, irgendwelche Almosen von Nils anzunehmen.

»Gut, dann bis nachher.«

Unschlüssig beobachte ich Vera und Till. Wenn die so weitermachen, kommt Vera doch noch zu spät zu ihrem Dienst. Schon ein bisschen komisch, dass sich meine beiden besten Freunde da gegenseitig abschlecken. Ob ich die beiden begrüßen soll? Ich überlasse sie lieber sich selbst und gehe nach Hause. Nachher fühlen sie sich noch ertappt. Immerhin habe ich keine Ahnung, was das zwischen den beiden wirklich ist. Außerdem wäre mir selbst diese Situation am allerpeinlichsten.

»Hey, Anna, warte mal. Was schleichst du dich denn hier hinter meinem Rücken vorbei!«, ruft Till. Ich muss mich einmal komplett umdrehen, bis er in mein Gesichtsfeld rückt und ich sehe, dass er mir nachläuft. Vera ist bereits in der Klinik verschwunden. Jetzt fühle ich mich ertappt. Ich weiß doch noch gar nicht, wie ich mit dieser Situation umgehen soll. Soll ich die beiden beglückwünschen oder es ignorieren oder ... Keine Ahnung.

Till bleibt wie angewurzelt stehen: »Was ist denn mit dir passiert?«

»Ach, nur ein kleiner Autounfall.«

»Das sieht aber ziemlich heftig aus. Was hast du angestellt?«

»Hey, woher willst du wissen, dass ich zwingend Schuld habe?«

Till grinst. »Weil ich dich kenne. Also?«

»Ach, nichts Besonderes. Ich bin beim Ausparken gegen einen Pfeiler gefahren und habe ein Schleudertrauma.«

Till lacht schallend: »O Mann. Sei mir nicht böse, aber Menschen wie du sind einfach zum Busfahren geboren.«

»Haha.«

»Schon gut«, Till wischt sich eine Lachträne aus dem Augenwinkel. »Soll ich dich nach Hause fahren? Brauchst du irgendwas?«

»Wär toll, wenn du mich mitnehmen könntest.«

»Na, dann komm mal mit, aber lauf nicht irgendwo gegen.«

Er hakt mich unter und schiebt mich Richtung Parkplatz:

»Ich muss gleich wieder in die Agentur. Aber zuerst bringe ich dich nach Hause, und wir trinken einen Schnaps. So viel Zeit muss sein. Du wirst sehen, dann geht es dir gleich viel besser.«

»Na, wenn du meinst.«

Schnaps klingt ausnahmsweise mal ganz gut, und zwar aus drei Gründen: Erstens stehe ich von dem Unfall bestimmt noch unter Schock, zweitens stresst Nils mich mit seinen ständig wechselnden Launen total, und drittens schläft mein bester Freund mit meiner besten Freundin. Letzteres beunruhigt mich irgendwie.

Da fällt mir ein: »Till, so was habe ich gar nicht.«

Er grinst. »Doch, wir haben eine Flasche Wodka im Eisfach.«

»Wir?«

»Na, als Teilzeit-Mitbewohner fühle ich mich dazu verpflichtet, auch meinen Anteil am Haushalt beizutragen.«

»Da habe ich ja Glück gehabt.«

»Ich weiß. Du kannst mir ruhig sagen, wie toll ich bin.«

»Das scheint ja jetzt Vera übernommen zu haben. Muss ich damit rechnen, dass du bald ausziehst?«

Tills Grinsen wird breiter. »Ich weiß nicht, was du meinst.«

»Hallo?! Wildes, absolut nicht jugendfreies Rumgeknutsche vor der Klinik? Also bitte!«

»Neidisch? Ich habe Vera nur zur Arbeit gebracht. Nach einer, zugegeben, ziemlich wilden langen Nacht.«

»Ihr seid eben fast übereinander hergefallen. Direkt vor der Klinik!«

»Du bist doch nicht etwa eifersüchtig?«

»Mir ist schon klar, dass du das nicht verstehst, aber in manchen Berufen ist es wichtig, Arbeit und Privatleben zu trennen. Bei uns ist es nicht gerade angesagt, während der Weihnachtsfeier möglichst viele Praktikantinnen auf der Damentoilette zu vögeln.«

»Na, bei den ganzen Geschichten von diesem Mösli oder ... wie heißt der noch? Und diesem Chirurgen ... Ich bitte dich. Die lassen's doch ordentlich krachen.«

Ich wusste ja, dass Till das nicht versteht. Das sind alles Männer. Wir Frauen würden bei solchen Aktionen gleich als inkompetente Schlampen abgestempelt.

»Ach, komm schon, jetzt guck nicht so. Hinter dem Krankenwagen hat uns doch keiner gesehen.«

»Das glaubst du. Was ist denn eigentlich mit euch beiden? Seid ihr jetzt zusammen?«

»Wir lernen uns besser kennen. Das ist für den Moment alles.«

Noch breiter kann Till gar nicht mehr grinsen. Wenn das möglich wäre, dann würde sein Grinsen einmal ganz um seinen Kopf herum reichen.

Kapitel 19

»Und du bist sicher, dass da nichts passieren kann?«, frage ich Nils zum x-ten Mal. Wir sitzen auf meinem Sofa, und ich halte die Beruhigungstablette seit einer guten halben Stunde in der Hand.

»Das Einzige, was passieren wird, wenn du die Tablette weiter festhältst, ist, dass sie sich irgendwann in deiner Hand auflöst.«

»Und wenn doch was ist?«

»Anna, jetzt mal ehrlich, was soll denn sein? Du bist doch Kinderärztin und kennst dich mit dem Zeug aus.«

»Aber wenn ich so was bei Patienten in der Klinik anwende, kann ich die zur Not überwachen.«

»Du weißt aber auch, dass eine Überwachung bei geringen Dosierungen nicht notwendig ist. Ich habe das auch schon genommen, und es geht mir gut. Wir Psychiater testen fast alle Medikamente, die wir unseren Patienten geben, erst einmal selbst aus.«

»Wir Kinderärzte lassen davon schön die Finger. Bei deinen Stimmungsschwankungen bin ich mir auch nicht so sicher, dass da nie was schiefgegangen ist.«

»Pass auf, das ist allein deine Entscheidung. Nimm die Tablette oder nicht. Ich möchte dich zu nichts überreden.«

Ich bin misstrauisch. Die zwei Wodka, die ich vorhin mit Till getrunken habe, haben mich zwar ein wenig entspannt, aber gut geht's mir noch lange nicht. Schließlich überwiegen meine Nackenschmerzen meine Zweifel. Ich schlucke die Beruhigungstablette und spüle mit einem großen Glas Wasser nach. Das Schlimmste, was passieren kann, ist doch nur, dass ich auf der Stelle einschlafe. »Ich hätte nicht gedacht, dass du heute Abend tatsächlich vorbeikommst.«

»Warum?«

»Ich weiß gar nicht, wie ich das sagen soll, aber deine Launen sind mir ein Rätsel. Mal bist du total nett, dann wieder total distanziert ...«

»Launen? Das aus dem Munde der Frau, die bei jeder Kleinigkeit sofort an die Decke geht!«

»Das stimmt doch gar nicht«, versuche ich zu protestieren.

»Du rastest ja schon aus, wenn deine Heftklammern nicht in Reih und Glied liegen.«

»Das ist ein bisschen übertrieben. Jedenfalls ein bisschen. Jetzt mal ehrlich, im Grunde kann ich ein sehr angenehmes Wesen sein.«

»Selten.«

»Öfter.«

»Wie auch immer. Wohnst du hier eigentlich alleine oder mit Till zusammen?«

»Letzteres ab und zu. Er wird manchmal von einer Ex-Affäre belästigt und versteckt sich dann hier.«

»Und wo ist dein sporadischer Mitbewohner heute Abend? Sollte er sich nicht um dich kümmern?«

»Er muss arbeiten und ist im Moment, wie du gesehen hast, anderweitig beschäftigt.«

»Das war allerdings nicht zu übersehen.« Nils schmunzelt gedankenverloren.

»Und jetzt, wo du kapiert hast, dass der Mann, der halbnackt in meinem Flur stand, tatsächlich nur mein bester Freund ist, machst du rein zufällig eine deiner Kehrtwendungen und hast wieder Lust mit mir zu sprechen. Wenn ich es nicht besser wüsste, könnte man fast meinen, du wärst eifersüchtig auf ihn gewesen.«

»Was meinst du mit, wenn du es nicht besser wüsstest?«

Die Wirkung des Beruhigungsmittels setzt langsam ein, und ich spüre, wie meine Zunge schwer wird.

»So wie du mit mir umspringst, kannst du gar nichts von mir wollen.«

»Meinst du? Warum beschäftigt es dich denn überhaupt, ob ich Interesse an dir habe oder nicht?«, fragt Nils.

»Weil ...« Tetrazepam ist echt ein geiles Zeug. Ich habe gar keine Schmerzen mehr. Ich bin die Königin des Universums. Nils ist der wunderschönste und unglaublichste Mann, den es jemals gab, und die ganze Welt ist herrlich bauschig rosa ... und so leicht. »Weil du, wenn du mich nicht gerade missverstehen willst und einen auf Mimose machst, total süß sein kannst und dann der tollste und netteste Typ bist, den ich kenne.«

»Süß, nett und toll sind nicht unbedingt die Adjektive, die ein Mann über sich gern hört.«

Mir wird etwas schwummrig vor Augen. »O Nils, was ist, wenn ich doch zu viel von dem Tetrazepam eingenommen habe?«

»Keine Sorge, das hast du nicht. Ich passe auf dich auf.«

»Das ist gut. Ach ja ... Mir fallen noch andere Adjektive ein: sexy zum Beispiel. Wenn du nicht gerade so psychologisch kompliziert tust, bist du echt ein sexy Typ ... der sexieste Mann, den ich kenne. Und das, obwohl du oft Pullunder trägst.«

Nils nimmt meine Hand. Ich komme gerade so richtig

in Fahrt: »Nils, ich muss dir noch was sagen. Ich war nicht immer ganz ehrlich zu dir.«

Er lässt meine Hand wieder los und sieht mich ernst an. Dann holt er tief Luft: »Okay, raus damit.«

Nun greife ich nach Nils' Hand: »Bitte sei mir nicht böse, aber es sind die Jelly Beans. Ich mag gar keine Jelly Beans. Ich hasse die Dinger. Ich wollte dich nicht verletzen, deshalb habe ich es dir nicht gesagt, wenn du mir welche mitgebracht hast.«

»Die Jelly Beans?« Nils fängt an zu lachen. »Die Jelly Beans«, er schüttelt den Kopf. »Weißt du was? Wenn du nicht gerade so zickig und oberflächlich tust, bist du die liebenswerteste Person, die mein Leben jemals durcheinandergebracht hat.«

Nils nimmt mein Gesicht in seine Hände und sieht mir direkt in die Augen. In meinem Magen breitet sich ein lange nicht mehr da gewesenes Kribbeln aus. Dann beugt er sich vor und küsst mich. Seine weichen warmen Lippen machen mich noch kribbeliger. Ehe ich mich versehe, küsse ich ihn zurück, bis sich mein Verstand einmischt.

»Nils«, unterbreche ich ihn und schiebe ihn von mir weg, »Nils, wir können das nicht tun. Professor Astrup feuert mich, wenn er das rauskriegt.«

»Schsch. Es ist alles in Ordnung«, er küsst mich erneut. Zwei Paar wunderschöner rehbrauner Augen verschwimmen langsam im Dunkeln.

Nils' Gesicht tanzt immer noch in doppelter Ausführung durch meine Träume, als ich am nächsten Tag vom Wecker aus einem komatösen Tiefschlaf gerissen werde. Völlig benebelt und mit bleischweren Gliedern versuche ich, mich zu orientieren. O mein Gott! Habe ich wirklich mit Nils geknutscht und ihm meine geheimen Wünsche offenbart, von denen ich bisher selbst nichts gewusst habe? Oder war das alles nur ein Traum? Laut meinem Wecker ist es zehn Uhr. So ein Mist. Ich bin viel zu spät dran. Panisch richte ich mich auf und falle sofort wieder in die Kissen. Mein Körper ist tatsächlich zu schwach, um aufzustehen. Die Kombination aus Schlafmangel, Wodka und dem Beruhigungsmittel hat mir gar nicht gutgetan. Neben dem Wecker liegt ein Zettel:

Guten Morgen, ich hoffe, es geht Dir besser.

Schlaf Dich aus. Ich sage Bescheid, dass Du heute später kommst.

Das ist Nils' krakelige Schrift, eindeutig. Das ist ja lieb von ihm. Moment mal. Dass der Zettel hier liegt, heißt, er war in meinem Schlafzimmer. Wie bin ich überhaupt in mein Bett gekommen? Ich hebe die Bettdecke an und blicke an mir herunter. Bis auf Unterhose und T-Shirt habe ich nichts mehr an. Die Bettdecke und das Kopfkissen auf der anderen Seite meines Doppelbettes sind zerwühlt und auf dem Kissen finde ich kurze braune Haare. Kurze braune Haare, so wie Nils sie hat. Was ist bloß passiert? Wer hat mir wann die Klamotten ausgezogen? Wieso lag Nils in meinem Bett? Immerhin habe ich noch etwas an. Das spricht dagegen, dass wir Sex hatten, hoffe ich. Wäre auch eine Ironie des Schicksals, wenn ich mich an mein erstes Mal seit Monaten nicht mehr erinnern könnte. Bei meinem Glück wäre das aber glatt möglich!

Was für eine blöde Situation: Ich habe einen Blackout, Nils hat offensichtlich in meinem Bett gelegen, ich habe keine Ahnung, ob er mich ausgezogen hat und hoffe inständig, dass nichts weiter gelaufen ist. Immerhin habe ich keine Nackenschmerzen mehr. Das ist ein Punkt, der für diesen Tag spricht. Die juckende Halskrause liegt auf dem Boden neben meinem Bett. Ja, das ist schon mal gut. Erschöpft sinke ich zurück aufs Bett, und ehe ich etwas dagegen tun kann, fallen mir wieder die Augen zu. Tanzende Rehaugen im Nebel, wie schön. Ach Nils ... Diese weichen Lippen ...

Zwei Stunden später quäle ich mich wie in Zeitlupe schwankend vom Bett ins Bad, um mich fertigzumachen. Es hilft alles nichts. Ich sollte irgendwann in einigermaßen passablem Zustand bei der Arbeit erscheinen.

»Guten Tag, Frau Plüm, Sie sehen ja zum Glück wieder besser aus. Wie geht es Ihnen?«, begrüßt Frau Goldstein mich, als ich die Ambulanz betrete, und holt mir gleich einen Kaffee. Ich kann mich gar nicht richtig daran erinnern, wie ich hierhergekommen bin. Dieses verflixte Beruhigungsmittel.

»Hier, bitte sehr. Ihre Patienten habe ich auf übermorgen verlegt, damit Sie sich erholen können. Da Dr. Denner sich für einige Tage abgemeldet hat, werden wir sowieso weniger Patienten einbestellen.«

»Wie, Herr Denner hat sich abgemeldet?«

»Ja, heute Morgen. Er kam, sagte dass Sie später kommen würden und war dann gleich wieder weg. Hat er Sie nicht informiert?«

»Nein. Sie wissen ja, dass die Kommunikation zwischen uns im Moment nicht so optimal ist.«

»Ja, das habe ich bemerkt. Ich finde das sehr schade.«

Ich nehme den Kaffee, den mir Frau Goldstein hinhält und gehe in unser Büro. Nils hat sich also einfach abgemeldet. Darüber bin ich erst mal erleichtert. Wäre mir schon peinlich gewesen, so ein Wiedersehen bei der Arbeit nach der letzten Nacht. Vor allem, weil ich keine Ahnung habe, was los war. Noch peinlicher wäre es mir allerdings, wenn es zu dem gekommen wäre, von dem ich glaube, dass es passiert sein könnte. In kleinen Schlucken trinke ich den starken Kaffee und denke nach. Es will mir einfach nicht mehr dazu einfallen, obwohl ich durch das Koffein endlich wieder einen klareren Kopf bekomme.

Lustlos erfasse ich die Patientendaten der letzten Woche und warte. Worauf, weiß ich auch nicht so genau. Vielleicht darauf, dass Nils doch noch kommt. Er kommt aber nicht. Ich weiß auch gar nicht, wie ich ihm unter die Augen treten soll. Was, wenn Nils die letzte Nacht für einen fatalen Fehler hält und sich deshalb nicht blicken lässt? Aber einfach die Ambulanz abzusagen passt gar nicht zu ihm. Das ist schon komisch. Vielleicht hat er mir ja eine Nachricht hinterlassen? Ich fange an zu suchen, finde jedoch weder auf seinem noch auf meinem Schreibtisch irgendeinen Hinweis.

Während ich mich umschaue, stoße ich gegen einen der Aktenstapel, und ein dicker wattierter Umschlag fällt auf den Boden. Dabei rutscht eine Broschüre heraus. Es ist ein Hochzeits-Terminplaner, *Tipps für Ihre Traumhochzeit – für den Bräutigam*. So etwas zieht sich kein normaler Mann rein, es sei denn, er gedenkt zu heiraten und steht unter der Fuchtel seiner Zukünftigen. O mein Gott! Vielleicht hat Nils eine Freundin oder, noch schlimmer, er ist verlobt. Er hat zwar nie eine Frau in seinem Leben erwähnt, aber das heißt noch lange nicht, dass es keine gibt. Er könnte eine Fernbeziehung mit einer ehemaligen Studienfreundin aus England führen. Das würde passen. Wie konnte ich nur so naiv sein? Eine Frau zu verheimlichen ist gar nicht so schwer, vor allem wenn sie weit weg lebt, und für manch einen noch lange keine Lüge. Das sieht man doch an den Kegelclubfahrten, auf denen die Typen ihre Eheringe abnehmen, um auf Frischfleischjagd zu gehen. Vielleicht hat Nils wegen gestern Abend ein schlechtes Gewissen und ist sofort zu ihr gefahren. Ich hätte Caro ausfragen sollen, bevor ich mich auf ihn eingelassen habe. Aber bis gestern Abend wollte ich ja auch noch nichts von

Nils. Das dachte ich zumindest. O mein Gott. Nils ist vergeben! Vielleicht wohnt seine Verlobte auch hier und war nur für ein paar Tage verreist, und er hat das gleich ausgenutzt. Ich bin nur seine kleine Flucht aus dem Alltag. Sein eifersüchtiges Verhalten war nur Platzhirsch-Gehabe. Dabei ging es gar nicht wirklich um mich. Jetzt weiß Nils nicht, wie er mir erklären soll, dass ich nur ein kleines Abenteuer für ihn war und hat sich deshalb aus dem Staub gemacht. Diese Erkenntnis trifft mich wie ein Schlag. Was für eine Skrupellosigkeit, mich nach so einer Nacht – wenn ich bloß wüsste, nach was für einer – einfach sitzenzulassen. Dieses blöde Beruhigungsmittel. Vielleicht hat er mir das ja nur gegeben, um mich gefügig zu machen? Ist so etwas nicht strafbar? Verführung Schutzbefohlener oder so?

Während ich mir den Kopf zermartere, kommt Katharina rein, setzt sich an Nils' Schreibtisch und fährt seinen Computer hoch.

»Ist wirklich supernett von Nils, dass ich seinen Computer benutzen darf, während er weg ist. Er hat mir sogar einen eigenen Benutzeraccount eingerichtet«, berichtet sie stolz, »ich gönne ihm die freien Tage ja, aber ich kann es gar nicht erwarten, wieder mit ihm zu arbeiten. Ich ...«

»Katharina, er ist nicht da. Du kannst dir die Lobeshymnen also sparen«, unterbreche ich sie barsch.

Sogar die blöde Studentin scheint zu wissen, wo Nils sich rumtreibt. Wahrscheinlich auch mit wem. Fragen werde ich sie natürlich auf keinen Fall. Die Blöße gebe ich mir nicht.

Kapitel 20

Nils bleibt wie vom Erdboden verschluckt. Seit seinem Verschwinden sind nur vier Tage vergangen, aber die kommen mir vor wie eine Ewigkeit. Ich weiß nicht, was ich davon halten soll. Ich bin so verwirrt, dass ich nicht mal Vera erzählen kann, wie es mir geht. Und mit Vera teile ich sonst alles. Wir sitzen zusammen in unserer Lieblings-Sushibar und ich stochere lustlos in meinem Algensalat herum, während Vera mir von Till vorschwärmt. Eines teilen wir seit einigen Tagen nämlich nicht mehr: das elende Singledasein. Vera ist total glücklich mit Till. Die beiden sind soooo verliebt ineinander, und eigentlich sollte ich mich soooo sehr für sie freuen! Doch das fällt mir im Moment ziemlich schwer, obwohl ich nicht egoistisch wirken möchte. Das merkt Vera trotz meines bemüht glücklichen Lächelns auch sofort. Ich konnte ihr noch nie was vormachen.

»... und nächsten Monat werden Till und ich zusammen einen Porno drehen!«

»Hmmm, ja, wie schön. Ihr macht *was*?!«

»Ich hatte schon die Befürchtung, du hörst mir überhaupt nicht mehr zu! Was ist denn los? Hat Nils sich immer noch nicht gemeldet?«

»Ach, der ist mir doch völlig egal.«

»Du hast fast nichts von deinem Essen angerührt. Also mach mir nichts vor.«

»Nein, Nils hat sich noch nicht gemeldet.«

»Der taucht bestimmt bald wieder auf.«

»Der soll bleiben, wo der Pfeffer wächst und sich mit seiner blöden Freundin in England amüsieren. Mir macht was anderes Sorgen: Irgendetwas stimmt nicht mit mir.«

»Inwiefern?«

»Ich mache mir ernsthaft Sorgen, ob ich nicht einen Hirntumor habe oder an verfrühter Demenz leiden könnte.«

»Okay«, Vera mustert mich prüfend, »hast du etwa vor lauter Männerfrust ein Fachbuch gelesen?«

»Nein, nichts Besonderes.«

»Ich glaub dir kein Wort. Du bist mal wieder in dieser Hilfe-ich-bin-todkrank-Stimmung.«

Während unseres Studiums war ich der klassische Hypochonder. Ich hatte alle Erkrankungen, die gerade in den Vorlesungen dran waren oder geprüft wurden. Alle. Bei dem, was ich alles überlebt habe, habe ich schon längst einen Weltrekord aufgestellt.

»Mit mir stimmt wirklich was nicht.«

»Okay, du erzählst mir jetzt in Ruhe, was los ist.« Tja, wo soll ich da bloß anfangen? Ich entscheide mich für eine Zusammenfassung. Die wird auch Vera reichen, um bei mir etwas Ernstes zu diagnostizieren.

»Also, wenn du es unbedingt wissen willst: Ich habe nicht mehr alle Tassen im Schrank. Ich bin ein durchgeknallter Schrank mit zersprungenen Tassen auf einem Boot in einem ganz, ganz schweren Sturm, einem Orkan ...«

Das trifft es ziemlich genau. Vera scheint darüber nachzudenken, mich in eine psychiatrische Abteilung einweisen zu lassen.

»Könntest du dich etwas deutlicher ausdrücken?«

»Im Grunde stand ich die letzten Tage völlig neben mir.

Ich hatte ein flaues Gefühl im Magen, konnte nichts essen, hatte ständig Herzrasen, konnte deshalb nicht schlafen und war völlig wirr im Kopf. Einmal habe ich zum Beispiel morgens meine Unterwäsche anstatt in den Wäschekorb ins Klo geworfen und meine Lieblings-La-Perla-Garnitur in die Kloake gespült.«

»O nein, die schöne champagnerfarbene, die wir zusammen im letzten Urlaub gekauft haben?«

Ich nicke bedeutungsschwer, und Vera scheint der Ernst der Lage allmählich klarer zu werden: »O du Arme, das ist bitter.«

»Das war noch nicht alles. Ich habe meine rosa Brille überfahren.«

»Du hast was?«

»Du hast richtig gehört. Ich habe meine Brille überfahren.«

»Na, wenigstens war die sowieso schon kaputt, aber wie hast du das bloß angestellt?«

»Als ich gestern ins Fitness-Studio gefahren bin, hatte ich Kontaktlinsen an. Die Brille muss mir aus meiner Sporttasche gerutscht sein. Als ich sie vor meinem Spätdienst panikartig suchte, klingelte Frau Beier mal wieder an der Tür und übergab mir mit einem hämischen Grinsen die Überreste. Der Reifenabdruck war deutlich zu erkennen.«

»Vielleicht hat sie sie ja überfahren?«

»Nein, sie hat kein Auto, und sie hat es wohl beobachtet.«

»Oh, wow. Dann kennt deine Mutter die Geschichte bestimmt auch schon.«

»Darauf kannst du wetten. Aber das war immer noch nicht alles. Vorgestern musste ich dreimal den Pannendienst rufen, weil ich ständig meinen Autoschlüssel im Wagen vergessen hatte und sich die Autotür wie von selbst verschloss.

Es kam jedes Mal der gleiche Mechaniker vorbei. So ein junger lederhäutiger Muskelprotz, der testosterongesteuert anscheinend dachte, dass ich das natürlich nur mache, um an ihn ranzukommen. Mit einem eklig anzüglichen Lächeln hat er mir beim letzten Mal seine Telefonnummer gegeben.«

»Igitt!« Vera verzieht das Gesicht.

»Das kannst du laut sagen. Kurz danach wehte ein kräftiger Windstoß die Autotür zu, als ich gerade mit dem Schlüssel in der Hand ausstieg. Dabei wurde der Schlüssel in der Tür eingeklemmt und ist jetzt völlig verbogen. Da ich immer noch keine Ahnung habe, wo sich der Ersatzschlüssel befindet, muss ich jetzt überall hin mit dem Fahrrad fahren. Und heute Morgen stand plötzlich das Honigglas auf der Ablage im Bad, neben der Gesichtscreme. Wenigstens bei der Arbeit sind mir keine komischen Sachen passiert. Das ist schon mal was.«

Vera neigt grübelnd den Kopf zur Seite, dann fängt sie an zu grinsen.

»Das ist nicht witzig.«

»Doch ist es. Du bist offensichtlich verliebt! Das ist ja wunderbar!«, jubelt sie strahlend.

»Ist es nicht.«

»Doch, das ist toll!«

»Nein, das ist ganz und gar nicht toll. Denn wenn ich tatsächlich verliebt sein sollte, dann hat mich der Kerl, in den ich verliebt bin, nach einer nur im Rausch zustande gekommenen Nacht sitzengelassen.«

»Oh, da hast du leider recht«, muss jetzt auch Vera zugeben, »aber du darfst jetzt nicht den Kopf hängen lassen. Es gibt bestimmt für alles eine Erklärung.«

»Ach bitte. Das glaubst du doch selbst nicht. Der lässt sich nicht blicken und auch nichts von sich hören. Er hat mit mir eine andere betrogen. Er hat mich einfach benutzt, so sieht es aus.«

»Weißt du denn sicher, dass er eine andere hat?«

»Nein, aber es spricht alles dafür.«

»Jetzt warte es doch mal ab.«

»Bis wann? Bis ich achtzig bin? Es ist wie ein Fluch. Immer verliebe ich mich in Typen, die nicht gut für mich sind. Jetzt mal ehrlich: Wäre ich nach unserer Knutscherei neben Nils aufgewacht und der hätte mich dann verliebt angeschaut, hätte ich vermutlich alles darangesetzt, ihn möglichst schnell loszuwerden. Jetzt lässt er mich hängen, und schon ist er der aufregendste Mann unter der Sonne.«

»Glaubst du wirklich?«

»Ja. Warum fühle ich mich immer von solchen Typen angezogen? Kann ich mich nicht mal in die netten verlieben? Nein! Die finde ich langweilig! Ich lasse mir lieber von den anderen das Herz brechen.«

»Jetzt gehst du aber echt hart mit dir ins Gericht. Du siehst das viel zu negativ!«, flötet Vera und hat schon wieder ihr Dauer-Verliebtheits-Grinsen drauf.

»Bei aller Liebe, dieser Situation kann ich nun gar nichts Gutes abgewinnen. Ich sollte mir Nils ein für alle Mal aus dem Kopf schlagen.«

Nils, Nils, Nils, Nils, Nils, Nils, ständig nur Nils! Nein! Ich darf nicht an ihn denken, wenn ich nicht an ihn denken will! Denke nicht an den rosa Elefanten! Denke nicht an den rosa Elefanten! Denke nicht an den rosa Elefanten! Rosa Elefanten sind viel besser als Nils. Mist! Nils, Nils, Nils ...

Mürrisch probiere ich etwas von dem Sashimi, aber heute will es mir einfach nicht schmecken.

»Weißt du, was dein Problem ist?«, fragt Vera.

»Nils?«

»Den benutzt du gerade nur als Ventil. Ich glaube, du musst einfach mal lernen, Verantwortung für dich zu übernehmen.«

»Ich übernehme jeden Tag Verantwortung, wenn ich das nicht könnte, hätte ich einen anderen Job.«

»Das meine ich nicht. Ich meine für dich.«

»Ich verstehe kein Wort.«

»Gut, nach der unseligen Geschichte mit Felix ist es kein Wunder, dass du Angst vor einer neuen Beziehung hast. Aber es wird Zeit, die zu überwinden. Dann kannst du dich auch in Typen verlieben, die gut für dich sind. Trau dich einfach, und steh wieder zu dir selbst.«

»Das klingt einfacher, als es ist.«

»Glaub mir, das weiß ich nur zu gut. Meinst du, mir ist es leichtgefallen, mir meine wahren Gefühle für Till einzugestehen?«

»Aber mit euch läuft es doch auch super.«

»Das wusste ich ja vorher nicht.«

»Das mit Till und dir ist so etwas wie ein Weltwunder. Das gibt es nicht ein zweites Mal und schon gar nicht für mich.«

»Ach so ein Quatsch. Jetzt hör auf so pessimistisch zu sein. Das ist echt ein Stimmungskiller.«

»Du hast ja recht. Tut mir leid, dass ich mich gerade nicht so doll mit dir freuen kann.«

»Ich weiß ja, dass du das normalerweise tun würdest. Also Schwamm drüber. Wie läuft es denn derzeit in der Ambulanz, so ohne Nils?«

»Ich komme ganz gut zurecht. Schleim-Katharina ist ohne ihren Götzen sogar einigermaßen erträglich. Im Moment verbringt sie sowieso die meiste Zeit in der Bibliothek, um für ihre Arbeit zu recherchieren.«

»Das klingt doch gut.«

»Hm, schon. Allerdings muss ich demnächst zu einem Überstundengespräch zu Professor Astrup.«

»Autsch. Dann drücke ich dir mal die Daumen.«

»Er wird mich ordentlich in die Mangel nehmen.«

»Wie schlimm ist es denn?«

»Weit über hundert Überstunden. Eher fast zweihundert.«

»Das ist mal ein Wort. Aber nimm ihn doch einfach als Übungsobjekt. Steh zu dir selbst, und lass dich nicht runterziehen. Und lass dir die Überstunden auszahlen.«

»Du bist ein alter Schlauberger.«

»Ich weiß.« Vera klaut mir ein Stück Sushi und grinst.

Mit dem Fahrrad brauche ich volle zwanzig Minuten nach Hause. Gefühlt sind das etwa vierzig, weil Vera und ich zum Sushi noch diverse Gläser Wein getrunken haben. Es war ein schöner Abend, und ich fühle mich jetzt wirklich besser. Erschöpft steige ich vom Fahrrad und schiebe es die letzten Meter Richtung Hauseingang. Die Tür geht auf, und Frau Beier schießt heraus. Na, so ein Zufall.

»Sie sollten sich schämen! Wie konnten Sie nur!«

»Wie konnte ich was?«

»Dem unverschämten Bengel mit seinem komischen Fahrrad die Nische überlassen.« Ich trage mein Fahrrad in den Hausflur und erkenne Frau Beiers Problem: Das Mountainbike unseres Nachbarn steht schon wieder in der Nische. »Wieso? Passt doch.«

»Aber wir hatten eine Sondergenehmigung«, zischelt Frau Beier bedrohlich.

»Und?«

»Dieser unverschämte Kerl jetzt auch!«

Sie funkelt mich mit zusammengekniffenen Augen an.

»Na, dann ist doch alles geregelt.«

»Geregelt? Nichts ist geregelt, nichts. Sie werden schon sehen.«

Frau Beiers Stimme überschlägt sich vor Wut, und kleine Spucketropfen fliegen mir entgegen. Ich schließe mein Rad ab.

»Wenn die Hausverwaltung das so beschlossen hat, wird es schon seinen Grund haben. Ich wünsche Ihnen einen schönen Abend.«

Vorsichtig zwänge ich mich an der geifernden Beier vorbei. Ihre Augen sind blutunterlaufen. Das ist echt unheimlich.

»Nichts ist geregelt, nichts«, höre ich sie zischeln, während ich die Treppe zu meiner Wohnung hinaufgehe.

Ich bilde mir ein, das Zischeln immer noch zu hören, als ich mich am nächsten Morgen auf den Weg zur Arbeit machen will. Vor meiner Wohnungstür stapeln sich Tüten mit ... Müll? Was soll das denn? Hey, den Müll kenne ich! Das ist meiner. Aber wie hat er den Weg zurück zum Mutterschiff gefunden? Kleine beschriftete Zettel, die nur so vor Rechtschreibfehlern strotzen, erklären alles. Es war, natürlich, die Beier-Ziege. Mann, hat die eine Ausdauer. Es ist echt ungünstig, dass ältere Menschen nur noch so wenig Schlaf brauchen. Auf einem Stapel Papier steht: *Die Fenster der Briefumschläge sind Plastick!!! Kein Papier!!!* Und auf einer besonders stinkenden Tüte: *Die Zettel an den Teebeutel sind Papier!!* Also bitte. Ich schneide doch nicht die Fenster der Briefumschläge aus und die Teebeutelschilder ab. So weit kommt's noch. Ich wasche ja nicht mal meine Joghurtbecher aus, und die Hüllen von Tampons und Kontaktlinsen sortiere ich auch nicht extra zum Plastik – das hat sie auch gemerkt. Fluchend raffe ich den Müllberg zusammen und ertaste schrittweise mit den Füßen den Weg die Treppe hinunter. Der Müll versperrt mir die Sicht. An der Haustür stoße ich auf ein Problem: Ich habe keine Hand mehr frei, um die Tür zu öffnen. Ich traue mich auch nicht, den Müllberg abzusetzen. Nachher fällt noch alles auseinander, und ich muss das blöde Treppenhaus putzen.

»Warte, ich helfe dir«, ertönt es hinter mir. Es ist der Fahrradnachbar.

»Oh, der Querulant«, begrüße ich ihn über die stinkenden Mülltüten hinweg.

»Gib mal her, das ist ja nicht mit anzusehen.« Er nimmt mir einen Großteil meiner Mülltrennungssünden ab und hält mir die Tür auf. »Hast wohl den Müll nicht ordentlich getrennt, was? Ich bin übrigens Arne«, stellt er sich vor, während er die Mülltonne öffnet.

»Anna«, ich werfe den Müllhaufen in die Restmülltonne, »vielen Dank für deine Hilfe.«

»Solltest du den Müll nicht auf die Tonnen verteilen?«

»Vergiss es. Ich trenne den ganzen Kram doch nicht noch mal.«

Wir gehen zurück zum Haus.

»Musstest du die arme Frau Beier so verärgern?«, frage ich ihn leicht vorwurfsvoll.

»Tut sie dir etwa leid?«

»Nein, ich tue mir leid. Weil ich sie nicht im Kampf gegen dich unterstützt habe, hat sie mich jetzt noch mehr auf dem Kieker als sonst.«

»Geht so was überhaupt?«

»Vermutlich nicht. Hat sie deinen Müll etwa auch schon mal durchwühlt?«

»Das macht sie jede Woche.«

»O Mann. Das ist echt krank. Wie hast du es überhaupt geschafft, deinen Anspruch auf die heilige Nische durchzusetzen?«

»Das war gar nicht so schwierig.« Arne grinst. »Ich habe mich dazu hinreißen lassen, der Hausverwaltung eine schriftliche Beschwerde wegen sexueller Diskriminierung zu schicken. Bislang durften ja nur Frauenräder im Hausflur stehen. Das Argument, dass auch Männer ein Recht darauf haben, hat sofort gezogen.«

»Und Frau Beier dreht jetzt völlig durch.«

»Ach was, die zetert vielleicht ein bisschen mehr als sonst. Das war's dann auch schon. Du weißt doch, Hunde, die bellen ...«

Auf dem Gehweg, direkt vor der Haustür liegt noch ein vergammelter Apfel. Rasch bücke ich mich danach, ich möchte die Situation ja nicht eskalieren lassen. Ein leises Rauschen lässt mich zusammenfahren.

»Vorsicht«, ruft Arne und zieht mich zur Seite. Hinter mir höre ich einen lauten Knall und zerberstendes Porzellan. Erschrocken drehe ich mich um. Genau an der Stelle, an der sich eben noch mein Kopf befand, ist ein Geranientopf zerschellt. Ich blicke nach oben und sehe gerade noch, wie eines der Fenster, die vom Hausflur zur Straße zeigen, geschlossen wird. Meine Knie werden weich.

»Alles in Ordnung?«, fragt Arne besorgt.

»Das war echt knapp. Vielen Dank.«

»Also, der Beier hätte ich ja viel zugetraut, aber so was! Ich hab mich wohl in ihr getäuscht.«

»Du meinst, sie war das?«

»Wer sonst? Das war ein richtiges Attentat.«

Mit wackligen Knien betrete ich den Hausflur. »Langsam fange ich an, den Gerüchten zu glauben, die behaupten, Frau Beier persönlich habe ihren unglücklich verstorbenen Mann die Kellertreppe hinunter gestoßen.«

»Echt? Ist ja krass.«

»Das ist unheimlich.«

»Wir sollten einen Nachbarschafts-Anti-Beier-Schutz aufstellen.«

»Gute Idee.« Ich schließe mein Fahrrad auf und schiebe es auf die Straße, wobei ich misstrauisch nach oben blicke.

»Vielen Dank noch mal und einen schönen Tag.«

Ich muss mich echt sputen, um rechtzeitig zur Arbeit zu kommen.

Völlig durchgeschwitzt, mit hochrotem Kopf und wild abstehenden Haaren betrete ich wenig später die *Moby-Fit*-Ambulanz. Alles ist wie immer. Frau Goldstein begrüßt mich strahlend mit einem Kaffee und bekundet ihr Mitgefühl dafür, dass ich mich so abhetzen musste. Katharina sitzt an Nils' Platz und schreibt an ihrer Arbeit. Ich hänge meine Jacke auf und fahre den Computer hoch. Dann gehe ich die Post durch. Nichts Neues. Wenn ich ganz ehrlich bin, muss ich zugeben, dass ich Nils mal wieder vermisse. Das ist auch nichts Neues. Leider. Dabei sollte ich stinksauer sein, weil er mich so einfach sitzengelassen hat und den Kerl abhaken. Mit der mir eigenen gehörigen Portion Naivität hoffe ich insgeheim immer noch, dass es sich um ein Missverständnis handelt und er mir nicht absichtlich aus dem Weg geht. Realistisch gesehen, entspricht aber die Version mit dem »einfach sitzengelassen« wohl eher der Wahrheit.

»Deine Mutter. Hier«, unterbricht Katharina plötzlich meine Gedanken.

»Bitte?«, verwirrt streiche ich mir eine verschwitzte Haarsträhne aus dem Gesicht. Katharina hält mir mit fragendem Blick den Telefonhörer entgegen.

»Es ist das vierzehnte Mal, dass sie heute Morgen anruft. Ich hoffe, es ist nichts Schlimmes passiert.«

»Vierzehn Mal? Es ist gerade erst Viertel nach acht.«

»Sie ruft seit halb acht ständig an.«

Mit einem beklemmenden Gefühl in der Brust nehme ich den Hörer. Hoffentlich ist nichts mit meinem Vater.

»Guten Morgen, Mutter, was gibt es?«

»Ich versuche seit halb acht, dich zu erreichen. Ich denke, du arbeitest so viel.«

»Ab acht. Was ist los?«

»Was los ist? Ich denke, das weißt du genau. Jetzt tu nicht so.« Ich habe keine Ahnung, aber ich bin sicher, sie wird's mir gleich verraten.

»Frau Beier hat mir alles erzählt. Eine Schande ist das!«

»Schande ist gut. Sie hätte mich umbringen können. Aber bei den Fahrrädern ist mit ihr nicht zu spaßen.«

»Was redest du da? Lenk bloß nicht ab. Ich weiß alles über diese Männer, die bei dir ein und aus gehen und sogar bei dir übernachten.«

»Dann sei doch froh. Du willst doch immer, dass ich mich mit Männern treffe.«

»Aber nicht, dass du dich benimmst wie das letzte Flittchen. So findest du nie einen anständigen Mann, der dich in deinem Alter noch nimmt.«

»Jetzt komm mal runter. Nur weil ein Mann bei mir übernachtet hat, bin ich noch lange kein Flittchen.«

»Es war ja wohl nicht nur einer.«

»Ich bezweifle, dass Frau Beier das so genau mitbekommen kann, während sie meinen Müll durchwühlt.«

»Es ist einfach eine Schande. Wie kannst du mir das antun? Das nächste überregionale Kegelvereintreffen steht an, und du machst mich zum Gespött der Leute. Ich weiß nicht, was ich noch tun soll. Ich habe doch immer alles für dich getan. Wie konntest du nur?«

»Falls es dich vielleicht interessiert: Ich hab gar nichts getan.«

»Immer diese Lügen. Hör auf damit. Du bist und bleibst eine einzige Enttäuschung für mich.«

»Dann sollten wir dieses Gespräch lieber beenden.« Wutschnaubend lege ich auf.

»Alles in Ordnung?«, fragt Katharina.

»Alles bestens«, antworte ich knapp, verlasse schnell den Raum und verstecke mich auf der Toilette, bevor ich noch vor irgendwem in Tränen ausbreche. Ich weiß doch, wie meine Mutter tickt. Aber trotzdem verletzt es mich jedes Mal, wenn sie mich mal wieder als Versagerin darstellt. Das ist so unfair. Vielleicht sollte ich einfach weit weg ziehen. Irgendwohin, wo mich keine Kegelschwestern meiner Mutter terrorisieren können. Dieser Ort muss definitiv weit weg sein, so vernetzt, wie die Damen sind. Ich atme noch mal tief durch. Langsam löst sich der Kloß in meiner Kehle. Jemand betritt die Toilette: »Anna?« Mist, es ist Katharina.

»Kann man hier nicht mal in Ruhe für zwei Minuten auf die Toilette gehen?«

»Entschuldige, aber die Sekretärin von Professor Astrup hat angerufen. Er erwartet dich zu einem Gespräch.«

»Wann?«

»Na ja, jetzt sofort.«

»Gut, vielen Dank.«

Das hat mir gerade noch gefehlt! Was für ein blöder Zeitpunkt! Jetzt, wo ich durch die Bösartigkeiten meiner Mutter angeschossen bin, bin ich für ihn leichte Beute. Wenn ich an so was glauben würde, könnte ich glatt meinen, die hätten sich alle gegen mich verschworen. Das Schicksal nervt manchmal echt. Mit Leichenbittermiene mache ich mich auf den Weg zu Professor Astrups Büro, um mein Urteil zu erwarten. Inzwischen habe ich meine zweihundertste Überstunde erarbeitet und auch noch aufgeschrieben, anstatt sie unter den Tisch fallen zu lassen. Dafür wird er mich nicht ungeschoren davonkommen lassen. Ich wünschte, Nils wäre hier, um mir ein paar Tipps für das nun anstehende Tribunal zu geben. Während ich das Chefbüro betrete, versuche ich krampfhaft, einen entspannteren Gesichtsausdruck aufzusetzen. Fühlt sich nicht so an, als ob es klappen würde.

Professor Astrup sieht aus, als wäre mit ihm heute gar nicht gut Kirschen essen.

»Frau Dr. Plüm. Sie wissen, warum ich Sie zu diesem Gespräch gebeten habe?«

Vielleicht, um meine großartige Arbeitsleistung zu würdigen? – Könnte ich nur so zum Spaß mal antworten. Ich würde zu gern nur ein einziges Mal von meinem Chef gelobt werden. Schließlich mache ich einen super Job. Hat denn in den oberen Etagen noch niemand was von positiver Verstärkung gehört? Anscheinend nicht. Um das Unvermeidliche noch ein wenig hinauszuzögern, entscheide ich mich dafür, zu lügen: »Ehrlich gesagt, Professor Astrup, weiß ich es nicht.«

»Frau Plüm«, der Herr Professor atmet tief durch und streckt mir ein Papier entgegen, »was sehen Sie dort auf dem Papier?«

»Hmm, mal sehen. Sieht aus wie eine Zeiterfassungstabelle. Hmm. Oh, das ist ja meine Zeiterfassung.«

Professor Astrup verliert bei meiner schlecht gespielten Ahnungslosigkeit langsam die Geduld.

»Ganz richtig, es ist Ihre Zeiterfassung. Und was ist das bitte für eine Zahl, die rechts unten, am Ende der Tabelle steht?«

»Eine zweihundertvier.«

»Eine zweihundertvier, Sie sagen es«, Professor Astrup

läuft rot an und fängt an, in seinem Zimmer auf und ab zu laufen: »Frau Plüm, wie konnte das passieren?«

»Wie? Was passieren?«

»Wie um alles in der Welt konnten Sie es wagen, so viele Überstunden anzusammeln?«

Nun, wenn ich es mir recht überlege, ist die Antwort auf diese Frage ganz einfach. Ich bezweifle nur, dass er sie hören möchte. Noch bevor ich den Mund öffnen kann, fährt er fort.

»Sie wissen, dass wir uns diese Überstunden nicht erlauben können.«

Langsam werde auch ich wütend: »Warum ich so viele Überstunden habe? Nun, das ist relativ einfach: Ich habe zu viele Extraschichten gemacht, für die, nebenbei bemerkt, Sie mich eingeteilt haben.«

»Was soll das heißen, zu viele Extraschichten? Damals, vor diesen ganzen Arbeitnehmerrechten, haben wir achtundvierzig Stunden am Stück gearbeitet.« Professor Astrups Stimme bebt. Ich wusste doch, dass er die Antwort nicht hören wollte. Vielleicht hätte ich einfach meine vorlaute Klappe halten können. Astrup redet sich in Rage: »Wir waren dankbar dafür, so viel arbeiten zu dürfen. Meine Frau habe ich teilweise wochenlang nicht gesehen.«

Gut, bei Professor Astrups Frau würde mir das auch nichts ausmachen.

»Wir haben gearbeitet und es genossen. Ich weiß gar nicht, was dieses neumodische Arbeitsrecht überhaupt soll.«

Ich nehme all meinen Mut zusammen. »Tja, dieses Arbeitsrecht gibt es aber nun mal, und wenn ich die Überstunden nicht mit Freizeit ausgleichen kann oder sie ausgezahlt werden, dann werden es immer mehr.«

Ich lege eine bedeutungsvolle Pause ein, um meinen nachfolgenden Worten mehr Gewicht zu verleihen.

»Sie wissen doch, was passiert, wenn eine Kontrolle stattfindet und herauskommt, dass die Assistenten übermäßig viel Mehrarbeit leisten.«

Normalerweise bin ich nicht so mutig. Aber ich bin deprimiert. Wegen Nils. Und wegen der ganzen Deppen, die auf mir herumhacken. Was kann mir schon passieren? Dass Astrup mich rauswirft? Fein, dann gehe ich eben mit den Ärzten ohne Grenzen ans Ende der Welt in ein Land, in dem Kegeln verboten ist, und finde dort die Liebe meines Lebens in Form eines sozial engagierten Biologen oder Geologen oder so. Für den würde ich dann sogar den Müll ordentlich trennen. Alles ist besser, als weiter mit dem Mann, der mich so gedemütigt hat, arbeiten und Menschen wie meine Mutter und die Beier-Ziege ertragen zu müssen. Professor Astrup läuft hochrot an: »Wollen Sie mir etwa drohen?«

»Nein. Ich sage nur, wie es ist. Ich habe mir die Gesetze nicht ausgedacht.«

Und bin dabei heilfroh, dass ein anderer so engagiert war, das zu tun. Astrup setzt sich wieder an seinen Schreibtisch und beugt sich zu mir vor.

»Frau Dr. Plüm«, säuselt er, »Sie wissen doch, dass ich voll hinter Ihnen stehe. Sie profitieren doch von Ihrer Arbeit und dem, was Sie hier lernen.«

Am liebsten würde ich sagen: Na und! Dafür schmücken Sie sich ja auch mit dem Titel Lehrkrankenhaus. Diesmal halte ich feige den Mund. Ein säuselnder Professor Astrup ist mir viel unheimlicher als ein tobender.

Er säuselt weiter: »Frau Plüm, Sie wissen doch, dass wir es uns nicht leisten können, die Assistenten während der Regelarbeitszeit auszubilden. Ihre Überstunden dienen somit Ihrer Ausbildung, und dafür sollten Sie dankbar sein.«

»Oh, das bin ich. Ich bin sehr dankbar für die Ausbildung,

die ich hier genieße, aber die Überstunden müssen trotzdem ausgeglichen werden. Sie haben meine Arbeitszeit gerne in Anspruch genommen und die sollte auch tarifgemäß bezahlt werden. Sie wissen, dass ich hier einen verdammt guten Job erledige!«

O mein Gott! Habe ich das gerade tatsächlich gesagt? Ich scheine derzeit eine ausgeprägte Neigung zur Selbstzerstörung zu haben. Professor Astrup lehnt sich seufzend in seinem riesigen Chefsessel zurück und schweigt nachdenklich. Die Stille zieht sich hin wie ein ausgelutschter Kaugummi. Während ich nervös mit meinem Fuß wippe, glätten sich die Zornesfalten auf seiner Stirn.

Nach einer gefühlten Ewigkeit seufzt Astrup erneut und fährt fort: »Ach Frau Plüm. Lassen wir dieses Theater für einen Augenblick. Sie haben ja recht. Ich wünschte, mehr Mitarbeiter hätten die Courage, die Dinge so auszusprechen, wie sie sind.«

Hä?

»Glauben Sie mir, es macht mir keinen Spaß, Sie und die anderen Assistenten ständig unter Druck zu setzen.«

Hä?

»Ich weiß sehr wohl, was ich an Ihnen habe.«

Das muss ein Traum sein!

»Aber die Verwaltung sitzt mir im Nacken. Ich muss sparen, sparen und nochmals sparen.«

Langsam bekomme ich fast schon Mitleid mit ihm. Mir macht Sparen auch keinen Spaß.

»Ist es für Sie in Ordnung, wenn wir Ihnen die Überstunden auszahlen?«

»Hä? Äh, ja ... also ... Das wäre schon in Ordnung.« Jetzt hat Professor Astrup anscheinend endgültig den Verstand verloren.

»Gut«, er strafft sich wieder, »ich werde das in die Wege leiten. Gegen geltendes Arbeitsrecht kann ich schließlich nicht verstoßen. Ach und eines noch: Dieses Gespräch hat so nie stattgefunden.«

»Nein, natürlich nicht, Herr Professor.«

Sollte mein Chef tatsächlich eine menschliche Seite haben? Komische Vorstellung. Hoffentlich hält sie so lange an, bis das Geld auf meinem Konto ist.

Ich bin den restlichen Tag über mächtig stolz darauf, wie ich das Überstundengespräch gemeistert habe und versuche, nach der Arbeit sofort Vera anzurufen. Ich habe es tatsächlich geschafft, meinem Chef die Meinung zu sagen und mich durchzusetzen, und das sogar ohne eines dieser Ratgeberbücher. Das muss gefeiert werden. Doch bei Vera geht nur der Anrufbeantworter ran. Schade. Ich versuche es bei Till.

Er geht sofort ran: »Hallo, Till, hier ...«

»Hey, Till, was machst ...?«

»... oh, warte mal, es klingelt an der Tür ...«

Ich warte wie auf heißen Kohlen. Dann höre ich ihn wieder.

»... Ach ja, was ich noch sagen wollte: Ich bin gerade nicht erreichbar. Also hinterlass mir doch 'ne Nachricht nach dem Piepton.«

Ich lege auf. Till immer mit seinen blöden Streichen. Ich bin doch tatsächlich mal wieder darauf reingefallen.

Okay, mit Vera und Till ist wohl heute Abend nicht mehr zu rechnen. Ich rufe Caro an.

»Hallo, Anna, wie geht es dir?«

»Gut, gut. Du, ich wollte mal fragen, ob du heute Abend spontan Lust hast, auf einen Wein vorbeizukommen.«

»Oh, sei mir nicht böse, aber wir fahren gleich zu Freunden von uns aus dem Geburtshilfekurs zum Grillen.«

»Na, dann wünsche ich euch viel Spaß.« Enttäuscht lege ich auf. Was will Caro denn auf einmal mit den Geburtshilfekurs-Tussis? Die fand sie doch immer total anstrengend. Meine Freunde machen sich also alle einen schönen Abend. Das kann ich auch. Ich kann mir was Schönes kochen, mir ein Glas guten Wein gönnen, einen schönen Film sehen oder ein gutes Buch lesen ... Ich entscheide mich für einen kitschigen Liebesroman.

Kapitel 21

Während einer unruhigen Nacht, in der ich kaum ein Auge zugetan habe, habe ich immerhin zwei Entschlüsse gefasst. Erstens: Ich werde ab sofort immer so mutig wie im Überstundengespräch sein und für mich selbst eintreten. Das Gespräch mit Professor Astrup war nur der Anfang.

Zweitens: Ich werde mich ganz rasch von Nils entlieben und frei und bereit für jemand anderen sein. Jemanden, der mir guttut. Arne macht zum Beispiel einen netten Eindruck. Er hat mir immerhin das Leben gerettet.

Da ich mich sowieso nur in meinem Bett hin und her gewälzt habe, bin ich früh aufgestanden und zur Arbeit gefahren. Zu meinem Entsetzen musste ich feststellen, dass Streber-Katharina auch schon da war und an Denners Schreibtisch arbeitete.

Nun sitze ich vor meinem Computer und notiere mir, während der mal wieder eines seiner stundenlangen Updates fährt, Stichpunkte für meinen neuen Lebensplan. Frau Goldstein, die auch immer früh auf den Beinen ist, kommt mit zwei Tassen Kaffee herein und stellt sie uns auf den Schreibtisch.

»Ist der PC immer noch nicht fertig?«, erkundigt sie sich.

»Kann noch eine Weile dauern. Die IT sagte gestern, sie können nichts machen.«

»Ich habe Ihnen schon mal die Liste mit den Ambulanzpatienten für heute ausgedruckt. Der Erste wartet bereits vor der Tür.

Ich werfe einen Blick auf die Liste. Der erste Patient ist Connor mit der vorlauten kleinen Schwester. Das ist ja schön, dass er den Weg zu uns gefunden hat. Anschließend folgen noch sechsunddreißig weitere Patienten.

»Vielen Dank für den Kaffee. Das wird ja heute ein straffes Programm«, merke ich an und greife nach der Tasse.

»Ja, aber zum Glück ist Herr Denner ab heute wieder bei uns. Ach, da ist er ja schon.«

Katharina springt so heftig auf, dass ihr Schreibtischstuhl fast umkippt und fällt Nils, der gerade unser Büro betritt, völlig distanzlos um den Hals.

»O Nils, schön, dass du wieder da bist.«

Nils sucht über Katharinas Schulter hinweg meinen Blick. Mir fällt vor Schreck fast die Kaffeetasse aus der Hand. Eine kleine Kaffeepfütze ergießt sich über die schöne neue Ambulanzliste. Mit zitternden Händen suche ich in meinen Schreibtischschubladen nach einem Taschentuch. Mit Nils habe ich nicht gerechnet. Darauf bin ich nicht vorbereitet.

»Hier, bitte«, er hält mir ein altes, zerfleddertes, aber immerhin unbenutztes Taschentuch hin. Ich nehme es, ohne ihn dabei anzusehen, und tupfe umständlich den Kaffee vom Papier.

»Und wie lief es so während meiner Abwesenheit?«, möchte Nils wissen und bleibt hartnäckig neben mir stehen.

»Alles super. Viel zu tun heute«, versuche ich ihn abzuwimmeln.

»Ich habe, während du fort warst, die ganze Auswertung deiner Gesprächsprotokolle gemacht und total interessante Dinge herausgefunden«, mischt sich Katharina ein.

Nils dreht sich sichtlich unwillig zu ihr um: »Danke, hast

du auch schon die alten Protokolle von neunundneunzig erfasst?«

Katharina wirkt verwirrt: »Nein, ich dachte, ich soll alles ab zweitausendeins auswerten.«

»Wir brauchen doch noch die ganz alten Berichte. Bist du so lieb und holst sie aus dem Archiv?«

Katharina flitzt los. Da Frau Goldstein wieder an ihren Schreibtisch verschwunden ist, sind Nils und ich jetzt allein. Ich stehe auf und versuche, mich an Nils vorbeizuzwängen. Er legt mir die Hand auf die Schulter und fragt kühl: »Kann ich kurz mit dir reden?«

»Du, das ist jetzt ganz schlecht. Der erste Patient sitzt schon draußen.«

Verzweifelt versuche ich Nils' eisigem Blick auszuweichen.

»Setz dich kurz. Der Patient kann warten.«

Seine Hand drückt mich unbarmherzig in Richtung meines Stuhls. Ich gebe auf und setze mich. Nils nimmt ebenfalls Platz und beobachtet mich. Nach schier endlos langen Minuten atmet er tief durch und sagt: »Das, was zwischen uns passiert ist ...«

Ich springe auf. »Was passiert ist, ist passiert«, falle ich ihm ins Wort, »du musst mir nichts erklären. Ich denke, die Sache ist eindeutig, und ich habe keine Lust, das jetzt auszudiskutieren.«

Nils stellt sich mir in den Weg: »Das hätte ich mir ja denken können, dass du lieber so tust, als wäre nichts gewesen.«

»Sei doch froh, dass es so ist.«

»Du bist echt die oberflächlichste Tussi, der ich je begegnet bin. Wie konnte ich nur so blöd sein, mich von dir täuschen zu lassen.«

»Ich bin oberflächlich?«

»Du bist genau wie all die anderen, die glauben, sie können sich einfach alles nehmen, was sie wollen, und dann wieder wegwerfen.«

»Na, das sagt der Richtige!«

»Ich wusste doch gleich, wie du tickst, als du mich beim Online-Dating einfach weggeklickt hast, so wie du es wahrscheinlich mit so vielen anderen auch getan hast. Du hattest nicht mal den Anstand zu antworten.«

»Wozu auch? Ich kannte dich gar nicht. Wie kommst du eigentlich dazu, mir Vorwürfe zu machen? Du hast mich unter Drogen gesetzt und wer weiß was mit mir angestellt, falls du dich daran erinnern solltest. Und dann bist du einfach so auf nimmer Wiedersehen verschwunden. Also mach jetzt bloß nicht einen auf verletztes Seelchen. Steh doch einfach zu dem Mist, den du gebaut hast.«

Für eine Sekunde wirkt Nils verwirrt, und ich schiebe mich an ihm vorbei aus dem Zimmer.

»Ich habe dich nicht unter Drogen gesetzt. Du hast den Muskelentspanner freiwillig genommen«, ruft er mir hinterher. Ich bleibe in der Tür stehen und drehe mich um.

»Das ist ja wohl das Allerletzte! Du hast meine Notsituation ausgenutzt. Wenn hier jemand jemanden benutzt hat, dann du mich. Ich bin nicht einfach abgehauen. Das warst du.«

Wütend rausche ich aus dem Büro, knalle Nils die Tür vor der Nase zu und gehe an der verdutzten Frau Goldstein vorbei in mein Ambulanzzimmer, um es für den ersten Patienten vorzubereiten. Nach zwei Minuten kommt Nils rein. Der soll bloß das Weite suchen.

»Geh weg und lass mich in Ruhe!«

»Ich habe gar nichts ausgenutzt, oder willst du jetzt auch noch behaupten, wir hätten uns unter anderen Umständen nicht geküsst?«

»Wenn ich gewusst hätte, dass du Heiratspläne mit einer anderen hast, niemals. Wie oft hintergehst du deine Freundin denn so, Mister Doppelmoral?«

»Heiratspläne? Was redest du da? Ich habe gar keine Freundin.« Nils geht einen Schritt auf mich zu.

»Bleib stehen! Und hör auf mich anzulügen. Wenn ihr eine offene Beziehung führt, ist das eure Sache. Aber halt mich da raus!«

»Wie kommst du darauf, dass ich eine Freundin habe?«

»Du hast den Hochzeits-Terminplaner im Büro liegen lassen. Ich bin nicht ganz so blöd, wie du vielleicht denkst. Eins und eins kann ich schon zusammenzählen.« Ich funkele ihn zornig an.

Nils seufzt. »O Mann, Anna. Ich bin Trauzeuge bei der Hochzeit meines besten Freundes. Deshalb der Terminplaner. Ich habe keine Freundin.«

»Na klar ... Wirklich nicht?«

»Nein.«

»Was hast du in meinem Bett gemacht?«

»Auf dich aufgepasst, und zwar die ganze Nacht. Ich bin so um sieben nach Hause, um zu duschen und dann in die Klinik gefahren.«

»Und dann bist du einfach so, ganz spontan, ohne eine Nachricht verschwunden. Und jetzt hast du auch noch die Frechheit, mir eine Szene zu machen und mich als oberflächliche Tussi zu beschimpfen? Du spinnst echt.«

Nils öffnet den Mund, um etwas zu sagen. Ich hebe die Hand und würge ihn ab: »Lass es einfach. Spar dir irgendwelche dämlichen Ausreden. Ich muss mich jetzt um meinen Patienten kümmern.«

Nicht ohne Nils auch diese Tür vor der Nase zuzuschlagen, stapfe ich aus dem Zimmer und gehe zum Wartebereich, wo

Familie Connor nun fast genauso erstaunt aus der Wäsche guckt wie Frau Goldstein.

Nils fängt mich ab: »Was heißt hier einfach so verschwunden? Ich habe dir eine Nachricht mit meiner Telefonnummer auf deinen Schreibtisch gelegt.«

»Hast du nicht.« Gott, ist der penetrant!

»Wir sind hier doch nicht im Kindergarten. Ich habe dir den Zettel extra oben auf dein kitschiges Glitzerfach gelegt.«

»Wann war das?«

»Na, so um acht. Dann musste ich ja gleich wieder los.«

»Das kitschige Glitzerfach, wie du es nennst, ist der Datenmüll. Deshalb steht auch Datenmüll drauf! Den leert die Putzfrau um neun.«

»Wir haben eine Putzfrau, die den Datenmüll leert?«

»Meinen Datenmüll. Deinen Tisch rührt sie nicht an.«

Nils wirkt erleichtert. »O Anna. Bitte ... Es tut mir so leid ... Dann wusstest du ja gar nicht ... O Mann. Ich habe mich schon gewundert, warum du dich nicht meldest, aber dann dachte ich, du hast einfach kein Interesse. Das erklärt natürlich alles.«

»Nils, ich verstehe kein Wort.«

»Meine Schwester hat ihr drittes Kind bekommen, und weil ihr Mann für einige Monate im Ausland arbeitet und nur an den Wochenenden hier sein kann, hatte ich ihr versprochen, auf die beiden anderen Kinder aufzupassen, während sie im Krankenhaus ist. Als ich in die Klinik gefahren bin, bekam sie Wehen und rief mich an. Ich musste gleich los. Nachdem ich nichts von dir gehört habe, dachte ich, es hat dir einfach nichts bedeutet ...«

Am liebsten würde ich sagen: Na und?

Nils sieht mich erwartungsvoll an. Ich bin gleichzeitig verblüfft und verwirrt.

»Anna, es tut mir leid.«

»Schon gut. Vielleicht soll es einfach so sein.«

»Was meinst du damit?«

»Das es wohl einfach so sein soll, dass du und ich Kollegen sind und nichts weiter. Ich muss mich jetzt endlich um meinen Patienten kümmern.«

Ich gehe auf Connors Familie zu.

»Hallo, Connor, schön, dich hier zu sehen«, begrüße ich ihn.

»Anna, warte mal. Wir müssen das klären.« Nils lässt sich einfach nicht abhängen und zieht mich ein paar Meter zur Seite. »Ich glaube dir kein Wort.«

»Was?« Irritiert blicke ich zum ersten Mal seit langem in die braunen Rehaugen.

»Das, was du eben gesagt hast. Ich kauf dir das nicht ab.«

»Herr Denner, jetzt nicht«, versuche ich ihn möglichst professionell zur Raison zu bringen, »ich bin gerade beschäftigt. Können wir das später ...«

Nils ignoriert meinen Protest, zieht mich einfach an sich und küsst mich. Seine Arme schlingt er dabei so eng um mich, dass ich für einen kurzen Moment Angst habe, zerquetscht zu werden.

»Siehst du, Mama, ich hab doch gesagt, dass er sie liebt«, höre ich Charlenes piepsige Stimme.

»Charlene. Der Finger. Zeig nicht immer auf andere Leute ... Und mach den Mund wieder zu«, weist ihre Mutter sie flüsternd zurecht.

»Bah, ist das eklig«, kommentiert Connor die Szene.

»Halt die Klappe, Connor!«, piepst Charlene.

Charlenes Kommentar ist das Letzte, was ich von meiner Umwelt bei halbwegs klarem Verstand wahrnehme. Meine Beine verwandeln sich in Wackelpudding, und in meinem

Magen flattern mindestens tausend Schmetterlinge auf Speed herum. Ich geb's zu, ich hatte mich noch kein bisschen entliebt. Nils lächelt mich sichtlich erleichtert an. Sein rechter Mundwinkel zuckt fast unmerklich. Das sieht irgendwie süß aus!

Verstohlen sehe ich mich um: Da stehen wir nun, Nils und ich, mitten in der Klinik. Charlenes Mund ist immer noch weit offen, Connor gibt demonstrativ Würgelaute von sich, Frau Goldstein stützt zufrieden lächelnd ihren Kopf auf die Hände, und mein Gehirn stellt jeglichen Dienst ein. Nach den finalen Fragen: »Anna, was tust du hier? Bist du völlig bekloppt?«, fährt es sich endgültig runter. Erstaunlicherweise macht mir das gar keine Angst. Es fühlt sich sogar gut an. So leicht. Meine Zurechnungsfähigkeit liegt objektiv gesehen unter null. Ich komme mir vor wie die Hauptdarstellerin in einer TV-Schnulze. Es fehlen nur noch die brandungsumtosten Klippen.

Nils löst sich von mir und flüstert mir ins Ohr: »Was hältst du davon, wenn wir heute so früh wie möglich Feierabend machen und den Nachmittag zusammen am See verbringen?« Ich bin zu allem bereit.

Epilog

Genüsslich räkele ich mich seinen warmen Lippen entgegen, die sanft meine Ohrläppchen liebkosen. Ein wohliger Schauer läuft über meinen Rücken. Mit einem lauten Seufzer drehe ich mich um und stoße dabei gegen ... »Nils!« Ich schrecke hoch und finde mich in meinem Bett wieder. Nur dass ich dieses Mal tatsächlich nicht allein bin.

Nils lässt von meinem Ohr ab und schmunzelt: »Na, wen hast du denn erwartet?«

»Äh, niemanden, äh, dich? O Mann, ich dachte schon, das Ganze wäre nur ein Traum gewesen.«

Nils dreht sich auf den Rücken und beobachtet mich: »Ein guter oder ein schlechter Traum?«

Ich lasse mich wieder in die Kissen fallen und kuschele mich an ihn: »Ein sehr, sehr schöner Traum.«

Nils sieht mich nachdenklich an und küsst mich. Irgendwie sollte ich noch was sagen. Aber ob ich ihm so mir nichts, dir nichts alle meine Gefühle offenbaren kann? Ach, jetzt oder nie. Letzte Nacht ging das schließlich auch ohne Probleme.

»Ist doch klar, dass mir das Ganze wie ein Traum vorkommt. Hättest du nach allem, was passiert ist, jemals gedacht, dass wir mal zusammenkommen?«

»Hmmm, eher nein«, gibt er zu und beginnt meinen Rücken zu streicheln. Das macht mich ganz kribbelig, und mein Verstand verabschiedet sich so langsam wieder. »Irgendwann habe ich das gehofft, aber dann dachte ich ja, dass du was mit Till hast.«

»Was ich übrigens überhaupt nicht nachvollziehen kann.«

»Na hör mal. Ständig hieß es nur Till hier, Till da, Till kommt vorbei, Till schläft hier ... Dann steht Till, der natürlich auch noch aussehen muss wie ein junger Gott, halbnackt in deiner Wohnung. Da musste ich doch eifersüchtig werden.«

»Okay, einiges war vielleicht missverständlich, aber es gibt tatsächlich platonische Freundschaften zwischen Männern und Frauen. Du hättest mir einfach vertrauen sollen.«

»Das weiß ich jetzt auch.«

Ich greife nach einer Haarsträhne, die wirr von seinem Kopf absteht und wickele sie gedankenverloren um meinen Finger.

»Was ist?«, fragt Nils.

»Nichts.«

»Ich sehe doch, wie du grübelst.«

»Als du plötzlich verschwunden warst, ist für mich eine Welt zusammengebrochen.«

»Das tut mir leid. Aber so was kann uns ja zum Glück nie wieder passieren. Jetzt habe ich ja deine Nummer.« Er zwinkert mir zu.

Ich bin froh, dass ich mich diesmal nicht an die Sechs- oder waren es Vier?-Wochen-Regel gehalten habe. Aber das muss er ja nicht wissen.

»Irgendwas liegt wohl gerade in der Luft«, fahre ich fort.

»Wieso?« Nils zieht mich noch näher an sich heran.

»Na ja, du und ich, du weißt schon. Und Vera und Till, also dass die beiden sich mal wirklich auf eine Beziehung einlassen würden, hätte ich nie gedacht.«

Ich hätte auch nie gedacht, dass sich dieser Pullunder tragende Stiesel als mein Traummann entpuppen könnte. Ich küsse ihn zärtlich und schmiege mein Gesicht an seine Wange.

»Dieser Moment ist einfach perfekt«, raune ich ihm ins Ohr.

Ich glaube, ich war noch nie so sehr in jemanden verliebt.

Vera behauptet ja steif und fest, das würde ich bei jeder neuen Beziehung denken. Aber das ist totaler Quatsch!

»Und was möchtest du aus diesem perfekten Moment noch machen?«, fragt Nils neugierig.

»Erst mal im Bett bleiben, und heute Abend könnten wir uns vielleicht mit Caro, Ralf, Vera und Till zum Essen treffen.«

»Oha, gleich ein Pärchendate hoch drei?«

»Nicht ganz. Caro und Ralf kennst du schließlich schon ewig, und Till und du, ihr versteht euch bestimmt super.«

»Und Vera?«

»Die findet dich sowieso schon toll.«

»Na, da hab ich ja Glück gehabt. Mann soll es sich ja nie mit der besten Freundin verscherzen. Aber jetzt bleiben wir hier und machen da weiter, wo wir vor zwei Stunden aufgehört haben.« Nils zieht grinsend die Decke über unsere Köpfe und ...

Ich sag doch, ich glaube, ich war noch nie sooooo verliebt – wirklich nicht!